LA BÊTE NOIRE

Collection dirigée par Glenn Tavennec

L'AUTEUR

Après des études de cinéma, Antoine Renand a écrit et mis en scène des courts-métrages, diffusés à la télévision et primés en festivals. Il est l'auteur de scénarios de longs-métrages, dont certains sont en cours de production. Son premier roman, *L'Empathie* (Robert Laffont, 2019), a été finaliste du prix Maison de la presse et lauréat du prix des lecteurs Gouttes de Sang d'encre.

ANTOINE RENAND

FERMER LES YEUX

LA BÊTE NOIRE
Robert Laffont

ISSN 2431-6385
ISBN 978-2-221-24697-9

Dépôt légal : mars 2020

À mes parents

Prologue

L'adjudant Dominique Tassi avait été un homme heureux, quelques années plus tôt.

Il appréciait la compagnie des autres, savait rire, célébrer les moments importants. Être affectueux avec sa femme, lui montrer qu'il l'aimait. Il savait s'aimer lui-même.

Il croyait en sa fonction et s'y consacrait avec la dévotion et la solennité propres aux gendarmes et au corps militaire dans son ensemble. Il ne craignait pas l'avenir, ne vivait pas dans la peur…

Malheureusement, un événement brisa le cours de sa vie. Un drame dont peu de personnes parviennent à se remettre. Il ne fit pas exception.

C'était le mardi de Pâques, au matin. Dominique avait accumulé les heures de service durant la semaine précédente et enchaîné sur une garde de week-end. Il manquait cruellement de sommeil. Néanmoins il accepta volontiers, à la demande de sa femme, Manon, d'aller faire quelques courses. Leur fille, Lisa, voulut l'accompagner, tandis que Guillaume, l'aîné, préféra rester lire à la maison.

Avant de prendre sa voiture, Tassi accompagna Lisa jusqu'à une aire de jeux située près de la caserne, et la surveilla pendant une demi-heure tandis qu'elle grimpait sur un mur d'escalade et faisait de la balançoire. Ensuite ils roulèrent jusqu'à Argentré, un village perché dans les collines de l'Ardèche. Tassi y avait ses habitudes et s'entendait très bien avec les commerçants. Le père et la fille achetèrent du pain et de la viande, puis gagnèrent un petit troquet que Dominique appréciait et qui faisait aussi office de marchand de journaux. À leur arrivée, ils furent chaleureusement salués par le gérant et quelques habitués, accoudés au comptoir.

Il but une première bière pour se désaltérer. Enchaîna sur une deuxième, en échangeant les nouvelles, pendant que Lisa patientait sagement à une table en coloriant un magazine.

Un troisième verre, après une courte hésitation. Dominique Tassi avait toujours un peu bu, mais rarement dans l'excès ; en famille ou lors de réceptions, parfois pour vaincre sa légère timidité. Jamais pendant le service, à cette époque.

Midi approchant, il abandonna ses acolytes en prétextant que sa femme l'attendait. Après avoir salué l'assemblée, Lisa et lui quittèrent le bar et rejoignirent leur véhicule en marchant côte à côte, la main du père posée affectueusement sur l'épaule de la fillette. Il l'attacha à l'arrière, monta au volant puis boucla sa propre ceinture.

De ce qui se déroula ensuite, Tassi ne conserverait que des bribes de souvenirs.

Il se revoyait clairement quitter Argentré, s'engager sur les routes sinueuses et plongeantes des collines. Le panorama était majestueux, embrasé de soleil. Un ciel bleu, le gris de la roche et le vert, partout en contrebas. Les virages se succédaient, la lumière l'éblouissait ; il rêvassait, croisait peu de voitures. Tassi se sentait fatigué, bien sûr, mais à aucun moment il ne pensa qu'il leur faisait courir un risque. Sa fille restait silencieuse à l'arrière ; peut-être aurait-il dû engager la conversation. Peut-être aurait-il dû allumer la radio. D'innombrables scénarios possibles qui, plus tard, ne cesseraient jamais de le hanter.

Il se souvenait d'avoir fermé les yeux à un moment. Pas longtemps, un instant, avant de les écarquiller. Une subreptice perte de conscience qui aurait dû l'alerter, lui, gendarme, et l'inciter à s'arrêter sur le bord de la route ; mais qui faisait vraiment ça ? Il n'était qu'à quelques kilomètres de chez lui.

Impossible de se remémorer la seconde fois où il ferma les yeux. Il ne les rouvrit que pendant le tumulte. La dégringolade, l'enfer.

Des bruits atroces survinrent de toute part : des éléments arrachés, de la carrosserie enfoncée, et Lisa, derrière, qui hurlait de toutes ses forces et qu'il ne pouvait regarder tellement cette scène l'hypnotisait. Qu'il ne pouvait rassurer tellement ce qui se passait était invraisemblable.

La voiture continua de dévaler la pente, déracinant les arbustes, avant de percuter un tronc massif, qui la fit vriller sans l'arrêter. Un nouvel arbre la fit ricocher et se tourner encore, et Tassi vit des objets s'envoler dans l'habitacle, comme au ralenti : une bouteille de soda, son téléphone portable, l'étui de ses lunettes. Même le doudou de sa fille tournoya dans les airs, alors que la descente se prolongeait dans un chaos infernal. Il lui sembla qu'elle était sans fin, bien que quelques secondes seulement s'écoulèrent. La voiture glissa de profil en prenant encore de la vitesse, quand survint une ultime collision contre un pin. L'aile droite du véhicule s'écrasa très violemment contre le tronc, stoppant net la glissade.

La puissance de l'impact lui fit perdre connaissance quelques instants. Lorsque Tassi revint à lui, la première chose qu'il distingua fut le pare-brise éclaté. L'avant de la voiture était plié, le capot froissé ; sa vue était floue, obstruée par quelque chose... du sang, émanant d'une entaille à son arcade sourcilière. Hormis une vive douleur à l'épaule, il ne souffrait d'aucune blessure grave, mais il se désintéressait de toute façon de son état et se retourna immédiatement vers sa fille.

Lisa était inconsciente, la tête penchée sur le côté. Son visage de poupée était indemne ; son corps aussi visiblement, ce qui le fit souffler de soulagement.

Tassi l'appela par son prénom, tenta de la réveiller en attrapant sa cuisse, puis sa main. Elle ne réagissait pas. Il se détacha et poussa fort sa portière, qui résistait. Descendit du véhicule et redressa son mètre quatre-vingt-dix avec difficulté, gêné par ses étourdissements, par la pente et les aspérités du sol. Il ouvrit la portière arrière gauche et se glissa sur la banquette jusqu'à Lisa, assise de l'autre côté ; continua de l'appeler, de l'exhorter à revenir à elle en lui secouant l'épaule.

En se déplaçant, il aperçut la custode arrière, partiellement brisée, contre laquelle la tête de sa fille reposait ; et puis la courte branche, cassée, qui passait au travers.

Tassi peina à respirer en comprenant soudain... En se penchant, il vit la branche, acérée par sa cassure, plantée dans le crâne de Lisa, tout près de sa tempe, à la naissance du cuir chevelu. Il posa ses doigts sur la gorge de sa fille, chercha la carotide et ne sentit aucun pouls ; aucun souffle, non plus, n'émanait de sa bouche. Alors il prit très vite sa décision, en en connaissant les risques : il attrapa fermement la petite tête – ainsi que sa nuque, afin de ne pas briser les cervicales – et tira le corps à lui. Le bois résista, refusant de quitter son fourreau, mais Tassi tira plus fort et réussit enfin à séparer le crâne des trois ou quatre centimètres de la branche aiguisée et sanguinolente. Il eut cette sensation épouvantable et incongrue de l'avoir *déclipsée* – comme on décroche une planche faisant partie d'un meuble préfabriqué – et réprima un vomissement.

Aussitôt et comme il l'avait prévu, du sang s'écoula de la plaie, qu'il comprima de sa main pour endiguer l'hémorragie. Il décrocha la ceinture de Lisa, la prit dans ses bras, tout en maintenant sa paume sur l'orifice. Insensible à sa propre douleur, plongé dans un cauchemar duquel il espérait encore sortir, il entreprit de gravir la pente ravagée par l'accident, sa fille contre lui, et manqua plusieurs fois de tomber. Tassi se redressait, s'acharnait en gémissant et en jurant ; s'accrochait aux branches qu'il coudoyait, devenues des soutiens provisoires... Ses semelles dérapaient sur la terre, sans prise réelle ; parfois il glissait en arrière, s'effondrait presque et hurlait sa haine et sa terreur.

Il se sentait comme dans les rêves qu'il faisait parfois, enfant, où il ressentait l'urgence d'avancer vite, sans y parvenir ; l'impression de marcher au ralenti malgré un danger tout proche, qui le pourchassait plus vite qu'il n'avançait.

Il insista encore et encore, jusqu'à atteindre le haut de l'abîme, toucher les graviers et l'asphalte.

Ils étaient au milieu de la route, en plein soleil. Tassi se pencha sur sa fille inanimée, toujours indifférente à ses supplications. Du sang continuait de s'écouler doucement de sa plaie, qu'il tentait d'obstruer. Il pressa ses lèvres sur les siennes afin de lui faire du bouche-à-bouche. Tenta un massage cardiaque de sa seule main libre.

Une voiture finit par arriver, qui les conduisit à l'hôpital.

★

Les médecins ne purent sauver l'enfant. Son décès fut déclaré avant que sa mère n'arrive au CHU. Elle découvrit son mari prostré dans un couloir. Un homme déjà détruit, honteux. Presque incapable de parler.

Il aurait tant aimé mourir à sa place… Et il n'était même pas vraiment blessé, n'avait presque rien.

Il baissait les yeux devant sa femme. Face à son empressement, il ne réussissait qu'à balbutier.

Par simple lâcheté, il nia d'abord avoir bu avant de reprendre le volant.

L'adjudant-chef Baranès, chargé de la procédure, était son ami. Il fut quant à lui très vite au courant de son alcoolémie et décida, sans hésiter, de ne pas accabler cette famille d'une peine supplémentaire. Avec d'autres collègues eux aussi dans la confidence, il arrangea les résultats sanguins de l'un des leurs, et éluda les témoignages potentiellement gênants.

Croyant l'aider.

Dominique Tassi reprit son travail à la brigade, trop tôt. Incapable de se concentrer, désintéressé de ce qui l'avait passionné autrefois.

Le deuil, les remords et les reproches fissurèrent son foyer, qui jamais ne se ressouda. Son mariage avec Manon s'acheva quelques mois plus tard.

Tout ça pour une erreur ; une faute que beaucoup de gens commettaient, aux répercussions pourtant irrémédiables.

À chacun de ses réveils, il connaîtrait ce temps d'hésitation : émergeait-il enfin de ce qu'il espérait n'être qu'un cauchemar ? Une illusion abominable… Les instants qui suivraient recéleraient invariablement cette dimension atroce, cette conscience que le cauchemar était devenu sa vie, sans retour en arrière possible.

L'amour pour son fils fut la seule chose qui le retint d'en finir, sans réussir toutefois à lui rendre goût à la vie.

Il résista, pour lui.

Rongé par une dépression, qu'il ne soigna jamais autrement que par l'ivresse.

PREMIÈRE PARTIE

2005

1

LORSQUE JUSTINE OUVRIT LES YEUX, une lumière vive filtrait par les volets de sa chambre. Il devait être au moins dix heures. Aucun son, aucune voix ne lui parvenait ; l'étage semblait désert. Sa mère était certainement descendue au café-restaurant afin d'aider son père pour le service.

La fillette resta quelques instants allongée sur le dos, presque immobile, heureuse à la perspective de cette journée sans école. Elle balaya du regard les dizaines de peluches de toutes tailles, alignées sur le bord de son lit dans un ordre rigoureux, n'appartenant qu'à elle ; puis sa chambre, qu'elle adorait, décorée par sa maman dans des tons de jaune, sa couleur préférée.

Soudain, Justine se remémora le repas de la veille au soir, quand elle avait mordu dans sa part de pizza et que sa dent de devant s'était enfin détachée. L'incisive ballottait depuis des semaines, sans se décider à tomber ; le noyau d'une olive avait eu raison d'elle.

En un sursaut, Justine se retourna et glissa sa main sous l'oreiller, à l'endroit exact où elle avait vu Sylvie, sa mère, dissimuler la dent de lait. Ses doigts effleurèrent un objet métallique et, avec émerveillement, elle découvrit une petite bague en forme d'étoile. Déposée là comme par magie... Elle l'enfila, la taille était parfaite ; les traits de son visage s'élargirent en un sourire, tandis qu'elle agitait la main et le poignet pour apprécier le rendu.

À l'école, des copines disaient que la petite souris n'existait pas. Que c'était un truc qu'on faisait croire aux « bébés », une histoire inventée par les parents. À sept ans désormais, Justine avait un doute. Une souris transportant des pièces de monnaie, un jouet ou un bijou, constituait une image insolite... C'était comme pour le Père Noël : des copains juraient que tout n'était qu'un mensonge. Cependant, lorsqu'elle questionnait ses parents, ils persistaient à lui dire que c'était vrai. Aussi bien les cloches de Pâques que le père Noël, ou la petite souris... Alors Justine se débarrassait de ses doutes, momentanément du moins ; car au plus profond d'elle-même, à sept ans, elle aspirait encore à y croire.

Elle petit-déjeuna seule, devant des dessins animés. Elle avait l'habitude, le samedi comme le dimanche. Ses parents travaillaient beaucoup, leur unique jour de congé étant le mercredi ; son père avait des horaires décalés et sa mère l'aidait autant qu'elle le pouvait. Les jours d'école, Sylvie assistait Justine dans ses devoirs, la baignait et la faisait dîner. Lui lisait une histoire, la couchait ; puis, souvent, redescendait pour donner un dernier coup de main. En cas de problème, la fille et la mère avaient deux talkies-walkies, constamment connectés.

Didier et Sylvie Morin, ses parents, avaient ouvert Le Bellevue peu de temps après sa naissance. Ils avaient investi beaucoup d'argent et d'énergie, les débuts avaient été difficiles mais leurs efforts avaient depuis été récompensés, aimaient-ils à dire. Le café-restaurant, situé sur une charmante esplanade – avec une fontaine, un terrain de pétanque et d'autres commerces –, rencontrait un succès grandissant, surtout en période estivale. L'unique problème restait leurs horaires impossibles. Pendant la petite enfance de Justine, moment le plus critique pour ses parents sur le plan professionnel, la solitude lui avait souvent été pesante. Bien sûr, elle passait du temps en bas, dans la salle, mais elle n'y trouvait pas sa place ; le plus souvent elle gênait sa mère, il y avait du bruit et beaucoup de monde, alors, en grandissant Justine avait appris à devenir indépendante, bien plus que les autres enfants de son âge. Et la famille, désormais, avait trouvé son rythme.

Après s'être habillée, Justine peigna ses longs cheveux blonds et bouclés devant un miroir. Soudain elle força son sourire et s'esclaffa toute seule, en observant le gros trou entre ses dents. Puis elle ouvrit la porte menant à l'escalier et dévala les marches quatre à quatre.

Arrivée dans le restaurant, elle embrassa sa mère et, sans perdre un instant, tendit la main en écartant grand ses doigts, fière de montrer sa bague.

— Oh, c'est magnifique, commenta Sylvie. Tu es contente ? Qu'est-ce qu'elle est gentille, cette souris… Va la montrer à papa !

Sans se faire prier, la fillette courut jusqu'à son père. L'homme robuste derrière son comptoir la saisit et la hissa jusqu'à lui, l'embrassa vigoureusement ; jeta un regard sur la bague, puis insista pour voir ses dents :

— Allez, montre-moi !

Justine s'exécuta, bouche grande ouverte, en agitant la tête de gauche à droite tandis que son père s'enthousiasmait ;

quelques clients au bar, connaissant très bien Justine, voulurent voir également, et Didier l'exposa à deux ou trois d'entre eux en la gardant dans ses bras, un peu à la manière d'un ventriloque faisant valser sa marionnette.

Elle se prêtait au jeu. Tous félicitèrent *la grande fille*.

★

Son village, Presles-la-Vallée, comptait moins de deux mille habitants. Pendant la saison touristique, la population doublait.

Nombre de touristes, étrangers ou français, s'arrêtaient un jour ou deux dans la région pour apprécier le cachet de cette bourgade, construite en dénivelé et entourée de collines. Le climat, sur cette terre, était aride ; chaud sans être étouffant.

La plupart des maisons avaient des murs couleur sable et étaient chapeautées de toits ocre. Des vestiges gallo-romains avaient été découverts dans certains quartiers et maintes demeures étaient construites à partir de pierres issues des ruines.

Les rues et venelles serpentant dans le village étaient pour la plupart constituées de centaines de marches, qui faisaient aussi bien la joie des enfants que le supplice des anciens.

La nature vallonnée semblait entourer Presles à l'infini. Quantité de sentiers parcouraient la garrigue, permettant d'accéder à des panoramas époustouflants, où, à différents endroits, la végétation était quasi inextricable.

Vers 13 h 30, Justine déjeuna sur un coin de la terrasse, en compagnie de sa cousine Mathilde et de Chantal, sa tante. Cette dernière surveillait également son nouveau-né, endormi dans son maxi-cosy. Justine et Mathilde avaient le même âge et étaient dans la même classe de CE1. À leurs liens familiaux s'ajoutait une amitié sincère et elles aimaient se retrouver chaque jour : à l'école, pendant les week-ends ou les vacances. Ensemble, elles se comportaient comme des meneuses, organisant des jeux avec les autres enfants du village, choisissant les équipes ou décrétant de nouvelles règles.

Elles prirent leur repas, sous un soleil très vif et un ciel proche du bleu Klein. Justine voyait sa mère slalomer entre les tables, avec énergie et une bonne humeur non feinte. Elle venait de temps en temps les voir, s'assurer que tout se passait bien.

À Presles-la-Vallée, tous se connaissaient ; aussi des villageois saluaient-ils fréquemment Chantal et les fillettes. Des touristes leur adressaient des commentaires, attendris par ces filles du même âge et mangeant si sagement. Un peu partout, on parlait aussi bien le français que l'anglais ou le néerlandais.

Quand elles eurent fini de manger, les cousines obtinrent l'autorisation d'aller jouer sur la place. Elles firent la queue aux balançoires ; s'exercèrent à la corde à sauter, chantèrent, jouèrent à chat et au loup. Chantal les observa en prenant le soleil, puis elle dut rentrer chez elle avec son bébé. Dans ce village comme dans d'autres, les enfants jouissaient d'une relative liberté.

Les heures s'écoulèrent ainsi et, en milieu d'après-midi, les filles rentrèrent dans le restaurant pour prendre leur goûter. Le père de Justine était encore présent, tandis que sa mère était montée faire une sieste, avant le service du soir. Une serveuse de vingt ans la remplaçait sur la terrasse.

Après ce moment au frais, les filles coururent à nouveau sur la place et retrouvèrent leurs amis. Mathilde proposa de jouer à cache-cache. Ils tirèrent au sort et Justine fut désignée pour compter en premier. Elle s'approcha d'un arbre, contre lequel elle s'appuya avant de commencer à compter, et tous les gosses se dispersèrent, en courant et en poussant des cris.

— … 28, 29, 30 !

Justine se retourna. La lumière l'éblouit mais elle aperçut immédiatement Enzo, un garçon de cinq ans, piteusement caché derrière la fontaine. Elle le héla puis le somma de tous les attendre ici, le temps qu'elle cherche les autres.

Plus personne, sur la place. L'une des règles imposait de ne pas se cacher à l'intérieur d'une des maisons ou du restaurant. Justine savait que les autres étaient en bas, et elle descendit l'un des longs escaliers en pierre, très pentu. Aussitôt, elle aperçut une fille, accroupie derrière une voiture. Elle lui intima de remonter, ce que la petite fit en renâclant.

Justine jaugea les alentours. Pour avoir souvent joué à cache-cache avec Mathilde, elle connaissait sa cachette préférée, dans une ruelle, un peu plus haut. Un passage étroit avec un renfoncement dans un mur, suffisant pour se dissimuler.

Justine se dirigea vers la venelle. Elle passa devant le bureau de tabac tenu par Mme Coelho et répondit au geste amical que cette dernière lui adressa, derrière sa vitrine. Justine emprunta enfin la ruelle mais ne trouva personne dans la cachette. L'endroit était désert, sur toute sa longueur.

— *Petite ?*

La voix grave avait résonné derrière elle. Justine se retourna, un homme se tenait tout près ; elle ne le connaissait pas. Il était immobile et la fixait d'un air étrange. Son visage, en premier lieu, ne lui inspira pas confiance mais, comme s'il lisait dans ses pensées, l'homme se détendit et présenta une mine affable.

— Tu sais pas où je peux trouver un vétérinaire, par ici ?

La fillette hocha négativement la tête.

— Non, tu sais pas ? insista-t-il en se courbant, comme s'il peinait à entendre des mots qu'elle n'avait pas prononcés. C'est pour un chien que j'ai trouvé, il a mal.

L'homme prononça cette dernière phrase en grimaçant. Sa figure luisait un peu, ses mains ne semblaient pas très propres.

— Qu'est-ce qu'il a ? demanda Justine.

— Il est blessé à une patte. C'est un gros chien, précisa l'homme en souriant. Très beau. Quand je l'ai trouvé, je l'ai caressé et il était content. Il s'est frotté à moi et il me léchait la main. Je l'ai attaché pas loin d'ici, par là-bas, tu vois ? indiqua-t-il en désignant le bout de la ruelle, embrasé d'une lumière presque aveuglante.

Il fit quelques pas près de Justine, la dépassa et l'invita à le suivre.

— Je cherche quelqu'un pour m'emmener au vétérinaire, tu peux, toi, non ?

Voyant qu'elle hésitait, il proposa, sans lui laisser le temps de réfléchir :

— Tu veux le voir ? Viens, t'aimes ça, les chiens ?

— J'ai pas le droit de suivre des inconnus, expliqua-t-elle en restant immobile.

— Mais alors ! s'exclama-t-il en se tapant sur le flanc et en riant, l'air benoît. On va pas loin, c'est juste au bout de la rue ! Ça prendra une minute ; c'est un chien très gentil, il sera content de voir une enfant et peut-être qu'après, tu sauras comment l'aider...

Elle hésitait encore. L'adulte surveilla derrière elle que personne n'arrivait, puis se fit plus persuasif :

— T'es la petite des gens qui tiennent Le Bellevue, pas vrai ? Le Didier ? Mais je les connais bien, moi, tes parents ! lâcha-t-il avec entrain. C'est des amis à moi ! Y a aucun problème, ils vont pas te gronder. Ils seront contents que tu m'aies aidé, au contraire !

Justine balançait, observant tantôt l'adulte, tantôt l'extrémité de la ruelle.

— Alors, tu m'accompagnes, tu viens le voir ce gros chien ? – Puis, réfléchissant : – Tu sais ce qu'on va faire ? On va le ramener chez tes parents, je vous emmène tous les deux, et eux, ils vont nous dire chez qui aller, hein ?

Ses parents avaient mis Justine en garde, plusieurs fois. Mais il est difficile pour un enfant de sept ans de s'opposer à l'autorité d'un adulte ; tout autant que d'identifier ses mensonges.

À aucun moment, elle ne mit en doute l'existence du chien blessé. Elle craignait seulement que ses parents la grondent.

— Allez, fais pas ta froussarde, viens ! Ce sera rapide, dit-il encore, en souriant.

Sa main calleuse agrippa celle de Justine. Elle n'opposa plus de résistance et, laissant ses doutes derrière elle, commença à trotter à ses côtés, le long de la venelle, décidée désormais à aller voir le chien blessé.

2

LA SALLE DES FÊTES était équipée de toilettes lumineuses et propres. Tassi choisit une cabine réservée aux handicapés afin de disposer d'un lavabo et d'un miroir rien que pour lui ; sitôt le verrou poussé, le quadragénaire s'adossa à un mur, détendit son nœud de cravate et ferma à demi les yeux, le souffle court, tentant de se rasséréner en profitant de cet isolement temporaire.

La cérémonie n'avait débuté qu'en début d'après-midi, pourtant il avait l'impression que des jours entiers s'étaient écoulés. Il avait fait l'effort de venir, d'enfiler sa tenue de cérémonie. De ne pas boire dès le matin.

De sourire.

De masquer.

Mais comme il l'avait craint, tout ici n'était que souffrance pour lui. Voir la bonne humeur des gens, feinte ou réelle ; participer à ces mondanités, écouter les échanges futiles. Se faire frôler par ces enfants, partout, qui lui évoquaient les siens ; par ces épouses, apprêtées et au bras de leurs maris, qui lui rappelaient la sienne.

Tassi ne supportait plus les mariages. Les funérailles, désormais, lui convenaient mieux : il pouvait y assister la mine défaite, détendre ses traits, ne pas feindre. Ne pas détonner dans le paysage. Il ne désirait pas le malheur des gens ; seulement il ne souffrait plus d'être le témoin de leur joie.

Baranès, son ami et collègue, avait insisté pour qu'il vienne. C'était un honneur, lui avait-il dit, une marque de confiance de la part de Larrivoire, leur supérieur hiérarchique. Parmi les gendarmes de leur caserne, Baranès et lui étaient les seuls invités au mariage de sa fille.

Un peu mis au pied du mur, Tassi avait trouvé comme unique dérobade le fait qu'il serait contraint de venir seul, chose qui l'embarrassait dans ce genre de festivités ; Baranès avait rétorqué qu'il était dans le même cas et que, au contraire, sortir lui ferait du bien. Qu'ils se tiendraient compagnie et passeraient du bon temps ensemble.

Il lui avait seulement enjoint de ne pas trop boire avant le repas…

Qu'est-ce qu'il croyait ? Mieux que quiconque, Baranès connaissait son problème. Tassi se redressa et observa son reflet dans le miroir. Sous la lumière blafarde, les poches sous ses yeux rougis ressortaient encore plus. De fines gouttes de sueur perlaient sur ses tempes ; il faisait une chaleur intenable à l'extérieur, l'air doux de la salle des fêtes lui fit du bien.

Il ouvrit le robinet, s'aspergea d'eau à plusieurs reprises puis déchira quelques feuilles du distributeur de papier, s'essuya et les jeta dans une poubelle. Il fouilla dans sa veste, en extirpa sa fiole remplie de Glenfiddich. Dévissa le bouchon, huma les effluves et avala plusieurs lampées sans réfléchir. L'alcool fort lui réchauffa la gorge.

Au cocktail, ne redoutant aucun mélange, il avait bu un peu de tout : champagne, vin blanc, rouge. Accélération de l'ivresse… Cependant ça ne suffisait plus : il lui fallait ses 40° pour aller mieux. Pour aller moins mal. En approchant le goulot de sa bouche, Tassi fixa une nouvelle fois son reflet et lâcha, à voix haute, avec dépit :

— Va te faire foutre, Baranès…

… même si t'es mon dernier ami, songea-t-il en prenant une gorgée plus longue, avant de ranger la fiole.

Baranès n'était pas dupe de son manège : il l'avait repéré, qui changeait régulièrement de serveur, se mouvait d'un côté à l'autre du banquet pour moins attirer l'attention. Forcément, ça finissait tout de même par se remarquer, un grand gars comme lui qui ne parlait à personne mais qui enquillait verre sur verre. Baranès lui avait adressé une série de regards réprobateurs.

Le décevoir était la seule chose qui, ce soir, affectait Tassi.

Larrivoire et son épouse n'étaient pas dupes non plus : Tassi avait aperçu cette dernière faire des messes basses à son capitaine de mari en l'observant de loin. Larrivoire s'était contenté de hausser les épaules, avant de se tourner vers d'autres convives, la mine satisfaite. Tassi se contrefoutait de leur jugement : Larrivoire n'était qu'un lèche-bottes de la hiérarchie, bien plus focalisé sur la politique locale et sur ses bonnes relations avec les maires que sur l'élucidation des enquêtes. Tassi n'avait qu'une piètre opinion des officiers de manière générale, mais de son point de vue Larrivoire était de loin l'un des pires.

Il songea à sa famille. À son ex-femme. À son fils…

Voulut parler à ce dernier, subitement, comme ça lui arrivait trop souvent lorsque l'angoisse l'étreignait. Guillaume possédait un portable depuis peu et, bien que Manon désapprouvât ce genre d'initiatives, Tassi composa le numéro. Il tomba sur la messagerie.

« Bonjour mon chéri. Il est un peu tard, j'imagine que tu vas bientôt aller au lit, prononça Tassi en hésitant. Je pensais à toi, j'espère que tu vas bien. On se rappellera demain, c'est mieux pour toi. Papa t'embrasse fort, passe une bonne nuit. »

Tassi rangea son téléphone et se frotta la tête, avec une sensation de tournis. Manon râlerait peut-être, ce n'était pas son week-end. Mais que faisait-il de mal, après tout ?

Il se demanda comment ils s'étaient occupés, aujourd'hui. Sans doute Manon passait-elle du temps avec son nouveau compagnon – un commercial, pour ce qu'il en savait. L'homme qui prenait désormais sa place. Une place qu'il n'avait pas su garder.

Rien n'y avait fait, rien n'avait suffi à la faire revenir. Pas même la belle maison dont elle rêvait et qu'il avait achetée pour elle, pour eux. Bien trop grande pour lui seul.

Enfermé dans ces toilettes, il eut envie de se foutre en l'air, comme ça lui arrivait au moins trois fois par jour. Sans Guillaume dans sa vie, ç'eût été fait depuis longtemps.

Un jour, peut-être, il s'y résoudrait.

Pas comme ces pauvres bougres qui se rataient ; fusil mal calibré, dans la bouche ou sur le crâne. Le visage arraché, un bout de mâchoire qui pendait… Il en avait vu, des malheureux comme ça, au fil de sa carrière. Suppliciés, devenus prisonniers d'un corps générateur de douleur pure. Incapables même d'implorer qu'on les achève, ce que la société leur aurait de toute façon refusé.

Lui, il ferait ça bien.

Il sortit des toilettes sans croiser personne. Rejoignit la grande salle, dans laquelle les tablées étaient prêtes : une décoration soignée, dans des tons parme. Un disc-jockey sur son estrade, seul dans cette immense pièce sombre, était occupé à ajuster sa lumière et ses musiques. Les talons de Tassi claquaient tandis qu'il se dirigeait vers une lourde porte, qu'il poussa d'un coup sec, libérant une lumière solaire encore très vive, un peu avant 20 heures.

Il avança sur le gravier, en direction du groupe d'une centaine de personnes, toujours agglutinées autour du vin d'honneur. Des enfants couraient un peu partout.

Il ne titubait pas, sa vue était stable ; il fut surpris en apercevant la mariée qui se hâtait vers lui, presque en courant, malgré sa robe.

— Monsieur Tassi ! Jean Baranès et mon père vous attendent !

— Qu'est-ce qui se passe ?

— Venez, ils vont vous le dire...

Elle l'engagea à la suivre et ils se frayèrent un passage parmi les invités. Apercevant les deux gendarmes près du parking, elle leur fit signe et Tassi et elle avancèrent jusqu'à eux.

— Je te cherchais, où t'étais ? s'enquit Baranès.

— Aux toilettes, c'est tout.

— J'ai reçu un coup de fil de Sébastien. Niels et lui sont à Presles-la-Vallée ; une fillette a disparu, la fille de Didier et Sylvie Morin, les gérants du Bellevue. Personne sait où elle est depuis trois ou quatre heures. Apparemment, c'est très tendu sur place. Niels et Sébastien, ça suffit pas, il faut qu'on soit plus nombreux pour aider et encadrer les gens. Donc faut qu'on y aille, quitte à revenir après..., déplora-t-il en regardant la mariée et son père.

— Tu penses que ça va aller ? demanda Larrivoire. Tu veux que je vienne voir la situation ?

— Non, tu rigoles ? On se débrouillera sans problème. Je te donnerai des nouvelles, garde ton téléphone près de toi.

— C'est vraiment dommage…, regretta la mariée en les voyant sur le point de partir.

— Vous savez, la rassura Baranès, on sera sûrement de retour avant le dessert. Peut-être même avant le plat principal.

— C'était une belle fête en tout cas, félicitations, dit Tassi à la jeune femme. C'est malheureux mais c'est comme ça, le métier passe avant tout.

Secrètement réjoui de mettre les voiles, il n'éprouva cette fois aucune difficulté à leur sourire.

★

Ils préférèrent faire un détour rapide à la caserne, afin d'ôter leur tenue de cérémonie et d'en enfiler une plus *opérationnelle*. Puis ils prirent la route en direction de Presles-la-Vallée.

Après que Baranès eut garé son Toyota Rav 4 dans une rue piétonne au dénivelé redoutable, Tassi et lui découvrirent une effervescence qui n'annonçait rien de bon : des habitants allaient et venaient et se hélaient de loin avec des voix puissantes. Certains couraient en direction du centre du village, en tenant des Maglite. Les deux gendarmes gravirent les marches menant à l'esplanade.

Une centaine de personnes y étaient réunies et s'agitaient dans un tapage incroyable. Sébastien, leur subordonné, se dirigea vers les deux hommes sitôt qu'il les aperçut.

— Ils veulent faire une battue ! les prévint-il. Des gens arrivent des villages voisins… Personne n'a retrouvé la petite. Niels et moi, on a beaucoup de mal à contenir tout ce monde…

Baranès tapota paternellement son épaule, autant pour le revigorer que pour l'écarter de son chemin, puis il se fraya un passage dans la foule, talonné par Tassi. Devant Le Bellevue, ils aperçurent Didier, entouré d'amis et de voisins, tous nerveux comme lui ; ils s'emportaient contre Niels – gendarme adjoint volontaire –, l'invectivaient presque tandis que ce dernier tentait de les tempérer.

— Hé, Didier ! lança Baranès. Alors, qu'est-ce qui se passe, ta petite a disparu ?

— Enfin vous arrivez ? répondit-il sur un ton de reproche. On a fouillé le village, elle est nulle part. On a fait du porte-à-porte : personne l'a vue, personne sait où elle est. Il faut faire une battue.

La voix du restaurateur, grave et avec l'accent rocailleux de la région, s'abattait sur eux comme une gifle. Apeuré, hors de lui, le gaillard semblait prêt à en découdre avec quiconque s'opposerait à lui.

— Didier, dis-moi, qui l'a vue en dernier et quelle heure il était ?

— Elle avait pris son goûter juste avant… il était… je ne sais pas, moi ! 16 h 30 à peu près… Je leur ai déjà répété tout ça, à eux ! s'agaça-t-il en désignant Niels et Sébastien tour à tour, de sa main épaisse.

— Qui l'a vue en dernier ? insista Baranès en restant calme.

— J'en sais rien ! Elle jouait à cache-cache… Elle cherchait les gosses, en bas de l'esplanade. Peut-être un petit qu'elle a trouvé, le fils des Joliet. Ou Mme Coelho : elle l'a vue marcher devant son tabac…

— Tu les as interrogés ? demanda Baranès en se retournant vers Sébastien.

— Oui, il a raison, ils ont vu Justine en bas mais elle était seule.

Baranès souffla en réfléchissant. Tassi se tenait à ses côtés, haute stature silencieuse. Il jaugeait les amis de Didier, qui le fixaient également d'un regard noir. Visiblement, tous considéraient leur arrivée davantage comme un obstacle que comme une solution. Sylvie sortit bientôt du restaurant et s'approcha de son mari, bouleversée, la figure rougie par les larmes. Les gendarmes la saluèrent.

— Écoutez, reprit Baranès, il faut pas s'emballer. Les enfants, ça fait des bêtises... Justine jouait à cache-cache : elle a pu trouver une très bonne cachette et y rester pour faire une blague...

— Pendant quatre heures, cachée au même endroit ? Tu fais exprès ou t'es con ? rétorqua Didier du tac au tac, hargneux.

— Calme-toi, d'accord ? Je vous comprends mais les fugues d'enfants, ça existe, je l'invente pas. Est-ce que vous l'aviez punie récemment, est-ce qu'elle était triste ?

— Non, tout allait très bien, affirma Sylvie en secouant la tête. Je t'assure.

— Une fugue à sept ans ? Vous êtes sérieux ? s'immisça un voisin avec une grimace méprisante. Allez, vous servez à rien ! Vous nous faites perdre du temps, laissez-nous !

— Toi, la ferme ! réagit fermement Tassi d'un ton menaçant. On n'est pas tes copains, tu nous parles pas comme ça.

— Il te dit que sa fille est pas du genre à fuguer, écoute-le ! répliqua le type, sans baisser les yeux. On a déjà perdu du temps à vous attendre. Retournez faire la fête à votre mariage, ou alors faites ce qu'il faut !

Didier écarta les bras afin de le modérer, puis s'adressa plus solennellement aux gendarmes :

— Écoutez, ça fait trois heures qu'on cherche ma fille. On a fouillé partout et demandé à tout le monde de se réunir ici pour lancer la battue. Alors les discussions, c'est fini ! On la fait maintenant !

— Did', écoute..., dit Baranès, d'une voix plus posée. Il va bientôt faire nuit...

Le gendarme désigna le ciel qui, en effet, arborait des tons violacés. À l'horizon, le soleil avait presque disparu derrière les collines.

— Fouiller la nature pendant la nuit, ça donnera rien. On va juste épuiser tout le monde, pour aucun résultat. Il vaut mieux continuer les recherches dans le village, recueillir des témoignages utiles. On y verra plus clair demain matin, dans les deux sens du terme, lui assura-t-il avec un sourire bienveillant. Et si vraiment on n'a rien, à l'aurore, je te promets qu'on fouillera les collines avec les effectifs suffisants.

Didier le fixa pendant un instant, l'air dur, puis fit un pas vers lui avant de trancher :

— On n'a que trop attendu. Les gens sont là pour ma fille, pour ma femme et moi, pas question qu'ils aillent dormir. On fait la battue maintenant, avec ou sans vous !

★

Les collines obscures, au loin, ne se détachaient presque plus du ciel, sombre lui aussi. Elles semblaient les observer, tous, tandis qu'ils avançaient vers elles, telles des divinités toisant des hommes ou tels des hommes étudiant des fourmis. Inquiétantes, intimidantes. Il régnait une atmosphère surréaliste dans ces rues qu'ils montaient. Presque de fin du monde, songea Tassi, qui fermait la marche avec Sébastien. Baranès, lui, avançait en tête, suivi par Didier et ses proches. La file humaine s'étendait sur une centaine de mètres au moins. Régulièrement, des volontaires se greffaient au groupe, mus par une solidarité totale. Tous allaient sans mot dire et seul le bruit de leurs bottes et chaussures résonnait.

Malgré les lampadaires au-dessus de leurs têtes, les ombres dans les recoins des bâtisses étaient innombrables. Par les fenêtres ouvertes de certains appartements, des femmes, restées pour garder les petits, suivaient du regard, en compagnie de ces derniers, le convoi qui progressait.

Les torches s'allumèrent : celles, puissantes, des gens équipés, ainsi que celles, plus modestes, des personnes n'ayant que leur téléphone portable. La végétation encerclait Presles et l'expression « chercher une aiguille dans une botte de foin » prenait ici tout son sens. Faisant fi de la difficulté, les villageois optèrent pour une direction, avec courage. D'aucuns prirent des chemins fréquemment empruntés, d'autres formèrent une ligne étendue en largeur afin de ratisser méthodiquement le plus d'espace possible. Les bottes foulaient les cailloux, la terre, les plantes, se prenaient dans les racines et les pierres. Les faisceaux de lumière balayaient les herbes, fouillaient les buissons. Des voix s'élevaient, ci et là, résonnant dans la vallée, adjurant les autres de ne pas se disperser. À ces cris se mêlaient les aboiements des chiens et le tintement des clochettes à leur collier. Des chasseurs, venus avec leurs bêtes, apportaient leur aide de bon cœur. Les limiers, cependant, étaient surexcités et partaient en tous sens, plus intéressés par le gibier que par l'enfant disparue, dont on leur avait fait renifler quelques vêtements.

Parmi ces animaux, Tassi distingua soudain un berger allemand, qui traînait derrière sa longue laisse un sacré phénomène. Ne le connaissant que trop bien, il le considéra avec défiance : Gabin Lepage, un grand type assez maigre, âgé d'un peu moins de vingt-cinq ans. Un semi-marginal, aux cheveux longs et à la barbe dense, peu apprécié des gens d'ici. Tassi jugea sa présence étonnante. Lepage habitait seul avec son chien dans une bicoque située plus haut dans la montagne, officiellement achetée avec l'argent de sa famille. Il subvenait lui-même à ses besoins grâce à ses chèvres et à son potager. Certains l'accusaient – avec raison, d'après Tassi – de maraude et même de faire pousser du cannabis sur ses terres. Il avait été surpris par des gendarmes à fumer du shit avec des copains – altermondialistes comme lui – mais aucun plant n'avait été trouvé. Il n'avait été frappé d'aucune condamnation, pas plus que l'année précédente, lorsque les parents d'une adolescente du pays avaient porté plainte contre lui pour détournement de mineure. Une gosse de quinze ans. Les parents avaient fini par retirer leur plainte et Lepage s'en était sorti ; néanmoins, beaucoup de gens du coin, dont Tassi, le haïssaient depuis lors. Il était *persona non grata* dans de nombreux endroits du village, ce qui rendait sa participation à la battue insolite aux yeux du gendarme.

Les fouilles continuèrent, les heures défilèrent. Les hommes s'aventuraient de plus en plus loin, se risquant à grimper sur d'imposants rochers. Tassi ne distinguait plus Baranès, ils communiquaient seulement à l'aide des portables. Ils n'étaient que quatre équipiers et ne pouvaient rien faire de très concret. Les recherches avant le lever du jour risquaient de ne rien donner, Tassi le savait.

Il s'écarta d'un groupe qu'il escortait et entreprit de rejoindre une butte. La montée lui demanda beaucoup d'efforts, les aspérités du sol manquant de le faire trébucher plusieurs fois. Arrivé en haut, il apprécia le somptueux point de vue : l'échappée sur le village illuminé, les hommes épars, avec leurs lampes qui lui évoquèrent des lucioles. Autour d'eux, les ténèbres recouvraient tout.

Tassi avait cruellement soif ; il en tremblait presque et termina d'un trait le contenu de sa fiole. Puis il sortit une cigarette, l'alluma. Les taffes l'apaisèrent un peu.

Plus bas, le nom de Justine continuait de retentir. Des voix lointaines de femmes, d'hommes. *Où peut bien être cette gosse ?* se demanda Tassi. Les choses s'annonçaient mal, ses parents le sentaient bien : une enfant de sept ans ne disparaissait pas comme ça pendant une dizaine d'heures, quelque chose s'était produit, un accident ou un enlèvement. Il y avait beaucoup de passage dans les environs, des touristes qui pouvaient se trouver n'importe où à l'heure actuelle. C'était là le pire scénario possible. Le village étant dépourvu de caméras, les gendarmes n'auraient d'autre possibilité que de s'appuyer sur d'éventuels témoignages.

Si les parents avaient raison de s'inquiéter, Baranès n'avait pas tort non plus : tous ces hommes et femmes pleins de bonne volonté s'écrouleraient au matin, harassés, et il faudrait quantité de renforts – des professionnels, cette fois – pour prendre la relève.

Tassi approcha la flamme de son briquet de l'extrémité d'une deuxième cigarette. Il avait déjà croisé cette fillette, à quelques reprises, et gardait le souvenir d'une enfant discrète, souriante. Depuis que sa propre fille avait perdu la vie dans l'accident, il prêtait davantage attention à celles des autres : il observait leurs gestes, écoutait leurs réactions et se demandait si Lisa se serait comportée de la même manière.

Justine avait elle aussi des cheveux blonds, ainsi que de jolis traits ; tout pour devenir une superbe jeune femme.

Ces pensées réveillèrent les angoisses du gendarme et il eut soudain le tournis. En écrasant soigneusement sa cigarette, il songea, comme des milliers de fois avant ce moment, que voir son enfant disparaître ou mourir était la plus terrible épreuve pour un parent. Dominique Tassi n'aurait souhaité cela à personne, pas même à la pire des crapules.

★

Les premières lueurs du jour glissèrent sur les cimes des collines aux alentours de 5 h 30. Par SMS, Baranès donna rendez-vous à Tassi au Bellevue, et ce dernier fut le premier à arriver sur place. Si la surface de l'esplanade était éclaboussée de soleil, l'intérieur du bistrot était quant à lui plongé dans une relative obscurité. Sylvie était assise à une table au fond de la salle, en compagnie de deux dames âgées qui la soutenaient. Sa belle-sœur était également là, allongée sur une banquette et endormie.

En entrant, Tassi inclina la tête une première fois pour saluer Sylvie ; puis la secoua afin de lui signifier qu'il n'y avait rien de nouveau. La maman de Justine, qui avait déjà beaucoup pleuré, grimaça en posant sa main sur son visage.

Tassi resta immobile un instant, puis focalisa son attention sur le bar. Il continuait de crever de soif, le manque le tenaillait.

— Tu veux boire ou manger quelque chose ? lui demanda Sylvie, comme si elle lisait dans ses pensées.

— Oui, je veux bien. Ne bouge pas, je vais me servir.

Tassi fit quelques pas jusqu'à l'arrière du comptoir. Il examina les différentes bouteilles, quand Sylvie se leva subitement pour le rejoindre.

— Regarde, dit-elle en approchant, j'ai fait du café. Tu en v…

La main de Tassi attrapa la sienne au moment où elle saisissait le manche de la cafetière. La poigne, ferme sans être brutale, l'interrompit dans son action et elle tourna la tête vers lui, incrédule. Leurs visages étaient tout près.

— Je préférerais quelque chose de plus fort, si ça ne t'embête pas, murmura-t-il.

Sylvie frissonna. Elle paraissait très vulnérable, ses yeux étaient vitreux.

— Tu es sûr ? lui demanda-t-elle d'une voix éteinte.

— Ça va aller, Sylvie...

Il relâcha la pression sur son poignet, puis leva la main jusqu'à sa joue, qu'il caressa doucement, en continuant de la fixer. Sylvie esquissa un sourire las puis, comme égarée, retourna à sa place.

Tassi croisa le regard de l'une des deux vieilles dames, restée sur sa chaise. Elle l'observait sans dire un mot, l'air réprobateur ; un visage buriné par le soleil et par le vent, songea Tassi. Une face acrimonieuse, digne d'un gros plan d'un film de Sergio Leone.

Le gendarme se fichait de son approbation et, saisissant le goulot de la bouteille de Jack Daniels, s'en servit un plein verre, qu'il avala sur-le-champ.

Baranès ouvrit alors bruyamment la porte du bar.

— Tu es là..., constata-t-il, satisfait, en découvrant Tassi.

Puis il se tourna vers les femmes au fond de la salle, avec une mine soucieuse.

— Sylvie, on n'a rien pour l'instant, même si les hommes se donnent du mal. Le positif, c'est que le jour s'est levé et qu'on va pouvoir intensifier les recherches. J'attends beaucoup plus d'effectifs et je vais me débrouiller pour qu'on nous envoie un hélicoptère. On fait notre maximum et on ne lâche rien, d'accord ?

Sylvie acquiesça de la tête et Baranès s'adressa cette fois à son collègue :

— Dominique, viens, s'il te plaît.

Baranès sortit en premier, suivi de Tassi. La place était déserte à cette heure-ci, on ne percevait plus aucun son ni aucune voix.

— Est-ce que t'es en état de conduire ? demanda-t-il sans préambule.

— Bien sûr, oui, rétorqua Tassi sans se démonter.

— T'as bu, hein ?

— Pas beaucoup... Juste pour tenir...

— Bon, coupa Baranès avec un geste de la main. J'ai de nouveau eu Larrivoire, il va venir prendre le commandement. Les collègues de Nîmes nous envoient des renforts et on attend aussi des militaires avec une brigade cynophile. Le point de ralliement est à la caserne, j'ai besoin que tu y ailles ; tu te reposes un moment, le temps qu'ils arrivent, et ensuite tu les briefes, d'accord ?

3

LES ROUTES ÉTAIENT PRESQUE DÉSERTES à cette heure-ci, un dimanche matin. Les virages s'enchaînaient devant Tassi qui, éreinté, peinait à ajuster sa vitesse. Le problème ne venait nullement du verre de Jack ingurgité peu avant, au contraire ; Baranès lui-même n'ignorait pas que c'était en période de manque qu'il tremblait et se sentait le plus mal. Les festivités de la veille, suivies de la nuit blanche, commençaient par contre à avoir raison de son éveil.

Tassi roula en sous-régime, puis l'inverse, manquant de faire une sortie de route… Et se reprit juste à temps, d'un brusque coup de volant.

Il s'en voulut, se frappa les joues et sous le menton pour retrouver un peu de lucidité, songea à sa fille, à son fils…

Et un instant après, par hasard ou par une quelconque transmission de pensée, il reçut un appel de Guillaume. Tassi agrippa maladroitement son téléphone, le manipula en s'efforçant de garder les yeux rivés sur la route, puis le porta à son oreille.

« Mon chéri, allô ? Je suis en train de conduire. Attends, attends un instant, je vais me garer… Quelques petites secondes, d'accord ? Ne quitte pas ! »

Tassi accéléra pour gagner un bas-côté situé à moins de trois cents mètres. Il arriva un peu trop rapidement sur l'espace exigu, freina fort et ses pneus firent s'envoler un épais nuage de poussière.

La communication passant mal, Tassi ouvrit sa portière et sortit sous un soleil déjà très vif. Tout était calme aux environs. Le relief montagneux s'étendait à perte de vue.

« Est-ce qu'ici tu m'entends mieux ? (…) Bon, comment tu vas, mon chou ? Tu te réveilles tôt, dis donc », remarqua-t-il en regardant sa montre.

Au soulagement de Tassi, son fils, à onze ans, n'avait pas encore franchi la cruelle frontière de l'adolescence et continuait de voir en son père le meilleur des compagnons et un modèle, avec lequel chaque heure passée était un délice.

« Maman est toujours au lit ? (…) D'accord, tu les laisses dormir, alors… Qu'est-ce que vous avez fait hier soir ? »

Tassi écoutait la réponse et grimaçait un peu, agacé par l'imperfection du réseau, qui hachait la discussion. Le gendarme fit quelques pas autour de sa voiture afin de chercher un meilleur emplacement et s'approcha du vide, le visage tourné vers l'horizon.

« Parfait, et qu'est-ce que tu as prévu aujourd'hui ? (…) Tu fais bien tes devoirs, hein ? T'as de bonnes notes, il faut continuer… »

Tassi pivotait sur lui-même, ébloui et toujours irrité de mal entendre.

« Écoute-moi, j'ai pas de réseau, c'est vraiment pénible. Je t'entends mal, ce que je vais faire, c'est que je vais te rappeler un peu plus tard, d'accord ? Là, on est sur une grosse enquête, j'ai beaucoup de travail mais je vais trouver le temps. (...) Je te téléphone à un endroit où ça passera mieux, merci de m'avoir rappelé... À tout à l'heure, gros bisous... »

Tassi raccrocha et resta un instant à fixer son téléphone, en déglutissant, la gorge sèche. Il se frotta le visage et se sentit poisseux dans ses vêtements. Puis il effectua quelques pas, toujours très près du ravin, et profita d'un courant d'air frais salutaire. Il s'arrêta face au vide pour respirer un peu. Il n'y avait aucun bruit, hormis le léger souffle du vent. Tassi dominait une immense vallée, dont le fond était tapissé d'une végétation tantôt très dense, tantôt clairsemée. Point d'habitations de ce côté-ci, seulement des arbres à foison, de la terre sèche et de la rocaille.

Et autre chose...

Dans un espace dégagé, un point, des couleurs retinrent son attention. Tassi plissa les yeux.

L'alcool et la chaleur n'arrangeaient pas sa vue. Le gendarme regretta de ne pas avoir de jumelles avec lui et entoura son visage de ses deux mains, pour faire pare-soleil.

Peu à peu, sa conviction se renforça : un homme creusait, sans raison apparente, au milieu de cette immensité. Un trou profond, large. Sur un côté, presque sous les arbres, il distingua une forme, d'abord sans identifier de quoi il s'agissait. Quand enfin il y parvint, son sang se glaça.

★

Les gouttes de sueur dégoulinaient sur ses tempes, jusqu'à sa mâchoire. Les branches et les feuilles fouettaient son visage déjà écorché tandis qu'il progressait dans la nature quasi inextricable. Il s'efforçait de les repousser d'une main, en tenant de l'autre son Sig Sauer, le long de sa cuisse.

Essoufflé, hagard.

La frondaison des arbres n'était pas très haute à cet endroit et il se déplaçait sans visibilité dans une uniformité étourdissante, s'appuyant seulement sur son instinct et sur son sens de l'orientation, qu'il jugeait généralement fiables.

C'était par-là, forcément ! Il devait retrouver l'endroit.

Soudain, il entendit des aboiements au loin et s'arrêta net, surpris. Il se figea, à l'écoute. Les jappements se poursuivaient... Il pointa son arme devant lui en grimaçant et se mit à courir.

Bientôt l'horizon se dégagea et les arbustes firent place à un petit terrain plat, découvert et ensoleillé. Un berger allemand, excité, remuait la queue en aboyant. Le trou creusé était bien là, avec une pelle sur le côté, et un homme se tenait accroupi derrière, son dos nu tourné aux trois quarts. Un genou au sol, il portait quelque chose dans ses bras...

Tassi aperçut la petite tête aux longues mèches blondes et bouclées, qui oscillaient comme au ralenti... Le corps, que soulevait l'individu, était masqué par son bras et par son dos. Le berger allemand s'approcha d'un pas lent de Tassi. Il montrait les dents en grognant. Tassi le mit aussitôt en joue, prêt à faire feu, tout en s'adressant à son maître d'une voix puissante :

— RETOURNE-TOI ! MAINTENANT !

Gabin Lepage sursauta, puis obéit. Il dressa sa haute silhouette, portant toujours l'enfant. Tassi put mieux observer la fillette inanimée : sa tête était penchée en arrière, dans le vide ; ses jambes étaient nues et le reste de son corps était couvert par la chemise de Lepage. Son visage, de profil, paraissait diaphane.

— Je l'ai trouvée, monsieur ! Elle était là ! clama Lepage en tremblant.

Le berger allemand avança de quelques pas supplémentaires en direction du gendarme, dans une posture hostile.

— Pose-la immédiatement, ordonna Tassi. Et rappelle ton chien ou je lui tire dessus !

— Non ! implora Lepage.

Il déposa le petit corps sur la terre sèche, avant d'appeler sa chienne. L'animal, docile, le rejoignit et s'assit à ses côtés.

— Elle respire plus, monsieur, il lui faut du secours ! J'ai essayé de l'aider ! Monsieur, j'y suis pour rien, vous me croyez, hein ?

— Qu'est-ce que tu faisais là ? l'interrogea Tassi en le visant avec son arme.

Sa vue était trouble, il se sentait très mal, en proie à des vertiges, et essuya la sueur sur son visage avec sa manche.

— J'ai entendu du bruit ! Un coup de feu ! Alors on est venus avec ma chienne, et on l'a trouvée là !

— T'as vu quelqu'un ?

— Non..., hésita Lepage. J'ai rien vu mais je sais que quelqu'un était là, forcément... celui qui a creusé ce trou ! Je viens juste d'arriver ! affirma-t-il avec un rictus paniqué et en faisant un pas en avant.

— NE BOUGE PAS ! Tais-toi, et couche-toi ! Allonge-toi par terre !

Tassi avança avec un visage franchement haineux, cette fois. Lepage obtempéra en tremblant de plus belle ; s'agenouilla, les bras écartés, puis s'étendit lentement, face contre terre, en marmonnant des supplications :

— Je vous jure, monsieur, que j'y suis pour rien, je vous le jure...

— Ferme ta gueule… Ferme-la…, répéta Tassi en le visant, avec une voix plus étouffée. Je veux plus t'entendre ! Je vais venir vers toi, alors mets tes mains dans le dos et ne bouge pas…

Tassi observa Gabin Lepage à plat ventre et réfléchit. La chienne, désormais calme, jaugeait elle aussi son maître d'un air dubitatif et choisit de se coucher à son tour par terre, en respirant rapidement, la langue tirée.

Tassi fit le tour de la fosse, sans baisser son arme. En nage, il s'approcha du corps inerte de Justine, enroulé dans la chemise.

Son visage lui évoqua celui d'une poupée, aux traits infiniment doux. Elle était tellement pâle…

Tout comme Lepage, Tassi ne maîtrisait plus ses tremblements ; il s'inclina lentement jusqu'à elle, posa un genou au sol et palpa sa carotide…

Il ne ressentit aucune pulsation, seulement le contact d'une peau désespérément froide.

La chaleur, l'émotion, la fatigue. L'horreur…

Tassi sentit ses larmes monter, couler sur ses joues moites. Il s'essuya le nez, sans plus maîtriser grand-chose.

La colère, insondable…

Une autre enfant, morte devant lui.

Et lui qui vivait. Pourquoi ?

Elle lui rappelait tellement Lisa… Il songea à ses parents, à leur désespérance à venir.

Il n'y eut soudain plus aucun bruit, hormis la respiration haletante du berger allemand et le chant incessant des cigales.

Ils étaient seuls, sous le soleil accablant ; Tassi luttait pour ne pas s'effondrer, pourtant il devait tenir ; rassembler ses esprits ; faire le nécessaire, ne pas se rater.

Il examina la figure de Justine, les longs cils ourlant ses paupières fermées. La vie s'était échappée d'elle depuis des heures au moins. Il devait voir le reste, ôter le tissu.

Du bout des doigts, Tassi souleva une extrémité de la chemise blanche et l'écarta du corps. Justine avait été étranglée, les marques sur son cou en témoignaient.

Puis il baissa le regard... et les blessures qu'il découvrit sur le torse de la petite fille l'épouvantèrent. Il réprima un haut-le-cœur.

— Elle est morte, monsieur ? demanda Lepage, toujours allongé sur le sol et lui aussi très perturbé.

Tassi leva son arme dans sa direction et l'avertit, en réprimant ses sanglots :

— Tais-toi... Tais-toi, je t'en conjure...

— J'y suis pour rien..., ajouta tout de même Lepage d'une voix sourde.

Les diverses plaies, sur le cadavre, étaient dépourvues de sang et avaient visiblement été lavées avec soin. À contrecœur, Tassi se déplaça pour observer le sexe de l'enfant. Les traces de viol étaient manifestes, comme celles d'autres sévices.

Il ne put se contenir et chancela jusqu'à un arbre, au pied duquel il vomit.

Du coin de l'œil, il s'efforçait de surveiller Lepage, qui restait immobile sous la lumière brûlante ; Tassi se reprit tant bien que mal et retourna près du corps de Justine afin de le recouvrir respectueusement de la chemise ; puis il avança jusqu'à Gabin et s'immobilisa juste devant lui, en braquant son arme sur sa tête. Gabin la releva un peu et, voyant la haine dans le regard du gendarme, ainsi qu'un mélange de détermination et de peur, il le supplia en pleurant :

— Non, pitié, je vous en prie... Pitié...

Tassi, qui avait également les larmes aux yeux, se pencha davantage sur lui et pressa le canon de son Sig Sauer sur l'arrière de son crâne. Il resta ainsi un long moment, silencieux, en réfléchissant à la solution la plus sage.

Soudain, il ouvrit l'étui de ses menottes et s'accroupit pour les glisser autour des poignets de Lepage, qui geignit de douleur.

Puis Tassi se redressa et s'éloigna de quelques pas, en se frottant le visage. Il saisit son téléphone en continuant de marcher et composa le numéro.

4

— On a des témoins qui disent l'avoir vu dans le village au moment de la disparition, il est cuit mais il nous faut ses aveux, annonça fermement Baranès.

Il se trouvait dans le bureau de Tassi, en compagnie de ce dernier, de Larrivoire, de Niels et d'un autre gendarme. Soudain, Sébastien passa la porte et la referma derrière lui.

— Enfin, tu arrives ? lui reprocha Baranès.

— Je l'interrogeais, expliqua Sébastien. Du coup, il est seul…

— C'est très bien qu'il soit seul, laisse-le. Il faut qu'il soit anxieux, qu'il réfléchisse aux conneries qu'il a faites. Qu'est-ce que ça donne ?

— Je faisais un « PV de chique », je le laisse parler sans l'interrompre, j'attends qu'il livre une info compromettante et que ça le trahisse…

— Il a eu l'entretien avec son avocat ?

— Oui, intervint Tassi.

— Mais ça n'a rien changé à sa défense, dit Sébastien, il continue de tout nier en bloc, il est arrogant et imprécis. Il réclame tout le temps de dormir, et à boire.

— Ah oui ? On le laisse pas dormir avant le milieu de la nuit, ordonna Baranès à l'assemblée. Et pour le verre d'eau, t'attends au moins une heure.

— On va pouvoir aller au bout de la garde à vue ? demanda Sébastien.

Cette fois, ce fut Larrivoire qui répondit :

— Le procureur accepte que nos OPJ continuent de l'interroger. Il n'a personne à nous envoyer tout de suite, et surtout il pense qu'on est les mieux placés pour pousser Lepage dans ses retranchements, vu qu'on l'a arrêté et qu'on connaît les gens du coin ; lui, particulièrement. On n'aura peut-être pas 48 heures mais on a largement le temps.

— Comme je le disais, reprit Baranès, on DOIT obtenir ses aveux. Je pense que c'est bien qu'il n'ait que deux interlocuteurs ; Sébastien et Dominique. Qu'est-ce que t'en penses ? demanda-t-il à ce dernier.

— Je vais aller me montrer un peu, approuva Tassi. Je laisse Sébastien continuer, après je le reprends.

— Qui fait le « sympa » ?

— Moi, dit Tassi.

— Très bien. Je veux que vous prépariez un dossier avec écrit en gros « GABIN LEPAGE » dessus ; vous mettez n'importe quoi dedans, de vrais PV ou des faux, il faut juste que ce soit épais et que son nom apparaisse sur des tas de chemises pour que ce connard flippe et soit convaincu qu'on a de quoi le faire tomber. Je crois que c'est tout pour l'instant, réfléchit-il. Quelque chose à ajouter ?

— Les médias vont avoir les yeux rivés sur vous, intervint à nouveau le capitaine Larrivoire, d'une voix calme et claire. J'ai bien conscience que vous êtes tous éreintés, mais il faut tenir et envoyer au juge d'instruction un dossier le plus verrouillé possible. Je sais que vous serez à la hauteur.

Baranès opina, fit signe qu'ils en avaient fini et tous sortirent du bureau, sauf Tassi et lui. Dès qu'ils furent seuls, il tança son collègue :

— Tu pues le whisky, bon sang, fais attention avec Larrivoire !

Tassi ne répondit rien, un peu confus.

Soudain, l'adjudant-chef ajouta :

— Sers-moi un verre, s'il te plaît. Mais toi, n'y touche plus !

Tassi, étonné par cette demande inhabituelle, dévisagea Baranès, puis sortit une bouteille de Glenfiddich de l'un de ses tiroirs et en versa dans un gobelet, avant de le lui tendre. Les deux hommes se connaissaient bien et Tassi, perspicace, lui demanda :

— C'était difficile, avec Didier Morin ?

— Difficile ? répéta Baranès, avant d'avaler l'alcool d'un trait. Nom de Dieu, il a hurlé comme une bête, ils l'ont entendu jusque dans la colline. Et le visage tordu de sa femme… C'était presque pire à voir. Ils sont tous prêts à l'exécuter, tu sais, sur la place publique. Il faut qu'on lui fasse cracher le morceau et qu'on l'expédie vite loin d'ici.

★

— Pourquoi elle était enveloppée dans ta chemise, la gosse ? l'interrogea Sébastien.

— J'ai voulu l'aider. Elle était par terre, toute nue, j'ai voulu l'habiller…

Lepage, prostré, s'exprimait lentement. Il était assis face à Sébastien, lequel pianotait sur les touches de son clavier au gré de ses questions et des réponses. Tassi se tenait debout contre un mur, derrière Lepage, et Baranès était assis dans un coin de la pièce.

— Tu trouves un cadavre, et toi, ton premier réflexe, c'est de l'habiller ?

— Je savais pas si elle était morte, j'étais pas sûr…

— Ah oui ? Tu lui as aussi fait du bouche-à-bouche, c'est ça ?

— Oui.

— Tu nous prends pour des cons ? s'emporta Sébastien. La petite était froide depuis des heures quand tu dis l'avoir trouvée. Elle respirait plus.

— J'en étais pas sûr…

— On n'a pas encore les résultats du labo mais je suis prêt à parier qu'il y a ton ADN partout sur elle. Rien de ce que tu nous racontes ne tient, tout ça c'est des foutaises ! Crache la vérité, Gabin !

Fini le « PV de chique », Sébastien était passé au « PV d'enferrement », qui consistait à mettre le suspect face à ses contradictions, tout en dévoilant les différents indices à charge.

— Qu'est-ce que tu foutais à cet endroit ?

— Je vous l'ai dit cent fois…, marmonna Lepage.

— Vas-y pour une cent-unième, alors !

— J'ai entendu le coup de feu…

— Le coup de feu que t'es le seul à avoir entendu ? L'endroit où a été creusé le trou est totalement paumé dans la nature et on n'est pas en période de chasse. Bon, admettons… Admettons que t'aies entendu ce coup de feu, comment t'es arrivé à localiser le corps ?

— J'avais ma chienne, elle m'a aidé à trouver… D'ailleurs, s'anima soudain Lepage, elle est où ma chienne ? Où elle est, qui s'en occupe ?

— T'inquiète pas de ça… On s'en fout.

— Elle est où ? RÉPONDEZ-MOI ! s'emporta-t-il, dévoré d'inquiétude.

N'obtenant pas de réponse, il frappa la table du plat de la main, tout en se redressant.

— EH OH ! Assieds-toi !

Sébastien s'était lui aussi levé et se faisait menaçant, tandis que Baranès saisissait Lepage par les épaules et le forçait à se rasseoir.

— Calme-toi ! insista Sébastien.

— Ma chienne ! Je veux savoir où elle est !

— Ta chienne, crois-moi, c'est le dernier de tes soucis à l'heure actuelle...

— Gabin..., intervint Tassi, derrière lui, avant d'effectuer quelques pas pour venir dans son champ de vision.

Il fit un geste à l'intention de Sébastien afin qu'il lui laisse la place et, une fois assis derrière le bureau, il plongea ses yeux fatigués dans ceux du gardé à vue.

— Reste calme, Gabin, d'accord ? Ta chienne va bien. Il faut répondre à nos questions, si tu veux la revoir vite. Pourquoi tu as tué Justine ?

Délibérément et tout au long de l'interrogatoire, Tassi s'évertuerait à lui demander pourquoi il avait commis le meurtre et non pas s'il l'avait fait.

— Je l'ai pas tuée...

Gabin haletait, le visage incliné, un peu comme un boxeur sonné.

— Gabin, y a beaucoup trop d'incohérences dans ce que tu nous racontes. Rien ne tient. On sait que c'est toi, on a toutes les preuves. On attend juste que tu nous aides pour qu'on puisse t'aider à notre tour. Il faut dire la vérité, pour les parents... Et pour soulager ta conscience.

— Je dis la vérité depuis le début, chuchota Lepage, les larmes aux yeux.

— J'y étais, moi, Gabin. Tu peux pas me raconter n'importe quoi. Le coup de feu dont tu parles, je l'ai pas entendu.

Toi, par contre, je t'ai bien vu, penché sur le corps, dans ce coin complètement paumé.

— J'ai entendu cette détonation, je vous le jure... Je sais que vous m'aimez pas... Vous m'avez jamais aimé, mais c'est vrai ce que je vous dis...

— Dis pas ça, Gabin, j'essaye de te venir en aide. Et là tu me mens : un coup de feu sur qui, sur quoi ? grimaça Tassi. La petite n'a pas été tuée par balle, elle a été étranglée. Et on n'a trouvé aucun impact autour de la scène de crime, aucune douille, ni trace de poudre... On a cherché, on y a mis de la bonne volonté, tu sais ; mais... c'est insensé, ce que tu racontes. Qui aurait tiré et pourquoi ? Pourquoi disparaître avant d'enterrer le corps ? Explique-moi...

— J'en sais rien, répondit Lepage d'une voix éteinte. Faites votre boulot.

— C'est ce qu'on est en train de faire. Qu'est-ce que tu foutais de ce côté de la montagne, si loin du village ?

— Je rentrais chez moi.

— C'est pas la route pour aller chez toi...

— J'ai participé à la battue toute la nuit avec ma chienne, je m'étais écarté des petits groupes pour élargir les recherches. Il s'est mis à faire jour et j'ai fait un détour, mais j'allais rentrer chez moi...

— Putain, Gabin..., s'exclama Tassi en passant sa main dans ses cheveux, pour montrer qu'il n'y croyait pas. Combien de temps t'es resté seul avec le corps ?

— Une ou deux minutes.

— Tu mens ! C'est pas vrai, Gabin, c'était beaucoup plus long que ça.

— Non.

— Je t'ai vu depuis la route ! Ensuite, je suis descendu, je me suis garé et j'ai mis du temps, à pied, pour vous retrouver ! Sept bonnes minutes, au moins. Peut-être dix, en tout.

— Vous vous trompez, répondit Lepage en soutenant son regard.

— Et elle se trompe aussi, Mme Coelho, qui dit t'avoir vu devant son bureau de tabac à l'heure de l'enlèvement, passer juste après la gamine ? Alors que toi, t'assures ne pas y avoir mis les pieds ? Elle se trompe, elle aussi ?

— Oui.

— Tu l'as vue, cette petite, et elle t'a plu, reprit Tassi d'une voix plus douce, soufflant le chaud et le froid. Elle était belle, cette gosse… Je sais que t'es pas un monstre, t'as juste eu une pulsion, ça peut arriver… T'as déconné, c'était un accident, peut-être qu'elle a paniqué et… toi aussi ?

Gabin ne le regardait plus et respirait lentement, comme s'il manquait d'air, le dos courbé. Tassi laissa volontairement s'installer un silence, pesant. Avant de l'encourager :

— Ça aurait pu arriver à d'autres hommes. Moi je le sais, les gendarmes savent ce genre de choses… Les gens sont pas parfaits… Dis-moi que t'es pas un monstre et que c'était juste un accident.

— Non !

— T'as toujours aimé les gamines, pas vrai ?

— Arrêtez.

— Tu veux que j'arrête quoi ?

— Toi, arrête de faire le con, intervint sèchement Sébastien. Arrête de lui dire quoi faire, tu réponds à ses questions et c'est tout.

— T'aimes les petites, Gabin, on le sait tous, ici. Tous les gens du coin le savent, t'as déjà eu des ennuis pour ça.

Lepage ne le regardait toujours pas et arborait à présent un air excédé et hargneux.

— ARRÊTE DE FIXER LES MURS, bordel de merde ! tonna soudain Tassi, rompant temporairement avec son personnage du « sympa ». Maud Fromant ! Maud Fromant, tu t'en souviens ?

— Merde, ça n'a rien à voir ! s'énerva Lepage à son tour en agitant les mains et en essayant de se lever de nouveau.

Baranès et Sébastien intervinrent derechef et lui ordonnèrent de se rasseoir.

— Pourquoi ça n'a rien à voir ? continua Tassi en le dévisageant. Y a même pas un an et demi, ses parents portaient plainte contre toi pour détournement de mineure !

— J'ai pas été poursuivi !

— Oui, et tu peux remercier ses parents d'avoir retiré leur plainte, sinon tu serais en taule ! Et Justine Morin serait en vie !

— Comment vous pouvez dire ça ? s'écria Lepage. C'est complètement différent, Maud n'était pas une petite fille, jamais j'aurais touché à une enfant, merde !

— Bien sûr que si, t'es juste monté d'un cran.

La garde à vue de Gabin Lepage dura trente et une heures. Le sentant près de craquer, Sébastien, Baranès et Tassi se succédèrent sans lui laisser de répit, l'assaillant des mêmes sempiternelles questions et énonçant sans relâche les témoignages recueillis contre lui. Tous sortaient d'une nuit blanche, et ils ne l'autorisèrent à se reposer que quatre heures la nuit suivante.

Sur le parking de la brigade, une petite foule s'était agglutinée et des éclats de voix survenaient régulièrement, exigeant la mise à mort du jeune berger. Lepage était terrifié, tant par l'autorité des gendarmes que par la peur de ces représailles. Il ne parvenait plus à suivre et répondait souvent à côté ; alternant les crises de larmes et d'exaspération ; la colère et la déréliction. Tassi et ses collègues, eux, ne lâchaient rien et reprenaient sans cesse depuis le début.

Des tests, qui seraient effectués plus tard, montreraient que le quotient intellectuel de Gabin Lepage n'était que de 88. Soit un nombre dans la moyenne, mais basse. Il souffrait aussi de troubles comportementaux et d'une légère paranoïa, qui n'en faisaient pas un fou mais qui l'avaient conduit à vivre isolé dans les collines, avec la seule compagnie de ses bêtes et de quelques amis lui rendant visite.

Il n'était pas armé intellectuellement pour résister à ce genre d'interrogatoire soutenu. Sans doute les gendarmes l'avaient-ils instinctivement senti et s'en étaient-ils servi alors que les heures défilaient.

L'amour inconditionnel qu'il portait à sa chienne était un moyen de pression et ils en jouèrent, comme de bien d'autres. Tassi fut le plus impliqué des OPJ, ne dormant pas plus que le gardé à vue et s'éloignant du bureau le moins souvent possible. Il fut celui qui offrit une soupe à Lepage, le soir, un pain au chocolat le matin et un sandwich un peu rassis au déjeuner. Il ne se remit jamais en colère contre lui, préférant feindre la bienveillance.

À la trentième heure de garde à vue, alors qu'ils étaient tous les deux seuls dans le bureau, que Lepage tenait dans ses mains tremblantes un gobelet de café et que les cris de villageois résonnaient à l'extérieur, la stratégie finit par payer :

— Ta mère a été appelée, Gabin, elle va venir témoigner, l'informa-t-il d'une voix éraillée, tant ils avaient parlé ensemble.

— Pourquoi ?

— On fait une enquête de personnalité, c'est normal. On va l'interroger.

— Je pourrai la voir ?

— Non. Bien sûr que non.

Gabin implora Tassi du regard, mais il ne trouva plus la force de protester et se contenta de baisser la tête. Ses traits creusés lui donnaient une dizaine d'années de plus que son âge.

— Je peux pas t'aider si tu ne m'aides pas, Gabin, je te l'ai dit et redit. Qu'est-ce qu'elle va penser, ta maman, en voyant ça ? demanda-t-il en désignant la fenêtre aux stores entrouverts, par laquelle on apercevait les gens réunis dehors. Tu crois pas que ce serait mieux que tu lui parles, seul à seule, loin de tout ça ?

— Je voudrais la voir..., murmura Lepage.

— Tu pourras pas. Pas si tu n'avoues pas que tu l'as tuée. Avoue et tout s'arrête : plus d'interrogatoire, tu quittes cet endroit. Tu retrouves ta mère... Elle s'occupera de ton chien, lui aussi sera mieux avec elle plutôt que je ne sais où, dans je ne sais quelle fourrière, tu crois pas ?

Gabin regardait la fenêtre, hagard, et ne réagissait presque pas.

— Là, je peux rien faire pour toi, parce que tu nous mens ! insista Tassi. Tu ne me permets pas de te protéger. Tout le monde sait que c'est toi le coupable, eux, dit-il en pointant du doigt l'extérieur, nous, et on peut le prouver. Les témoins qui affirment t'avoir vu dans le village se multiplient, donc tu mens. Tu n'avais rien à faire dans la zone du crime, personne ne peut croire que tu n'as pas creusé le trou, personne. Personne ne croit que tu n'as pas tué Justine... Le corps a beau avoir été lavé à l'eau et au savon, ton ADN est dessus. Moi, je t'ai vu porter ce corps, Gabin. Tout comme moi, aucun jury populaire ne croira que tu es innocent. Ils te condamneront, avec ou sans aveux, car il y a trop de preuves. Alors rends-toi service, laisse-moi t'envoyer loin d'ici ; dis-moi la vérité, enfin, libère-toi. Dis-moi ce que je veux entendre, ce qui s'est vraiment passé et tu partiras d'ici immédiatement. Et tu ne reviendras plus, tu m'entends, Gabin ?

Le jeune homme, livide, le fixa soudain de ses yeux inexpressifs et gorgés de larmes. Puis il opina doucement.

— Qu'est-ce qui s'est passé, samedi, vers 16 heures ?

Gabin Lepage passa aux aveux. Il relata longuement les faits, sans apporter d'élément nouveau. Il libéra un flot de paroles, qui ne subit aucune interruption des gendarmes, lesquels entraient discrètement dans le bureau et restaient silencieux, afin de ne pas risquer d'interrompre la logorrhée. Seul Tassi le relançait parfois, exigeant des précisions.

Tassi imprima le procès-verbal et le fit relire à Lepage, qui signa.

★

Lundi, à 18 h 16, Gabin Lepage quitta le bureau de sa garde à vue, menottes aux poignets et sous l'escorte de trois gendarmes, dont Tassi faisait partie. Ils longèrent ensemble le couloir menant aux portes de la brigade.

Dehors, une foule haineuse attendait ; le nombre de gens avait encore augmenté, près d'une centaine sans doute, et tous vociféraient, au fait des aveux de Lepage et de son transfert – quelqu'un, parmi leurs collègues, avait vraisemblablement vendu la mèche, ce que Tassi déplorait.

Trois autres gendarmes contenaient les gens et une voiture attendait, moteur allumé, à quelques mètres du perron. Le conducteur, nerveux, se tenait prêt à emmener Lepage jusqu'à Nîmes.

Les sous-officiers escortant Lepage arrivèrent avec ce dernier devant les portes vitrées. Quand Tassi les ouvrit, le vacarme les impressionna tous.

ASSASSIN ! ORDURE ! TUEUR D'ENFANTS ! PÉDOPHILE ! ON VA TE CREVER ! RÉTABLISSEZ LA PEINE DE MORT !

Tassi pressa Lepage pour qu'il se hâte de descendre les marches, mais des villageois parvinrent à s'approcher et à lancer des pierres ; l'une d'elles atteignit Gabin en plein visage ; il cria de douleur, gémit et s'affaissa un instant.

— CONTENEZ-LES, BON SANG ! hurla Tassi à l'intention de ses collègues.

Il aida Lepage à se relever et le guida jusqu'à la voiture, pendant que des gendarmes maîtrisaient les lanceurs, lesquels se laissèrent immobiliser, fiers d'eux.

Sentant que la situation pouvait encore empirer, Tassi dégaina son arme et se tourna vers la foule, l'air furieux.

— ATTENTION ! tonna-t-il, les yeux exorbités, en faisant pivoter sa haute et puissante stature.

Sa voix forte et son air menaçant imposèrent le silence autour d'eux. Puis Tassi se pencha vers Gabin et l'aida à mieux s'installer à l'arrière du véhicule.

— Courage, lui dit-il, ils vont t'emmener te faire soigner...

Lepage avait le visage dégoulinant de sang. Son nez était blessé et une partie de son arcade sourcilière avait éclaté. Sonné, il regarda soudain Tassi avec des yeux implorants. Ses larmes coulaient et souillaient davantage sa figure.

— Je l'ai pas tuée, monsieur... J'ai menti, je vous le jure. Croyez-moi, je vous en prie...

Au même instant, deux gendarmes s'assirent à leur tour dans la voiture et l'un d'eux claqua la portière de Lepage.

Il continuait de supplier Tassi du regard. Ce dernier ne le quittait pas non plus des yeux, muet, comme paralysé.

Il ignorait à quel point cette image – comme d'autres – continuerait de le hanter.

Le véhicule se fraya difficilement un passage au cœur de la cohue, sous les cris et sous les menaces. Et Tassi l'observa qui s'éloignait, immobile sur le parking de la caserne.

2017

5

— ASSEYEZ-VOUS, je vous en prie, prononça le médecin en désignant les sièges devant son bureau, avant de le contourner et de rejoindre le sien.

Le docteur Guillon, un trentenaire plutôt bel homme, se départait rarement de son air sérieux ; cependant, cette fois-ci, Tassi remarqua que la mine qu'il arborait était encore plus grave que les fois précédentes. Tassi avait bien connu un autre docteur Guillon, son père, un généraliste ardéchois qui l'avait soigné pendant des années. Lorsque, récemment, il avait été contraint de consulter un gastro-entérologue, c'est avec amusement qu'il avait découvert leur filiation, qu'il avait informé le fils que son père avait été son médecin traitant et l'avait prié de lui transmettre son bon souvenir.

Après avoir gardé un temps ses yeux rivés sur un dossier ouvert, le docteur Guillon les leva sur Tassi.

— Écoutez, j'ai reçu les résultats de l'IRM, qui confirment malheureusement ceux de l'échographie : vous êtes atteint d'une fibrose hépatique, d'origine alcoolique.

Dominique Tassi resta muet plusieurs secondes face au médecin. Puis demanda, sans montrer de réaction :

— J'ai une cirrhose ?

— Oui, c'est ça.

Tassi détourna le regard, et fixa son attention sur une peinture accrochée au mur face à lui, représentant un voilier en mer.

— Est-ce que je suis foutu ?

— Non ! protesta soudain le médecin avec vigueur. Vous n'êtes pas « foutu », comme vous dites. C'est inquiétant et c'est à prendre très au sérieux, ça oui. Mais vous pouvez tout à fait guérir. En revanche, vous êtes maintenant au pied du mur : vous *devez* – et j'insiste bien là-dessus car vous n'avez pas le choix ! –, vous devez stopper l'alcool, définitivement.

— Je ne peux pas arrêter, répondit Tassi sur un ton évasif et mou.

— Alors dans ce cas vous êtes effectivement « foutu » ! Ou « condamné », dirons-nous plutôt. Écoutez, dit le spécialiste en avançant ses coudes sur le bureau, c'est du sérieux, si vous n'arrêtez pas de boire, tout sera fini très vite. Pourquoi dites-vous que vous ne pouvez pas arrêter ?

Tassi hésita avant de répondre :

— C'est ce qui me permet de tenir.

S'ensuivit un nouveau silence, pendant lequel le patient et son praticien s'observèrent.

— Il faut impérativement que vous vous fassiez aider. Je peux vous orienter vers un psychiatre.

— Je n'en veux pas.

— Pourquoi ?

— J'en veux pas, c'est tout.

— Alors pensez à ceux qui comptent pour vous. Votre fils ? Que dirait-il à votre avis ?

Pour la première fois dans leur échange, Tassi tiqua en l'entendant évoquer Guillaume. Le médecin s'en aperçut et insista :

— Je me souviens que vous m'avez dit qu'il venait lui aussi d'être papa d'un petit garçon. Vous n'aimeriez pas voir cet enfant grandir ? Et vous ne croyez pas que votre petit-fils aimerait avoir son grand-père le plus longtemps possible ?

Tassi le toisa d'un regard noir, et le docteur Guillon reprit plus doucement :

— Écoutez, quand je lui ai transmis vos amitiés, mon père m'a informé du drame qui est arrivé à votre fille et j'en suis, croyez-moi, sincèrement désolé. J'ai moi-même deux enfants et je ne peux même pas imaginer l'horreur que ça doit être. Mais, même si la douleur est terrible, il faut aussi penser aux vivants. Je ne connais pas votre fils mais j'imagine qu'il a besoin de vous ?

— Docteur, j'ai conscience de ça, dit Tassi comme si chaque mot lui pesait. Depuis toutes ces années, Guillaume est la seule raison qui m'a fait tenir. La seule, je dis bien…

— Eh bien pensez à lui. Battez-vous encore un peu pour lui, pour eux. Dans le cas contraire, vous ne vous en sortirez pas.

Un ange passa dans le cabinet médical.

— Si j'arrête l'alcool, demanda enfin Tassi, quelles sont les chances que je m'en sorte ?

— Elles sont grandes ! assura le spécialiste.

— Je vivrai quoi qu'il arrive ?

— Écoutez, nuança-t-il, je ne vais pas vous mentir, il subsistera quand même un risque de cancer.

— De quel pourcentage environ ?

— Je n'aime pas donner de chiffres, grimaça-t-il, ce n'est pas aussi simple… Disons qu'environ la moitié des cirrhoses font le nid de nodules cancéreux.

Tassi hocha lentement la tête, en maintenant son regard, sombre et songeur, plongé dans celui du médecin.

Puis, après un temps :

— Si je continue à boire, ça monte à combien ?

— Cent pour cent, rétorqua-t-il, catégorique.

Tassi eut alors un léger sourire, amusé.

— Tout à coup, vous êtes moins récalcitrant à donner un chiffre.

— Oui, car dans votre cas, aucun doute n'est permis.

2019

6

SON FILS AVANÇAIT NON LOIN DE LUI dans la rivière, d'un pas maladroit mais en y mettant de la bonne volonté. L'air était froid, comme l'eau qui ruisselait sur leurs cuissardes. Jade, sur la berge, s'occupait du petit et l'empêchait de rejoindre son père et son grand-père, qui le fascinaient tant, dans ce moment de communion.

D'un geste mille fois répété, Tassi fit tournoyer la ligne au-dessus de sa tête et la lança au cœur du courant ; quelques instants après, Guillaume l'imita.

Contrairement à son père, ce dernier n'avait jamais été très porté sur la nature et les activités de plein air. Il préférait, depuis l'enfance, les écrans, les jeux vidéo ou les bandes dessinées. Le métier de graphiste était taillé pour lui, Tassi savait qu'il avait fait le bon choix. Néanmoins, quand il rentrait en France, Guillaume acceptait sans broncher d'accompagner son père à l'extérieur, et jouait le jeu. Et tous deux appréciaient ces moments de complicité.

Guillaume, sa femme et son fils avaient fait le voyage depuis le Luxembourg pour passer une semaine en France, se partageant entre les parents de Jade, la mère de Guillaume et son père. Tassi aimait prendre soin d'eux, comme lorsque son fils était enfant et qu'il l'avait pour les vacances, préparer leurs chambres, acheter de quoi concocter de bons repas, qu'il cuisinait le plus souvent lui-même. En fin d'après-midi, ce dimanche, ses trois enfants s'en iraient à la gare pour retourner chez eux, le laissant à sa solitude.

Être seul, en vérité, ne lui faisait pas peur. Depuis qu'il avait renoncé à ses fonctions, Tassi ne fréquentait plus personne, hormis ses commerçants habituels, avec lesquels il n'échangeait que des banalités. Quelques chasseurs, des pêcheurs, aussi, parfois. Il se montrait poli mais réservé, et les gens n'insistaient pas.

Chaque journée ressemblait à la précédente et les semaines filaient comme des balles de fusil. C'est dans cette monotonie et ce silence, étrangement, que ses souvenirs le hantaient le moins. Celle de son fils mise à part, la présence d'autres hommes ne lui manquait aucunement. Il n'aspirait plus au bonheur ; seulement à un relatif bien-être et à un minimum de souffrance.

La douleur, à l'arrêt de l'alcool, avait été *incommensurable*. Des tremblements, des crises d'angoisse et de manque... Privé de l'anesthésiant qui l'avait fait tenir toutes ces années, son esprit avait ravivé les pires images qu'il avait en mémoire, de façon lancinante, tandis qu'il se sevrait... Il avait tenu bon, malgré elles... Malgré les animaux, aussi.

Des animaux, partout. Des cafards, des chiens, des serpents, et toute une ribambelle de bestioles... Pendant environ quinze jours, les hallucinations ne l'avaient pas laissé tranquille. Des images dignes du *Cercle rouge*, avec le génial Montand, oppressé par le delirium à l'intérieur de sa chambre moite. Contrairement à lui, Tassi n'avait pas vu de rats... mais tout le reste et bien plus.

Il avait failli clamser, s'obstinant, dans son coin, à ne solliciter aucune aide. Abstinence totale, immédiate ; le désir de survivre, uniquement pour son fils, ou bien de crever de façon nette, sans se traîner dans un hôpital.

Il avait survécu, renoncé à la boisson ; à son travail, aussi, qu'il n'avait jamais repris après son arrêt. C'était l'un des avantages de son métier, alors il en avait profité : retraite à cinquante-trois ans, d'autant qu'il avait de quoi voir venir jusqu'à la fin – laquelle, il en était sûr, ne tarderait pas à arriver de toute façon. Pour ne pas replonger, il avait senti qu'il lui fallait tirer un trait définitif sur son travail ; son uniforme – rangé dans son placard – l'écœurait désormais, presque autant que lui-même.

Il avait tout plaqué du jour au lendemain, sans accolades, sans pot de départ, et n'avait confié à personne ses raisons véritables ; pas même à Baranès.

★

Tassi regagna son vaste séjour en apportant un plat brûlant dans ses mains gantées de maniques. Rôti de bœuf et pâtes aux chanterelles, un plat que son fils adorait. Jade et Guillaume lui adressèrent des compliments sincères tandis qu'il découpait la viande.

— Les enfants, est-ce que vous voulez un peu de gevrey-chambertin pour accompagner tout ça ? demanda-t-il en les servant.

— Non, répondit son fils avec une moue, on va continuer à l'eau, c'est bien...

— Vous êtes sûrs ? C'est meilleur, avec... Vous pouvez en boire, j'y toucherai pas. Vous savez, j'ai énormément de bonnes bouteilles, en bas, c'est dommage de les laisser se madériser.

Ils déclinèrent de nouveau et Tassi n'insista pas, leur suggérant seulement d'emporter quelques bouteilles au Luxembourg, afin de les boire, seuls ou avec des amis. Ils n'y furent pas opposés.

Ils dégustèrent leur viande. Par moments, Tassi s'adressait à son petit-fils qui, ayant déjà déjeuné, s'amusait avec une caisse de jouets devant l'immense baie vitrée qui illuminait le salon.

Un poste de télévision était allumé, le son baissé. Le présentateur d'un JT s'adressait à la caméra et lançait ses reportages, sans que ses paroles soient intelligibles.

Guillaume étant aussi peu loquace que son père, les échanges furent assez rares pendant le repas. Alors que Tassi finissait son assiette, il tourna la tête vers les images télévisées. À l'écran, des plans de forêt se succédaient, puis un gendarme apparut, cadré très serré, et s'exprima sans que Tassi perçoive clairement ses propos. En bas, un texte indiquait : « Bourg-en-Bresse, dans l'Ain ».

— Tu veux bien monter le son, s'il te plaît ? demanda Tassi à son fils en désignant la télécommande posée sur une table basse près de lui.

Guillaume augmenta le volume, pile au moment où les hommes du TIC, vêtus de leur tenue blanche, prélevaient des indices sur une zone délimitée par de la rubalise, et où la terre avait été retournée. Les journalistes tentaient de s'approcher pour mieux filmer ce qui semblait bien être une scène de crime, mais des gendarmes étaient positionnés pour les contenir.

Des images – provenant d'archives, cette fois – montraient des chasseurs avançant avec leurs chiens, tandis que la voix off du reportage reprenait :

« C'est pendant que les chasseurs traversaient le bois de Deisseigne, au lever du jour, que l'un de leurs chiens a marqué

l'arrêt et commencé à creuser, avant d'être rejoint par tous les autres. Rapidement, une main de femme est apparue sous la terre, à quelques centimètres de profondeur. Les chasseurs ont aussitôt alerté la gendarmerie. »

La photo d'une jeune femme, une jolie brune arborant un sourire rieur, apparut ensuite en plein écran.

« Laetitia Martinez, 17 ans, avait disparu depuis une semaine. Alors que ses parents gardaient espoir, la nouvelle de sa mort a provoqué ce matin la consternation et l'horreur dans le village de Jasseron, dont elle était originaire. »

Suivirent de nouvelles images des gendarmes, nombreux, allant et venant dans la zone forestière ; puis d'autres de leurs véhicules, avec les gyrophares allumés.

« Le corps n'était pas encore en état de décomposition et le meurtrier l'a vraisemblablement enterré ici très récemment. D'après différentes sources proches du dossier, Laetitia aurait subi un véritable calvaire : les premiers retours de l'autopsie indiquent qu'il y aurait eu non seulement viol, mais également torture. Selon ces mêmes sources, le corps de Laetitia Martinez présenterait des stigmates de sévices particulièrement odieux, dont des brûlures profondes aux mamelons et sur le sexe. Le tueur, qui s'est acharné sur elle, l'a assassinée en l'étranglant. »

Le reportage s'acheva ainsi et le présentateur du JT se lança, en une transition assez curieuse, sur les difficultés rencontrées par les apiculteurs dans différentes régions.

Les enfants de Tassi avaient terminé leur assiette et regardaient eux aussi l'écran. Quand Guillaume se tourna vers son père, il remarqua qu'il était très tendu.

— Qu'est-ce qu'il y a, papa ?

Tassi ne répondit pas. Il gardait les yeux rivés sur la télé, puis il baissa lentement la tête, songeur.

— Ça va pas ? T'as un problème ?

— Non, ça va…, le rassura-t-il, sans se départir d'une légère grimace.

— T'es sûr ? On dirait que t'as vu un fantôme, commenta Guillaume, sur un ton presque amusé.

Tassi garda le silence quelques instants. Avant de répondre, d'une voix atone :

— C'est possible, oui.

7

LA PLUIE, VIOLENTE, s'abattait sans discontinuer sur son pare-brise. Le temps avait commencé à se dégrader aux abords de Montélimar et n'avait fait qu'empirer jusqu'à Lyon.

Il avait pris la sortie de l'autoroute à Bourg-en-Bresse et, s'éloignant de la ville, il s'enfonçait depuis dans la campagne, au gré de petites routes parsemées de hameaux. Son GPS l'orientait vers le bois de Deisseigne, lieu de la découverte du corps.

Après la diffusion du reportage, il lui était devenu impossible de réfléchir à autre chose qu'à ce qu'il avait entendu et vu. Les sévices... Toutes ces analogies... Un lien était-il possible ? Était-il seulement envisageable ?

Et lui-même, était-il sûr de ses souvenirs ? Toutes ces années après, les images atroces se confondaient dans sa mémoire fatiguée et soumise à rude épreuve.

Il espérait tant que ce soit faux... Cependant, s'il n'existait ne serait-ce qu'un seul doute, il devait le lever.

Tassi n'avait pas fait part à son fils et à sa belle-fille de ce qui le contrariait soudain, et avait profité du moment qu'ils passaient à finir leurs bagages pour effectuer quelques recherches sur Internet. Les sites d'informations ne fournissaient aucun renseignement supplémentaire, ni sur les circonstances du crime ni sur son emplacement exact.

Ensuite il avait conduit ses enfants jusqu'à la gare de Montélimar et, sitôt qu'ils avaient été tous les trois dans le train, Tassi avait repris la route, mais pas en direction de chez lui.

Il roulait depuis environ trois heures ; tout à coup il aperçut un panneau indiquant le bois de Deisseigne et éteignit son GPS. Il se trouvait dans la bonne zone, cependant celle-ci paraissait très étendue et la forêt en elle-même n'était accessible que par des chemins fermés aux voitures. Il comptait sur la présence des forces de l'ordre pour l'aider à repérer l'endroit exact.

Tassi ralentit et se pencha, observant les sentiers. La pluie continuait de le gêner ; des voitures le collaient parfois et leurs conducteurs, peinant à le doubler, manifestaient leur agacement.

La chance lui sourit enfin : il aperçut un chemin dont la barrière était levée, où stationnaient plusieurs véhicules de gendarmerie. Un gendarme en faction se tenait debout devant l'entrée, seulement protégé par un vaste coupe-vent transparent. Tassi mit son clignotant et tourna, pour venir arrêter son pick-up à son niveau. Il baissa sa vitre, salua la sentinelle et lui tendit sa carte de retraité de la gendarmerie.

— Qu'est-ce qui vous amène… mon adjudant-chef ?

— C'est par ici que le corps de Laetitia Martinez a été trouvé ?

— En effet, dit le gendarme après un temps d'hésitation.

— J'ai travaillé sur une affaire de meurtre qui pourrait avoir un lien avec celle-ci. Il est important, je pense, que je voie la scène de crime et que je m'entretienne avec le directeur d'enquête.

Le planton marqua un nouveau temps de réflexion, perplexe.

— Quelqu'un vous attend ou vous a demandé de venir ?

— Non, je suis ici de ma propre initiative.

— Alors, désolé, je ne peux pas vous laisser passer, il me faut l'autorisation du capitaine.

— Je ne demande qu'à lui parler. Pouvez-vous me mener à lui ou le prier de nous rejoindre ?

— Il n'est pas ici, répondit le factionnaire en essuyant la pluie sur son visage. Il est à la gendarmerie de Bourg-en-Bresse, route des Impressionnistes.

— Et comment s'appelle-t-il, votre capitaine ?

— Delalandre ! Le capitaine Delalandre.

★

Le capitaine Charles Delalandre approcha dans le couloir de la brigade en faisant ostensiblement claquer ses talons. Tassi, qui patientait depuis une trentaine de minutes dans la salle d'attente, l'entendit arriver de loin. Puis il vit l'officier, âgé d'une quarantaine d'années, sec et mesurant 1 mètre 72 ou 73, venir se poster devant lui et le jauger d'un air suspicieux.

Désireux de faire bonne impression, Tassi dressa sa haute stature le plus droit possible et « claqua » un garde-à-vous, avec un coup de tête en arrière.

— Mes respects, mon capitaine.

Delalandre lui adressa en retour un geste presque imperceptible. Puis, sans se départir de son air scrutateur, il l'invita à le suivre.

— Le gendarme Lafaure m'a prévenu de votre arrivée. Je n'ai rien compris à votre histoire, qu'est-ce qui vous amène ?

— Laetitia Martinez, répondit Tassi. Les circonstances de sa mort m'intéressent.

Les deux hommes étaient assis face à face, séparés par un bureau. Il n'y avait aucun bruit à l'extérieur ; la brigade, dans son ensemble, était étrangement calme.

— Les circonstances de sa mort ? s'étonna Delalandre. Vous êtes à la retraite... Vous avez beau être un ancien collègue, aujourd'hui vous êtes un civil.

— J'en suis conscient. Néanmoins, des éléments du crime ont retenu mon attention. Ils m'ont tout de suite rappelé un autre dossier, sur lequel j'ai travaillé il y a longtemps. Il est important que j'aie des confirmations, ou un démenti, de votre part.

— De quels éléments s'agit-il ?

— Les sévices qu'a subis cette jeune femme. À ma connaissance, le corps de Laetitia présentait des blessures atypiques... des marques, qui m'intriguent particulièrement.

Delalandre le toisait, attendant qu'il dévoile son jeu.

— Continuez. De quoi parlez-vous ?

— Des brûlures. Situées aux mamelons et sur le sexe... la vulve. Des brûlures profondes, très localisées.

— Vous ne devriez pas savoir tout ça, déplora l'officier en s'enfonçant dans son siège en cuir. Ce sont des fuites... et, croyez-moi, je découvrirai la brebis galeuse qui a médiatisé ça. Ces informations ne sont pas publiques.

— Mais vous les confirmez ?

Delalandre avala une gorgée de café.

— C'est possible.

— Capitaine, il est important que j'obtienne plus de détails pour me faire un avis. M'autorisez-vous à consulter le dossier, et surtout le rapport du légiste ?

— Je crains que non. Si vous commenciez par m'en dire plus, vous, au sujet du meurtre auquel vous faites référence ?

— Je préfère ne rien avancer pour l'instant, hésita Tassi. Il est trop tôt.

— Comment ça ? demanda Delalandre, interloqué.

— Il est compliqué pour moi de donner des détails… C'est un dossier particulier. Et je n'ai rien préparé, je suis venu dès que j'ai appris la nouvelle…

— Eh bien, nous n'allons pas nous entendre, monsieur Tassi. Vous réclamez mes informations tout en rechignant à donner les vôtres ?

— Je comprends vos réticences, pourtant je vous assure qu'il s'agit d'une affaire très spéciale…

— Laissez tomber, le coupa-t-il. De toute façon, vous n'êtes plus gendarme : je n'ai rien à vous révéler et je peux juste vous entendre comme témoin. Si vous ne voulez pas tout me dire, voyez avec vos anciens collègues.

— J'ai travaillé sur ce dossier avec le major Baranès. Malheureusement, il est lui aussi à la retraite.

— Et votre officier, qui était-il ?

— Paul Larrivoire. C'était notre capitaine, passé lieutenant-colonel depuis, je crois. Mais il n'est plus dans la région.

— Paul Larrivoire ? s'égaya soudain Delalandre. Il se trouve que je le connais… Et je l'ai en haute estime.

Peu surpris que ces deux-là puissent s'entendre, Tassi réprima une remarque caustique et se contenta de dire :

— Je ne l'ai pas vu depuis des années…

— Eh bien vous devriez vite repartir et lui en parler, vous ne croyez pas ? conclut Delalandre avec condescendance. Commencez donc par ça ! Si la demande vient de lui, je ferai peut-être un effort.

8

CONTRAIREMENT À CELLE DE TASSI, l'attention de Jean Baranès n'avait aucunement été retenue par l'affaire Laetitia Martinez. À l'échelle de la France, l'Ain et l'Ardèche n'étaient pas très éloignés, les deux départements se situant dans la région Auvergne-Rhône-Alpes. Néanmoins, rien de ce qu'il avait entendu à propos de ce crime odieux ne l'avait marqué davantage que les autres faits divers sordides qui faisaient régulièrement la une des actualités. Il n'avait écouté les détails que d'une oreille distraite, comme à chaque fois, désormais, qu'on lui faisait le récit d'une affaire criminelle. Depuis sa retraite, il se désintéressait de toutes ces horreurs – lui-même en était d'ailleurs le premier surpris. Son esprit, inconsciemment, semblait les rejeter ; il en avait *soupé*, il avait vu assez de dégueulasseries comme ça, tout au long de sa carrière. Les morts accidentelles ou volontaires, l'injustice, la souffrance, celle des proches comme celle des victimes ; les accidents stupides et la perversité, dans des tas de recoins, dans toutes les strates sociales…

Il avait été passionné par sa fonction et ne se sentait nullement aigri car il avait l'esprit serein, comme tous ceux qui estiment avoir fait de leur mieux. Cependant, il n'aspirait plus qu'à repousser le morbide, à voir des copains, rigoler un peu. Accueillir ses enfants, les rares moments où ils trouvaient le temps de venir le voir… Il regardait très souvent ses jeux préférés à la télé, et des films – mais pas trop noirs ! Aucune émission dans le genre de *Faites entrer l'accusé*, dont ses fils étaient fous ; elles le laissaient indifférent, tout ça était derrière lui.

Sa retraite avait radicalement changé le rythme de ses journées… À l'action quotidienne, à la vie en caserne, où il était constamment entouré de collègues, avaient succédé le calme et la solitude – un peu trop grande.

Il avait conscience de se laisser aller. Il grignotait trop, lui qui avait toujours eu de l'embonpoint était désormais en surpoids… Il négligeait trop souvent de bien s'habiller et passait des jours entiers en short et en débardeur. Jean Baranès n'espérait plus vraiment trouver un jour une nouvelle compagne, même s'il ne fermait pas la porte à des rencontres. Finir ses jours célibataire ne lui faisait plus peur. L'amitié, en revanche, comptait toujours énormément pour lui. Et le coup de fil, ce matin, lui avait fait sacrément plaisir. Baranès n'en était pas revenu : *pour une surprise, ç'avait été une surprise…*

Dès qu'il avait porté le combiné à son oreille, dès les premières intonations, il avait reconnu cette voix, plus entendue depuis si longtemps.

— Allô, Jean ? C'est moi, Dominique. Comment vas-tu ?

Eh ben merde alors ! avait-il pensé. Enfin ! Enfin, il se décidait à donner des nouvelles.

La suite de la discussion, brève, avait été cordiale. Ils s'étaient parlé comme si de rien n'était, comme s'ils s'étaient vus deux jours auparavant. Alors que deux ans s'étaient écoulés. Si l'on exceptait la fois où ils s'étaient croisés en ville et où Tassi s'était vite éclipsé. Fuyant, plus taciturne que jamais. Silencieux quant aux raisons qui l'avaient poussé à partir en retraite anticipée.

Après cette rencontre fortuite, Baranès s'était senti déçu, et triste. Tassi avait des circonstances atténuantes, bien sûr, néanmoins il l'avait toujours considéré comme un ami et avait naïvement pensé que c'était réciproque. Alors il se réjouissait de le revoir et de, peut-être, en savoir plus : Tassi lui avait demandé la permission de passer chez lui, dans l'après-midi, afin de lui parler de quelque chose.

Il mit le gâteau au four, préparé spécialement en prévision de sa visite, puis se lava les mains. L'eau coula sur sa peau un bon moment : Baranès rêvassait. Soudain, un miaulement derrière la fenêtre de la cuisine le fit sortir de ses pensées : son chat, qu'il appelait Fluo, manifestait sa faim. Il s'agissait d'un chat errant qui avait élu domicile dans son jardin, puis peu à peu chez lui. Baranès l'avait appelé Fluo pour la couleur très vive de ses yeux. Il l'avait nourri, puis l'avait plus ou moins adopté, même si la bête restait parfois agressive.

Baranès ne craignait pas les animaux sauvages, il aimait s'en occuper, ne pas forcer les liens. Qu'ils se tissent d'eux-mêmes avec le temps. Il fonctionnait ainsi avec les bêtes, mais également un peu avec les hommes.

★

— Je comprends rien à ce que tu me racontes, grimaça Baranès.

Ils étaient assis sur la terrasse, autour d'une table de jardin. Une lumière rasante filtrait entre les chênes, au loin, et s'étendait sur le gazon tout autour d'eux. Après avoir refusé le café, puis l'alcool que son hôte lui proposait, Tassi avait accepté un verre de limonade. Ensuite il avait souri, amusé, en voyant Baranès revenir sur la terrasse avec un énorme fondant au chocolat, concocté pour eux deux. Le gâteau était délicieux et, tout en dégustant sa part, Tassi était entré dans le vif du sujet :

— Le corps de Justine Morin... quand on l'a trouvé, est-ce que tu l'as observé ?

— Le co... Nom de Dieu, qu'est-ce que tu veux me remettre en tête ?

Voyant que Tassi attendait une réponse, Baranès réfléchit.

— Je t'ai rejoint en premier, là où tu l'as trouvé. On a attendu... au moins une heure, que les hommes du TIC arrivent, avec cette ordure de Lepage menotté dans un coin et... le corps de la petite... Donc, oui, je l'ai bien vu, oui !

— Tu t'es approché d'elle, tu l'as regardée de près ?

— Ça fait presque quinze ans ! s'agaça Baranès.

— Je sais, mais c'est des images qu'on n'oublie pas, même si on en a envie. Ma question est importante, je t'expliquerai pourquoi ensuite.

— Je me rappelle que je l'ai pas touchée. J'ai hésité à prendre son pouls, mais tu m'as assuré qu'elle était morte depuis des heures et ça m'a soulagé de ne pas avoir à le faire.

— Tu ne l'as pas touchée ni bougée, c'est vrai, je m'en souviens bien. Mais tu t'es penché au-dessus d'elle à un moment. Je te revois dans ma mémoire, je revois ton visage. Et t'as saisi un bout de la chemise, sur elle...

— La chemise de Lepage la recouvrait..., fit Baranès, songeur.

— T'as déplacé une partie du tissu, doucement. Avant de vite le remettre.

— Oui..., dit Baranès en fixant la carafe de limonade. Je crois que ça s'est passé comme ça, oui.

— Est-ce que t'as vu le sexe de la petite ? lui demanda Tassi sans détour.

— Non ! s'indigna-t-il, surpris. Je l'ai à peine découverte... Il fallait préserver la scène de crime le plus possible avant que le TIC nous rejoigne et fasse des photos.

— Est-ce que t'as vu son torse, Jean ? l'interrogea Tassi avec un regard intense. Sa poitrine d'enfant. Concentre-toi, il faut vraiment que tu te souviennes...

Baranès l'observait sans répondre, l'air presque hagard.

— Est-ce que tu as remarqué que ses tétons étaient brûlés ? Un peu noircis... Moi, oui. Elle avait les mêmes marques au niveau du sexe, je m'en rappelle. Des traces de brûlures, faites par sadisme. Est-ce que tu les as vues ?

Baranès gardait son expression incrédule et soucieuse. Puis il secoua la tête.

— Oui, maintenant ça me revient. Elle avait des ecchymoses... des plaies lavées... des coupures...

— Et des brûlures ? Sur sa poitrine ?

— Je crois, oui, dit-il en le regardant. Sur les tétons, c'est bien possible. Des marques, sur ses tétons. On en avait parlé ensemble à l'époque ?

— Il ne me semble pas, notre but était de faire craquer Lepage, vite. On n'avait pas de rapport d'autopsie. Le juge a pris le relais ensuite.

— Et lors du procès, ils lui ont demandé pourquoi il avait fait ça ?

— Non.

— Comment tu l'expliques ?

— Peut-être parce que le rapport d'autopsie n'en parle pas non plus ?

Devant la mine interloquée de Baranès, Tassi attrapa sa sacoche, l'ouvrit et saisit un dossier composé de quelques documents, qu'il déposa devant lui.

— Ce matin, je suis passé à la gendarmerie. Niels est le dernier d'entre nous à y travailler encore et il a accepté de me laisser consulter le dossier Morin. Comme tu le sais, l'original de la procédure est au Palais de justice et une copie est archivée dans la brigade locale du lieu des faits. Les documents et photos que tu vois là sont issus du dossier, je les ai à mon tour photographiés et imprimés – illégalement, mais ce n'est pas le problème. Le problème, c'est que toi et moi, on se souvient de marques de brûlures sur la poitrine de la victime, marques que j'ai également vues au niveau de ses parties génitales. Pourtant, le légiste n'y fait mention nulle part. Quant aux photos, je te laisse les regarder : elles sont soit prises sous des angles bizarres soit, ce qui est mon avis, falsifiées pour une partie d'entre elles.

Baranès passait en revue les documents, s'attardant longuement sur certains d'entre eux, avançant puis revenant en arrière.

— Pourquoi tu m'amènes ça, putain ?

L'air excédé, avachi sur sa chaise de jardin, il reposa les feuilles.

— Falsifiées ? Tu t'entends ? C'est du délire ! Va le voir, ce légiste, si t'as des questions…

— J'aimerais bien, mais le docteur Blanche est mort il y a sept ans.

— Et alors ? Du coup, c'est moi que tu viens voir ? Mais en tout, ça fait quatorze ans ! Tu te réveilles tard, tu crois pas ? Je sais plus, moi, ce que j'ai vu ou ce que j'ai pas vu... Et au fond, qu'est-ce que ça change ? Qu'est-ce qu'on en a à foutre, tout ce temps après ? Lepage a pris le maximum ; des horreurs en plus l'auraient accablé davantage, mais n'auraient rien changé au verdict !

— Est-ce que tu as entendu parler de l'affaire Laetitia Martinez ? Cette fille de dix-sept ans, retrouvée morte dans un bois, près de Bourg-en-Bresse ?

— Oui..., réfléchit-il. Vite fait...

— Qu'est-ce que tu sais à ce sujet ?

— Rien de plus que ce que tu m'en dis là...

— Elle a été violée et étranglée. Mais, surtout, les journalistes ont révélé que sa poitrine et son sexe présentaient des marques de brûlure. Le tueur l'a entièrement lavée, avant de l'enterrer à 1 mètre de profondeur...

Baranès, perplexe, dévisagea Tassi.

— Rien ne ressemble plus à un crime de détraqué qu'un autre crime de détraqué, Dominique.

— Si ces infos sont vraies, tout correspond. Ça peut pas être un hasard. Je dois consulter le dossier Martinez pour avoir tous les détails...

— Tout correspond à *quoi* ? Gabin Lepage est en prison depuis quatorze ans ! Il n'a pas pu faire ça.

— Alors, la seule explication... ça pourrait être qu'on se soit trompés.

— Comment tu peux dire ça ? Comment tu peux ne serait-ce qu'envisager ça ? fulmina Baranès. Tu t'écoutes ? Tu deviens fou ! Ah non, mais... Je t'avais trouvé en forme quand t'as passé la porte de chez moi, mais en fait t'as perdu la boule ! Lepage est en prison à cause de toi ! Tu l'as arrêté, t'as obtenu ses aveux ! Tu t'en souviens ?

Tassi l'écoutait sans répondre et Baranès continua :

— T'as fait du bon travail ! Gabin Lepage *est* coupable du meurtre de Justine Morin, c'est un fait établi ! Et c'est pas nous qui l'avons condamné, c'est les assises ! Ce sont six jurés d'assise, puis neuf en appel !

— Tu te souviens comme on l'a poussé dans ses retranchements ? On l'a pas lâché, moi le premier. On lui a mis la pression comme jamais, presque n'importe quel type aurait craqué.

— Pas un innocent ! Ça, c'est ce que lui a essayé de faire croire par la suite, en revenant sur ses aveux, dit Baranès en pointant Tassi du doigt, mais personne n'y a cru ! En revanche, si sa défense apprenait que *toi*, l'enquêteur qui l'a arrêté et qui a obtenu ses aveux, tu as des doutes, là ce serait une aubaine pour eux ! Sois-en bien conscient.

Les yeux de Baranès, très mobiles, étudiaient Tassi. Ce dernier ne bougeait pas et le fixait, sombre.

— J'en suis conscient, oui.

— Tu dis qu'on y est allés fort... Sans doute. Mais on a fait du BON travail. Tu te souviens de l'atmosphère de l'époque ? Brûlante ! Une petite du pays avait été enlevée, retrouvée morte, violée dans des conditions atroces, énonça-t-il avec une grimace. Nous-mêmes, on était tous en état de choc, pourtant on a tenu ! Quarante-huit heures, sans dormir ! Il fallait le coupable et on l'a eu. Le lynchage a même été évité de justesse, quand il a quitté la brigade. Tu te souviens de l'état des parents de Justine ? C'est à eux que tu devrais penser avant de faire une connerie.

— Je ne veux faire aucune « connerie », mais s'il y a le moindre risque que mes doutes soient fondés, je dois en avoir le cœur net. Il faut juste une chose, une seule : que je consulte le dossier Martinez, à Bourg-en-Bresse, et pour ça j'ai besoin que tu m'aides.

— Moi ? Même si je le voulais, qu'est-ce que je pourrais faire ?

— J'ai rencontré le directeur d'enquête, hier. Le genre *petit chef*, étriqué. Il m'a dit qu'il ne me laisserait consulter le dossier que si j'ai l'appui de Larrivoire...

— T'es allé à Bourg-en-Bresse ? fit Baranès d'une voix blanche. Alors là, ça dépasse tout !

Il se leva brusquement et fit quelques pas, en se touchant le visage et en réfléchissant.

— Je ne lui ai rien dit de concret, je trouvais que c'était trop tôt. De toute façon, il ne m'aurait rien lâché. Par contre, il connaît bien Larrivoire et m'a promis de revenir sur sa position s'il le sollicite. Tu as toujours été plus proche de lui que moi, il t'a à la bonne, alors qu'il m'a toujours méprisé. T'es quelqu'un de sociable, plus liant, si tu lui demandes, il y a des chances qu'il accepte...

— D'une part j'ai aucune envie de faire ça, trancha Baranès, encore debout, une main sur la hanche. D'autre part on n'est plus en contact. De ce que je sais, il n'est plus gendarme et se consacre à la politique locale.

— Appelle-le. N'entre pas dans les détails... ou alors parle-lui de tes souvenirs et des miens. Demande-lui qu'il t'appuie sur ce coup-là et on ira ensemble, tous les deux. Là, soit le dossier nous rassurera et ce sera réglé, personne n'en saura rien et ça n'aura aucune répercussion, soit il y a bien quelque chose et on aura fait ce qu'on devait faire. Rends-moi ce service, Jean. Je te le demande par amitié.

Baranès se rassit sur sa chaise, soudainement las.

— Par amitié ? s'exclama-t-il. C'est par amitié, *toi*, que tu me donnes plus de nouvelles depuis deux ans ? Que tu m'évites ? Par amitié que tu passes la porte de chez moi, après toutes ces années, sans même me demander comment vont mes fils ? Et que tu m'assènes tout ça ?

— Excuse-moi, c'est vrai, reconnut aussitôt Tassi, réellement embêté. Tout ça me chamboule, j'ai pas pris de nouvelles, j'étais dans mon truc, désolé...

— ... Ça fait longtemps que t'es chamboulé, Dominique. Regarde autour de toi, dit Baranès en désignant son jardin et sa petite maison. Moi aussi, je suis seul. Moi aussi, ma femme s'est barrée il y a longtemps, parce qu'elle en pouvait plus de moi. Moi aussi, mes fils vivent loin. Alors j'étais content, après ton coup de fil, je pensais qu'on parlerait du bon vieux temps, que tu venais pas par intérêt...

— Je suis content de te revoir, Jean, je t'assure...

— Pas une seule fois tu m'as appelé depuis ta retraite anticipée. J'ai pas compris. Mais j'ai pas voulu t'emmerder, insister pour savoir. J'ai pensé que c'était peut-être la fin. Puis j'ai discuté avec des gars qui te voyaient en train de pêcher, tranquillement, dans une rivière. Ils disaient que t'avais l'air pas trop mal et c'est vrai que t'as bonne mine. Tu picoles plus ?

— Je bois plus du tout.

— C'est bien, dit Baranès, sincèrement content pour lui. Je me suis souvent demandé si tu m'en avais pas voulu, au fond, pour ce que j'ai fait après l'accident de ta fille. De t'avoir couvert... J'ai voulu t'aider, mais peut-être que j'ai fait le contraire, justement.

— Pourquoi tu dis ça, Jean ? Pourquoi je t'en aurais voulu de m'avoir aidé ? C'est à moi que j'en voulais.

— On s'était tous mis d'accord pour pas t'accabler davantage. On avait de l'empathie pour toi, de la peine. Peut-être qu'on a eu tort, que t'as plus souffert que si t'avais fait un peu de taule. Tu picolais déjà trop, t'as fait une erreur. Mais des erreurs, on en commet tous. Je pouvais rien faire de plus, alors j'ai fait ça, sans réfléchir.

— Je te l'ai jamais reproché et je te le reprocherai jamais. Mais puisque tu en parles… il y a quelque chose dont je n'ai jamais été sûr : est-ce que Larrivoire savait ? Pour ton aide et pour mon taux d'alcoolémie…

— Je pense pas, non. Sébastien était là, tu te souviens ? Et Pascal, qui est parti peu de temps après. Il n'y avait que nous trois, et encore, je suis le seul à avoir pris les choses en main.

Les deux hommes se turent quelques instants.

— Il faut que tu te pardonnes, Dominique. Je te l'ai pas dit, toutes ces années, mais t'es pas aussi responsable que tu le crois, il faut te pardonner et avancer…

— Ma venue ici n'a rien à voir avec tout ça. Ce qui compte aujourd'hui, c'est ce dont je t'ai parlé. C'est à ce sujet que j'ai besoin de toi, maintenant. Aide-moi.

9

IL NAVIGUAIT dans le répertoire de son smartphone. Son pouce s'immobilisa au-dessus d'un numéro ; il hésita. Il avait envie de parler à son fils mais, comme souvent depuis des années – et sans qu'il s'expliquât pourquoi –, il redoutait de le déranger. Un curieux embarras. Baranès se décida tout de même à appuyer ; la tonalité résonna à son oreille, puis il entendit la voix familière de son garçon annonçant l'enclenchement du répondeur. Baranès laissa un message lapidaire expliquant qu'il téléphonait juste pour prendre des nouvelles. Lui dit qu'il l'embrassait et raccrocha. Il était 21 heures passées ; son fils devait regarder la télévision avec sa femme, songea-t-il, ou dîner avec des amis. Le connaissant, Baranès doutait qu'il le recontacte ce soir, il préférait généralement le faire durant ses heures de travail.

Il hésita à appeler son fils cadet, qui vivait à Boston. Le décalage horaire l'en dissuada car, contrairement à l'aîné, son deuxième fils n'aimait pas être joint lorsqu'il était au bureau, et Baranès choisissait le week-end pour lui parler. Avec sa femme et ses enfants, il rentrait en France environ une fois par an, généralement l'été. Au bout du compte,

Baranès ne le voyait pas moins souvent que son grand frère, resté en France.

Il avait envie de fumer une cigarette, une pulsion pourtant devenue rare. Il s'apprêtait à en piocher une dans le reste d'un vieux paquet qu'il conservait dans un tiroir, quand il songea qu'il avait arrêté avec tellement de difficulté quatre ans plus tôt que reprendre serait une folie. Marcher dehors, prendre l'air, le tentait également, mais il faisait trop froid. Trop noir.

Tant pis. Il se poserait devant la télé et s'efforcerait de penser à autre chose, même si c'était dur.

La visite de Tassi l'avait complètement retourné. Et le coup de fil à Larrivoire, quelques heures après son départ, ne l'avait pas moins contrarié.

— T'es en train de me dire que Tassi veut faire sortir Lepage de prison ? Il l'y a envoyé et maintenant il veut le faire libérer ?

— Écoute, avait répondu Baranès, j'ai réagi à peu près comme toi… Il m'a expliqué que c'est pas ça, il veut éclaircir un doute. Il a vu cette affaire, à Bourg-en-Bresse, et il voudrait consulter le rapport d'autopsie…

— Non mais pour qui il se prend ? s'était indigné Larrivoire d'une voix cassante. Il pense pouvoir nous emmerder, comme ça, tout à coup ? Il est parti à la retraite il y a deux ans et, de ce qu'on m'a dit, il vit plus ou moins en ermite. Et là, il déboule à la gendarmerie pour consulter le dossier, avant d'aller chez toi pour réclamer un passe-droit ? Et toi, Jean, en plus tu valides ? Et tu m'appelles ensuite ?

Surpris par cette véhémence, Baranès avait bredouillé :

— Non, attends, non… Il m'a demandé s'il pouvait venir me voir, c'est normal que je l'écoute, j'allais pas le foutre dehors… Tu sais, j'étais comme toi au début, je comprenais rien à ce qu'il disait, et ça m'a énervé, même... mais il m'a montré des pages du dossier et c'est vrai que c'est troublant.

— Des pages qu'il n'avait absolument pas le droit de copier !

— Écoute, tu vas pas le faire chier pour ça, je te raconte tout pour t'expliquer la situation...

— Tassi est un alcoolique. Il travaillait auprès de vous la plupart du temps rond comme une queue de pelle, même s'il était doué pour le dissimuler...

— Il est sobre, maintenant. Il m'a dit ne plus boire et je le crois.

— Tant mieux, sauf que c'est un peu tard. La plupart de ses neurones ont grillé depuis longtemps. J'ai toujours pensé que Tassi était à moitié fou, même si tu l'avais à la bonne. T'es à la retraite, toi aussi, ne te laisse pas entraîner vers le fond par ce type. Il s'est rendu de sa propre initiative à Bourg-en-Bresse, ce qui est déjà contrariant... Il a fait une très mauvaise impression.

— Comment tu le sais ? s'était étonné Baranès.

— Le capitaine Delalandre m'a téléphoné. Tassi te fait perdre ton temps, le problème est déjà réglé.

— T'as parlé avec Delalandre ? T'as pu évoquer son dossier, alors ?

— Son dossier ne me regarde pas ! De lui-même, il m'a résumé certaines choses, et je lui ai parlé de l'affaire Lepage. Les deux n'ont rien en commun, Jean... Ni le lieu ni l'âge des victimes, rien ne les rapproche.

— Mais les brûlures ? avait repris Baranès d'une voix sourde. C'est vrai que les photos de l'autopsie de Justine ne correspondent pas à mon souvenir...

Un silence s'était ensuivi au bout du fil.

— Ça fait près de quinze ans, Jean. La mémoire peut jouer des tours. Je n'ai pas vu le corps, personnellement, alors je ne peux pas trancher. Mais si tu avais des problèmes avec ce dossier, il fallait le signaler à l'époque. C'est un peu tard, et c'est un euphémisme. Vous n'auriez de toute façon aucun élément à avancer tout ce temps après. L'affaire Morin a été bien menée, elle est propre, ne viens pas tout entacher. Tu risquerais de jeter le discrédit sur ce que nous avons fait, et sur nous *tous* par la même occasion. Ne prends plus les appels de Tassi et ne l'accueille plus chez toi. Quant à moi, je l'enfoncerai s'il en réfère à la hiérarchie. Tu m'as bien compris ? N'en parle plus à personne et repose-toi un peu.

L'eau se mit à frémir dans sa bouilloire. Baranès en versa dans un mug, avant d'y glisser un sachet d'infusion Grand Sud. Puis il retourna dans le salon et s'assit dans son canapé confortable, face à son écran 160 centimètres. France 2 diffusait le prime time d'un jeu présenté par Nagui. Baranès – qui s'était découvert, depuis sa retraite, une passion pour Nagui – appréciait énormément ce programme, diffusé ce soir à un horaire exceptionnel. À l'écran, les candidats, accompagnés par un orchestre, faisaient un genre de karaoké. La plupart chantaient faux.

En temps normal, Baranès aurait pris beaucoup de plaisir à suivre cette émission, mais son esprit restait ailleurs. Bien que les chansons tinssent une place prédominante dans le divertissement, il avait mis le volume très bas et rêvassait devant les images.

Il ne pouvait s'empêcher de se demander si Larrivoire n'avait pas raison. Si Tassi n'était pas devenu fou et ne l'entraînait pas avec lui…

Soudainement son regard fut attiré par la silhouette de son chat, qui déboula du couloir et trotta dans le salon.

L'animal marchait dignement, mais vite, la queue haute ; il semblait avoir froid et être soulagé de se retrouver au chaud.

— Eh bien, fit Baranès. D'où tu sors, toi ?

Après un instant de réflexion, il songea qu'il ne se souvenait pas de l'avoir fait rentrer. Le retraité se leva pour aller vérifier qu'aucune fenêtre n'était restée ouverte et, sitôt debout, il aperçut une seconde silhouette : celle d'un homme qui avançait silencieusement dans le couloir et qui pénétra dans le salon. Un type au corps longiligne ; la nuque un peu courbée, un nez aquilin et les cheveux coiffés en catogan. Entièrement vêtu de noir.

Il tenait une arme à la main, qu'il pointait sur lui.

— Viens par-là, lui dit calmement l'intrus en désignant le centre du salon avec son arme.

— Qu'est-ce que vous voulez ? demanda Baranès en obtempérant.

— Pas grand-chose. Qu'on discute, c'est tout. Ne tente rien. Si tu essayes quoi que ce soit, je tire. Fais ce que je dis et ça ira, compris ?

L'homme armé ne montrait aucune émotion ; ses yeux paraissaient noirs, comme sa chevelure et sa tenue. Fort de son expérience professionnelle, Baranès pensa que son sang-froid n'était pas commun. Après avoir scruté son visage, il fut quasi certain de ne l'avoir jamais rencontré. L'intrus balaya la pièce du regard. Le salon était assez grand et il y avait un coin salle à manger, avec une table ronde et quatre chaises.

— Tu vas t'asseoir à cette table, dit-il. Pose ton cul sur une des chaises, ensuite je t'expliquerai tout.

Baranès hocha la tête, se déplaça et tira un siège, sur lequel il s'assit. L'intrus s'approcha de lui en continuant de le braquer, puis il s'immobilisa.

Il y eut un moment de silence, et ce fut pour Baranès comme si le temps s'étirait.

— Et maintenant ? s'impatienta-t-il.

L'homme continuait de le fixer sans parler. Il avança encore un peu, bras tendu, jusqu'à effleurer la tempe du gendarme avec le canon. Baranès sentit le froid du métal sur sa peau. Soudain, dans le regard du type, il perçut une lueur étrange, et il comprit avec effroi ce qui allait suivre.

— Non, fais pas ç..., eut-il juste le temps d'articuler, avant la détonation.

Le coup de feu transperça son crâne, et le haut de son corps s'effondra sur la table.

★

La maison du deuxième gendarme, spacieuse, était bâtie sur deux étages. Comme toutes les propriétés de ce secteur, elle paraissait perdue dans la nature et offrait un accès direct à la forêt.

Belle baraque, se disait la Guêpe, qui l'observait dehors, immobile malgré le froid désormais presque insupportable. Il patientait à l'orée d'un bosquet situé non loin de la porte d'entrée.

Avant de se dissimuler ici, il avait consciencieusement exploré le domaine : de l'autre côté de la maison, il y avait une terrasse donnant sur une immense pelouse entièrement bordée d'arbres.

Il avait vérifié chaque fenêtre et chaque serrure ; contrairement à Jean Baranès, Dominique Tassi avait pris soin de tout fermer. La Guêpe comptait donc emprunter la porte principale ; spécialiste en « ouverture fine », il savait pénétrer à l'intérieur d'un logement ou d'une voiture sans laisser la moindre trace d'effraction. C'était un policier, d'ailleurs, qui lui avait enseigné ces techniques, et la Guêpe songea avec amusement qu'il était ironique de s'en servir aujourd'hui pour zigouiller des gendarmes.

Tout s'était parfaitement déroulé avec le premier des deux. Baranès n'avait causé aucun problème, il avait obéi sans rechigner, croyant s'en sortir. La Guêpe avait pu viser sa tempe à bout portant, dans l'angle idéal. Le trou d'entrée était très propre, la Guêpe n'avait reçu aucune éclaboussure.

On conclurait à un suicide ou à un assassinat, selon l'endroit où l'arme serait découverte. Dans la main de Tassi, si tout se passait comme prévu ; ou bien dans celle de Baranès, s'il rencontrait un problème. Les instructions de *Martin* avaient été claires : liquider Baranès en premier, Tassi en deuxième. La version officielle serait que Baranès avait été exécuté par son ancien collègue, avant que ce dernier ne se donne la mort. Peu importait qu'ils ne meurent pas au même endroit ni à la même heure. Le seul impératif était que le décès de Tassi soit considéré comme un suicide.

Du travail propre. Un scénario clair, qui ferait jaser quelques jours mais qui ne donnerait lieu à aucune enquête poussée. Le coup de folie d'un homme vieillissant, porté sur l'alcool, refroidissant une connaissance pour un motif obscur. Rien de tel pour se débarrasser de quelqu'un sans faire de vagues.

Si les gens savaient...

La Guêpe surveillait les fenêtres de l'étage. Une faible lumière filtrait par les volets. Soudain, toutes s'éteignirent en même temps, et il rendit mentalement grâce à l'esprit militaire des gendarmes qui les incitait à se coucher tôt.

Il attendit encore un peu puis, estimant que le moment était venu, il se glissa sans un bruit jusqu'à la porte d'entrée.

Sortit d'une de ses poches la trousse renfermant son matériel, inséra son parapluie universel dans la serrure et l'ajusta.

Il avançait dans le grand salon carrelé et épuré qu'il avait aperçu depuis l'extérieur, à travers la baie vitrée. La Guêpe progressait sans torche ; seule l'infime clarté, provenant du ciel nocturne et se répandant par les vitres en des tons bleus profonds qui le disputaient au noir, lui permettait de discerner les obstacles. Diverses gravures sur bois évoquaient le monde de la chasse et, contre un mur, il vit une armoire à fusils, fermée. Puis il trouva l'escalier en colimaçon blanc et le gravit lentement, afin d'assourdir le bruit de ses pas.

Atteignant le haut de l'escalier et la mezzanine, il découvrit un long couloir ; c'était de ce côté de l'étage qu'il avait aperçu les lumières avant qu'elles ne s'éteignent.

La chambre de Dominique Tassi était ici, sans aucun doute. La Guêpe continua d'avancer à pas de loup jusqu'au corridor, arme au poing, haute silhouette affûtée et menaçante. Une demi-douzaine de portes s'offrirent à lui. Il n'avait jamais visité les lieux et on ne lui avait communiqué aucune info sur leur configuration.

Il poussa une première porte, distingua le bord d'un lit. En entrant davantage, il s'aperçut que la pièce était inoccupée : une chambre d'ami ou celle d'un proche absent.

Tout à coup, le son d'une chasse d'eau retentit dans la maison ; un vrai vacarme, qui semblait résonner un peu partout dans les tuyaux, des murs au plancher. La Guêpe se figea quelques secondes, puis retourna dans le couloir juste avant que le bruit cesse.

Personne.

Il ouvrit une nouvelle porte et tomba sur un placard exigu, sorte de cagibi.

Une autre porte, du côté opposé : il s'agissait d'une pièce également inoccupée, avec un bureau dans le fond. Bien qu'il lui fût de plus en plus difficile d'évoluer dans une obscurité quasi complète, la Guêpe, soucieux de favoriser l'effet de surprise, ne se résolvait pas à utiliser sa lampe de poche. En retournant sur ses pas, il fit fortement craquer une latte du plancher, et s'en voulut ; mais il était impatient d'en finir et regagna vite le couloir.

Deux portes entrouvertes se faisaient face et il opta pour celle située du côté du bosquet. La Guêpe se faufila dans l'embrasure et inspecta, déçu, ce qui se révéla être une salle de bains... sans s'apercevoir qu'au même moment Tassi, assis sur le bord de son lit avec un air vaseux, voyait sa silhouette se dessiner, de dos.

Le retraité mit un instant à comprendre ce qui se passait ; le même temps que mit la Guêpe à prendre conscience de son erreur. Le tueur se retourna, prêt à visiter la chambre d'en face, quand il remarqua Tassi, toujours immobile, et qui le regardait, effaré. Ils se scrutèrent, comme au ralenti, et soudain Tassi bondit sur lui, en lui assenant un coup puissant en plein visage, qui prit le nervi de court.

La Guêpe bascula en arrière et se rattrapa de justesse au lavabo, sans lâcher son pistolet. Tassi s'enfuit dans le couloir, fonçant vers la mezzanine.

Regagnant le corridor, la Guêpe pointa son arme sur le fuyard avant de se retenir, conscient qu'il ne devait pas le tuer ainsi, pas dans le dos ! Il s'élança à ses trousses en déployant ses longues jambes et rejoignit la mezzanine, tandis que les pas de Tassi résonnaient dans l'escalier. Il le vit arriver au rez-de-chaussée, au moment où lui-même dévalait les premières marches.

La Guêpe gagna du terrain ; il avait vingt ans de moins, ce vieux fils de pute ne l'aurait pas à ce jeu-là ! Il bondit avec assurance sur le sol entièrement dallé de pierres et s'immobilisa pour écouter : rien, pas de bruit, la porte était toujours fermée, il n'y avait eu aucun claquement, Tassi n'avait pas eu le temps de passer par là… Il devait être planqué quelque part. *S'était-il emparé d'une arme ?* La Guêpe regarda l'armoire à fusils, toujours close. Il pouvait toutefois en avoir une autre, ailleurs… c'était une éventualité à ne pas négliger, et elle était contrariante…

La Guêpe évolua lentement au rez-de-chaussée, sans chercher à allumer. Avec ses chaussures, il faisait plus de bruit que Tassi, qui se mouvait pieds nus. Le vieux était sur son terrain, mais il ne comptait pas lui simplifier la tâche : il était un professionnel et, mieux que ce gendarme, savait *piquer* subrepticement.

Après avoir un peu cherché, la Guêpe choisit de s'accroupir et de s'immobiliser, bras tendus, dans la semi-obscurité ; sa posture évoquait un insecte étrange, prêt à fondre sur une proie. Il tendit l'oreille, posté non loin de la porte d'entrée, avec une vue dégagée sur le salon.

Tout à coup, un bruit fort retentit dans une pièce annexe et la Guêpe fonça ; il se résolut à éclairer et découvrit la cuisine… déserte. Puis il entendit un léger bruit de coulissement en provenance du salon et, s'apercevant que la cuisine disposait d'une deuxième porte, il comprit.

La Guêpe s'élança jusqu'à la grande pièce, alluma et constata que la baie vitrée avait été entrouverte. Il s'approcha, observa l'horizon obscur, mais ne distingua rien.

Tassi, pieds nus, vêtu seulement d'un caleçon et d'un T-shirt, acheva sa course à l'orée du bois et se dissimula derrière les épaisses branches d'un sapin. Puis il s'étendit dans un fourré, et se rapprocha de quelques mètres en rampant, juste assez pour pouvoir observer sa maison sans être vu.

L'homme armé se tenait dans l'embrasure de la baie vitrée. Il regardait dans sa direction et Tassi, au sol, craignit qu'il ne l'aperçût. Mais l'intrus sortit ensuite sur la terrasse et tourna la tête à plusieurs reprises, ne sachant visiblement où chercher. Il resta au moins trois minutes à l'extérieur, examinant à distance le terrain, sans se résoudre à l'explorer. Tassi ne quittait pas des yeux sa fine silhouette, qui contrastait avec la large baie vitrée, éclairée.

Puis l'homme rentra. Il éteignit les lumières et Tassi ne vit plus rien, hormis le contour de la maison, de la baie vitrée et des fenêtres. Il lui devint impossible de savoir si l'homme était encore là, tapi patiemment dans l'ombre, et si la menace persistait.

Tassi resta plusieurs heures allongé dans l'herbe, transi de froid. Enfin, n'y tenant plus, il se faufila derrière les arbres, en direction de son atelier de bricolage resté ouvert. Avant d'y pénétrer, il jeta un coup d'œil derrière lui pour s'assurer que l'homme ne l'avait pas suivi. Puis il s'y engouffra et s'empara d'une hache parfaitement aiguisée, ainsi que de bâches en plastique sous lesquelles il se recroquevilla.

Pendant la nuit, il crut percevoir un bruit de moteur qu'on allumait, pas très loin ; mais n'en fut pas sûr.

Aux premières lueurs du jour, sa hache dans les mains, il rejoignit la maison et y entra par où il était sorti. S'efforçant de faire le moins de bruit possible, il ouvrit l'armoire à fusils et s'empara de l'un d'eux. Ensuite il inspecta chaque pièce du rez-de-chaussée, résolu à faire feu sur son assaillant s'il tombait nez à nez avec lui.

Personne.

Il vérifia également tout l'étage. Dans sa chambre, il ouvrit un tiroir qui renfermait un Glock 17, dont il n'avait pas eu le temps de se saisir la veille. Puis, quand il fut certain d'être seul, il enfila quelques vêtements et en rassembla d'autres, qu'il glissa dans un sac de voyage, avant de quitter son domicile.

★

Pendant la nuit, frigorifié et paniqué, il avait réfléchi aux scénarios possibles et un doute atroce s'était emparé de lui. La première chose qu'il fit en prenant la route fut d'aller vérifier si Baranès était sain et sauf.

Il arriva devant sa maison une demi-heure après avoir quitté la sienne. Frappa, sonna plusieurs fois, mais personne ne répondit. La porte n'était pas fermée à clé, il pénétra à l'intérieur et le vit aussitôt : affalé sur la table, les yeux ouverts. L'impact, sur sa tempe, avait creusé un orifice étroit du côté entrant, et béant de l'autre. Du sang partout, des bouts de cervelle et de chair dispersés.

L'horreur.

La main de Baranès serrait la crosse d'un Glock 17, sans aucun doute l'arme du crime.

Tassi resta concentré, malgré le tumulte dans sa tête. En examinant le salon du regard, il aperçut le téléphone portable de Baranès et tenta de le déverrouiller. Le code ou l'empreinte digitale de son propriétaire étant nécessaires, Tassi retourna près du corps afin de presser le pouce de son ami sur le bouton central. L'écran s'illumina, il put accéder aux messages et, surtout, à la liste des appels récents.

Un appel à son fils, la veille au soir. Et un autre, en fin d'après-midi, à Larrivoire. Une discussion de seize minutes.

Quand Tassi eut terminé, il essuya consciencieusement le téléphone avec sa chemise et le reposa là où il l'avait trouvé.

Il s'éloigna du salon et rejoignit l'entrée, en vérifiant que ses pas n'avaient laissé aucune trace. Après un dernier regard et une pensée émue pour son ami, il frotta la poignée de la porte avec sa manche. Scruta le voisinage, pour s'assurer que personne ne l'épiait depuis une fenêtre ou un portail.

Il remonta dans son pick-up, ralluma le moteur et disparut à un tournant.

2020

10

La tour Eiffel apparaissait au loin, dans un espace étroit entre deux immeubles. Sa tête était dissimulée par l'immense nuée grise qui menaçait Paris.

Nathan Rey patientait sur le trottoir. Deux longues bandes de rubalise avaient été tirées devant l'entrée du cinéma pour en bloquer l'accès. Les badauds allaient et venaient près de Nathan, beaucoup poursuivaient leur chemin mais certains curieux s'arrêtaient pour filmer ou prendre des photos. Un policier placé en faction les sommait de déguerpir quand ils s'approchaient trop. La pluie fine, qui jusqu'ici n'avait pas dérangé Nathan, se fit plus violente et il se résigna à s'abriter contre la façade de l'immeuble. Il s'aperçut qu'il tremblait ; pas réellement à cause du froid. Nathan se doutait du spectacle qui allait s'offrir à lui et ne savait pas, au fond, ce qu'il faisait là.

Une camionnette de BFM TV déboula dans la rue. Sa portière coulissa et en sortit aussitôt une journaliste accompagnée de son cameraman. Nathan se souvint de l'avoir déjà rencontrée lors d'une interview à propos d'un fait divers, et il pivota furtivement pour lui tourner le dos, en resserrant son manteau mouillé. Il patienta ainsi, le nez à quelques centimètres du mur de l'immeuble, espérant qu'elle ne l'ait pas reconnu. Au moment où il jetait un regard vers elle, l'apercevant qui donnait ses instructions au cadreur pour la conception d'un plan fixe, Nathan sentit une main lui agripper l'épaule.

— Monsieur Rey, c'est bon, le commandant Toureau vous attend ! lui dit un policier en uniforme, massif.

Nathan lui emboîta le pas en masquant son profil avec son coude, faisant mine de se protéger de la pluie. Ils soulevèrent la bande jaune pour se glisser dessous et s'enfoncèrent dans le long couloir du cinéma.

Le policier marchait en tête. Ils passèrent une première lourde porte, découvrirent un hall spacieux donnant sur différents couloirs ; empruntèrent l'un d'eux, exigu et obscur, dont le sol était parsemé de néons lenticulaires aux tons violets. Puis le flic poussa énergiquement une ultime porte et ils débouchèrent dans une vaste salle de cinéma, éclairée.

Ils arrivèrent tout en haut des rangées de sièges et, avant de faire demi-tour, son guide fit signe à Nathan qu'il pouvait continuer seul. Néanmoins, le trentenaire resta immobile quelques instants afin d'observer le spectacle effroyable qui se dessinait devant lui :

Une vingtaine de policiers étaient disséminés dans les lieux – certains d'entre eux, d'ailleurs, le considérèrent avec un air incrédule. Des médecins étaient également présents, des photographes de la police judiciaire, des policiers scientifiques et des pompiers. Tous examinaient la quinzaine de spectateurs assis à différents endroits de la salle, inertes.

Morts.

L'un des hommes en uniforme disposait un carton numéroté devant chaque corps.

Nathan, saisi d'effroi, parcourut du regard la quinzaine de silhouettes sans vie, certaines très éloignées les unes des autres, puis s'arrêta sur le commandant Toureau, debout aux côtés de deux collègues. Les trois hommes semblaient réunis en un triumvirat chargé des opérations de police.

— J'arrive, Nathan !

Toureau lui fit signe de loin avant de se détourner à nouveau.

— Nom de Dieu, qu'est-ce que ce type fout ici ? s'énerva l'un des trois officiers, le commandant Lavroff.

— Je veux absolument avoir son avis.

— Je t'avais dit de pas lui parler du dossier, et toi tu le fais venir sur la scène de crime ? Qu'est-ce qui va pas chez toi ? On a des gens formés pour ça, si t'as des questions, fais appel à eux !

— En France, sur ce genre de dégénérés, personne n'a son expérience. Personne. C'est la deuxième tuerie et on n'a pas avancé d'un poil. Nathan Rey n'est pas flic, mais beaucoup de flics lisent ses livres.

Tandis qu'on parlait de lui, Nathan descendait une à une les marches de l'escalier longeant les rangées de sièges, pour observer les victimes de façon plus frontale.

— Rey est un rigolo ! reprit Lavroff en le désignant de la tête. Il n'a aucune formation, il le dit lui-même partout !

— Je préfère un autodidacte brillant à un major de promo pas foutu de remettre en question ce qu'on lui a appris, répliqua Toureau en se détournant.

— C'est quoi, la prochaine étape ? Tu comptes appeler les radiesthésistes et les voyants ? Ce mec fait le tour des émissions télé, ça va se savoir ! Tu veux qu'on passe pour des guignols ? Si on a des fuites à cause de lui, ça chiera pour toi, tu m'entends ?

— J'ai pas besoin de ton aval. Et Rey ne dira rien !

Le commandant Toureau s'éloigna sans s'intéresser à l'expression navrée qu'arborait son collègue dans son dos. Il rejoignit Nathan, occupé à observer le cadavre d'un quinquagénaire assis au premier rang, la tête inclinée et le thorax taché de sang. Des techniciens scientifiques travaillaient tout près, et Toureau attira Nathan pour s'entretenir un peu à l'écart.

— Ça va, tu tiens le choc ? lui demanda-t-il, sincèrement inquiet.

— Oui…, fit Nathan, l'air hagard.

— Bon, écoute, des caméras de surveillance l'ont *accroché* et on est presque sûrs que c'est notre gars, même si on n'a pas encore les résultats de la balistique et de l'ADN… Il est très prudent, il n'a jamais relevé la tête. Mais c'est la même dégaine et le mode opératoire est identique.

— On dirait que personne n'a bougé…, dit Nathan. Ils se sont tous fait abattre sans s'en rendre compte ?

— Oui, c'est encore pire que la fois précédente, dans le bus. Le chauffeur l'avait vu dans son rétro et avait tenté de fuir, mais là, tout s'est passé encore plus discrètement : il a commencé par les rangées les plus hautes et il est descendu, petit à petit, en les tuant un par un. Il avait un silencieux et avec le son du film, on suppose que personne n'a rien entendu. Il a tiré dans le dos de chaque spectateur. Le projectionniste n'a rien remarqué, puisque tout est automatisé maintenant. Il a agi le matin, une des séances les moins fréquentées de la journée, c'est sans doute pour moins se faire remarquer. Il y a seize morts, commenta Toureau en regardant la salle. Aucun gosse, heureusement…

Nathan respirait vite et sentait la sueur couler sous ses vêtements, malgré le système d'aération du cinéma.

— C'est atroce, j'aimerais t'aider mais je sais pas quoi te d…

— … Certains de mes collègues penchent encore pour la piste terroriste, l'interrompit Toureau. Pourtant, on n'a aucune revendication de Daech ni d'une autre organisation. Pour toi, ça peut être un psychopathe ?

— Je pense que oui, répondit Nathan sans hésiter. En France, ce genre de massacres est le plus souvent lié à un attentat, mais d'autres pays ont l'habitude des *tueurs de masse*, et moi ça m'évoque plutôt ça.

— Quelle distinction tu fais entre le profil d'un tueur en série et celui d'un tueur de masse ?

— Ils sont très différents. Le tueur en série choisit ses victimes au cas par cas, chacune a une identité pour lui et il assouvit sur elle ses fantasmes. Le tueur de masse exprime une colère, il envoie un message sans individualiser ses proies et son but est de supprimer un maximum de gens en un minimum de temps.

— Tu peux me dire quoi d'autre ?

Nathan réfléchit un instant.

— Ils ont une haine qui les ronge, qu'ils n'extériorisent pas en temps normal. Beaucoup de proches des tueurs de masse sont très surpris quand ils passent à l'acte. Ce sont des gens qui dissimulent un mal-être incommensurable, ils sont frustrés affectivement, sexuellement, socialement et ils veulent prendre leur revanche. Souvent ils détestent les femmes, ou les hommes qui ont mieux réussi, ou qui les ont brimés. Ils en veulent à la société mais aussi à eux-mêmes, et malgré ça ils ont un sentiment de supériorité : ils sont persuadés de mériter mieux, tout en rejetant la faute sur les autres.

Toureau, tout près de lui, hochait la tête et l'écoutait, sans prendre de notes.

— Autre chose ?

— Ils sont narcissiques, en quête de célébrité. Ils ont souvent des idées politiques confuses, qu'ils tiennent pourtant à communiquer aux gens en les impressionnant. Est-ce qu'il vous a laissé un message, dans une lettre par exemple, ou sur les réseaux sociaux ?

— Pas à ma connaissance.

— C'est possible que vous trouviez une confession quand tout sera fini. Quoi qu'il en soit, la médiatisation de ses crimes est certainement jouissive pour votre tueur.

— Parmi ceux que t'as interviewés, est-ce qu'il y en a un en particulier à qui il te fait penser ?

— J'ai jamais interviewé de tueur de masse…

— Pourquoi ? demanda le commandant, désappointé.

— Parce qu'ils ne se laissent presque jamais attraper vivants. Ils veulent mourir et se font abattre ou se suicident. Et c'est justement là une particularité du vôtre : il se débrouille pour s'en sortir et recommence, il accomplit une sorte de *série* de tueries de masse, ce qui est plutôt rare…

— Jusqu'au jour où on le coincera…

— Oui. Et fais plus attention que jamais, ce jour-là… Garde en tête qu'il accomplit son chant du cygne. Face à toi, il n'aura pas peur de la mort.

11

L'ÉMISSION, EN DIRECT, était diffusée en deuxième partie de soirée. La décoration du plateau évoquait celle d'un établissement de nuit, à mi-chemin entre un dancing et un pub branché. Les projecteurs, les écrans, la table et les sièges, eux-mêmes lumineux, diffusaient un éclairage bleu foncé.

Les gens qui composaient le public apparaissaient debout derrière les invités, plus ou moins dans la pénombre, et allaient et venaient, un verre à la main.

Le tour de Nathan arriva. Une assistante-réalisatrice lui indiqua où s'asseoir pendant la diffusion de l'extrait d'un reportage. Il fut placé en triangle avec Gilbert Poupon – qui animait l'émission – et un psychiatre avec lequel Nathan avait déjà débattu quelques mois plus tôt, sur une chaîne d'info en continu.

Nathan avait accepté l'invitation sur les conseils de son attachée de presse, sans en avoir vraiment envie. Contrairement à l'image que beaucoup de personnes avaient de lui, il ne courait pas après les enregistrements d'émission, qui lui donnaient le trac.

Il ne bouda néanmoins pas son plaisir en regardant travailler Gilbert Poupon, la star du petit écran, qui avait bercé son enfance et dont la carrière de près d'un demi-siècle avait accompagné la vie de presque tous les Français.

Un peu plus tôt, alors qu'il patientait dans sa loge avant le direct, Nathan avait reçu la visite de Poupon, débordant d'énergie et arborant un sourire étincelant, qui contrastait avec sa peau tannée par le bronzage. Ils ne s'étaient rencontrés qu'une seule fois auparavant, et de nouveau Poupon s'était montré rassurant et professionnel. Après que le sémillant septuagénaire l'eut félicité pour la qualité de son livre et remercié de sa présence, Nathan s'était intéressé aux résultats de l'émission et à ses projets. Poupon avait assuré que les audiences étaient très satisfaisantes et lui avait révélé que la chaîne lui proposait de présenter un jeu à la rentrée, diffusé en *prime time*. Un peu pour alimenter la discussion, Nathan, qui entendait de plus en plus un discours prédisant la fin prochaine de la télévision, avait demandé à Poupon ce qu'il en pensait. Le sourire du présentateur s'était subitement estompé et il avait aussitôt regretté sa question… Cependant, après un temps de réflexion et en fronçant les sourcils, Poupon avait répondu sérieusement :

— Les gamins regardent de moins en moins la télévision, c'est vrai. Alors beaucoup de spécialistes disent qu'elle va disparaître. Moi, je suis sceptique. En fait, sur les plateformes de type YouTube, qu'est-ce que les internautes regardent ? Majoritairement des extraits d'émission qui viennent de la télé. Ils ont l'impression d'être subversifs – et libres, même ! – parce qu'ils visionnent ce qu'ils veulent, quand ils le veulent, mais au fond énormément de choses reposent sur nos programmes ! Si on les enlève, il reste quoi ? Si demain la télé ne produit plus rien ? Des clips, qu'il regarderont toute la journée ? Des youtubeurs et des youtubeuses ? Ils en auront vite marre ! Il est possible que le support change, ça oui ; mais les contenus, j'en doute.

Poupon avait alors retrouvé son sourire et, son visage tout près du sien, avait repris d'un ton confidentiel :

— Personnellement, je m'en fiche un peu : j'ai connu l'âge d'or de la télé, et si elle meurt, ce sera bien après moi ! J'ai tout vécu, tu sais, avait-il affirmé en le tutoyant soudain. Tout vu, je me suis... éclaté. J'ai eu des femmes...

Et en disant cette phrase, le septuagénaire avait levé les yeux au ciel, comme si ses propres souvenirs le laissaient pantois.

— J'ai tiré des gonzesses, si tu savais... magnifiques ! Je me suis régalé..., avait-il conclu en esquissant un sourire malicieux.

Un ange était passé dans la loge et Nathan, trouvant ce moment étrange, voire un peu gênant, n'avait su si Poupon attendait de lui qu'il rebondisse par une anecdote ou par un commentaire quelconque, et s'était contenté de hocher la tête avec un air entendu.

— On verra bien ! avait lâché Poupon en lui tapant sur l'épaule, d'un geste affectueux et viril, avant de désigner le champagne et de lui conseiller : Tu devrais boire un verre.

Puis il s'était éclipsé en le gratifiant d'un clin d'œil.

Poupon, superbement éclairé, s'entretenait à présent avec le psychiatre au sujet du reportage qui venait d'être diffusé. Ensuite il se tourna vers Nathan et le présenta aux téléspectateurs, en brandissant son livre face aux caméras :

— Nathan Rey, vous êtes écrivain, vous vous intéressez à la criminologie et particulièrement aux tueurs en série. Vous parcourez le monde entier afin d'aller à la rencontre de psychopathes, pour la plupart enfermés à vie ou, pour certains, dans l'attente de leur exécution. Ces entretiens, passionnants, font régulièrement l'objet de livres à succès…

Poupon désigna de nouveau le livre de Nathan :

— Votre dernier, *Serial Killers Made in France*, sort actuellement en librairie, aux éditions Robert Laffont.

Gilbert Poupon se tourna ensuite vers le psychiatre, en tenant toujours le bouquin.

— Docteur Kuhl, par curiosité, avez-vous lu son livre ?

— Je l'ai lu en partie, dit le médecin avec une mine austère.

— Je l'ai trouvé très instructif, pas vous ?

— Sans vouloir être désobligeant, plusieurs choses me dérangent, dans les livres de M. Rey : la première est qu'ils sont publiés avec la régularité d'une horloge suisse et qu'on peut s'interroger sur ce qui s'apparente certainement davantage à un business qu'à autre chose. La deuxième est que les ouvrages se ressemblent tous tellement que vous avez le sentiment, quand vous en avez lu un, de tous les avoir lus. La troisième est que M. Rey voit des psychopathes partout. C'est son droit, sauf qu'il tient absolument à nous faire partager son obsession…

Nathan, qui prévoyait un avis critique de sa part, mais peut-être pas aussi cinglant, attendait que Poupon lui donne la parole pour répondre.

— Je vous trouve dur, réagit ce dernier. Ses livres sont très documentés.

— Il s'agit de vulgarisation scientifique, fit le psy en haussant les épaules. Nathan Rey a trouvé une recette, et elle fonctionne puisque les gens achètent ses livres. Mais ce que je déplore surtout, c'est qu'il soit convié si fréquemment dans les médias et que sa parole soit reçue comme celle d'un expert… ce qu'il n'est pas ! Il n'est pas policier, il n'est pas psychiatre et encore moins scientifique…

— Je n'ai jamais prétendu le contraire, intervint Nathan.

— Néanmoins, dit Poupon en se tournant vers lui et visiblement ravi de cette transition, vous avez été filmé aujourd'hui en train de rejoindre les policiers dans le cinéma du 7e arrondissement où la tuerie a eu lieu. Est-ce que vous collaborez à l'enquête ? Je précise aux téléspectateurs que vous étiez invité ici avant que ces images ne sortent...

— Je ne tiens pas à m'exprimer sur ce sujet mais c'est faux : je connais l'un des policiers chargés de l'enquête, voilà tout.

» Docteur Kuhl, reprit Nathan avec l'intention de recentrer le débat, vous avez le droit de ne pas aimer mes livres ou d'être agacé par mes apparitions à la télévision, mais vous ne pouvez pas prétendre que mon travail n'est pas sérieux. Ni que j'applique cyniquement une recette... J'ai eu du succès avec mes deux derniers ouvrages, mais je continue à effectuer mes recherches avec la même méticulosité qu'à l'époque où mes livres se vendaient peu.

— Vous vendez en France des livres qui parlent de tueurs en série américains, en faisant croire qu'ils reflètent la réalité de notre pays...

— C'est faux, répliqua Nathan. Le livre qui sort actuellement parle de la situation en France. Il se concentre sur des exemples d'ici.

— Oui, c'est exact, le soutint Poupon. Il y a dans ce livre les interviews de trois psychopathes malheureusement bien français...

— Trois, pour combien d'Américains précédemment ? Vous faites comme si on était envahis, comme si on s'américanisait... Alors... – Le psychiatre hésita, avant de continuer : – ... j'ai connaissance du drame que vous avez vécu étant enfant, mais bon...

Nathan tiqua en entendant cette phrase, pourtant il ne répondit rien.

— … Votre discours global est trop alarmiste, et je crains que ce soit dans une simple logique lucrative…

— La France est un plus petit pays, simplement…, objecta Nathan. La situation aux États-Unis est particulière, c'est vrai, comme celle en Afrique du Sud, où c'est pire encore ! Toutefois, nous ne sommes pas en reste… Sans compter tous les tueurs dans la nature, pas encore trouvés ou même pas encore recherchés…

Poupon l'écoutait attentivement et l'attitude du psy se fit moins belliqueuse, aussi Nathan poursuivit-il :

— Différents facteurs font qu'on sous-estime le phénomène : avec les progrès médico-judiciaires, beaucoup de tueurs se font arrêter dès leur premier crime. Là où, autrefois, on observait des séries de plusieurs morts, on voit maintenant des prédateurs coupés dans leur élan, et qui ne sont donc pas catalogués comme tueurs en série. Mais ils vont ressortir un jour, et nous ne disposons d'aucune solution thérapeutique. Et il est important de se demander *pourquoi* ces pulsions naissent chez eux…

— Vous pensez vraiment qu'on observe une hausse du nombre de serial killers en France ?

— Les statistiques le montrent. Au début du XXe siècle, les tueurs en série commençaient à l'âge de trente-quatre ans en moyenne ; cent ans après, on est descendu à vingt-quatre ans. Quand on s'intéresse de près au sujet, tous les voyants sont au rouge.

— Vous pratiquez la politique de la peur, monsieur Rey. La politique de la peur…

★

Le générique de fin fut lancé et Nathan, avant de rejoindre sa loge, fut abordé par deux lectrices venues avec leur exemplaire de son dernier ouvrage afin de le faire dédicacer. Il se plia à l'exercice avec le sourire.

Un homme patientait derrière. Grand, la soixantaine, vêtu d'un jean, d'un pull à col roulé et d'un blouson près du corps. Quand Nathan eut fini de signer et que les filles s'éloignèrent en le remerciant, l'homme avança.

— Je n'ai pas apporté mon livre, lui dit-il, même si je l'ai lu et apprécié.

— Ah ? fit Nathan en haussant les épaules. Eh bien, une prochaine fois, peut-être...

— Monsieur Rey, j'aimerais m'entretenir avec vous, seul à seul.

— À quel sujet ?

Nathan, mal à l'aise, lorgnait la sortie pendant que l'inconnu, tout près, le regardait fixement.

— Je m'appelle Dominique Tassi, je suis gendarme retraité. J'ai travaillé sur l'affaire Gabin Lepage, le meurtre de la petite Justine Morin, vous devez en avoir entendu parler ?

— Oui..., répondit Nathan en réfléchissant. J'ai vu qu'il sera rejugé bientôt. Qu'est-ce que vous faisiez exactement sur cette affaire ?

— C'est moi qui ai arrêté Lepage, en 2005.

Ils se turent un instant, tandis que le public quittait le plateau et que les techniciens démontaient une partie de la machinerie.

— Le nouveau procès aura lieu à Lyon, je serai appelé à témoigner.

— D'accord... Je ne peux que vous croire sur parole, je ne connais pas le dossier, ou très peu.

Tassi fouilla dans son portefeuille pour en extraire sa carte d'identité, qu'il leva devant le visage de Nathan, lequel faisait une tête de moins que lui.

— Voilà mon nom. Vérifiez sur votre téléphone portable si vous voulez.

— Pourquoi vous venez me voir ? demanda Nathan, perplexe.

— Il faut que nous discutions, monsieur Rey. Étant donné vos centres d'intérêt, vous ne perdrez pas votre temps.

12

APRÈS QUE NATHAN EUT RÉCUPÉRÉ SES AFFAIRES dans sa loge, les deux hommes jetèrent leur dévolu sur un pub voisin, encore bien rempli. L'endroit était cosy, spacieux, et ils s'assirent face à face, à une table située près d'une fenêtre opaque.

— Vous êtes rassuré sur mon identité ou vous avez encore un doute ? demanda Tassi, sitôt après avoir pris place.

— Oui... Excusez-moi... En fait, je suis prudent parce que je reçois de nombreuses réactions à mes livres, surtout par mail ou sur les réseaux sociaux... Des réactions parfois... malsaines. C'est un sujet qui exacerbe la folie de plus de personnes qu'on ne le croit...

— Je ne suis pas membre d'un fan-club de psychopathes, rassurez-vous, lui dit Tassi avec une moue amicale. Et c'est moi qui vous demande pardon de débarquer à l'improviste, mais j'ai vu que vous enregistriez cette émission et, comme j'étais à Paris, j'ai sauté sur l'occasion. Étant à la retraite, je n'ai plus la possibilité d'accéder à votre adresse, ni même à votre numéro de téléphone...

— J'ai une page Facebook. Je m'efforce de répondre aux messages, du moins ceux des gens normaux, comme je vous le disais…

— Je n'ai jamais ouvert de compte Facebook et ça ne risque pas d'arriver. Je suis un peu *old school*, comme disent les jeunes.

Un serveur, dont le corps paraissait couvert de tatouages, s'approcha de leur table et prit leur commande. Un décaféiné pour Tassi, un thé noir pour Nathan. Après son départ, Tassi étudia plus attentivement l'établissement. Des lumières chaudes éclairaient les murs sur lesquels les logos de grands clubs de football européens étaient encadrés avec goût. Le bar était garni d'un nombre impressionnant de bouteilles, toutes alléchantes et savamment mises en valeur. Une dizaine de mecs rigolaient devant le comptoir.

Nathan, de son côté, observait Tassi, attendant qu'il rompe le silence. Comme ce dernier restait muet, il s'en chargea :

— Qu'est-ce que je peux faire pour vous ?

Tassi se tourna vers Nathan, qui fronçait les sourcils.

— J'aime énormément vos livres, monsieur Rey. J'en ai lu trois d'affilée, dont celui qui vient de sortir. Ils sont remarquables : clairs pour le novice, instructifs pour l'initié.

— Je vous remercie…

— Vous aimez les tueurs en série…

— Pas du tout, je ne les aime pas…

— Pardon, je sais, rectifia Tassi en levant la main. Vous vous y intéressez… Il se trouve que j'en traque un. Un coriace, sur le dessus du panier de ceux que vous avez interviewés, et un « bien de chez nous » : en France, en liberté. Dans la région Rhône-Alpes, plus précisément, du moins je le pense. Il sévit en toute impunité, personne ne le recherche à part moi. Et… le coup de main d'un expert ne serait pas de trop.

— Personne ne le recherche ? Pourquoi ?

— Parce que personne n'est conscient qu'il existe ? Ou personne ne veut le voir… Des jeunes filles disparaissent… Elles sont vraisemblablement enlevées, mais ni les gendarmes ni le procureur ne prennent ça au sérieux. Leur absence passe pour des fugues.

— Et vous, comment savez-vous que c'est un tueur ? s'étonna Nathan. Qu'est-ce qui vous en rend si sûr ?

Tassi se pencha en avant, sans détacher son regard de celui du jeune homme.

— Avez-vous entendu parler du meurtre de Laetitia Martinez, l'année dernière, au mois de février ? On a retrouvé son corps dans l'Ain, enterré dans les bois.

— Ça me dit quelque chose. Je suis souvent aux États-Unis, mais j'ai lu des articles sur Internet.

— Elle a été violée avant sa mort, de diverses façons. Elle a subi des tortures, des coupures… et surtout, ses mamelons et ses parties génitales ont été profondément brûlés…

Nathan l'écoutait avec attention, hochant la tête.

— Le problème, Nathan… – je peux vous appeler Nathan, n'est-ce pas ? –, le problème, c'est que ces blessures bien particulières ressemblent en tous points à celles que j'ai pu observer sur le corps de Justine Morin, quand je l'ai découverte, en 2005… Je suis certain que le même homme se cache derrière ces deux meurtres. Ce qui voudrait dire deux choses : qu'un tueur en série redoutable est actuellement dans la nature, et que l'homme dont j'ai obtenu les aveux, il y a quinze ans, est innocent.

Le serveur posa leurs boissons devant eux ; Nathan, absorbé par les paroles de Tassi, ne s'en rendit pas compte.

— Mais… Vous avez signalé ces analogies aux enquêteurs de l'affaire, euh… Martinez ?

— Je l'ai fait immédiatement et je n'ai pas été pris au sérieux. Sinon je ne m'en occuperais même plus, dit Tassi en buvant une gorgée de son décaféiné. Pour eux, ce ne sont que de vagues ressemblances. Comme je suis retraité, ils voulaient m'empêcher de consulter le dossier, mais j'ai tout de même réussi, et tout ça n'a rien de « vagues ressemblances ».

— Qu'est-ce qu'ils vous répondent exactement ?

— Que Gabin Lepage est le tueur de Justine Morin, et qu'il est en prison… que quatorze ans séparent les deux meurtres… que Justine était une enfant, alors que Laetitia Martinez était une jeune femme de dix-sept ans…

— … Là, ils se trompent, ça ne veut rien dire ! réagit vivement Nathan. On a une image des tueurs en série qui s'attaquent toujours au même genre de femmes : une grande blonde ou une petite brune aux cheveux bouclés, mais c'est loin d'être toujours le cas. Beaucoup changent de profil, d'âge, et… de sexe, même, parfois !

— Heureux de vous l'entendre dire, répondit Tassi en esquissant un sourire empreint de soulagement. Dans l'un de vos livres, reprit-il, vous évoquez certaines affaires américaines où des disparitions n'étaient pas prises au sérieux. Les corps n'avaient pas été trouvés et le meurtrier continuait tranquillement sans qu'on le recherche.

— C'est un scénario qui s'est déjà produit et qui se reproduira… Quand vous avez un tueur très futé et que les flics ne font pas bien leur boulot…

— Je pense qu'on est en plein dedans. Comme je vous le disais, j'ai enquêté tout seul dans l'Ain, non loin de Bourg-en-Bresse, où a été tuée Laetitia Martinez. J'y ai relevé une demi-douzaine de disparitions, soit classées comme des fugues quand les filles sont mineures, soit comme des départs volontaires quand elles sont majeures, alors que ça n'a rien de cohérent. J'ai rencontré leurs familles, je les ai écoutées. J'ai étudié les profils de ces filles et ça ne tient pas, aucune n'a celui d'une fugueuse, ni les fréquentations, ni les ressources nécessaires pour partir du jour au lendemain et ne jamais revenir. Ce sont bien sûr des conclusions subjectives, mais je m'appuie sur trente ans de métier, durant lesquels j'ai travaillé sur d'innombrables fugues...

— Et actuellement, vous enquêtez seul ? s'étonna Nathan en versant de l'eau brûlante sur son sachet.

— Parce que je n'ai pas le choix, opina Tassi. Parce que la gendarmerie ne prend pas la mesure de ce qui se passe, et croyez bien que je ne fais pas ça par plaisir. Je ne suis plus tout jeune, et je suis fatigué...

Nathan observa le retraité tandis qu'il disait ça et, effectivement, il lui trouva le visage émacié et le teint hâve. Malgré sa carrure assez puissante, il avait la tête de quelqu'un qui ne se portait pas bien.

— ... Néanmoins, continua Tassi, je suis convaincu d'être dans le vrai et j'irai jusqu'au bout sans lâcher mes deux objectifs : stopper le tueur qui se cache derrière ces disparitions et... faire libérer Gabin Lepage.

— Donc c'est vous qui êtes à l'origine de son nouveau procès, qui va bientôt avoir lieu ?

— J'ai rencontré son avocate il y a un an et demi environ. Elle se bagarre depuis des années pour obtenir la révision de son jugement – et elle ne fait pas ça pour l'argent, croyez-moi, elle n'est pas payée. Avant même que je prenne contact avec elle, elle était persuadée qu'il s'agissait d'une erreur judiciaire. Comme j'ai été au cœur du dossier, j'ai pu lui apporter de nouveaux éléments, qui lui ont été très utiles. Certaines failles, des témoignages... Avec ces nouvelles munitions, elle est allée en cour de révision et le jugement a été cassé. D'où l'ouverture d'un nouveau procès, dans deux semaines.

— C'est formidable, dit Nathan, sincèrement épaté. Impressionnant…

— Insuffisant, rétorqua Tassi.

— Pourquoi ? Si vous gagnez, tout sortira au grand jour…

— Même si Lepage est innocenté du meurtre de Justine, rien ne certifie qu'un lien sera fait entre les deux affaires. Encore moins un lien suffisamment fort pour mener au tueur qui agit en ce moment. Le procès est une chose, il est indispensable, mais un prédateur reste dans la nature et je dois le trouver, insista Tassi, passionné, s'avançant de nouveau au-dessus de la table. Et pour ça, j'ai besoin de vous…

— Mais… comment ?

— Venez avec moi sur le terrain, en province, pour me donner votre avis et peut-être m'orienter. Accompagnez-moi sur la scène de crime… J'aimerais même vous faire rencontrer les familles des disparues…

— … Non mais attendez, l'arrêta Nathan, je ne suis pas flic…

— Ce n'est pas d'un flic dont j'ai besoin, c'est d'un *profiler*…

— Mais je ne suis pas profiler ! s'emporta-t-il soudain en s'enfonçant dans son siège. D'ailleurs, le métier n'existe pas en France…

— Je le sais, c'est une des raisons pour lesquelles je me tourne vers vous…

— Vous pouvez aller trouver des psychologues experts, spécialisés en criminalité, ils travaillent avec la gendarmerie et la police…

— … Je suis au courant, mais je n'ai pas accès à eux, pour toutes les raisons que j'ai déjà mentionnées. Et puis, je suis persuadé que vous êtes meilleur qu'eux. Vous comprenez les psychopathes et, surtout, moi, je vous comprends ! La plupart de ces prétendus experts s'expriment en jargon, alors que vos livres sont clairs et vont à l'essentiel. Et avec toutes vos rencontres, vous avez accumulé une expérience qu'aucun d'eux ne possède… Aucun !

— Je vous remercie… Mais c'est pas mon métier.

— Vous aviez commencé des études aux États-Unis pour devenir profiler, insista Tassi, je l'ai lu dans votre biographie…

— J'ai arrêté très rapidement.

Nathan, en disant cela, détourna le regard et parut tendu.

— Ça ne convenait pas à ma personnalité, contrairement à ce que j'ai voulu croire… Si vous avez lu ma bio, vous savez ce qui m'est arrivé quand j'étais plus jeune ?

— Oui, et j'en suis désolé. Cependant, j'ai appris que… vous donniez un coup de main aux flics pour trouver le tueur du cinéma.

— C'est les journalistes, s'agaça Nathan en secouant la tête, ils m'en ont encore parlé ce soir… Vous avez entendu ma réponse ? C'est à la fois plus compliqué et plus simple : l'un des flics chargés de l'enquête est un ami, je l'ai rencontré dans le cadre de mes recherches. Et je réponds à certaines de ses questions sur le profil des tueurs de masse, c'est tout…

— Je n'attends pas autre chose de vous, lui dit aussitôt Tassi.

Nathan, qui respirait vite, sembla réfléchir quelques instants.

— Je suis désolé, reprit-il. Je ne le ferai pas…

— Ça ne durerait que quelques jours… Un ou deux, si vous voulez, je vous défraierai bien sûr, je peux même vous payer…

— … Il n'en est pas question…

— J'ai de l'argent, ce n'est pas un problème et ce serait tout à fait normal…

— L'argent n'est pas la question ! s'énerva soudain Nathan. Je n'irai pas à… Bourg-en-Bresse ! grimaça-t-il. Je n'ai pas envie de faire ça, ce n'est pas mon métier ! Vous vous adressez à la mauvaise personne…

— Je vois, dit calmement Tassi après un temps, tandis que Nathan restait agité.

— Je crois que vous êtes sincère dans votre démarche et je respecte ce que vous faites… Je suis même assez admiratif… Mais vous devez vous adresser à quelqu'un d'autre que moi.

— J'ai compris.

Un silence un peu embarrassant s'installa à leur table. Tassi, la tête détournée, finissait de boire son café. Nathan, quant à lui, fixait la surface de la table en recouvrant son calme.

Après avoir reposé sa tasse, Tassi se tourna de nouveau vers lui et lui adressa un sourire bienveillant.

— Ce n'est pas grave. J'ai voulu tenter, c'est tout, dit-il en haussant les épaules.

— Oui, je comprends, je comprends…. J'espère vraiment que vous réussirez… Seul ou en convainquant d'autres gens, vos anciens collègues surtout… Et je suivrai le procès, ça m'intéresse ! Qui est l'avocate de Gabin Lepage ?

— Elle s'appelle Emma Marciano.

Nathan chercha dans sa mémoire et mit quelques secondes à se rappeler la jeune – et ravissante – avocate, qu'il avait parfois aperçue dans les médias.

— Elle est très belle ! lâcha-t-il, regrettant aussitôt cette phrase immature et stupide qui ne lui ressemblait pas.

— Belle, mais pas seulement... Elle est brillante.

— Oui, oui, bien sûr ! s'empressa d'ajouter Nathan.

Puis Tassi se leva de la banquette, étira son corps endolori et ajusta sa veste. De sa poche il sortit de quoi régler l'addition, ainsi qu'une carte de visite, qu'il tendit à Nathan.

— Tenez. Si vous changez d'avis... Mon téléphone est souvent coupé, n'hésitez pas à me laisser un message, si jamais vous m'appeliez. Merci de m'avoir écouté, en tout cas.

Les deux hommes échangèrent une poignée de main. Nathan, encore assis, examina la carte, puis interpella le gendarme avant qu'il ne s'éloigne.

— Monsieur Tassi ? Une dernière chose... Pourquoi quatorze ans entre les deux meurtres, sans rien d'autre ? Qu'est-ce qui justifierait un tel écart ?

— Je comptais justement sur vous pour me le dire, répondit Tassi. Alors, si ça vous vient...

En disant cela, il désigna sa carte du doigt, puis se dirigea vers la sortie.

★

Nathan monta dans un taxi et lui indiqua son adresse, dans le 17e arrondissement. Pendant le chemin, il s'affala sur le siège arrière, la tête penchée vers la vitre, et contempla les rues et monuments éclairés de la capitale, la nuit. Nulle part au monde il n'avait vu de ville aussi belle, pas même New York.

Il passa la porte de son appartement et la referma très vite, la verrouillant à double tour. Puis il pressa vivement un interrupteur, un autre encore, encore un autre, un quatrième ; les pièces s'illuminèrent les unes après les autres et Nathan, sur ses gardes, s'immobilisa dans son salon, scrutant tous les recoins possibles, tournant lentement la tête.

Il pénétra dans sa cuisine, l'éclaira. Avança, rejoignit une porte menant au couloir de l'entrée, accéda à sa chambre, déjà allumée. Se pencha sous son lit, regarda longuement. Ouvrit sa penderie et tendit les bras entre les chemises et les vestes afin de s'assurer que personne ne se dissimulait au fond. Fouilla sa salle de bains, ouvrit en grand la porte des toilettes, s'introduisit dans son bureau et vérifia sous la table, puis à l'intérieur du placard.

Une fois l'inspection minutieuse terminée, Nathan put enfin se détendre. Il se déshabilla et prit une douche chaude, qui acheva de l'apaiser. Vérifia de nouveau que la porte était bien fermée, se glissa dans son lit en se recroquevillant.

Puis il sombra dans un profond sommeil, pour une fois dénué de cauchemars.

13

Elle déballait son matériel : bloc-notes, stylo-bille, deux épais dossiers de couleurs différentes, sur lesquels était inscrit le nom de Lepage. Elle les positionna devant elle de façon symétrique, puis chaussa ses lunettes – ce qu'il ne lui avait jamais vu faire. En l'observant, Tassi songea qu'Emma Marciano lui évoquait à cet instant une étudiante studieuse, très éloignée de l'oratrice assurée qu'il avait vue débattre dans les médias, telle une politicienne en campagne – ou encore de la jeune femme rigolote en privé, capable de rire aux éclats.

Calme et concentrée, elle leva la tête vers lui et l'invita à s'asseoir à ses côtés, mais il préféra rester debout. Tassi, nerveux, fit quelques pas dans la pièce exiguë et sans fenêtre ; puis, s'apercevant qu'il tournait en rond, il s'adossa à un mur en s'efforçant de rester immobile.

Malgré son âge avancé, Tassi avait moins l'habitude des parloirs que la jeune avocate. Une fois incarcérés, les mis en examen dépendaient du juge, plus de lui. Et au cours de sa carrière, il n'avait jamais eu l'envie de rendre visite à celles et ceux qu'il avait envoyés en taule…

Tout, dans cet environnement, étendu et aussi peuplé qu'un village, était anxiogène. Les barbelés, les miradors, les interminables corridors avec leurs grilles de zones ; la tronche des surveillants en carence de lumière naturelle ; la *faune* environnante, l'absence de flore, les voix lointaines et les cris fous ou furieux. Si Tassi n'éprouvait que peu de compassion à l'égard des individus se retrouvant dans cet endroit pour un motif valable, il savait qu'à leur place il aurait fait tout ce qui était en son pouvoir pour ne pas finir ici. Emma, elle, n'avait manifesté aucun trouble à déambuler dans Fresnes. Vêtue d'un élégant tailleur, elle avait marché à ses côtés d'un pas soutenu, faisant résonner ses talons dans les allées. Tassi se serait attendu à des remarques déplacées, à des sifflements de la part des taulards qui la regardaient passer – certains l'air sérieux, d'autres avec le sourire –, mais aucun n'avait osé. Des filles comme ça, pourtant, ils ne devaient plus en voir tous les quatre matins.

Dans les centres de détention comme dans sa carrière, Emma Marciano avançait sans se soucier du regard des autres, ou sans montrer qu'elle s'en souciait. Elle était habitée par ses combats, et en priorité celui pour Gabin.

Dès leur rencontre, Tassi l'avait appréciée et avait décidé de lui accorder sa confiance, ce qu'il était loin de faire avec le premier venu. La personnalité d'Emma lui avait plu. Tout comme le fait qu'elle ne lui témoignât aucune hostilité, bien qu'il fût le principal instigateur des aveux de son client. Une attitude qui attestait déjà une vive intelligence.

Emma avait repris la défense de Gabin Lepage trois ans plus tôt. Convaincue de son innocence, elle relançait régulièrement la presse, cherchant à rallier divers journalistes à sa cause. Elle s'était déplacée en Ardèche, avait visité les lieux de la découverte du corps et de l'enlèvement. Avait chronométré, cherché les incohérences. Rencontré plusieurs protagonistes de l'affaire et déchaîné le courroux de certains d'entre eux. Lepage n'était pas populaire, dans le coin... Et même à Paris, au sein de rédactions plus tolérantes, le sort d'un tueur et violeur de fillette, ayant avoué et que tout accusait, ne suscitait guère de sympathie. Avant sa rencontre avec Tassi, Emma n'avait rien trouvé de suffisant pour retourner devant la justice. Elle avait essayé d'entrer en contact avec lui à deux reprises, en lui expliquant dans ses messages qu'elle désirait éclaircir certains points restés flous. Tassi n'avait, bien entendu, jamais rappelé.

Après l'assassinat de Baranès, c'est lui qui était revenu vers elle. Il lui avait téléphoné dès son arrivée à Paris et, le jour même, Emma s'était libérée de ses obligations et l'avait rencontré. Jamais elle n'aurait espéré que le gendarme le plus impliqué dans l'enquête remette à ce point en question son travail de l'époque, ni ne lui indique des faits du dossier négligés, susceptibles d'annihiler la culpabilité de Lepage. Forte de ces éléments inédits, Emma avait enfin pu soumettre une requête en révision à la Cour de cassation, laquelle avait cassé le précédent jugement et ordonné l'ouverture de nouveaux débats.

Il ne s'écoulait plus un jour, depuis, sans que Tassi et elle se parlent par téléphone, pour s'informer mutuellement. Et l'avocate de trente-trois ans se préparait à ce qui serait, sans doute, l'un des plus importants procès de sa carrière.

— Vous êtes anxieux ?

Il sortit de ses pensées et inclina la tête vers elle. Le ton relevait plus de la constatation que de l'interrogation. Tassi était agité, en effet, sa gorge était sèche et ses mains moites. En attendant Lepage, dans cette cabine oppressante, il se sentait plus craintif qu'il ne l'avait anticipé. Aucune photo récente de Gabin n'avait filtré depuis son procès en appel : l'ancien gendarme n'avait aucune idée de l'état dans lequel était l'homme qu'il allait revoir.

Le manque d'alcool le tourmentait moins qu'avant ; cependant, à cet instant, il aurait beaucoup donné pour un double whisky.

— La dernière fois que j'ai vu Gabin, ça remonte à dix ans. C'était en appel, j'étais venu pour l'accabler. Et ça a marché, il a pris le maximum... Donc oui, je suis un peu anxieux.

— Gabin est intelligent, vous savez... Plus que beaucoup de personnes ne l'ont cru et ne le croient encore. On a beaucoup parlé, je lui ai expliqué et il comprend son intérêt. Bien sûr..., tempéra-t-elle, c'est très éprouvant pour lui, il ne faudra pas être trop exigeant... Mais ça ira.

La pénaliste allait ajouter quelque chose lorsque la porte s'ouvrit, poussée par un maton. Ce dernier, restant sur le seuil, invita Lepage à pénétrer dans le parloir. Puis il referma derrière lui et les laissa seuls.

Lepage, dont le long corps un peu voûté oscillait, évitait leurs regards et fixait le mur d'en face, monochrome, comme si un lointain paysage s'y dessinait.

Tassi, lui, ne le quittait pas des yeux. L'homme qu'il découvrit, proche de la quarantaine, avait le teint blafard et une figure prématurément creusée de sillons. Ses cheveux bouclés d'antan étaient désormais ras et un début de calvitie élargissait son front. Lui qui, autrefois, avait le sourire facile – un sourire de faux jeton, avait souvent pensé Tassi –, à présent ne souriait plus. D'après ce qu'Emma lui avait appris, Gabin, soumis à l'anathème de ses codétenus et aux brimades dès que l'occasion se présentait, vivait une incarcération *difficile*. Il avait souvent été placé en isolement, pour son propre bien. Les transferts dans d'autres centres pénitentiaires n'y avaient rien changé : un tueur, un violeur d'enfant, rien n'est pire dans la hiérarchie des taulards.

Emma quitta sa chaise et s'approcha pour lui serrer la main, en lui touchant l'épaule affectueusement. Elle prit de ses nouvelles. Gabin parut se détendre à son contact et répondit d'une voix douce. Emma savait y faire, songea Tassi. Il n'y avait rien d'ambigu dans leur relation, pourtant un lien puissant existait entre eux. Depuis le décès de la mère de Gabin, Emma était devenue son seul soutien à l'extérieur, les membres de sa famille ayant mis fin à toute relation avec lui. Son avocate était la seule à croire en lui, la seule à prendre sa défense, jusqu'à il y a peu…

Soucieuse de rompre le malaise entre les deux hommes, Emma murmura quelques mots à l'oreille de Gabin, inaudibles pour Tassi. Le prisonnier consentit enfin à regarder l'ancien gendarme, qui s'approcha pour lui serrer la main.

— Bonjour, Gabin…

Ce dernier secoua plusieurs fois la tête et tendit à son tour une main molle.

— Asseyons-nous, lança presque aussitôt Emma.

Elle rejoignit sa chaise, Tassi prit place à ses côtés et Gabin face à eux.

— Gabin, le procès approche à grands pas et mon assistante et moi nous y consacrons à temps plein. Il faut que tu sois confiant. Tout est remis à plat, les précédentes audiences ne comptent plus, c'est une nouvelle occasion de démontrer ton innocence…

Tassi observait Emma du coin de l'œil : bien qu'elle s'exprimât avec passion, sa voix était posée et aucun de ses gestes n'était effectué au hasard. Ses yeux, bleu gris, paraissaient avoir la faculté d'hypnotiser ses interlocuteurs.

— Je n'étais là ni aux assises ni en appel et, comme ce n'est pas filmé, je n'ai vu de toi que quelques photos, lors de tes arrivées et sorties du tribunal... J'ai toutefois lu des articles de la presse de l'époque, et les journalistes t'ont décrit comme quelqu'un de dur, de fermé... d'arrogant, même, parfois. Ce qui est normal..., le rassura-t-elle en levant la main. Tu étais accusé à tort et les innocents se défendent souvent mal, les avocats le savent. Néanmoins, tu dois corriger ça. Tu ne dois pas braquer les membres du jury et le président. Il faut que tu communiques de façon claire, intelligible, sans t'énerver, et que tu montres ton empathie à l'égard de la victime et de sa famille. Tu as vieilli, tu as gagné en maturité. Tu es mieux armé, et je pense l'être également plus que ton défenseur de l'époque.

Appuyé sur ses coudes, immobile, Gabin l'écoutait attentivement, en respirant fort.

— Je vais revenir te voir régulièrement avant les audiences, afin de te préparer. Je te poserai des questions sur des sujets que le président ou l'avocat général aborderont à un moment ou à un autre. – Emma se redressa sur sa chaise et sourit. – Je suis heureuse que tu aies accepté que Dominique Tassi nous rejoigne aujourd'hui. Lui qui t'a connu à l'époque, qui a vu tes faiblesses, qui a réussi à te faire craquer...

La voix d'Emma trembla malgré elle sur la fin de cette phrase et l'avocate, comme Tassi, vit Gabin se tendre à l'évocation de la garde à vue. L'une de ses paupières battit à deux reprises et une expression de mal-être se répandit sur son visage.

— S'il est là, c'est pour t'aider, reprit-elle avec conviction. Nous aider, tous les deux, pour qu'aucun interrogatoire ne te déstabilise. Vous êtes dans le même camp à présent : celui de la vérité. Il ne faut plus le considérer comme un ennemi, mais, au contraire, comme un allié précieux... Et nous n'en avons pas tant que ça, glissa l'avocate d'une voix volontairement assourdie.

Gabin tourna la tête vers le gendarme retraité et l'examina longuement. Tassi soutint son regard, sans manifester la moindre arrogance.

— Peut-être que ce serait bien que vous échangiez quelques mots, avant de commenc...

— ... Gabin, l'interrompit Tassi. Je sais que tu me détestes, et je ne t'en blâme pas, tu as tout à fait raison. Je n'essaierai pas de justifier ce que j'ai fait à l'époque : j'ai agi de travers et si je pouvais revenir en arrière, je ferais autrement. Je me suis servi de ta faiblesse, j'ai provoqué tes aveux car nous te croyions tous coupable à l'époque, tout te désignait. Néanmoins, ce qui est fait est fait, on ne changera pas ce qui s'est passé : Justine Morin est morte et tu es en prison. Désormais, je veux aider Emma à t'innocenter, à prouver que tu n'as pas tué Justine, pour que tu quittes cet endroit. Emma a raison : la seule chose qui compte maintenant est de te tirer de là, et pour ça il faut laisser tous nos ressentiments de côté. Je suis convaincu de ton innocence. Et je ferai tout pour que toi, maintenant, tu croies en moi.

Gabin resta silencieux un moment, en continuant de regarder Tassi. Désabusé, il s'exprima enfin :

— Je ne crois plus en rien. Ni en la justice ni en vous. J'ai accepté votre venue par respect envers mon avocate. J'ai beaucoup de temps à tuer ici, alors je vous écoute, débarrassons-nous de tout ça.

★

Tassi fut soulagé en découvrant que la circulation restait fluide à cette heure-ci ; les embouteillages de Paris et de sa banlieue lui faisaient horreur. À l'approche du périphérique, il observa rêveusement les façades noircies par les années d'exposition aux émanations de pots d'échappement. Sur le siège passager du pick-up, Emma téléphonait à son assistante en griffonnant sur son calepin.

Elle finit par raccrocher.

— Je vous dépose en bas de votre bureau ?

— Non, ne vous embêtez pas, laissez-moi porte de Châtillon, je finirai en taxi. Je vais sans doute passer chez moi, j'ai un enregistrement télé ce soir, il faut que je me change.

— Qu'est-ce que c'est ?

— L'émission de Thierry Ardisson, qui sera diffusée dans deux jours.

— Ah..., fit Tassi, perplexe.

— Elle est très suivie et aborde aussi des sujets de société. Je vais parler de Gabin, c'est une tribune non négligeable.

Tassi hocha la tête, avec plus de conviction.

— Vous êtes douée, je suis certain qu'ils vous écouteront attentivement.

— Et vous, quel est votre programme ?

— Je rentre à l'hôtel me reposer quelques heures. Et puis je partirai avant le lever du jour.

— Vous avez beaucoup de route, faites attention.

— J'aime rouler de nuit, il y a moins de monde et je fais des pauses. J'ai rendez-vous demain matin.

— Un rendez-vous en lien avec votre enquête ?

— Une fugue, dit Tassi en tournant brièvement la tête vers elle. Peut-être rien, ou alors une disparition louche de plus. Trop tôt pour le dire...

— Et vous ne m'avez pas raconté en détail ce qui s'est passé avec l'expert en criminels... Nathan...

— … Rey. Il n'est pas intéressé, l'informa Tassi en continuant de fixer la route. Il pense qu'il ne sera pas utile. Il n'a peut-être pas tort…

— C'est dommage, j'ai lu des choses sur lui depuis que vous m'en avez parlé et je l'ai vu à la télé… Il a une bonne tête, il est passionné…

— C'est quelqu'un de très torturé, vous savez. C'est pas grave, on se passera de lui.

— Vous avez d'autres personnes en vue ?

— Non, je me débrouillerai seul.

14

— C'EST LUI ! J'en suis sûr, nom de Dieu ! Il est passé ! s'écria le commandant Toureau à l'intention des hommes autour de lui, dont Nathan faisait partie.

Toureau, seul parmi eux à être assis, gardait les yeux rivés sur un grand moniteur dont l'écran était divisé en seize images, provenant des différentes caméras de surveillance. Il pointa du doigt l'une d'entre elles, sur laquelle apparaissait la silhouette d'un homme chauve, progressant dans une allée du multiplexe.

— Regardez, c'est lui ! Dans quelle salle il va ? demanda Toureau au gérant du cinéma, posté tout près.

— Je ne sais pas, répondit ce dernier, l'air impuissant.

— Vous ne pouvez pas le voir par l'informatique ?

— Non…

— Appelez la fille qui déchire les tickets ! l'exhorta Toureau en désignant le talkie à sa ceinture. L'ouvreuse, appelez-la !

L'exploitant, paniqué, saisit son talkie d'une main tremblante et lança plusieurs appels.

— On le chope avant qu'il entre dans la salle ? demanda Simon, un collègue de Toureau.

Ils n'étaient que deux flics dans le centre de surveillance, petite pièce obscure au rez-de-chaussée du cinéma. Un pompier en uniforme, maître habituel des lieux, restait avec eux sans oser s'immiscer dans les discussions. Nathan se tenait lui aussi en retrait, peinant à distinguer l'écran.

— Non, il est sûrement armé et il y a du monde dans le hall, le risque est trop grand !

— Il va dans la 7 ! intervint enfin le pompier. Regardez !

Ils suivirent du regard le trajet de l'individu, en changeant d'image dès qu'il sortait du champ de vision d'une caméra pour entrer dans celui d'une autre. En effet, le suspect s'arrêta devant l'entrée de la salle numéro 7. Puis il poussa la lourde porte noire et disparut à l'intérieur.

Toureau téléphonait au même moment à des collègues pour les sommer de les rejoindre au plus vite.

— Qu'est-ce qu'on fait ? demanda Simon.

— Il y a une caméra dans la salle ?

— Non, pas dans celle-ci..., répondit le gérant.

— Est-ce que le film a commencé ? l'interrogea Toureau.

Le type approcha d'un autre moniteur, bien plus petit, avec les indicatifs des salles et le minutage des films.

— Pas encore...

— ... Il débute dans combien de temps ?

— 1 minute 30.

— Ne lancez pas le film ! ordonna Toureau. Dites au projectionniste de ne pas lancer le film !

Le responsable reprit son talkie, puis hésita :

— Vous voulez qu'on déclenche l'alarme incendie pour évacuer le cinéma ?

— Non, surtout pas, il risquerait de se méfier, il faut gagner du temps ! Il ne fera rien avant que la salle soit plongée dans le noir…

Pendant que l'employé balbutiait des consignes dans le talkie, Toureau se tourna vers Simon, son téléphone à la main.

— Éloi et Thomas arrivent, ils sont à cinq minutes. Le RAID est également en route, on les attend.

— T'es sûr ? On peut le serrer à deux…

— Trop risqué, trancha Toureau. – Puis, à l'adresse du gérant : – De la cabine de projection, vous pouvez voir tous les sièges ? Ceux tout au fond, au dernier rang, est-ce qu'on les voit de là-haut ?

— Non, je ne crois pas…

— Il y a trop d'impondérables, dit Toureau à Simon, il faut attendre la venue du RAID.

— Et s'il s'étonne que le film ne démarre pas ?

La remarque venait de Nathan, intervenant pour la première fois. Toureau l'observa en se mordant la lèvre, songeur. Puis il déclara à Simon :

— Entendu, on va dans la salle pour protéger les spectateurs. Mais on évite d'intervenir avant le RAID, on le surveille seulement.

— Souviens-toi qu'il est comme les terroristes, dit Nathan à Toureau, alors que le commandant réajustait sa veste par-dessus son holster : il espère abattre un maximum de personnes et il préférera se faire tuer plutôt que d'être arrêté vivant.

Toureau opina puis, faisant signe à Simon de le suivre, donna ses instructions :

— Nathan, j'ai besoin de toi, tu restes vers l'entrée et tu orientes le RAID jusqu'à nous. Vous, dit-il au gérant, suivez-nous, vous resterez devant la salle pour en bloquer l'accès.

La trouille au ventre, se positionnant dans le hall, Nathan se demandait ce qu'il foutait là. Un concours de circonstances… Au moment de son rendez-vous avec Toureau, en début d'après-midi, ce dernier l'avait informé qu'il tenait une piste et lui avait proposé de l'accompagner.

La veille, le propriétaire d'un petit cinéma situé près de la gare de Lyon s'était manifesté auprès des flics pour signaler un individu dont il avait trouvé le comportement suspect : un client au regard étrange, suant, se retournant fréquemment pour observer les alentours. Il avait payé son ticket, était resté dans la salle environ trois minutes, puis était ressorti dare-dare.

Toureau avait étudié l'enregistrement de vidéosurveillance. Le suspect, contrairement au tueur au silencieux, ne portait pas de lunettes et avait le crâne rasé. Il avait cependant deux points communs avec lui : une façon de baisser constamment la tête afin de l'exposer le moins possible aux caméras, et une haute silhouette dégingandée. Les policiers avaient donc conclu que quelque chose, ce jour-là, avait dû lui déplaire ; peut-être la configuration de la salle, ou le public.

L'examen des images des caméras situées non loin des deux tueries précédentes avait montré que le meurtrier procédait à des repérages avant d'agir. Il examinait les lieux, plusieurs jours à l'avance, et connaissait les endroits non filmés où disparaître.

Toureau n'avait pas ménagé ses efforts et avait visionné les bandes des rues situées autour de nombreux cinémas, dont le multiplexe de Bercy, très fréquenté et proche de la gare de Lyon. Sur l'un des enregistrements, il lui avait semblé reconnaître l'individu chauve et il avait décidé de s'y rendre sur-le-champ, proposant à Nathan, présent à ses côtés, de venir avec eux. Moins d'une heure après, le type apparaissait dans les couloirs du cinéma.

Avant ce rebondissement, personne n'aurait su dire si la troisième cible du tueur serait un nouveau cinéma, un bus, ou autre chose. L'industrie cinématographique, après avoir respecté un deuil de quelques jours, avait insisté pour que l'exploitation reprenne : les distributeurs avaient des films à sortir. Les exploitants, soucieux néanmoins de rassurer la population, avaient engagé des vigiles – comme les grandes surfaces à l'époque des attentats –, qui avaient pour mission d'inspecter les sacs à l'entrée et de passer un détecteur au contact des gens.

Nathan, pour avoir souvent subi ce genre de contrôle dans des centres commerciaux, avait vu à l'œuvre les employés chargés de ce travail rébarbatif, payés une misère et dépourvus d'une quelconque arme efficace. Ils n'avaient visiblement qu'une trouille : que leur « fouille » aboutisse et qu'ils se trouvent nez à nez avec un terroriste armé jusqu'aux dents, auquel cas ils n'auraient rien pu faire à part hurler et s'enfuir à toutes jambes, en essuyant probablement des tirs dans le dos. Leurs investigations, de toute façon, se limitaient à un bref regard dans les sacs et à agiter autour des gens leur *passoire*, dont la sensibilité avait été tellement réduite qu'elle ne bipait jamais. Avec sa fâcheuse manie de toujours imaginer le pire scénario possible, Nathan s'était souvent fait la remarque qu'il lui aurait été aisé d'entrer avec au moins trois armes sur lui.

Le tueur au silencieux, si c'était bien lui, n'avait pas rencontré plus de difficulté.

Nathan vit Toureau et Simon pousser à leur tour la lourde porte de la salle numéro 7. Le gérant resta devant pour en empêcher l'accès. À divers endroits du hall, le pompier et les autres membres du personnel dirigeaient le plus calmement possible les visiteurs vers la sortie du multiplexe. Ordre avait été donné, en revanche, de ne pas faire évacuer les salles afin de ne pas créer de mouvement de foule susceptible d'alerter le suspect.

Toureau pénétra dans la salle par le côté droit ; puis, quelques instants plus tard, Simon entra du côté gauche.

Dès que son regard croisa celui du type qu'ils visaient, Toureau comprit que les choses risquaient de mal tourner. Simon et lui étaient deux hommes seuls, se pointant presque au même moment, et le suspect les *détroncha* d'entrée, c'était flagrant. Quand ils s'assirent, il tourna la tête plusieurs fois vers eux, tour à tour, en un mouvement crispé qui évoqua à Toureau le hochement de tête d'un pigeon apeuré. Ses yeux, rapprochés, les épiaient d'un air furieux. Toureau n'eut d'autre choix que de s'installer un peu plus bas, en bout de rangée, les places sur la droite du suspect et en dessous étant occupées par des spectateurs. L'individu était positionné tout en haut, à l'extrémité gauche de sa rangée. Simon s'assit sur l'une des rangées isolées, composées de deux sièges, sur sa gauche. Seule une marche de l'escalier fendant la salle les séparait.

Toureau regretta d'être placé si loin. Dès qu'il regardait en arrière, le type le toisait avec le même air fou et indigné. Intervenir sans attendre lui parut la solution la plus sage, même si le risque était grand.

En entrant, il n'avait pu apercevoir ses mains, certainement dissimulées sous son manteau.

Toureau consulta sa montre : quatre minutes s'étaient écoulées, Éloi et Thomas devaient arriver d'un moment à l'autre. Il allait agir, il se dit qu'il le fallait ; les renforts permettraient de mettre les gens présents à l'abri, mais quelque chose, dans ses tripes, lui disait qu'ils n'en auraient pas le temps. Dans son oreille, l'écouteur de son téléphone n'émettait aucun bruit. Ni parole, ni respiration de Simon. Toureau s'apprêtait à prononcer : « On tape ! »

Il allait donner l'ordre, se lever et dégainer son arme, lorsqu'il perçut une voix dans l'oreillette.

Des mots faibles, indistincts, et il lui sembla que quelqu'un parlait à Simon ; en tournant la tête, il aperçut le type et son collègue tournés l'un vers l'autre, toujours à leur place.

« Comment ça ? » demanda Simon dans l'oreille de Toureau.

Soudain, l'individu bondit de son siège et Simon se plia en deux en poussant un râle. Le tueur, qui venait de tirer avec son silencieux, s'élança jusqu'à l'entrée de la salle.

Toureau se leva, fit feu. Trop tard : l'homme disparut. Plutôt que de le poursuivre, Toureau grimpa les marches jusqu'à son collègue, affaissé sur son fauteuil, grimaçant de douleur. Les spectateurs hurlaient, certains se cachaient sous les sièges tandis que d'autres s'enfuyaient vers le bas de la salle.

Toureau déchira la chemise de Simon afin d'examiner sa plaie : un orifice sanguinolent situé au niveau de l'estomac. Très douloureux mais pas forcément létal.

— Je vais te chercher du secours, d'accord ? Ne t'inquiète pas ! Tu vas t'en sortir ! Tiens bon !

Il héla une spectatrice et lui montra comment compresser la blessure.

De l'autre côté des portes vitrées du cinéma, Nathan voyait des badauds attendre, conscients que quelque chose de grave se déroulait. Puis surgirent les deux flics en civil avec brassard, Éloi et Thomas, fendant la foule en courant.

— Je suis avec le lieutenant Toureau ! leur dit Nathan dès qu'ils entrèrent. Son collègue et lui sont dans la salle 7 !

L'un des deux policiers hocha la tête, tandis que l'autre tournait sur lui-même en étudiant la configuration des lieux.

— Le RAID va arriver..., les informa encore Nathan.

— On sait, oui...

Puis ils trottèrent côte à côte, arme au poing, en direction du fond du multiplexe, en échangeant des consignes.

Toujours debout devant la salle, le gérant du cinéma les aperçut quand, au même moment, l'épaisse porte noire s'ouvrit. Il eut juste le temps de distinguer la haute silhouette, bras tendu vers lui, braquant le silencieux sur son visage.

Nathan, au loin, vit le front du gérant éclater et son corps s'effondrer par terre, puis le tueur pivota vers les deux flics et tira plusieurs coups de feu en s'enfuyant vers un escalator. Nathan plongea au sol pour s'écarter de la trajectoire des tirs. Les balles manquèrent les policiers, qui se mirent à l'abri derrière des banquettes en ripostant. Le plexiglas de l'escalator explosa devant le tueur qui, haletant telle une bête traquée, monta les marches quatre à quatre en direction des étages supérieurs. Thomas se positionna en bas, ajusta un tir mais manqua le fuyard alors qu'il gagnait le deuxième étage. Son collègue et lui grimpèrent à leur tour, aussi vite que possible.

Arrivés tout en haut, ils découvrirent un hall désert, avec un bar vide et différentes portes menant à des salles et aux toilettes. Éloi opta pour ces dernières, tandis que Thomas se faufilait dans la salle la plus proche, plongée dans le noir, avec un film en cours de projection. Il descendit les marches, lentement, étudiant les spectateurs tour à tour et dirigeant son arme sur certains d'entre eux, engendrant l'affolement et les cris.

— POLICE ! s'exclama-t-il. Ne paniquez pas ! Restez calmes, ne quittez pas votre place ! Pas de mouvement de foule !

Après avoir inspecté les toilettes des femmes, Éloi s'attaqua à celles des hommes. L'endroit paraissait vide. Il dépassa les lavabos et approcha de la rangée de cabines : une demi-douzaine de portes grises, fermées pour la plupart mais non verrouillées.

Il progressait prudemment, les poussant l'une après l'autre. Une seule résista : la dernière, dont le verrou était tourné sur le rouge.

— Il y a quelqu'un ? demanda-t-il, en restant sur le côté pour ne pas s'exposer aux tirs. Police, est-ce qu'il y a quelqu'un ?

Il ne perçut aucun bruit et poussa de nouveau la porte, qui resta bloquée.

Alors il eut l'idée de s'accroupir pour regarder sous le jour inférieur de la porte. Faisant le moins de bruit possible, il s'étendit jusqu'à positionner son visage au niveau du carrelage. Dès que sa joue toucha le sol et que son regard fut dans le bon axe, il aperçut le tueur, face à lui, exactement dans la même position. Le canon du silencieux visait sa tête ; avant qu'Éloi pût réagir, le haut de son front éclata, éclaboussant le mur et la céramique blanche.

Thomas ressortit de la salle, hésita à fouiller la deuxième mais, ne voyant pas Éloi, fila jusqu'aux toilettes pour s'assurer qu'il n'y était plus. Immédiatement il découvrit son corps inerte, couché sur le ventre ; il se précipita vers lui, examina l'impact sur le crâne et constata sa mort.

Le tueur, toujours allongé, suivait du regard les jambes de Thomas qui se déplaçaient de l'autre côté de la cloison ;

il aligna son silencieux sur l'un de ses pieds, prit le temps d'ajuster et tira. Une balle pile sous la malléole interne, dans cette zone si sensible de la cheville, laquelle se plia instantanément en deux. Thomas s'écroula en hurlant et un deuxième coup de feu, en plein visage, fit cesser les cris.

Figé près de l'entrée, Nathan continuait d'observer le corps du gérant sur lequel étaient penchés deux employés, bientôt rejoints par Toureau qui sortait enfin de la salle. Dans un vertige, il vit en gros plan le visage d'une ouvreuse qui pleurait ; le sang sur le sol ; la mort ; Toureau qui s'adressait à lui, de loin, sans qu'il comprenne ce qu'il voulait. Puis il entendit des sirènes à l'extérieur, de plus en plus proches.

Sur les indications de l'ouvreuse, Toureau emprunta à son tour l'escalator, seul.

Nathan se sentait mal. L'angoisse, qu'il connaissait si bien, l'empêchait de correctement respirer, provoquait suée et tremblements.

Qu'est-ce qu'il foutait là, nom de Dieu ? Jamais il n'aurait dû venir, tout ça était trop pour lui. Cependant il n'était pas un lâche et devait aider, autant qu'il le pouvait.

Il fit volte-face, se dirigea vers la lumière et poussa les portes vitrées. La foule était massée devant l'entrée ; portable à la main, les gens tentaient d'immortaliser l'événement. Nathan se fraya un passage parmi eux et vit enfin les membres du RAID accourir en rangs serrés, harnachés de leurs protections.

— Je suis avec le lieutenant Toureau ! cria Nathan à l'homme en tête. Le tireur est dans les étages et il y a des blessés en bas !

Le tueur enjamba les corps des deux flics et quitta les toilettes. Il filait dans le hall du deuxième étage, en direction d'une porte menant à un escalier extérieur, quand Toureau atteignit le haut de l'escalator et l'aperçut.

— ARRÊTE-TOI !

Le tueur jeta un coup d'œil en arrière et poussa la porte, alors que des tirs retentissaient, faisant éclater le verre.

Devant le multiplexe, Nathan et les hommes du RAID entendirent les coups de feu et virent le fuyard, indemne, qui dévalait les marches.

— C'est lui ! leur indiqua Nathan.

Ils firent feu également mais trop tard ; le tueur avait déjà débloqué la porte du premier étage et disparu.

Les salves. L'agitation et les cris des gens, partout. Le déploiement des hommes en uniforme. La silhouette de Toureau qui courait à son tour dans l'escalier...

Le monde chancelait autour de Nathan, il étouffait, avait la trouille et devait fuir.

Il commença à partir, sans se retourner ; le multiplexe se présentait comme un cube et il en fit le tour, en direction de la route.

Le tueur déboula dans l'une des salles situées au premier étage, dévala les marches dans l'obscurité sans qu'aucun des spectateurs réagisse, fonça jusqu'à l'écran et se faufila derrière. Une porte menait à un couloir, puis à d'autres portes ; il les poussa violemment l'une après l'autre et bientôt la lumière du jour l'aveugla. Il emprunta un ultime couloir, à l'extérieur, bordé de grilles d'acier et menant à une sortie.

Nathan, à l'arrière du multiplexe, continuait de prendre ses distances. À cet endroit, il ne croisa presque personne. Une route très fréquentée jouxtait l'immense trottoir sur lequel il courait et les voitures roulaient sans s'arrêter, ignorant tout du carnage qui avait lieu tout près.

À quelques mètres derrière lui, soudain, il entendit le claquement de l'ouverture d'une porte métallique. Il se retourna et aperçut le tueur de masse qui s'échappait du cinéma, tanguant sur lui-même pour observer les alentours.

Nathan reprit sa fuite, plus paniqué que jamais. Il se sentait comme dans certains cauchemars qu'il faisait depuis l'enfance, où il savait qu'un monstre gigantesque le poursuivait, sans parvenir à le semer ; il avait beau se presser, s'acharner autant qu'il le pouvait, sans cesse le monstre le rattrapait car les pas de Nathan étaient trop lourds et il n'avait aucun moyen de se cacher. Toute la vie de Nathan aurait pu se résumer à cela ; ses pires peurs paraissaient constamment se matérialiser, il était lié à elles, ils s'attiraient comme des aimants. Il aurait aimé avoir la force d'y faire face mais, cette fois encore, ne voyait comme unique solution que la fuite.

Longeant le mur du multiplexe, Nathan dépassa un nouvel angle et tomba sur un membre du RAID, de dos, posté à cet endroit. Nathan l'alerta ; le policier se tourna, écouta ce qu'il lui disait en jaugeant son visage terrifié, sans comprendre.

— Il a… il arrive…, articula plusieurs fois Nathan, exsangue.

Le tueur surgit alors, renâclant comme un animal, et stoppa lui aussi sa course. Il tendit le bras dans leur direction et Nathan sut à cet instant que l'homme du RAID n'aurait pas le temps de tirer en premier ; il sut qu'ils allaient se faire abattre.

Un tir. La chair d'une épaule éclata, celle du tueur, dont les traits se déformèrent en une grimace atroce. Il bascula en hurlant, comme au ralenti, lâchant son arme.

Nathan pivota et aperçut un deuxième membre du RAID, l'auteur du coup de feu, placé dans la direction opposée. Le policier d'élite continuait de viser le fuyard et tira une seconde fois, en plein dans sa jambe.

Le tueur s'écroula sur les pavés, en vociférant sa douleur et sa haine, et les deux flics se ruèrent sur lui pour le plaquer face contre terre. Nathan ne pouvait détacher ses yeux de l'individu pris au piège qui, bien qu'il fût maîtrisé, continuait de se débattre, le visage tordu par la fureur.

Effroyable vision.

15

NATHAN OUVRIT LA PORTE DE SON APPARTEMENT, entra vite et ferma à double tour. Il pressa l'interrupteur du couloir, celui du salon, examina la pièce, partit éclairer sa chambre et fouilla la penderie, sous le lit, la salle de bains, les toilettes, rejoignit la cuisine puis son bureau, inspecta une armoire et différents placards...

Soudain il s'immobilisa, nauséeux ; fonça de nouveau jusqu'aux toilettes, s'agenouilla et réussit à lever le couvercle à temps pour libérer son estomac...

Il avait envie de dégueuler depuis vingt-cinq minutes au moins mais était parvenu à se contenir dans le taxi. Après s'être nettoyé le visage, il songea qu'une douche lui ferait du bien ; et comme toujours, la sensation de l'eau chaude sur sa peau parvint à le rasséréner un peu.

Dans l'un des tiroirs de sa commode, sous une pile de vêtements, il choisit un survêtement avec capuche, en coton ouaté, aussi doux qu'une caresse ; tout ce qu'il désirait était s'enfermer chez lui pendant des jours, sous une couverture, devant la télévision. Lire des romans, regarder des séries, ne plus répondre à ses e-mails ou à son téléphone.

Il fit une unique exception en rappelant Toureau, afin qu'il s'inquiète le moins possible.

Après l'arrestation du tueur au silencieux, Toureau avait retrouvé Nathan derrière le cinéma, soulagé qu'il soit sain et sauf. Au nombre incroyable de policiers et de secouristes déployés dans le multiplexe et ses alentours s'étaient ajoutées des hordes de journalistes en quête de témoignages exclusifs. Toureau, acceptant de répondre à une interview filmée, avait prié Nathan de l'attendre. Celui-ci avait opiné mais, seul au milieu de l'agitation, alors que Toureau répondait aux questions avec les caméras braquées sur lui, il s'était senti trop mal et s'était éclipsé. Avait marché près d'un kilomètre, hélé le premier taxi trouvé puis, réfugié à l'intérieur, avait coupé son téléphone de crainte qu'un policier lui intimât l'ordre de revenir pour une déposition.

Redoutant désormais de voir des flics débarquer chez lui – ou Toureau lui-même –, Nathan préféra le rassurer. Leur conversation dura deux minutes. Toureau lui présenta ses excuses pour l'avoir entraîné dans cette galère, assura qu'il avait eu tort de lui proposer de l'accompagner ; Nathan répondit que ce n'était pas grave, qu'il allait bien et qu'il avait choisi de venir. Pressé d'abréger, Nathan promit de passer le voir très vite et raccrocha.

Il avait déjà connu des épisodes comme celui-ci, un besoin irrépressible de rester chez lui, coupé du monde. Sans tenir compte du jour ou de la nuit. S'abrutir de télé, rester allongé autant qu'il le voulait, comme lorsqu'il était malade. Réellement malade.

Peut-être l'était-il ?

Étrangement, enfant, il n'avait pas vécu ce genre de crises ; elles étaient arrivées plus tard. Si sa tragédie, à l'époque, l'avait chamboulé et poussé vers l'introversion, ce n'est qu'à l'âge adulte qu'il avait subi ces pics d'angoisse.

L'échec de sa relation avec Pauline n'y était pas étranger. Le drame de son enfance avait été un terreau fertile pour bien des peurs, mais la perte de Pauline – et le fait d'en être le principal responsable – l'avait irrigué davantage, et avait entamé sa confiance en lui de façon pérenne. Plus que jamais, depuis, il ressentait la nécessité d'avoir un cocon, de se sentir en sécurité. Le paradoxe était bien sûr que Nathan passait une grande partie de son temps avec la lie des psychopathes, à portée de leurs mains puissantes et face à leurs yeux emplis de folie, et cela sans éprouver de réelle peur. Ils discutaient cordialement et poliment ; néanmoins, une fois rentré dans sa chambre d'hôtel ou chez lui, Nathan éprouvait le besoin d'inspecter chaque pièce pour débusquer un éventuel intrus.

Ses placards et recoins étaient devenus des terrains hostiles, potentielles cachettes de prédateurs imaginaires.

Nathan avait conscience que toute personne sensée qui serait témoin de sa manie – de son rituel, ou de son toc, selon le nom qu'on voulait lui donner – lui enjoindrait de consulter immédiatement un éminent psychiatre. Et, comme la plupart des gens ayant un comportement embarrassant, il le dissimulait et faisait des efforts pour paraître normal en public. Il ne se sentait pas fou. Il savait qu'il ne l'était pas.

Il avait des problèmes…

Suivre une thérapie l'aurait très certainement aidé, il n'était pas sans le savoir. Pour l'instant, il préférait ne pas le faire. Nathan réussissait dans ce qu'il entreprenait, se sentait compétent et utile, et pensait que si quelqu'un parvenait à panser certaines des plaies qui restaient vives en lui, alors, peut-être se détournerait-il de cette voie. Peut-être s'en désintéresserait-il.

Or Nathan voulait continuer…

Dès le premier soir, il zappa sur différentes chaînes d'info. Pas dans l'espoir de se voir ou bien d'entendre qu'on parlait de lui – au contraire –, mais pour découvrir l'identité du psychopathe. Tout d'abord, ils communiquèrent son nom : Thierry Maufus. Puis ils diffusèrent une première photo de lui, qui deviendrait célèbre et qui marquerait chaque Français, tant l'individu souriant sur le cliché contrastait avec les carnages dont il était l'auteur.

L'homme de trente-cinq ans apparaissait vêtu d'un costume, entouré de deux membres de sa famille dont les visages avaient été floutés. Il était coiffé en brosse, le visage glabre, chaussé de lunettes à petits carreaux. Son sourire n'était ni arrogant ni joyeux, et fut plutôt interprété comme le souci de faire bonne impression.

Cadre dans l'informatique pour une société située en région parisienne, Thierry Maufus n'avait aucun antécédent judiciaire. Il habitait seul, dans un modeste pavillon de banlieue, et ses proches ne lui connaissaient aucune relation suivie depuis sa rupture avec une ancienne petite amie, environ dix ans plus tôt.

L'interview de ses parents, accablés par le chagrin, fut diffusée à maintes reprises. Ils se disaient – comme c'est presque toujours le cas – plongés dans l'incompréhension. Leur fils était un garçon doux, à tendance dépressive mais qui n'avait jamais fait de mal à personne, son passage à l'acte était inexplicable. Certains collègues et des voisins le décrivirent comme quelqu'un de réservé et de timide, quoique poli et serviable. La journaliste de CNews acheva cependant son reportage par les images d'un stand de tir, où Maufus, licencié, avait ses habitudes. Ce qui ne manquerait pas de susciter des questions sur le contrôle de la détention d'armes en France.

Au bout de 24 heures, repu d'informations qui devenaient pour le moins répétitives, Nathan laissa tomber les JT et se plongea dans la lecture d'un roman qu'il avait commencé aux États-Unis et poursuivi dans l'avion.

Il faisait ce qu'il voulait, quand il voulait, et il adorait ça.

Il se fit livrer de la bouffe, des pizzas principalement. Puis peu à peu se mit aux fourneaux.

Il était persuadé qu'au bout de trois ou quatre jours il serait de nouveau d'attaque, pour sortir comme si de rien n'était. Régénéré.

Il dévora certains de ses films préférés ; deux saisons du spin-off d'une série qu'il adorait et qui se révéla être une très bonne surprise – soit tout de même une vingtaine d'épisodes. Attaqua un deuxième bouquin, répondit sur les réseaux sociaux aux messages des lecteurs appréciant son travail. Jeta un coup d'œil à sa boîte mail professionnelle et la referma aussitôt, sans ouvrir aucun message, découragé par leur amoncellement. Son téléphone était le plus souvent en mode avion.

Au quatrième jour, il travailla sur la retranscription de son interview de Marcus Scottsdale, l'étrangleur de l'Oregon, sans forcer, laissant l'envie revenir progressivement ; néanmoins, sa capacité de concentration n'excédait pas un temps limité et les images de Maufus lui revenaient souvent en mémoire. Il se sentait minable. Malgré tous ses efforts, tout son savoir accumulé et tous ses entretiens, il paniquait comme au premier jour et perdait le contrôle face au danger réel. Se cacher derrière son travail d'auteur était comme une limite pour lui ; jamais il n'aurait pu devenir profiler, ainsi qu'il l'avait naïvement envisagé une décennie plus tôt.

Il se sentait démoralisé.

Nathan aimait bien les talk-shows. Les émissions de débat en général, tant sur la politique que sur les arts ou les sujets de société. Il aimait écouter, sans forcément tout suivre, le mélange des voix, l'éloquence et l'implication dont les intervenants faisaient preuve pour convaincre. Les voir s'engueuler, aussi.

Une nuit, il tomba sur une émission de Thierry Ardisson, animateur qu'il appréciait depuis l'adolescence.

Quatre heures du matin. Une rediffusion.

La décoration du plateau évoquait un genre de palace – ou bien une galerie marchande à la période des fêtes, à mi-chemin entre le luxe et le kitch. Un DJ lançait des musiques, le public était mis à contribution pour acclamer les invités ou s'esclaffer aux vannes de l'animateur. Une boule à facettes, des chandeliers, des lumières dorées. Assis autour de l'immense table en verre, un comique d'une trentaine d'années avait la parole et faisait le spectacle. À ses côtés, Yvan Attal était venu défendre son nouveau film en tant que réalisateur, dans lequel il jouait avec sa femme. Un ancien ministre, Gabriel Gluck, allait présenter un livre annonçant son retour en politique. Une fille, à moitié nue, était également présente, et Nathan n'avait pas la moindre idée de qui elle était.

Soudain, Ardisson abrégea dans un rire l'intervention du comique et, le doigt pointé vers la caméra, annonça l'arrivée d'une nouvelle invitée ; une transition sonore et visuelle s'opéra et une autre caméra filma l'entrée d'une jeune femme blonde, souriante et habillée de façon sobre.

Nathan la reconnut tout de suite, avant que l'animateur ne prononce son nom. Yvan Attal se redressa sur son siège tandis qu'elle s'asseyait près de lui, et l'ancien ministre la salua d'un hochement de tête ostentatoire. Thierry Ardisson fit une plaisanterie – très acceptable – sur son physique, plus proche de celui d'une vedette de cinéma que de l'image qu'on se faisait d'une avocate.

Il présenta Emma Marciano aux téléspectateurs et résuma les enjeux de l'affaire Lepage, dont le nouveau procès allait s'ouvrir à Lyon. Ensuite il laissa la pénaliste parler de son long combat pour la reconnaissance de l'innocence de son client, et de la nécessité d'une prise de conscience du danger de la sacralisation des aveux.

Enfoncé dans son canapé, dans la pénombre de son salon, Nathan ne détachait pas ses yeux de la jeune avocate. Selon la formule éculée de certains critiques de cinéma : « la caméra l'aimait ». En plan large ou serré.

Il était curieux, songeait Nathan, de voir des avocats flirter si souvent avec le milieu du show-biz. Emma Marciano paraissait dans son élément, entourée de ces gens du spectacle – l'ancien ministre compris. Au commencement de sa carrière professionnelle, elle connaissait déjà les codes, savait se positionner, minauder juste ce qu'il fallait, ne pas se laisser déstabiliser par les plaisanteries faisant digression mais y répondre, au contraire, avec un sens de la répartie inhérent à sa profession. Ces messieurs, briscards de l'image et du PAF, ne l'impressionnaient pas, ou du moins ne le montrait-elle pas. Elle acceptait le jeu médiatique et ses figures imposées pour happer le téléspectateur et, une fois qu'il était pendu à ses lèvres, elle reprenait un masque sérieux et déroulait son message, clair pour le plus grand nombre et pétri d'intelligence.

Elle était épatante.

Lui-même familier des plateaux télé depuis que ses livres se vendaient bien, Nathan appréciait sa technique avec un œil moins novice que la plupart des gens et discernait même certaines de ses ficelles…

Comparé à elle, il était nul, en avait une conscience aiguë et n'en tirait aucune amertume.

Au contraire, la voir le fascina et il fut contrarié lorsque l'animateur balaya l'écran de sa main pour annoncer une nouvelle rubrique, faisant sortir Emma Marciano de l'émission et de son existence, par la même occasion.

Pendant l'entretien, il ne s'était pas contenté d'admirer ce qu'elle dégageait ; il avait écouté ses arguments avec une grande attention. Depuis sa rencontre avec l'adjudant-chef Tassi, Nathan n'avait pratiquement plus pensé à leur échange. Il s'en était désintéressé et, focalisé sur ses projets et sur Thierry Maufus, avait chassé de son esprit la perspective d'une quelconque implication.

Il n'avait pas eu, jusqu'à cette nuit, la moindre envie de partir en province et de se frotter à cette nébuleuse enquête sur le terrain.

À présent, il voyait différemment les choses…

Se levant de son canapé, Nathan fit quelques pas dans son salon. Il entrouvrit un rideau : les fenêtres de son vis-à-vis restaient éteintes ; la lumière de l'aube n'allait plus tarder à caresser les toits. Il perçut, dans le très relatif silence parisien, le chant de quelques oiseaux se répondant entre eux. Vraisemblablement enjoués quant à ce que la journée à venir leur réservait. Nathan aima les entendre et s'estima privilégié, alors que la majorité de ses voisins dormaient encore.

Il avait un compte à régler avec lui-même. Et un désir intense de rencontrer cette avocate. Avec soulagement, il retrouva la carte du gendarme, laissée dans la poche d'une de ses vestes.

Il était trop tôt pour lui téléphoner, ça attendrait un peu.

16

Les « vrais » Parisiens que fréquentait Nathan se désintéressaient généralement des lieux très touristiques de la capitale, comme la tour Eiffel ou les Champs-Élysées. Sans les dénigrer, ils avaient tendance à les éviter, les jugeant trop grand public et sans doute un peu *vulgaires* par leur aspect commercial. Nathan, quant à lui, ne se lassait pas de leurs lumières si vives, la nuit, ni du spectacle de la foule déambulant à toute heure, pendant que d'innombrables petites villes étaient désertes et plongées dans le noir.

Il y voyait de la magie, gardait son émerveillement de provincial arrivé à Paris pour ses études. Et ne doutait pas que Dominique Tassi partageait ce sentiment.

L'adjudant-chef leur avait donné rendez-vous ce soir dans un restaurant situé tout près des Champs-Élysées. Après avoir traversé un immense passage piéton, d'où l'on voyait à la fois l'Arc de triomphe et la place de la Concorde, Nathan rejoignit la rue Lincoln et pénétra dans l'établissement. Un endroit sympa et confortable, pas du tout guindé ; Tassi était déjà là, seul à une table ronde, tout près de la vitrine.

En le voyant entrer, il se leva et Nathan fut de nouveau surpris par sa taille, 1 mètre 90 environ. Nathan le trouva plus pâle qu'à leur dernière rencontre. Il avait mauvaise mine mais, malgré sa fatigue apparente, Tassi semblait enthousiaste et sincèrement heureux de le revoir.

Ils prirent des nouvelles l'un de l'autre, puis un serveur les interrompit en leur tendant les cartes. Tassi l'informa qu'ils attendaient une troisième personne. Sa consommation, un jus de tomate, était devant lui ; Nathan commanda une bière.

— Vous êtes resté énigmatique au téléphone, fit remarquer Nathan en se penchant un peu en avant. Est-ce que vous avez du nouveau ?

— Il y en a *une autre*, répondit Tassi. Une nouvelle fille a disparu, Aude Desmarais, dix-sept ans...

— Et les gendarmes, ça ne les fait pas bouger ?

— C'est toujours la même rengaine, dit-il, l'air sombre. Elle est mineure, donc pour eux c'est encore une fugue. Si elle était majeure, ce serait une disparition volontaire. C'est pratique, lâcha-t-il avec ironie.

— C'est complètement fou...

— Des gens disparaissent chaque jour. Des adolescents fuguent, c'est vrai, et des adultes décident un jour de ne plus donner de nouvelles à leurs proches. Je l'ai vécu maintes fois, quand j'étais en exercice. Mais un si grand nombre de filles, sur une zone plutôt réduite... je n'y crois pas. On en est à sept, et peut-être certaines m'ont-elles échappé.

— Sept...

Tassi glissa une main dans une poche intérieure de sa veste et en sortit un plan, qu'il déplia. Il s'agissait d'une carte du département de l'Ain, sur laquelle des cercles, des croix et des flèches étaient dessinés. Tassi fit glisser le plan sur la table, devant Nathan.

— Cette concentration de disparitions suspectes, je ne l'ai pas retrouvée dans les départements annexes. Je suis attentivement la presse locale, Internet, les avis de recherche. Il y en a ailleurs, bien sûr, mais pas avec ces profils et pas avec cette accumulation. Je suis convaincu qu'il se passe quelque chose dans ce périmètre, articula Tassi en tapotant le papier froissé. Et tout ça a commencé après l'assassinat de Laetitia Martinez.

Nathan resta songeur plusieurs instants. Son regard passa du plan à la vitrine, laquelle donnait sur une rue assez sombre. Derrière les deux hommes, le restaurant s'était rempli et affichait complet. Les plats, portés par une paire de serveurs dynamiques, dégageaient des fumets alléchants. Il régnait une douce chaleur. De ce qu'entendait Nathan, les clients, aux tables voisines, appréciaient d'être là. Quelques éclats de voix résonnaient, sans excès ; on échangeait des plaisanteries ou, sur un ton plus feutré, des confidences. Nombre d'enfants accompagnaient leurs parents.

— Je vais venir avec vous, lui dit Nathan, sinon je ne serais pas là, bien sûr… Mais je ne suis pas du tout certain d'être d'une quelconque utilité…

— Ne vous en faites pas, je suis très content que vous ayez changé d'avis. Vous me donnerez votre opinion sur certains points qui m'intéressent, et si ça n'aboutit à rien, au moins on aura essayé.

Au moment où Tassi achevait sa phrase, un taxi noir s'arrêta dans la rue, juste devant eux. La portière arrière s'ouvrit, Emma mit quelques secondes à sortir, sans doute le temps de régler le chauffeur. Elle apparut enfin et les observa tous les deux attentivement ; avant de plisser les yeux, avec ce que Nathan interpréta comme un léger amusement.

Sitôt entrée, elle gratifia l'employé qui lui ouvrit d'un sourire resplendissant, puis se dirigea vers la table où les deux hommes l'attendaient.

Nathan, songeant qu'elle était encore mieux en vrai qu'à la télé, se leva pour lui dire bonjour mais, sous le coup de l'émotion, se redressa brusquement et sa chaise partit en arrière dans un crissement désagréable, heurtant celle d'un homme âgé à la table voisine, lequel se retourna en grommelant. Nathan lui demanda pardon en expliquant que c'était involontaire, puis se tourna vers Emma, plantée devant lui, qui le jaugeait comme s'il était un genre d'extraterrestre ; avec le même sourire amusé qu'un peu plus tôt.

Elle lui tendit la main.

— Ne vous blessez pas... ni personne d'autre. Vous êtes Nathan ?

— Oui... Ravi de vous rencontrer.

— Moi aussi.

Puis elle s'avança pour embrasser Tassi. Avant de prendre place à côté d'eux. Calmement, elle examina la salle autour d'elle.

— Désirez-vous un apéritif ? lui demanda le serveur.

— Un verre de vin rouge ? Ce serait bien, non ? fit-elle en regardant ses compagnons et leur consommation. Ou une bouteille, si vous m'accompagnez ?

Nathan désigna sa bière et Tassi leva légèrement la main pour indiquer qu'il ne prendrait pas de vin.

Après un court échange avec Emma sur le cépage qu'elle désirait, le serveur les laissa seuls.

— C'est gentil de vous joindre à nous, déclara Tassi, je sais que vous êtes très occupée. Mais je tenais à ce que vous vous rencontriez.

— C'est tout à fait normal et ça m'intéresse évidemment de faire votre connaissance, dit-elle à Nathan. – Puis, désignant le plan : – Vous étiez en pleine séance de travail ?

— Je montrais à Nathan où en sont mes investigations. Il va me rejoindre dans l'Ain, dès la semaine prochaine.

En terminant sa phrase, Tassi replia prestement le document et le rangea dans sa veste.

— N'oubliez pas votre convocation au tribunal..., lui rappela Emma.

— Bien sûr.

— Pourquoi ne reportez-vous pas le procès ? demanda Nathan à l'avocate.

— Pourquoi ça ?

— Si vous partagez la même théorie tous les deux, pourquoi ne pas vous concentrer sur les disparitions et attendre que l'enquête s'ouvre enfin ? S'il était établi que le meurtrier de Justine Morin est aussi celui de Laetitia Martinez, l'innocence de Gabin Lepage serait démontrée....

— Nous comptons sur l'établissement de ce lien depuis des mois. Mais comme vous l'a sans doute expliqué Dominique, rien ne se passe. Aucun autre corps n'a été retrouvé depuis celui de Laetitia Martinez, la tâche de Dominique est très complexe. Alors combien de temps cela prendra-t-il ? Des années ? En attendant, un homme est en prison. Depuis quinze ans. Et il ne va pas bien...

Déterminée, elle plantait ses yeux bleu gris dans ceux de Nathan.

— La date du nouveau procès est fixée depuis près d'un an, il est hors de question de la repousser. Trouver le véritable meurtrier de Justine Morin pourrait l'innocenter, mais ce n'est pas mon travail. Mon travail est de démontrer qu'il n'y a pas de preuves de ce dont on accuse Gabin.

— Vous êtes confiante, pour le procès ?

— J'ai rarement vu un dossier contenant autant d'incohérences. Sans vouloir dénigrer une consœur, l'avocate de Gabin, il y a quinze ans, n'a pas fait ce qu'il fallait. Et puis, dit-elle en désignant Tassi qui les écoutait sereinement, grâce à l'aide considérable de Dominique, nous allons pouvoir mettre en lumière des choses restées cachées jusqu'à présent. Nous sommes mieux armés, néanmoins la difficulté d'un procès en révision est d'obtenir que les *gardiens du temple* consentent à nous accorder la victoire…

Le serveur lui apporta son verre de chambolle-musigny et elle en but une gorgée.

— Les « gardiens du temple » ? répéta Nathan en fronçant les sourcils.

— Oui. Les magistrats, tout en haut, qui pensent que la justice ne peut pas se tromper ; ou alors que, quand elle se trompe, il vaut mieux ne pas le dire car l'admettre aurait des conséquences bien plus fâcheuses que la révision. On trouve des *gardiens du temple* dans à peu près tous les domaines : l'armée, la politique, les arts… Vous-même y êtes confronté, à ce que m'a dit Dominique. Certains spécialistes surdiplômés n'aiment pas que vous empiétiez sur leurs plates-bandes…

Nathan tiqua légèrement, surpris par sa perspicacité ; ainsi que par son charisme, dont il avait pourtant déjà été le témoin.

— Les médias peuvent vraiment nous aider, reprit-elle. Les juges ne pourront pas faire n'importe quoi face à la presse et à l'opinion publique. Ils sont des alliés précieux. Je compte communiquer beaucoup entre les audiences. À ce propos, lança-t-elle d'un ton plus léger, Dominique a eu du nez en s'adressant à vous. Vous semblez vous-même à l'aise sur le terrain médiatique…

— Moi ? s'étonna Nathan.

Elle hocha la tête, l'air sérieux, et Nathan écarta les mains, paumes vers le haut.

— Non, je suis tout sauf à l'aise avec ça…

— Pourtant, je vous ai vu, vous étiez très bon.

— C'est gentil… Je vous ai vue aussi et vous étiez autrement meilleure.

— Tout le monde s'admire, c'est formidable…, intervint Tassi avec une pointe d'humour.

— Ce que je fais, c'est de la promo, je me plie à l'exercice mais je ne cherche pas à être filmé…

— Il n'y a pas que la promo, dit-elle. J'ai suivi l'arrestation de Thierry Maufus…

— On a dit beaucoup de choses fausses, assura-t-il. Je me trouvais là mais je n'y suis absolument pour rien. Je connais bien le policier qui l'a trouvé, c'est tout, je n'ai pas été utile. Mais c'est tout moi, ça… J'ai l'impression d'attirer ce genre de situations…

Après un silence, Nathan se fit plus gai, désireux de détourner l'attention de lui.

— Vous, vous aimez cet exercice ? Passer dans les JT, les talk-shows…

— J'aime beaucoup, oui, répondit Emma le plus naturellement du monde. J'ai fait mes classes avec Louisa Rauch, vous connaissez ?

— Bien sûr. C'est une immense avocate. Un modèle, j'imagine ?

— Depuis longtemps. Quand j'ai fini mon droit, elle m'a prise dans son équipe, au sein de son cabinet. J'ai tout appris à ses côtés… plus encore qu'avec mon père, lui aussi avocat. Elle dit qu'un grand procès se gagne à soixante-dix pour cent dans les assises, à trente pour cent dans les médias. Je partage son avis…

— Vous avez fait votre choix ?

Emma gratifia le serveur d'un sourire.

— Non, pas encore, excusez-nous…

Tassi se chargea de distribuer les cartes du menu, déjà présentes sur la table. Le serveur s'éloigna, les laissant de nouveau prendre leur temps.

Après avoir passé en revue la liste des différents plats, Emma abaissa légèrement son menu et dévisagea Nathan. Ce dernier sentit son regard et esquissa un sourire incertain, qu'elle ne lui rendit pas ; ce qu'il trouva étrange, et il ne sut quelle attitude adopter. Emma lâcha soudain la carte sur son assiette.

— Votre expérience, si j'ai bien compris, c'est d'avoir interviewé des tueurs ?

— Oui, c'est ça en gros, acquiesça-t-il en abaissant également sa carte. Je vais dans des prisons, un peu partout dans le monde. Aux États-Unis principalement, mais aussi en France, en Europe, en Afrique… Il s'agit surtout de tueurs en série, dont j'ai étudié les crimes et le passé. La séance de travail dure plusieurs jours, parfois même plusieurs semaines, le temps qu'on s'apprivoise, qu'ils se sentent à l'aise et se livrent.

— Combien en avez-vous rencontré ?

— Seize. J'ai un dix-septième en vue, qui va attendre un peu.

— Et vous faites ça dans quel but ? Hormis le fait de gagner votre vie.

— C'est un sujet qui m'intéresse. J'essaye de comprendre… l'incompréhensible.

— Et vous y arrivez ?

— En partie, opina-t-il, l'air songeur. Disons que… même s'ils sont tous différents, des tendances se dessinent…

Le regard de Nathan fut attiré par les doigts d'Emma tapotant légèrement la table ; ils s'interrompirent, caressant la surface, avant de pianoter de nouveau. Elle l'écoutait, attentive, paraissant chercher à lire en lui.

Il lui sembla qu'elle était déçue qu'il s'interrompe et qu'elle s'apprêtait à retourner à son menu, aussi reprit-il d'une voix plus forte :

— Les fantasmes, par exemple…

Emma redressa la tête, intéressée.

— Le moteur des tueurs en série, c'est leur vie fantasmatique. Tous, depuis très jeunes, ont emmagasiné des fantasmes de violence, devenus la source de leur excitation sexuelle. Il y a une progression : faire souffrir, dominer, torturer et violer… Tuer. Ils ont rêvé de ces actes pendant des années, des centaines de fois, et en ont expérimenté certains. De discrets passages à l'acte, des tests. Des temps d'incubation. Et puis… quand le fantasme devient trop fort, quand il prend le dessus… c'est là que la série commence.

— À la recherche d'un soulagement…, dit Emma.

— Le soulagement est là, réel, un sentiment d'omnipotence. Mais qui ne dure pas, alors il faut sans cesse recommencer. Le désir revient comme une drogue, pour éprouver encore une fois cette sensation de puissance, illusoire, venant en réalité masquer la pauvre image qu'ils ont d'eux-mêmes.

— Ça doit être perturbant d'entrer dans leur tête ?

— C'est un peu la même chose pour vous, j'imagine ?

Emma acquiesça, pensive.

— Sans doute, oui. Je n'ai jamais défendu de tueur en série mais j'ai eu quelques criminels. Mon métier est avant tout de comprendre, pour faire ensuite comprendre aux juges et aux membres du jury.

— Vous vous intéressez à leur parcours, à leur enfance, et c'est ce sur quoi je les interroge en premier.

— Ils ont souvent vécu des choses très dures ?

— Presque tous. Le mal engendre le mal. Les neuf dixièmes d'entre eux ont eu des parents brutaux ou démissionnaires, ou même bien pire. Je ne les excuse pas, des tas de gens bien ont vécu une enfance difficile, mais si on élude cette partie de leur vie, alors on ne comprend pas le vrai problème.

— Expliquer, ce n'est pas justifier.

— Exactement ! lui dit-il en souriant.

— On parle souvent d'individus extrêmement intelligents, est-ce que c'est vrai ? intervint soudain Tassi en se penchant vers eux.

— Ça peut arriver, mais c'est très rare. En vérité, c'est un mythe, véhiculé par le cinéma et la littérature. Il existe des exceptions, néanmoins une étude a montré que leur QI est en moyenne de 92, quand celui du reste de la population est de 100. La majorité d'entre eux n'ont pas fait d'études, ni même terminé leur scolarité. Leur parcours est souvent une succession d'échecs : leur enfance bancale fait qu'ils commettent leurs premiers actes de délinquance assez jeunes, et ensuite c'est l'escalade. En général, s'ils travaillent, c'est par intermittence, ils ont du mal à supporter l'autorité ou les activités en groupe, et donc à conserver un emploi longtemps.

— Vous parlez de délinquance, rebondit Tassi, très intéressé. Ça signifie donc que la plupart était fichée avant de passer à l'acte ?

— En effet, presque tous. Ils commencent par de petits larcins, puis gravissent les échelons de la criminalité : des vols, pendant l'enfance ou l'adolescence, des actes de barbarie, sur des animaux ou sur un être humain – de préférence un être plus faible qu'eux, fit remarquer Nathan avec un air désabusé… Les coups de fil anonymes et pervers reviennent assez souvent… Des cambriolages, des vols avec violence. Des viols, bien sûr. Et des meurtres… C'est un long processus, ils montent en puissance, apprennent de leurs erreurs. De ce qu'il faut dire ou ne pas dire lors d'un interrogatoire, comme tout délinquant. D'ailleurs, reprit Nathan après un silence, ce que j'ai dit sur leur intelligence relative ne doit pas vous amener à les sous-estimer : ils sont malins, très malins. Suffisamment pour passer entre les mailles du filet pendant des années.

— Alors... comment les repérer ? demanda Emma.

— C'est le problème. À leur façon, ils s'intègrent dans la société et apprennent à survivre. Donc à passer inaperçus...

Nathan regarda Tassi qui l'écoutait attentivement, en silence. Puis le retraité détourna la tête, avec un air soucieux.

Le visage d'Emma, au contraire, s'éclaira d'un sourire détendu et franc, et Nathan s'aperçut qu'elle avait encore plus de charme lorsqu'elle se dévoilait ainsi.

— Je suis très heureuse de vous rencontrer, lui dit-elle, et de vous avoir avec nous. Quelque chose me fait croire que la chance va nous sourire, avec votre présence à nos côtés !

Elle leva alors son verre, imitée par les deux hommes.

— À nous trois, et à notre combat commun !

Après avoir bu, elle reprit avec entrain :

— Vous savez à quoi ça me fait penser, nous trois, ici ? Aux *Dents de la mer* !

Devant la mine interloquée des deux hommes, elle demanda s'ils avaient vu le film ; ils acquiescèrent.

— Un ami à moi en était fan, il me l'a montré quand j'étais très jeune et je l'ai visionné des tas de fois... Les scènes que je préférais étaient celles sur le bateau, avec les trois personnages réunis pour chasser le requin, caché quelque part sous la mer. Et j'aimais surtout celle où ils se racontent leur vie, dans la cabine, le soir.

» Nathan, reprit-elle, si vous étiez l'un des trois, vous seriez Hooper, l'expert en requins.

Nathan opina, amusé par la comparaison. Tassi paraissait également convaincu.

— Vous, Dominique, vous seriez forcément Brody, le flic. Premier à donner l'alerte et habité par sa mission de protection des habitants de l'île.

— C'est vrai ! s'exclama Nathan, tandis que Tassi se contentait d'arborer un sourire calme.

— Quant à moi..., réfléchit-elle en haussant les épaules. Eh bien, il ne me reste que Quint, le vieux marin, propriétaire du bateau, insupportable et irascible !

Elle se mit à rire et les deux hommes l'imitèrent de bon cœur.

— J'ai pas de bol, c'est celui qui se fait tuer ! déplora-t-elle, avant de tourner la tête vers le serveur, qui les avait à nouveau rejoints. Je suis désolée, encore deux petites minutes..., lui dit-elle avec une expression désarmante. – Puis, désignant son verre : – En attendant, je reprendrais bien la même chose.

★

Ils quittèrent le restaurant vers minuit, après avoir remarquablement dîné et établi ensemble le programme des jours à venir. En regagnant l'avenue des Champs-Élysées, Nathan proposa à ses deux compagnons de les déposer chez eux en voiture. Tassi, qui logeait dans un hôtel du 9e arrondissement, opta pour le métro, déclinant l'offre de Nathan.

Emma, elle, ne déclina pas.

Ils rejoignirent le parking, puis, au volant de son Nissan Juke, Nathan se laissa guider par l'avocate jusqu'à chez elle, dans le 12e. La circulation était relativement fluide à cette heure. Ils obliquèrent vers la place de la Concorde, puis longèrent la Seine et ses différents ponts. La route, ensuite, était presque toute droite.

Ils discutèrent tout au long du trajet, échangeant des opinions sur la vie à Paris et sur leurs endroits préférés. Au détour d'une question faussement innocente, Nathan parvint à savoir qu'elle vivait seule. Il était cependant possible qu'elle fréquentât quelqu'un…

Il stoppa à un feu rouge, au croisement du quai de la Rapée et du pont Charles-de-Gaulle. Il n'y avait pas un véhicule en vue et le temps d'arrêt paraissait inutilement long. Ils perçurent un grondement, au loin ; puis d'autres, accompagnés d'éclairs à l'horizon.

Quelques gouttes s'abattirent sur le pare-brise, rapidement suivies d'une pluie soutenue ; le capteur des essuie-glace déclencha le balayage automatique, néanmoins la visibilité s'amenuisa considérablement et, alors qu'ils roulaient de nouveau, Emma indiqua un tournant à prendre, puis un autre. Elle l'avertit qu'ils n'étaient plus très loin, puis s'écria, en désignant le perron d'un immeuble :

— C'est juste là, au 25 !

Nathan, peinant à discerner les numéros, freina subitement, les secouant tous les deux.

— Merci beaucoup, Nathan, c'est adorable, dit-elle en se penchant vers lui pour lui faire la bise, une main posée sur son épaule.

Puis elle ouvrit sa portière et, bien que réticente à s'engouffrer dans le rideau de pluie, s'apprêta à s'élancer.

— Attendez ! Prenez mon parapluie…

— Non, ne vous inquiétez pas…

— Vous allez vous tremper ! insista-t-il en attrapant le pépin sur la banquette arrière, avant de le lui tendre. Prenez-le, vous me le rendrez plus tard ! On va se revoir…

Elle le remercia d'un sourire.

Derrière eux, un véhicule ralentit et s'arrêta, bloqué par leur voiture. Emma ouvrit le parapluie, sortit de l'habitacle en s'abritant et se tourna de nouveau vers Nathan.

— Vous êtes quelqu'un de *curieux*, vous savez ? dit-elle d'une voix forte, afin de dominer le boucan de la pluie sur la toile. Assez spécial, dans votre genre : vous dégagez quelque chose de... doux, et en même temps vous vous passionnez pour les psychopathes et un tas de sujets atroces... Comment ça se fait ?

Nathan hésita, troublé, et elle le sentit. Le conducteur derrière eux klaxonna d'un coup sec.

— Oh ça va ! râla-t-elle à son intention, avant de s'adresser à Nathan, malicieuse et visiblement décidée à obtenir une réponse : Vous ne voulez pas me le dire ?

— Dominique ne vous a pas expliqué ?

— Quoi donc ? demanda-t-elle, soudain plus sérieuse.

— Je ne le cache pas... En fait, j'en parle dans la préface de certains de mes livres... Il suffit de les lire pour savoir...

— Je n'en ai pas encore lu, alors qu'est-ce que c'est ? Dites-moi..., le pressa-t-elle en fronçant les sourcils.

— J'en ai croisé un. Dans le temps...

— Quoi ? Un quoi ?

La voiture derrière eux klaxonna encore, avec plus de virulence cette fois.

— Un autre jour, d'accord ? Je dois libérer le passage !

— Non, attendez !

— Il faut que j'y aille, prétexta-t-il alors que les coups de klaxon continuaient.

Emma fulmina contre le conducteur, mais Nathan se pencha et referma la portière, d'un geste qui lui parut trop sec. Emma resta là, intriguée et mécontente, et Nathan, l'air navré, redémarra vite en manquant de la bousculer.

Talonné par l'autre voiture, il vit Emma rapetisser dans son rétroviseur externe. Elle resta immobile, avant de s'éloigner en direction de son immeuble, et il songea : *Bravo connard ! Elle s'intéresse à toi, elle te fait un numéro de charme pendant toute une soirée, une fille vingt fois mieux que toi, dont tu pouvais tout juste rêver et toi tu fais tout foirer en deux secondes ! À cause de ta panique d'inadapté social, pauvre débile, trouillard, con ! Au mieux, elle va penser que t'as un grain – ou plutôt le découvrir ! –, au pire croire que t'es dangereux.*

Il s'en voulait, comme il en voulait à ce type qui le collait de lui avoir fait perdre son sang-froid. Pourtant, sur le moment, ça l'avait arrangé. Il n'avait aucune envie de raconter cette histoire, pas ce soir, pas à elle.

Il aurait pu, bien sûr, se limiter aux grandes lignes. La réaction d'Emma n'aurait pas été mauvaise ; il connaissait l'attitude des gens dans ces cas-là, leur visage compatissant, surpris. Leur regard qui changeait. Il s'était souvent confié sur son passé, surtout ces dernières années, face à des journalistes. Plus jeune, il l'avait raconté à des amis proches et à d'anciennes petites amies, mais ça avait pris du temps, il avait toujours choisi le bon moment pour se livrer.

Involontairement, il grilla un feu rouge ; il n'y avait heureusement aucune voiture au croisement, mais il culpabilisa encore plus de faire n'importe quoi.

Concentre-toi sur ta route ! Il avait la tête ailleurs et ne savait même pas où il se trouvait. Cette fichue pluie l'empêchait de bien voir les panneaux. Elle tombait sans discontinuer.

Comme 25 ans plus tôt, songea-t-il.

Comme ce jour-là.

Il observa ses essuie-glaces, qui valsaient à un rythme fou. Pensa à ceux de la voiture de son père, les revoyait nettement dans ses souvenirs. À cette époque, il n'avait pas encore le droit de s'asseoir à l'avant ; sa mère s'y trouvait de toute façon.

Il était sur la banquette arrière, avec plusieurs jouets près de lui. Il avait dormi durant une partie du trajet. Après cette longue route du retour des vacances, la circulation saccadée, à l'entrée de Reims, l'avait éveillé.

Après toutes ces années, après tous ces rêves qui l'avaient malgré lui plongé dans ce souvenir… avec ce qu'il avait révélé aux psys pendant son adolescence et ce qu'il avait choisi de taire… difficile, à présent, de savoir ce qui tenait de l'imaginaire ou de la réminiscence.

Il revoyait la pluie, sans aucun doute possible. Son père au volant, fatigué par la route, ralentissant dans leur quartier ; cherchant une place non loin de chez eux.

Il avait fait un premier tour, sans succès. Puis, souhaitant épargner à sa femme et à son fils une longue marche sous la pluie, le père de Nathan s'était momentanément garé sur une place de livraison, un peu plus loin. Ils étaient tous les trois sortis du véhicule ; sa mère tenait un sac isotherme et, de sa main libre, avait saisi une valise que son mari extrayait du coffre. Il avait ensuite tendu deux sacs légers à Nathan, puis l'avait exhorté à suivre sa mère.

— Je gare la voiture ! À tout de suite ! avait-il crié avant de se rasseoir au volant.

Ils avancèrent côte à côte sur le trottoir en portant leurs bagages. Sa mère était fine et grande. Les cheveux châtains, mi-longs. Elle était alors à peine plus âgée que l'homme qu'il était aujourd'hui ; et cette pensée, quand elle survenait, le troublait énormément. Lui, ce fameux 26 août, n'avait que sept ans et demi.

Moins d'une centaine de mètres les séparait de leur immeuble. Nathan, près d'elle, marchait souvent dans les flaques sans chercher à les éviter, malgré les remontrances.

De Hans Dekker, ce furent les jambes qu'il aperçut en premier. Droites, couvertes d'un pantalon kaki de type camouflage, même si l'homme n'avait rien d'un militaire. Il se tenait debout, dans l'embrasure d'un immeuble voisin du leur, à l'abri de la pluie, un sac posé à côté de lui. En avançant, Nathan leva la tête et distingua le haut de son corps, habillé d'une veste dans les mêmes tons.

Le type avait l'air sale ; un genre de *clochard* – terme que Nathan avait entendu prononcer par ses parents, quelquefois. Nathan découvrirait plus tard que Dekker était un vagabond. Et que sa peau rosie, ses yeux bleus et ses cheveux blond vénitien étaient typiques de sa terre natale, les Pays-Bas.

Sans être très large d'épaules, il dégageait une impression de force. L'instant où Nathan le croisa, en trottant aux côtés de sa mère, il ne put détacher son regard de cet homme seul, planté là et qu'il n'avait jamais vu auparavant. Dekker, lui, se désintéressa de l'enfant et se concentra sur la silhouette de la mère ; même après qu'ils l'eurent dépassé, il continua de la scruter en se penchant un peu.

La mère et le fils arrivèrent devant l'immeuble, pressèrent le bouton central du digicode qui, à cette heure-ci, suffisait à déclencher l'ouverture de la porte. Chargés de leurs bagages, dont les poignées sciaient leurs mains, ils s'engouffrèrent dans le vaste hall en pierre. Empruntèrent l'ascenseur et montèrent au troisième.

Dès que sa mère ouvrit la porte, Nathan jeta ses sacs dans l'entrée et courut dans l'appartement. Il n'avait pas vu sa chambre depuis trois semaines et brûlait d'impatience de retrouver les jouets qu'il n'avait pu emporter. Sa mère vitupéra contre lui en voyant ses affaires balancées n'importe où, mais l'enfant était déjà loin.

Éreintée par le voyage, elle laissa momentanément la valise sur le palier, déposa son sac à main sur un fauteuil et porta le sac isotherme à la cuisine, avant de ranger les aliments craignant la chaleur à l'intérieur du frigo vide. Elle se versa un verre d'eau et le but. Son mari n'allait pas tarder à arriver et Nathan, de son côté, ne faisait plus un bruit, redécouvrant ses affaires préférées, comme s'il en avait été séparé pendant un an.

La mère de Nathan fit demi-tour dans le salon, marcha jusqu'à la porte ouverte, s'empara de la valise et la plaça à l'intérieur.

Lorsqu'elle se tourna une dernière fois vers la porte afin de la fermer, Hans Dekker apparut dans l'embrasure et s'interposa. La mère de famille fit plusieurs pas en arrière, effrayée, bredouillant quelques mots. Hans la suivit.

— Qu'est-ce que vous voulez ? demanda-t-elle. Je vous interdis d'entrer !

Nathan avait entendu sa mère parler, ce souvenir subsistait en lui à l'âge adulte. Il avait entendu sa voix qui, sans crier, manifestait de l'hostilité. Mais, dans l'incapacité d'imaginer un seul instant ce qui allait suivre, il avait continué à jouer.

Dekker claqua la porte derrière lui, sans quitter la mère des yeux, s'approchant d'elle tandis qu'elle reculait au même rythme. Soudain il se rua en avant. Elle se débattit en hurlant. Cette fois, Nathan sursauta. Il entendit les bruits de lutte, les cris et se leva d'un bond pour aller voir, sans toutefois courir.

Saisie à la gorge par Dekker, la mère de Nathan s'écroula en arrière sur le plancher du salon. L'homme s'agenouilla sur elle, repoussa ses mains qui griffaient ses avant-bras en de longues traînées sanglantes, puis, les yeux gorgés de convoitise et de fureur, il cogna son visage de toutes ses forces. En une série de coups rapprochés, s'acharnant sur sa figure.

La jeune femme cessa de résister, ses bras retombèrent et ses cris se diluèrent en de faibles chuintements. Sa mâchoire, son nez et l'une de ses pommettes se brisèrent vite, tout comme une partie de ses dents. Les coups se poursuivirent, jusqu'à la rendre méconnaissable.

Dekker s'interrompit, comme lassé... Il s'intéressa aux formes de sa victime, arracha son chemisier et son soutien-gorge, libéra sa poitrine et entreprit de la palper, beaucoup plus calmement.

Nathan avança dans le corridor menant au salon – toujours sans courir, retenu par l'angoisse. Il n'entendait plus rien après ces bruits de bagarre et comprit, malgré son jeune âge, que quelque chose de terrible s'était passé.

Une clé tourna dans la serrure ; la porte s'ouvrit et le père de Nathan, des affaires plein les bras et soulagé de retrouver son domicile, aperçut l'intrus, de dos, accroupi sur sa femme.

Des mots, désordonnés, sortirent de sa bouche. Hans tourna la tête. Il se releva, sortit un couteau de l'une de ses poches et fonça sur le père qui, ne pouvant se résoudre à abandonner sa femme et son fils, accepta l'affrontement. En hurlant de peur et de rage, il empoigna Dekker, qui tendait le bras pour le *planter*. La porte derrière lui était restée ouverte et il appela à l'aide, plusieurs fois.

Nathan restait figé dans le couloir et se sentait incapable d'aller aider son père. Il entendait la lutte, les corps s'abattre contre les meubles, et les vit même passer deux fois au bout du corridor.

Le père de Nathan était un homme de trente-sept ans qui entretenait sa forme, mais à aucun moment il ne réussit à prendre le dessus. Dekker parvint à le faire basculer contre un mur et lui enfonça son couteau dans le foie. S'affaissant en geignant, le père de Nathan essaya de le repousser mais Dekker maintenait la lame plantée en lui, tout en scrutant, avec des yeux avides, ceux de sa victime desquels l'espoir s'échappait. Quand enfin il retira le couteau, ce fut pour lui trancher la gorge.

Nathan ne perçut plus de bruit, hormis le souffle saccadé de l'intrus. Puis des pas lourds sur le parquet. La porte d'entrée claqua violemment et Dekker passa derechef devant l'ouverture du couloir, sans apercevoir l'enfant.

Nathan tremblait de peur ; il comprit que l'intrus retournait vers sa mère, et il recommença à avancer, le plus silencieusement possible. Il entendit des bruits désagréables, étranges. Approcha encore et découvrit les pieds de sa mère qui remuaient tandis que Dekker était accroupi sur elle. Le type déposa son couteau sur le sol et Nathan, arrivé au bout du corridor, aperçut le visage de sa maman, réduit à une difformité sanguinolente. Elle était cependant toujours en vie. Dekker attrapa sa gorge à deux mains et serra. Aucun son ne s'échappa plus de sa bouche et seules ses jambes s'agitèrent encore. Nathan aperçut sa langue qui sortait, mais il n'intervint toujours pas… paralysé par ce qu'il prendrait toute sa vie pour de la lâcheté.

Les jambes cessèrent de bouger.

L'enfant se tenait à présent au bout du couloir et vit Dekker retirer ses mains. Puis saisir l'une des jambes inertes de sa victime, et la repousser afin de bien les écarter. Déchirer la robe, puis la culotte d'un coup sec. Baisser sa fermeture éclair et s'étendre sur elle. Nathan le vit s'agiter sur le corps sans vie, en grognant et en haletant, sans comprendre la teneur du spectacle auquel il assistait.

Une minute, peut-être, s'écoula. L'enfant ne pouvait détacher ses yeux de la scène. Conscient que ses parents étaient morts, conscient que lui-même risquait de se faire tuer si Dekker s'apercevait de sa présence. Il était pétrifié, des larmes coulaient sur ses joues depuis longtemps déjà. Puis il observa, au loin, des couteaux de cuisine rangés dans leur étui, sans espoir de les rejoindre sans se faire surprendre, ou de savoir s'en servir. Nathan grelottait, horrifié, et s'aperçut trop tard qu'il urinait sur lui. Le liquide chaud dégoulina le long de sa cuisse, atteignit ses chaussures, glissa sur les lattes du plancher… Il regarda la petite flaque sous lui et, sans réfléchir, déplaça son pied, faisant involontairement craquer le bois. Dekker, toujours absorbé par son coït, tourna la tête vers l'arrière et s'immobilisa quand leurs regards se croisèrent. Haletant et submergé par le plaisir, il se révéla incapable de réagir sur-le-champ.

Nathan comprit qu'il allait se relever, que d'un instant à l'autre il allait se ruer sur lui. Il hésita à foncer jusqu'à l'entrée, paniqué de devoir enjamber le corps de son père et ouvrir la lourde porte, aussi préféra-t-il faire demi-tour pour aller se cacher.

En le voyant s'enfuir, Dekker manifesta son mécontentement par quelques mots en néerlandais, prononcés d'une voix gutturale. Puis il se dégagea du corps de sa victime, se redressa et partit maladroitement à sa poursuite.

Il s'immobilisa dans le couloir : l'enfant avait disparu et il n'entendait plus de bruit. Plusieurs pièces s'offraient à lui ;

il choisit la salle de bains, tira furieusement le rideau de douche, ouvrit une armoire. Rien.

Il sortit vite, en claudiquant légèrement – à cause d'une ancienne blessure. Fonça dans la chambre du gosse, fouilla de nouveau, en ouvrant des armoires et en balançant des meubles. Péniblement, il s'accroupit sur la moquette et regarda sous le lit. Rien, toujours rien, fumier de gosse !

Soudain, une sonnette stridente retentit dans l'appartement. Accompagnée de plusieurs coups sur la porte.

Hans s'immobilisa, toujours accroupi par terre ; puis, alors qu'il réfléchissait et tournait la tête, tout à coup il le vit : dans la chambre d'en face, sous le lit de ses parents... Le gosse l'observait et Dekker le fixa lui aussi, avant d'articuler doucement :

— *Jij bent hier...*

Leurs regards restèrent plantés l'un dans l'autre, seul un couloir les séparait. Puis il y eut le bruit, au loin, de la porte qui s'ouvrait, suivi d'une voix d'homme qui cria « Police ! », en même temps qu'une voisine hurlait, horrifiée par ce qu'ils découvraient. Dekker se redressa laborieusement et se mit à courir. Nathan crut que le tueur allait foncer sur lui, qu'il allait l'attraper et l'achever d'un coup de couteau, mais en sortant de sa chambre il obliqua dans le couloir et disparut.

Nathan entendit le bruit d'une fenêtre qu'il ouvrait, puis vit passer les jambes de plusieurs policiers à sa poursuite, dans le corridor, jusqu'à la fenêtre dont Nathan savait qu'elle donnait sur une cour. Les policiers se déployaient, échangeaient des consignes ; l'un d'eux partit en courant dans le sens inverse, il y eut des crachotements de talkies-walkies et des voix plus hachées.

Soudain, les jambes d'un homme en uniforme se postèrent devant la chambre, face à Nathan. Alerté par ses sanglots, l'adulte approcha et s'accroupit, découvrant l'enfant. Il prononça quelques mots que Nathan, sous le choc, ne comprit pas. L'adulte lui tendit une main, qu'il saisit et qui l'attira fermement à lui. Le policier était grand, fort, et serra Nathan dans ses bras en essayant de le rassurer, avant de rejoindre ses collègues.

★

Aurait-il pu aider ses parents ce jour-là ? Faire diversion, donner l'alerte ? Depuis vingt-cinq ans, Nathan se posait cette question.

Certains jours elle le laissait tranquille, d'autres elle devenait lancinante et l'étouffait.

Mille fois, depuis cette journée, il avait mis en scène différents scénarios dans sa tête. Que se serait-il passé s'il avait dérangé Dekker lorsqu'il s'en prenait à sa mère ? S'il avait prévenu son père ? Il aurait pu lui foncer dans les jambes, pendant la lutte. Aller chercher un couteau ?

Il n'avait que sept ans, bien sûr, mais d'autres auraient agi, tenté quelque chose. Ne se seraient pas contentés d'être des spectateurs. Lâches. À quel point son père était-il resté uniquement pour le sauver ? Lui, n'avait pas aidé, son instinct de survie l'avait poussé à ne rien faire.

DEUXIÈME PARTIE

1

À PLUSIEURS REPRISES DANS LA JOURNÉE, Emma avait croisé les regards de Sylvie et de Didier Morin. Durs. Emplis d'une haine que l'avocate, déterminée à défendre ardemment son client, pouvait toutefois comprendre. Elle rouvrait des plaies jamais vraiment cicatrisées et par sa faute cette famille, plongée dans la tragédie depuis quinze ans, se trouvait pour la troisième fois aux assises ; et devait assister à l'exposé d'une défense visant à démontrer l'innocence d'un homme dont ils restaient irrémédiablement convaincus qu'il avait assassiné leur fille.

Physiquement, les parents de Justine n'avaient plus grand-chose à voir avec les jeunes gens des images d'archives qu'avait visionnées Emma. Leurs silhouettes s'étaient élargies, tassées. Et les sillons de leur visage, prématurément creusés, figeaient ces derniers en un masque de douleur, quasi permanent.

Ils étaient assis près de leur avocat, Me Manin. Côte à côte. Leur divorce avait été prononcé une dizaine d'années plus tôt, et leurs nouveaux conjoints respectifs étaient installés plus loin dans la salle. Malgré leur séparation, ils faisaient front ensemble. À un moment, Emma crut même voir la main de Didier Morin se poser sur celle de son ex-femme. Le temps du procès, ils redeviendraient avant tout les parents de Justine, cela effaçant tout le reste.

Bien plus que le regard d'Emma, c'était celui de Gabin que tous deux recherchaient. Peut-être n'auraient-ils jamais, au cours des audiences, la satisfaction de le croiser ; ou alors brièvement, Gabin se contentant le plus souvent d'observer la cour ou de baisser les yeux.

La matinée avait été consacrée à la sélection des jurés. Puis, en début d'après-midi, le président procéda à un rappel des faits à leur intention.

Il était un peu plus de 16 heures quand il commença l'interrogatoire de personnalité. Après des questions sur l'enfance de Gabin et sur sa famille, le juge Henriot s'intéressa à son emménagement à Presles-la-Vallée et à son mode de vie sur place.

— Moins d'un an après avoir terminé vos études d'horticulture – ici même, à Lyon –, vous partez vivre en Ardèche. Quel était votre projet ?

— Je voulais être plus proche de la nature, répondit Gabin depuis son box. M'éloigner de cette société de consommation dans laquelle je ne me suis jamais senti à ma place. Je souhaitais subvenir à mes besoins et gagner ce qui me manquait grâce à la terre et à mon travail, sans patron…

— Vous étiez *altermondialiste* ?

— On a souvent écrit ça sur moi. Appelez ça comme ça, si vous voulez, c'est en partie vrai. J'étais écologiste avant l'heure. C'est devenu à la mode, mais à l'époque c'était pas très bien vu. C'est jamais bon, dans ce monde, d'être en avance sur les autres…

Gabin acheva sa phrase avec un léger sourire et une pointe d'arrogance dans la voix, ce que déplora Emma.

L'avocate savait que cet air supérieur, qu'il arborait parfois lorsqu'il était acculé, l'avait desservi lors de ses précédents procès.

— Vous avez acheté seul votre maison là-bas ?

— Avec l'argent hérité de mon père, oui. C'était une bergerie en piteux état, que j'avais envie de reconstruire. Il y avait du terrain et tout ce qu'il me fallait.

— Quelles étaient vos activités ?

— Je fabriquais des fromages, grâce à mes chèvres. Je faisais pousser des fleurs et des légumes...

— ... Vous arriviez à en vivre ?

— C'était difficile les premiers temps mais j'avais fini par trouver un équilibre.

— Ce que vous ne consommiez pas vous-même, dit le juge en chaussant ses lunettes et en lisant un document, vous descendiez le vendre au village, c'est bien ça ?

— En effet. J'essayais.

Le président releva les yeux vers lui :

— Dans tous les témoignages du dossier, venant aussi bien de vos amis, de vous-même, que des habitants de Presles-la-Vallée, il transpire une animosité des villageois à votre égard. Cette antipathie, vous l'avez ressentie immédiatement ?

— Dès mon arrivée, oui.

— Comment vous l'expliquez ?

Gabin chercha ses mots avant de répondre :

— Ils ne comprenaient pas mon mode de vie, ni ce que je faisais là. Du coup, ils ne m'aimaient pas.

— Vous avez cherché à nouer des liens ?

— J'étais ouvert, oui. Après, si on ne m'aime pas, je ne cours pas après les gens. Je ne change pas ma personnalité pour me faire apprécier.

— Qu'est-ce qu'ils vous reprochaient, en fait ?

— Il faut leur demander, à eux... Beaucoup se connaissaient depuis toujours, ils avaient grandi là. Ils n'aiment pas que quelqu'un d'autre emménage, quelqu'un qui n'a pas été introduit par l'un d'eux. Qui ne partage pas leurs valeurs... conservatrices, articula-t-il après avoir cherché le mot. Moi, j'étais différent d'eux, alors ils me cherchaient des noises. Ils m'envoyaient les gendarmes, m'accusaient de vol, ils disaient que je faisais pousser du cannabis dans l'un de mes champs...

Gabin ponctua sa phrase d'un nouveau rire narquois qui, Emma le vit, ne fit pas bonne impression. Ses réponses, pour certaines répétées en amont, étaient énoncées d'une voix chevrotante.

Le juge Henriot poursuivit son interrogatoire, visant à mieux cerner qui était Gabin Lepage à l'époque de son arrestation. À cet effet, il aborda ensuite un épisode de sa vie, survenu en 2004 :

— Monsieur Lepage, outre les diverses contraventions et rappels à la loi dont vous aviez fait l'objet, un an avant l'assassinat de Justine Morin, vous aviez eu affaire aux gendarmes pour un fait potentiellement plus grave, et qui aurait pu vous mener devant la justice : une plainte pour détournement de mineure. Elle avait été déposée contre vous – avant d'être retirée – par les parents de Maud Fromant, née en 1989 et âgée de quinze ans à l'époque. Vous-même aviez vingt-quatre ans. Vous avez eu des rapports sexuels avec cette jeune fille ?

— Oui, répondit Gabin après un instant de réflexion.

— Combien de temps l'avez-vous fréquentée ?

— Deux semaines, environ.

— J'aimerais vous entendre sur cette relation et sur les circonstances de la rencontre. Je vous écoute, l'encouragea gravement le président.

— On organisait des soirées sur mon terrain, avec des amis à moi, venus de Lyon ou de Montélimar, et quelques jeunes des environs. Ceux qui voulaient faire la fête et passer un bon moment étaient les bienvenus. C'était l'été, on faisait des barbecues et on buvait des coups, comme des jeunes de notre âge. Maud, elle venait pas de Presles... Elle était de Loiron, un village à côté. Je la connaissais pas, elle était venue avec des copains à elle, en voiture. Je savais pas qu'elle était mineure.

— Vous ignoriez vraiment son âge ? s'étonna le magistrat. Elle vous a menti à ce sujet ?

— Au début, oui, et après je l'ai su. Mais c'était trop tard, on était amoureux.

— Apparemment, dit le juge en lisant un document devant lui, ses parents ne vous accusaient pas seulement d'avoir eu des rapports sexuels avec elle mais aussi d'avoir eu une influence néfaste. De l'avoir incitée à partir de chez elle, et entraînée dans des virées avec de l'alcool, et même d'avoir consommé de la drogue... D'après vous, pourquoi ont-ils retiré leur plainte ?

— Ils sont revenus à la raison, dit Gabin sans se démonter. Ils ont compris que je lui avais rien fait de mal.

— Elle avait quinze ans et vous vingt-quatre..., fit remarquer le président en grimaçant un peu. Monsieur Lepage, nous n'allons pas faire aujourd'hui un procès qui n'a pas eu lieu à l'époque, mais mes questions visent à éclairer la cour sur vos penchants sexuels. À ce sujet, les experts psychiatres qui vous ont examiné se contredisent : diriez-vous que vous êtes attiré par les jeunes filles ? Voire les très jeunes ?

— Pas du tout. C'était une histoire d'amour et j'ai mis du temps à m'en remettre quand on nous a obligés à tout arrêter. Je n'ai jamais considéré Maud comme une enfant.

— Pourtant, monsieur Lepage, aux yeux de la loi elle en était une, intervint l'avocat général.

La pique lancée par le représentant du ministère public fit son effet et un silence s'ensuivit. Emma entrouvrit les lèvres, hésitant à répliquer, mais préféra s'abstenir.

★

— Je jure de parler sans haine et sans crainte, de dire toute la vérité, rien que la vérité.

À la barre se tenait une femme de trente ans, brune, pas très grande ; si sa silhouette était légèrement ronde, ses formes n'entravaient en rien son physique agréable. Maud Fromant, suite à sa convocation, avait fait la route depuis l'Ardèche afin d'être entendue comme témoin.

— Madame Maud Pérac, née Fromant, confirmez-vous avoir eu des rapports intimes avec Gabin Lepage, en 2004 ?

— Oui, répondit-elle au président.

— Était-ce une relation consentie ? Ou diriez-vous, avec le recul, que l'accusé a usé de son influence pour vous manipuler ou, pire, vous forcer la main ?

— À aucun moment il ne m'a forcée.

Elle avait prononcé cette phrase avec aplomb, en fronçant les sourcils. La révolte, dans sa voix, semblait venir de loin, de ses années d'adolescence où elle s'était déjà justifiée cent fois pour les mêmes faits.

— Je le trouvais beau, continua-t-elle. J'aimais ses idées. Je suis tombée amoureuse de lui.

— Est-ce vous qui l'avez séduit ou diriez-vous que c'est lui qui a cherché à vous séduire ?

— C'était mutuel, répondit-elle après un temps de réflexion.

— Comment vos parents ont-ils appris votre relation ? Et connaissaient-ils Gabin Lepage avant ?

— Ils ne l'avaient jamais rencontré mais avaient entendu parler de lui. Les gens des alentours n'aimaient pas trop Gabin, surtout les *anciens*, on va dire. Ils pensaient qu'il se livrait à des choses louches, ce qui, moi, m'attirait plutôt, reconnut-elle avec un sourire. On se voyait en secret mais un jour un ami de mon père nous a aperçus et le lui a dit. J'ai dû avouer la vérité, il a été furieux, vraiment, il m'a incendiée... Avec ma mère, ils ont voulu tout savoir et ensuite mon père est allé voir les gendarmes.

— Pourquoi a-t-il fini par retirer sa plainte ?

— À partir de là j'ai su que c'était fini, ils m'empêchaient de sortir de toute façon. Mais moi, ce que je voulais, c'était que Gabin n'ait pas de problèmes. Alors j'ai fait des crises, j'ai pris la tête à mon père comme pas possible et je lui ai dit que j'allais me tuer, ou m'enfuir avec Gabin... et je lui ai promis de ne plus le revoir s'il enlevait sa plainte. J'ai juré que c'était le seul moyen... Alors, il l'a fait à contrecœur. Et moi, j'ai tenu parole pour le protéger.

En achevant sa phrase, Maud tourna la tête vers Gabin, dans son box. Ils se regardèrent, sans se sourire, puis l'avocat général demanda la parole au président, qui la lui accorda :

— Madame Fromant...

— ... Pérac, rectifia-t-elle. Je suis mariée désormais.

— ... Madame Pérac, Gabin Lepage a-t-il été votre premier amant ? Pardonnez l'indiscrétion de ma question, mais elle a du sens au vu de l'affaire qui nous occupe.

— Oui.

— Avez-vous senti, à l'époque, que le fait que vous soyez vierge exacerbait son désir ? Vous avez désormais du recul, vous êtes mariée et vous avez connu, au moins, un autre homme. Diriez-vous que l'accusé nourrissait des fantasmes à propos des jeunes filles vierges ?

— Non ! réfuta Maud d'un ton vif mais qui – Emma le sentit – trahissait un léger doute. C'est ce que les gendarmes ont essayé de faire croire après ce qui est arrivé à Justine Morin, mais c'est faux. C'était une histoire d'amour, sans perversité.

— Vous étiez jeune et forcément influençable…

— Pas tant que ça, je n'étais pas innocente… Gabin n'a pas tous les torts…

— Vous étiez une enfant, pas lui.

— Je suis mère d'une fille, moi aussi, prononça-t-elle d'une voix mal assurée. Et ça m'arrive de penser que je n'aimerais pas qu'elle reproduise ce que j'ai fait quand elle aura quinze ans, c'est vrai. Mais à aucun moment Gabin ne m'a fait du mal, il a été mon premier amour et j'ai haï mes parents.

Ayant terminé, l'avocat général se rassit et le président accorda la parole à Emma, laquelle se leva à son tour avec une photo dans les mains, agrandie au format A4. Quittant son box, elle approcha du témoin.

— Madame Pérac, je me contenterai de vous demander si vous êtes bien l'adolescente sur cette photo, prise pendant l'été 2004.

Maud jeta un rapide coup d'œil au cliché qui la montrait debout, souriante et bronzée, à l'âge de quinze ans.

— C'est bien moi, oui.

— En général, les gens qui ne vous connaissaient pas vous donnaient-ils votre âge ?

— Je faisais plus, on croyait souvent que j'avais dix-sept ou dix-huit ans.

Emma fit quelques pas en direction du président et des jurés, et leur désigna la photographie.

— Je voudrais avancer deux choses, dit-elle : rappeler tout d'abord que le droit n'est pas de la morale. S'il peut être moralement répréhensible qu'un jeune homme de vingt-quatre ans ait une relation amoureuse avec une adolescente de quinze, la majorité sexuelle est néanmoins fixée à cet âge et, aucune charge pour détournement de mineure n'ayant été retenue contre lui, mon client n'a pas enfreint la loi. Par ailleurs, poursuivit-elle, cela fait quinze ans qu'un odieux, qu'un révoltant amalgame est fait entre cette amourette et le *crime* dont a été victime Justine Morin, une fillette pré-pubère ! Un amalgame ne visant qu'à imputer à mon client des penchants pédophiles qui n'ont jamais été démontrés. Regardez cette photo, insista-t-elle. Le carnet de santé de Maud Fromant indique qu'elle mesurait à l'époque 1 mètre 71, pour 58 kilos. Sa poitrine était développée, ses formes étaient celles d'une jeune femme.

Emma tendit la photo à l'un des membres du jury qui, après l'avoir examinée, la passa à sa voisine.

— Si Maud, comme Justine, était mineure, leurs morphologies n'avaient rien en commun. Et aucun lien ne doit être fait entre un crime pédophile de la pire espèce et une passion entre une adolescente précoce et un jeune adulte qui, sans doute, manquait de maturité.

2

Le TGV de Nathan arriva à la gare de Bourg-en-Bresse à 18 h 01. Le trajet, depuis Paris, n'avait duré que deux heures.

Il avait emporté un livre mais ne l'avait pas ouvert pendant le voyage, se contentant de regarder rêveusement la vue par la fenêtre. Une fois la banlieue dépassée, s'étaient succédé de vastes espaces agricoles aux diverses teintes, parcourus de routes peu fréquentées ; des villages en pierre semblant vivre en autarcie, des collines aux reliefs sculptés par la lumière et des forêts qui paraissaient impénétrables de là où il était…

Et Nathan, sans l'intellectualiser, avait ressenti la dualité de ces paysages : enchanteurs à bien des moments, et sans doute terrifiants à d'autres.

En descendant du train, il aperçut Tassi sur le quai. Nathan tendit le bras, tout en traînant sa valise à roulettes, et Tassi avança à sa rencontre.

Nathan trouva qu'il avait meilleure mine que l'autre soir, au restaurant. Il semblait sincèrement heureux de le revoir et le lui dit, d'ailleurs, après s'être enquis de ses conditions de voyage.

Tassi était sur place depuis deux jours. Nathan, quant à lui, n'avait pu décaler un important déjeuner de travail, ce lundi.

— Vous avez des nouvelles d'Emma et du début du procès ? demanda-t-il tandis qu'ils marchaient dans un long couloir souterrain bétonné.

— Non, ils en ont parlé à la radio mais n'ont rien dit d'important. Je l'appellerai ce soir, ou tôt demain matin.

Ils gagnèrent une rue proche où le pick-up de Tassi était garé. Une fois sa valise rangée à l'arrière, Nathan prit place sur le siège passager. Il regarda l'habitacle et commenta, avec un sourire dénué de malice :

— Ça a un côté cliché, ce genre de voiture, en province... Mais j'adore.

— C'est puissant comme un 4 × 4, répondit Tassi après avoir claqué sa portière. Et pour aller à la déchetterie, c'est très pratique...

Tassi se tut quelques instants, observant la route au loin, à travers son pare-brise.

— Demain, je compte vous présenter les familles de trois filles disparues.

— Elles seront d'accord pour me parler ?

— Tout ce qu'elles veulent, c'est qu'on les écoute, justement. Ceux-là sont des gens formidables, vous verrez. Très amènes, en dépit de leur souffrance...

Il consulta sa montre.

— J'ai prévu de vous emmener à l'endroit précis où le corps de Laetitia Martinez a été retrouvé. C'est utile et j'aimerais que ce soit fait avant nos visites demain, bien qu'il soit un peu tard...

— Je suis désolé, je ne pouvais pas me libérer plus tôt, il fallait que j'aie ce rendez-vous de boulot avant de partir…

— … Ce n'est pas grave, lui assura Tassi, on a encore deux bonnes heures avant que le soleil se couche. Au moins, on sera dans l'ambiance…

★

La forêt de Deisseigne était située à vingt minutes en voiture du centre-ville. Pour s'y être rendu plusieurs fois, Tassi connaissait désormais un raccourci : un chemin privé, jouxtant un immense étang qui longeait les bois.

Comme ils faisaient la même pointure, Tassi proposa à Nathan de chausser la deuxième paire de bottes qu'il avait emportée. Dès le début de leur progression, Nathan se félicita mentalement d'avoir accepté.

Le terrain, en bordure du point d'eau, était particulièrement boueux ; ses pieds s'enfonçaient régulièrement de trois bons centimètres et manquaient de ressortir sans leur botte, enlisée. De hautes herbes, des joncs, bordaient la piste sinueuse. Hormis ceux émis par les pas des deux hommes, les seuls bruits venaient du vent, des nasillements des canards attroupés, et de l'amerrissage tonitruant de certains d'entre eux.

— Il y a beaucoup d'étangs en Bresse, l'informa Tassi. La région de la Dombes, près d'ici, est célèbre pour ça. Elle en compte plus de mille…

— J'en ai entendu parler, répondit Nathan, derrière lui, en pleine lutte avec de la gadoue…

Une légère brume s'élevait à la surface de l'eau tandis qu'à l'horizon la lumière commençait à faiblir. Ils parvinrent à l'orée de la forêt et s'engagèrent dans un sentier plus sec, fendant les bois.

Le chemin, couvert de gravillons, avait été tracé pour les cyclistes et les randonneurs. Il serpentait sans cesse et, après chaque virage, la vue ne se dégageait jamais à plus d'une cinquantaine de mètres, rendant très compliquée l'estimation d'une distance globale.

À nouveau, ils étaient seuls. La luminosité, dans les bois denses, avait encore baissé ; s'ils distinguaient encore bien ce qui les entourait, Nathan craignait que cela ne dure pas suffisamment. Paraissant lire dans ses pensées, Tassi rompit le silence :

— J'ai une torche sur moi, ne vous inquiétez pas. Même si la nuit nous surprenait, nous retournerions sans problème à la voiture.

Ils avancèrent ainsi dix bonnes minutes puis, avec un sens de l'orientation qui stupéfia Nathan – car, pour lui, chaque segment n'était que la copie du précédent –, Tassi décréta qu'il était temps de quitter le sentier et obliqua vers les fourrés. Nathan marcha péniblement dans ses pas, quelque peu désappointé par la tournure des événements. Heureusement, les broussailles devinrent bientôt moins touffues et ils atteignirent une futaie, dans laquelle l'espace un peu plus grand entre les arbres facilita leur progression.

— C'est ici.

Tassi s'était arrêté face à un chêne, presque identique aux dizaines d'autres tout autour. Effectivement, sur la terre devant lui, les stigmates des fouilles étaient encore visibles, l'herbe n'ayant que partiellement repoussé. Un morceau déchiré de rubalise semblait avoir été laissé à dessein sur le tronc.

— Elle était enterrée là, dit Tassi. Des branches, des feuillages recouvraient la terre. C'est un chasseur qui l'a trouvée. L'odeur avait attiré son chien.

Nathan fixait la zone brassée, rectangulaire. Il ne savait trop quelle posture adopter ; la situation invitait au recueillement mais il n'oubliait pas que Tassi attendait du concret de sa part.

— Elle était là depuis combien de temps ? demanda-t-il.

— Une semaine, répondit Tassi en s'écartant et en l'observant, lui.

— Et... à quelle profondeur ?

— Moins d'un mètre. Il a été paresseux.

Nathan fronça les sourcils, intéressé, avant de s'accroupir.

— Pas forcément..., fit-il remarquer en s'animant. Certains tueurs en série aiment revenir sur les lieux et préfèrent que les corps soient accessibles... Ils aiment se remémorer leurs actes, se masturber en y repensant... Beaucoup choisissent d'ailleurs la nuit pour y retourner, et jouissent d'être les seuls à savoir que leur victime se trouve à cet endroit...

— Ils ne l'enterrent pas très profond pour pouvoir la toucher ? L'extraire ? l'interrogea Tassi.

— Oui.

Nathan tourna la tête vers lui et esquissa un sourire, étrange à cet instant. Il ne s'agissait cependant pas d'une appétence morbide mais de l'expression d'un intérêt puissant pour ce sujet, d'une cogitation enthousiaste.

— Beaucoup aiment ça, continua-t-il, alors que c'est un comportement sous-estimé : ils ont du plaisir à leur rendre visite après l'inhumation, à les déterrer le temps de quelques heures, à revivre leurs fantasmes... La décomposition ne leur fait pas peur. Certains vont jusqu'à se livrer à des actes nécrophiles, parfois longtemps après la mort.

Tassi hocha la tête en masquant son dégoût. Puis il fit quelques pas sur le côté, tandis que Nathan se redressait.

— Il est fort possible que votre tueur l'ait enterrée peu profondément pour cette raison : afin de revenir la voir.

Il a choisi un environnement très reculé, dit-il en désignant les alentours. Il se croyait tranquille, mais il a raté son coup.

» De manière générale, ils aiment garder des souvenirs, reprit-il après un temps. Certains conservent un vêtement, un bout de tissu ou un bijou et s'en servent lors de jeux solitaires. D'autres sont allés jusqu'à garder un élément du corps chez eux, le plus longtemps possible : une main tranchée, ou même une tête, stockée dans le frigo... Je vous laisse imaginer à quoi ils s'amusent avec...

— Je pense visualiser...

— Des fouilles ont été faites aux alentours ? questionna aussitôt Nathan en restant concentré. Il a pu creuser plus profond pour enfouir les suivantes.

— Le territoire est vaste, commenta Tassi en haussant les épaules.

En terminant sa phrase, le retraité pivota brusquement sur lui-même, l'air soucieux. Il observa à travers les arbres, sans réussir à avoir une vue dégagée.

— Ce qui serait embêtant, poursuivit Nathan, c'est qu'il ait modifié son mode opératoire. Ça rendrait les recherches...

— ... Chut ! l'interrompit Tassi en levant le bras dans un geste autoritaire.

Nathan se tut, sans comprendre. Tassi fit quelques pas de côté en continuant de fouiller du regard les bois sombres.

— Qu'est-ce qu'il y a ? demanda Nathan.

— Vous avez entendu ?

Nathan hocha la tête négativement, perplexe. Soudain, un craquement lointain se fit entendre, dans la direction que scrutait Tassi. Celui-ci entrouvrit alors sa veste, découvrant un holster contenant un Glock qu'il dégaina et qu'il arma aussitôt en tirant la culasse, dans une gestuelle que Nathan n'avait jusqu'ici vue que dans les films.

— Mais qu'est-ce que vous faites ? prononça-t-il, effaré.

— Allongez-vous sur le sol, tout de suite, lui ordonna Tassi.

— Pourquoi, qu'est-ce qu'il y a ?

— Faites ce que je dis !

Nathan obéit et s'accroupit, apeuré. Au sol, il tourna la tête tantôt vers Tassi, tantôt vers la direction qu'il visait. La pâleur de l'ancien gendarme, l'expression de son visage et sa tension extrême ne lui inspirèrent rien de bon. Il ressemblait à une statue immense, vu d'en dessous, avec son bras tendu.

— C'est sûrement un animal... ou un promeneur..., glissa Nathan. Ça ne peut pas être le tueur, il ne viendrait pas au contact... Vous faites erreur ! Rangez cette arme, Domi...

— C'est pas à lui que je pense ! Obéissez, restez par terre !

Tassi fit quelques pas en avant, arme au poing. La lumière avait beaucoup faibli et les innombrables troncs d'arbres obstruaient son champ de vision.

— Qui va là ? cria-t-il. Montrez-vous !

Devant l'absence de réponse, il réitéra son injonction :

— MONTREZ-VOUS !

Tout à coup, une silhouette humaine émergea de derrière un chêne. Un homme vêtu d'un blouson bleu orné des écussons de la gendarmerie.

Tassi écarquilla les yeux, puis baissa son arme. Dans une réaction simultanée, l'homme en face brandit la sienne.

— Gendarmerie ! cria-t-il. Lâchez votre arme ! LÂCHEZ VOTRE ARME !

— Du calme..., prononça Tassi en écartant les mains et en laissant tomber son Glock. Je suis de la maison...

— Taisez-vous ! Couchez-vous !

Tassi mit un premier genou au sol en grimaçant.

— C'est une erreur...

— COUCHE-TOI ! Et toi aussi, plus un seul geste ! lança le gendarme à l'intention de Nathan.

Ce dernier, paniqué, s'étendit davantage encore sur le sol froid et humide, et observa Tassi, dans la même posture, à quelques mètres de lui. Le retraité évitait son regard, l'air défait, semblant chercher une solution.

Ce n'est qu'une minute après, pendant que le gendarme passait un coup de téléphone, que Nathan s'aperçut qu'il était allongé à l'endroit exact où Laetitia Martinez avait été déterrée.

★

Seul un filet de lumière pourpre, désormais, apparaissait au-dessus de la ligne d'horizon. Ils avaient quitté le cœur du bois, guidés par le gendarme jusqu'à son propre véhicule, garé sur un parking forestier. Une autre voiture les rejoignit bientôt, conduite par le capitaine Delalandre lui-même. Il s'arrêta devant eux, laissa le moteur et les phares allumés et descendit, accompagné d'un collègue. Puis il vint se placer face à Tassi, avec un sourire plein de morgue.

Le capitaine ne paraissait pas surpris par cette « prise ». Et expliqua que, contrairement à ce que pensait Tassi, ses collègues et lui travaillaient, et qu'il leur arrivait régulièrement d'inspecter ce lieu, au cas où ils y croiseraient quelqu'un de suspect.

Pas très haut mais bien droit, Delalandre se tenait tout près de Tassi, qui avait l'air éreinté. Après avoir examiné son Glock, il le lui désigna.

— Vous vous croyez où, Tassi ? Pour qui vous vous prenez ?

Celui-ci demeurait immobile, mouvant seulement ses yeux las.

— Arme de première catégorie, renchérit Delalandre.

— Elle m'appartient. J'ai le droit de la posséder.

— Pas de vous promener avec ! cria l'officier avec hargne. Et encore moins de menacer un gendarme en activité !

— Je ne l'ai pas menacé, c'était pour me protéger. Il y a eu méprise.

Delalandre s'approcha encore un peu plus de lui et le défia du regard, tel un boxeur avant le commencement du match.

— Vous voulez jouer au con ? lui demanda-t-il d'une voix plus douce, avant de se tourner vers Nathan : Et vous, quel est votre nom ? Et qu'est-ce que vous venez foutre ici ? T'as vérifié ? s'enquit-il auprès de son subordonné sans attendre la réponse.

— Il s'appelle Nathan Rey, intervint Tassi, c'est un genre de psychocrimino...

— ... Je ne vous ai pas sonné, vous ! hurla cette fois Delalandre.

Nathan, qui n'avait pas prononcé un mot, restait pantois devant cette scène et devant le traitement que les gendarmes réservaient à Tassi.

L'un des hommes en uniforme le dévisageait depuis un moment et demanda, avec un léger sourire :

— Vous passez à la télé des fois, pas vrai ? Vous êtes écrivain ?

Nathan se contenta d'acquiescer de la tête et Tassi intervint de nouveau :

— C'est moi qui lui ai demandé de m'accompagner ici...

— Écoutez-moi bien, Tassi, prononça Delalandre d'un ton menaçant. J'ai eu des tas de retours à votre sujet ces derniers mois, venant notamment de confrères, et tous sont négatifs. Mais surtout, ce qui me contrarie beaucoup, c'est que j'ai des familles qui viennent régulièrement tambouriner à ma porte, au sujet de disparitions. Elles se lamentent, s'énervent et me relancent encore et encore en me disant que personne ne les prend au sérieux sauf un homme : le « gendarme » Tassi.

— C'est la vérité. Vous ne les prenez pas au sérieux.

— Vous les manœuvrez ! Vous les entraînez dans votre folie… Dès le premier jour, dès la minute où je vous ai vu, j'ai su que vous étiez complètement à la masse. Rentrez chez vous ! J'ai pas besoin d'un retraité dans mes pattes. Si vous vous ennuyez, trouvez-vous un club de bridge !

— Capitaine, vous êtes incorrect ! riposta Nathan, indigné par ce mépris. Vous ne pouvez pas nier qu'il existe des similitudes entre les meurtres de Laetitia Martinez et de Justine Morin…

— Nathan Rey, c'est ça ? réagit Delalande, surpris. Je ne sais pas ce qu'il vous a raconté pour vous entraîner là-dedans, mais sûrement la même rengaine. Vous n'avez pas lu le dossier Morin, n'est-ce pas ? Je vous invite à le faire, il n'existe aucune similitude.

Étonné à son tour, Nathan chercha le regard de Tassi, lequel l'évitait et restait impassible et silencieux.

— Tout ce que vous ferez en l'épaulant, c'est vous fourvoyer. Sa hiérarchie l'a désavoué, tout le monde l'a lâché. Les seules personnes dont il trouve l'oreille sont de pauvres gens en souffrance. Il leur offre un mirage ! On compte des milliers de disparitions volontaires partout en France, sans que des tueurs en série soient impliqués. C'est un électron libre, qui parasite nos enquêtes. Sans parler, reprit-il d'une voix plus feutrée, d'un suicide étonnant, et d'une disparition, louche elle aussi, pour lesquels il aurait mérité d'être plus inquiété qu'il ne l'a été…

Nathan entrouvrit la bouche, sans savoir que répondre. Alors que Tassi ne réagissait toujours pas, Delalandre s'adressa une dernière fois à lui :

— Maintenant, nous allons conclure un marché, vous et moi : disparaissez, foutez le camp de mon département et je vous laisse tranquille. Je pourrais vous coffrer pour ça, dit-il en désignant le pistolet, mais tout ce que je veux, c'est vous voir déguerpir. Marché conclu ? Ou vous préférez venir avec nous ?

Tassi marqua un temps d'hésitation, semblant regretter que son arme lui soit confisquée. Puis il hocha la tête. Delalandre se pencha alors vers lui et lui souffla :

— J'espère ne jamais devenir comme vous.

Puis il lui tourna le dos et rejoignit son véhicule, suivi de son collègue.

3

LE GENDARME QUI LES AVAIT SURPRIS les raccompagna jusqu'à leur voiture, avec la sienne. Il faisait à présent complètement nuit. Dès qu'il les laissa seuls, Nathan, hors de lui, exigea des explications. Tassi l'adjura de bien vouloir se calmer et promit de lui en donner très vite, mais pas ici.

Ils roulèrent sur quelques kilomètres, sans s'adresser la parole, puis Tassi s'arrêta à une station-service.

Nathan prit place, debout, devant une table ronde assez haute, située près de la vitrine ; Tassi, après s'être efforcé de faire fonctionner un distributeur de boissons, le rejoignit avec un gobelet de café et un autre de thé.

— Je vous promets pas que ce sera délicieux, dit-il en les posant sur la table, mais au moins ça nous réchauffera.

— Est-ce qu'il disait vrai tout à l'heure ?

— À quel sujet ?

— Votre hiérarchie. Vos supérieurs vous ont ordonné de tout arrêter ?

— Je n'ai plus de supérieurs. Il faut choisir, Nathan : soit je reste un gendarme et on me commande, soit je n'en suis plus un et personne n'est apte à le faire. On n'arrête pas de me balancer à la figure que je ne suis qu'un retraité, que je devrais la boucler et rentrer chez moi... Si je suis considéré comme un civil, alors je suis libre.

Nathan, toujours sous tension, le jaugea tandis qu'il buvait son café.

— Il n'empêche que c'est pas ce que vous m'avez raconté. Vous m'avez menti par omission. Qu'est-ce que je dois croire, maintenant ? Si votre théorie est rejetée, c'est qu'il y a une raison...

— La gendarmerie est une vieille dame, qui n'aime pas reconnaître ses erreurs...

— Pourquoi Delalandre dit-il qu'il n'y a aucune similitude entre les deux dossiers ? S'il y en a, ça devrait crever les yeux...

— Je n'ai pas été franc avec vous sur ce point, c'est vrai, admit Tassi avec un air plus sombre. C'est parce que je voulais que vous prêtiez attention à cette histoire sans risquer de vous faire fuir... – Après un temps, il reprit : – Le dossier de Justine Morin a été saboté. Il est incomplet.

— « Saboté » ? répéta Nathan, incrédule. Qu'est-ce que vous entendez par là ?

— Il y a un an, lorsque je l'ai de nouveau consulté, j'ai cherché les traces des sévices que je gardais en mémoire, les brûlures dont je vous ai parlées... Je ne les ai pas trouvées, elles n'y figuraient pas. Tout ça manquait.

— Comment ce serait possible ?

— La vraie question, c'est « pourquoi ? ». Et je n'ai toujours pas la réponse. Ce que je sais, en revanche, c'est que c'est moi qui ai découvert le corps de Justine. Et ce que j'ai vu est gravé là.

En disant cela, Tassi pointa un doigt sur son crâne et fixa Nathan d'un air déterminé. Nathan, quant à lui, semblait agacé et perplexe.

— Je comprends que ce soit difficile à admettre, c'est pour ça que je me suis tu. Je n'attends pas de réponse de votre part à ce sujet… J'attends juste un regard extérieur sur le psychopathe que je traque. Car il y en a un dans la nature, c'est certain. Je ne sais pas si c'était une bonne idée de vous avoir fait venir ici, reconnut-il avec un doute sincère dans la voix… Ce que je sais, c'est que si je vous avais déballé tout ça d'emblée, vous ne seriez pas là.

— Vous n'aviez pas à me cacher ça…

Tassi se tut quelques instants et observa, à travers la vitre, les pompes à essence éclairées par des néons blafards, contrastant avec l'obscurité de la nationale juste derrière.

— Que dit Gabin Lepage à propos de ces brûlures ?

— Il ne s'en souvient pas, avoua Tassi à regret.

— Il ne s'en souvient pas ?

— Non, il se rappelle que la fillette avait des plaies, mais il l'a tout de suite recouverte avec sa propre chemise, sans examiner son corps. Emma l'a interrogé à ce sujet, en lui faisant part de mes souvenirs, et il lui répond que tout se mélange dans sa mémoire… Ça plaide plutôt en faveur de sa bonne foi, d'ailleurs… Il pourrait mentir sur ça pendant le procès, mais Emma préfère qu'il reste honnête.

— Et vos anciens collègues ?

— L'un d'eux avait vu le corps. Jean Baranès, mon ancien supérieur. Même si c'était bref, il m'a dit se souvenir des brûlures, au moins sur le torse… Mais… Il y a autre chose, Nathan, et vous avez raison, je dois maintenant tout vous dire. Après que j'ai constaté ces carences dans le dossier, je les ai signalées à Jean Baranès. On en a parlé et je lui ai demandé d'en référer plus haut. Seulement, le soir même, un homme que je n'avais jamais vu a fait irruption chez moi. Il était armé et a tenté de m'abattre. Je sais que ça a l'air fou, pourtant c'est la vérité, insista-t-il devant l'expression ahurie de Nathan. Je m'en suis sorti de justesse, j'ai pu m'échapper. Mais… cette même nuit, le major Baranès s'est « officiellement » suicidé. C'est de lui que parlait Delalandre tout à l'heure, et tout ça n'a rien d'un hasard, sauf qu'il ne prend pas le problème par le bon bout, ou feint de ne pas le prendre…

— Il a aussi parlé d'une disparition louche…

— Larrivoire, notre ancien supérieur. Il a disparu peu de temps après.

— Et d'après vous, c'est également lié ?

— On n'a jamais retrouvé son corps, on ne sait pas s'il est mort ou vivant, mais je le crois, oui. J'ai vu celui de Baranès en tout cas, et… je le connaissais très bien, il n'était pas suicidaire. Quelqu'un l'a tué… Mon ami…

Tassi prononça cette phrase avec une émotion retenue que ressentit Nathan.

— Vous en avez parlé aux gendarmes ou à la police ?

— J'ai été interrogé, en faisant tout pour y être mêlé le moins possible. Il y a eu une réaction à ma visite chez Jean Baranès et on a voulu ma peau à moi aussi. Et je ne sais pas qui est derrière ça, alors je dois éviter de m'exposer. Vous devez comprendre que je n'ai pas de preuve de ce que j'avance. Pas même de l'intrusion chez moi. Mais… Là encore, je sais ce que j'ai vu.

Assommé par tout ça, Nathan ne sut quoi ajouter.

— Je mène ma propre enquête. Je vais finir ce que j'ai commencé et on verra après. Voilà pourquoi, depuis un an, je reste en mouvement, constamment sur les routes ou dans un nouvel hôtel… Avec mon téléphone coupé le plus souvent possible.

Nathan se tut un assez long moment en se frottant une arcade sourcilière, puis formula une réponse :

— De deux choses l'une… Soit vous êtes complètement parano, ce sur quoi s'accorde apparemment pas mal de monde… Soit vous avez de sérieux ennuis, et m'y avez entraîné à mon insu…

— Je comprendrais que vous vouliez ficher le camp et… le cas échéant, je ne vous retiendrais pas. Mais voilà ce que je vous propose : accordez-moi juste encore un peu de votre confiance et de votre temps… Laissez-moi vous faire rencontrer certaines personnes, et faites-vous votre idée… Vous êtes d'accord ?

Nathan ferma la portière du pick-up et se sentit comme dans un sas. Il cogitait. Se demandait s'il allait rentrer à Paris le lendemain à la première heure, ou rester pour y voir plus clair.

Tout cela n'augurait rien de bon, et surtout ça n'avait aucun sens. Quelle que soit la clé de cette énigme, un grave danger se cachait derrière et il n'était pas armé pour l'affronter.

Néanmoins, il se sentait comme quelqu'un souffrant de vertiges et que le vide, paradoxalement, attirait. S'il honnissait la violence, une force, depuis toujours, le poussait à s'y confronter.

Dans le rétroviseur extérieur, il observait Tassi qui finissait de faire le plein. Après avoir rangé le pistolet à essence, le retraité fit le tour du véhicule et s'assit au volant. Nathan s'adressa à lui :

— Une autre question me taraude…

— Dites-moi tout.

— Si on a vraiment cherché à vous tuer après que vous avez parlé à votre ancien collègue… ça veut dire que des gendarmes sont mêlés à tout ça ?

Tassi tourna lentement la tête vers lui et soutint son regard. Il ne répondit pas.

★

Assis sur le siège passager, le capitaine Delalandre regardait les platanes défiler, ceux-là mêmes sur lesquels s'encastraient régulièrement, la nuit, de trop nombreuses voitures chargées de gosses, tout juste bacheliers ou bien même pas encore. Heureusement, ce soir, son collègue et lui n'en aperçurent aucune. Il était encore tôt, cependant, et on n'était pas le week-end.

Les patrouilles de nuit avaient un caractère abrutissant. Ils roulaient sur une départementale non éclairée, droite et monotone. Son subalterne au volant hésitait à enclencher les phares, mais quelques véhicules circulaient en sens inverse et il resta en feux de croisement.

Tout à coup, Delalandre aperçut une camionnette garée sur le bas-côté, tous feux éteints.

— Attends, arrête-toi ! cria-t-il à son collègue.

Celui-ci, qui l'avait également vue, freina jusqu'à stopper une cinquantaine de mètres plus loin.

— Reviens à son niveau, ordonna Delalandre en se retournant sur son siège.

Ils effectuèrent une longue marche arrière jusqu'à la camionnette, et se rangèrent devant elle. Puis les deux hommes descendirent du véhicule.

Delalandre approcha à pied et, arrivé devant le pare-brise, n'aperçut personne à l'intérieur. Il détacha une lampe torche de sa ceinture, l'alluma et balaya l'habitacle de son faisceau lumineux. Un rideau séparait l'arrière de l'avant. Delalandre toqua plusieurs fois sur le carreau et le rideau frémit soudain.

Apparut la tête d'un homme, ébloui et l'air hébété. L'individu passa à l'avant, tourna la clé pour rallumer le moteur et baissa sa vitre.

— Qu'est-ce que vous faites ici, monsieur ? demanda Delalandre.

L'homme approchait de la cinquantaine, avait des cheveux bouclés et prématurément blanchis ; un corps courtaud et pansu mais visiblement puissant. Il adressait aux gendarmes un sourire brave et doucereux.

— Oh, excusez-moi, messieurs, se repentit-il vivement : j'ai des cartons à l'arrière, ça brinquebalait alors je me suis arrêté une minute pour les caler…

— Vos feux sont éteints, c'est extrêmement dangereux. Montrez-nous les papiers du véhicule et votre permis.

L'homme s'exécuta aussitôt, débordant de bonne volonté. D'une de ses poches il sortit son portefeuille et tendit les documents.

Delalandre les examina à la lumière de sa torche. À côté de la petite photo d'identité inexpressive s'affichait le nom du conducteur : Marcel Lamy.

4

IL ROULAIT SUR LA VOIE RAPIDE et se sentait vivant. Les lampadaires défilaient, éclairant cette portion de route bordée de campagne ; des bagnoles circulaient un peu partout, certaines remplies de jeunes types prêts, comme lui, à *tâter du cul*, ce soir ! La jeunesse en moins, Marcel s'identifiait à eux ; ressentait leur humeur joviale et, surtout, leur liberté...

La *vieille* avait fini par le laisser sortir. Elle l'avait bien fait chier, d'abord, même s'il s'était pas laissé faire. Elle était déjà en robe de chambre. MOCHE, comme chaque soir. Ah... pour son travail, la journée, elle faisait des efforts, mais pour lui, rien ! En le voyant attraper son blouson et ses clés, elle s'était mise à brailler : « Où tu pars ? Tu vas encore chercher tes petites salopes ? Reste ici ! » À son tour il lui avait gueulé dessus : « Qu'est-ce que ça peut te faire, où je vais ? Dégage ! Fous-moi la paix ! »

La vieille avait lâché l'affaire. Elle n'y pouvait pas grand-chose, fallait qu'elle garde les gosses ; c'était une vicieuse, sa Fabienne, pire que lui sous certains aspects. Et elle avait de la force, plus que son corps moitié moins lourd que le sien ne le laissait supposer. Marcel n'aurait pu nier qu'il la craignait un peu.

Enfin libre de ses mouvements, Marcel Lamy éprouvait l'excitation habituelle que faisaient naître chez lui ces virées à l'issue incertaine. Il monta le volume de son autoradio, jusqu'à faire hurler la musique dans la caisse. *Et quelle musique !* Celle des années 80 ; de loin sa préférée. Il aimait tout de cette période, sans nul doute bénie.

Par hasard, il était tombé sur une radio locale qui diffusait exclusivement à cette heure-ci les plus grands tubes de cette époque. Les haut-parleurs, vrombissants, crachaient le son des Rita Mitsouko et Marcel chantait à tue-tête en conduisant. Il croisait parfois le regard de conducteurs ou de passagers qui le doublaient, étonnés de le voir ainsi s'égosiller, seul, dans sa camionnette ; mais leur tronche n'affectait pas sa bonne humeur, au contraire.

S'ils avaient su, ces cons, ce qu'il s'apprêtait à faire. À une fille dont il ignorait pour l'instant l'identité. Et qui elle-même, bien sûr, n'envisageait pas un instant que sa soirée allait se terminer comme ça.

Un jingle à la radio, puis la chanson changea : « Tombé pour la France », d'Etienne Daho ; celle-là aussi il l'adorait, une autre pépite de cette décennie magique. C'était quand même autre chose que le rap, la techno ou toutes ces conneries… Tout ce qu'on avait perdu, nom de Dieu ! Les slows… *Les slows*, songea Marcel, avec amertume et la plus vive des nostalgies. Disparu, *hop !* Du jour au lendemain…

Il en avait palpé, des culs, pendant les slows. En ce temps-là, il était assez beau garçon, il leur déplaisait pas, aux gonzesses… Il leur proposait une danse, et la plupart acceptaient sans rechigner. Ensuite, une fois sur deux ça passait : la langue dans la bouche, la main sur les fesses. Avec du culot il obtenait souvent satisfaction – et du culot, Marcel Lamy n'en avait jamais manqué.

Quel truc génial, ces danses rapprochées, se remémorait Lamy en entrant dans la ville avec sa camionnette, autre chose que ces danses actuelles. Impossible de *tâter du cul* sans se prendre une baffe, avec ces déhanchements à distance…

Peut-être tout le monde regrettait-il ses années de jeunesse, peut-être de tout temps cela avait-il été comme ça. Marcel, toutefois, était convaincu que les choses étaient mieux avant. Sans ces putains de smartphones qui te géolocalisent 24 h/24, avec ou contre ton gré. Sans l'ADN, *bordel !* Et sans ces foutues caméras de surveillance, rumina-t-il tout en scrutant les façades des immeubles de la rue dans laquelle il roulait. Cette ville, heureusement, n'en était encore que modestement pourvue.

Impossible, de nos jours, d'opérer avec la même insouciance que des décennies plus tôt. À la moindre étourderie, tu te retrouvais avec les flics toquant à ta porte à 6 heures du matin. Désormais, fallait avoir bac + 7 en zigouillage pour accomplir ce que Marcel faisait sans se faire choper. Il avait dû s'adapter et redoubler de vigilance. Toutes ces technologies étaient faites pour te foutre dedans, et chaque jour il en surgissait une nouvelle des usines. Il laissait son portable chez lui, chaque nuit où il sortait. En achetant son véhicule d'occasion, il avait pris soin d'en choisir un dépourvu de GPS.

L'ADN, nul n'était plus appliqué que lui pour le faire disparaître. Quant aux caméras, en attendant que Big Brother en foute partout, il s'efforçait de bien mémoriser leurs emplacements et de ne jamais agir à proximité.

Il n'avait aucun plan précis. L'occasion faisait le larron. Il aimait procéder comme à la chasse : se positionner dans des endroits stratégiques et attendre que le gibier passe. Si l'espace était dégagé, frapper, ne pas manquer son coup. Les bêtes qui lui échappaient étaient les plus dangereuses, les seules qui pouvaient lui causer véritablement du tort.

Il rejoignit en premier l'université, aux abords de laquelle il stationna pendant une heure. Les étudiantes constituaient sa cible privilégiée ; il adorait les petites jeunes – adolescentes, voire un peu moins –, mais ça causait des problèmes, leur disparition provoquait plus de remous.

La fac ne donnerait rien ce soir, il le sentit vite. Il arrivait trop tard, la rue était peu fréquentée à cette heure-ci. Aucune des rares silhouettes qui passèrent devant lui ne correspondait à ce qu'il cherchait, alors il ralluma le moteur et gagna le centre-ville.

Là, très vite, il aperçut une ribambelle de petits culs déambulant sur les trottoirs, malheureusement aucune des filles ne se déplaçait seule, toutes étaient accompagnées de copines ou d'un mec, ce qui rendait la chasse impossible. Même sans toucher, Marcel aimait les voir, prendre son temps, détailler leurs formes sous les leggings ou les robes, mater leurs fesses qu'elles dandinaient comme les pétasses qu'elles étaient. Elles s'habillaient moulant, elles le faisaient exprès pour qu'on les voie, tout en jouant les vierges effarouchées quand on les regardait de trop près.

Marcel ralentissait, roulait à leur vitesse et profitait du spectacle de leurs déhanchements, et seule la prudence le poussait, à contrecœur, à accélérer lorsqu'une voiture le collait de trop près.

Il sillonna plusieurs fois la ville, des avenues aux venelles, sans qu'aucune occasion réelle se présente. S'éloignant du centre, il se rapprocha de la piscine municipale et d'un stade, et soudain aperçut une jeune fille qui patientait, seule, sous un abribus relativement isolé. Marcel se gara à une cinquantaine de mètres afin de pouvoir l'épier en toute discrétion. Elle devait avoir dix-sept ans. Les néons éclairaient d'une lumière blanchâtre sa coiffure auburn et bouclée, son gros pull et son jean. Un sac en toile reposait sur la banquette, elle revenait visiblement du sport. Lamy guetta sa poitrine, qu'il estima *généreuse* ; la fille était dodue selon ses critères, limite grassouillette. Si Lamy, lui-même, était loin d'être filiforme, sa préférence allait aux filles graciles, voire maigres. Néanmoins, faute de mieux, cette poulette lui convenait. Il imagina ses gros seins pendant qu'elle faisait du sport, qu'elle courait ou s'élançait, songea qu'ils devaient la gêner. Il avait très envie qu'elle se redresse et qu'elle se tourne, afin d'apercevoir ses fesses…

Lamy réfléchissait à la meilleure manière de l'aborder quand un type du même âge et à la carrure de footballeur américain – ou de nageur – la rejoignit. Il lui sourit, glissa deux doigts sous son menton et releva sa tête pour l'embrasser.

Son mec ! comprit amèrement Lamy.

Le garçon s'assit près de sa copine et ils continuèrent de se bécoter, et Marcel resta plusieurs minutes à les regarder en se demandant depuis quand ils étaient ensemble, s'il aimait palper ses gros seins… s'il l'avait déjà baisée, s'il la sodomisait et si elle aimait ça, *la pute !*

Puis un bus s'arrêta devant l'arrêt, et Lamy redémarra en même temps que lui, empruntant la direction opposée.

★

Les deux filles venaient de sortir du pub et progressaient sur le parking avec leurs dégaines de routardes, en portant leurs gros sacs dans le dos. Lamy roulait à leur vitesse, de loin, pour ne pas se faire repérer. Il n'avait aucune idée d'où elles comptaient se rendre à cette heure-ci, mais il avait bien l'intention de leur proposer de les y emmener en camionnette.

Il les avait repérées tout de suite, en entrant dans ce pub situé en bordure d'une départementale, sur lequel il s'était rabattu après son échec en ville. L'Étoile, comme presque tous les soir, était animé et bien rempli. On y croisait des culs-terreux sortis de leurs villages, et des routiers qui profitaient souvent du grand parking pour roupiller avant de repartir au matin. On y trouvait des jeux d'arcade, des cibles de fléchettes et une demi-douzaine de tables de billard. Les filles, justement, occupaient l'une d'entre elles et gloussaient comme des dindes en jouant misérablement.

Lamy s'était posté au bar et avait commandé une bière artisanale. Tourné sur son tabouret, il lorgnait les filles pendant leur partie. Rien d'anormal, beaucoup de mecs faisaient comme lui, même si, étrangement, aucun ne les abordait. Elles picolaient pas mal, en étaient à leur troisième bière. Vues de là où il était, elles n'avaient pas vraiment l'air propres… leur look évoquait celui de marginales. Et elles étaient un peu *grasses*… Mais Marcel ne comptait pas faire le difficile, ce soir, l'occasion était parfaite. Elles avaient moins de trente ans, d'assez jolies trognes… Et puis Lamy n'avait jamais fait deux filles à la fois… ça restait un fantasme, deux fois plus de plaisir.

Il quitta l'établissement avant elles, afin d'être sûr de ne pas les manquer. Et quand elles arpentèrent le bitume du parking, il alluma le contact et entreprit de les suivre au volant de sa camionnette en répétant une phrase d'approche.

Soudain, deux mecs qu'il avait vus jouer à la table voisine de la leur sortirent eux aussi du pub, en courant et en les hélant. Ils les rattrapèrent et tout ce petit monde se mit à taper la discute devant Marcel qui, contraint de s'arrêter, se dit qu'il avait peut-être raté un épisode pendant le temps qu'il avait passé à les attendre. Les deux binômes reprirent leur marche ensemble, en direction de la voiture des deux gars, et Marcel comprit que c'était foutu. De rage, il cogna deux fois sur son volant et accéléra un grand coup – sans même que les jeunes fissent attention à lui –, et Marcel déguerpit de cet endroit de merde.

Fait chier ! criait-il dans sa caisse en serrant le poing. Tout ça pour rien, il avait été incapable de concrétiser l'occasion. Une soirée de foutue, il était tard maintenant, il ne trouverait plus personne, il était fatigué et en avait marre ! Il allait rester seul, rempli d'une frustration qui l'étreignait. Retourner dans le centre-ville ne l'avancerait à rien, alors il se mit à parcourir les petites routes de campagne, que seuls ses phares extrayaient des ténèbres. Il roula vite, encore, tourna encore.

Devant lui, sur une route en lisière des prés, il aperçut les lumières d'un deux-roues. Marcel accéléra, approcha, le doubla ; distingua sans aucun doute possible la silhouette d'une gamine portant un casque. Et Marcel comprit qu'il tenait enfin la meilleure des occasions.

Agir vite était crucial, le village de la gosse n'était peut-être pas loin. Tant qu'ils étaient dans la cambrousse, il pouvait l'avoir ; il n'avait croisé aucune voiture sur cette route jusqu'ici.

Il connaissait bien les lieux et accéléra, à plus de 100 km/heure, jusqu'à un virage à angle droit. Arrivé dans le coude, il s'arrêta, puis recula jusqu'à l'entrée d'un chemin forestier situé en plein tournant. Il s'y gara, masqué par les arbres, coupa son moteur et ses feux.

Comme prévu, le petit scooter avec son bruit d'insecte approcha bientôt et sa conductrice prit le virage, sans se douter un seul instant qu'une camionnette était dissimulée dans le noir. La *petite conne* revenait sûrement de chez une copine, songea Marcel, tremblant d'excitation. Ou de chez son mec, qui avait dû la tringler toute la soirée ! *Salope !* Il la sodomisait sûrement, pensa Marcel avec envie ; les jeunes, de nos jours, étaient biberonnés au porno, sans doute elle le laissait faire !

Elle n'allait rien comprendre, se réjouit-il en rallumant le moteur et ses feux, en accélérant et en suivant le deux-roues, prudemment conduit. Lamy augmenta encore sa vitesse, jusqu'à le rattraper, se déporta sur la gauche pour le doubler, et hop !

Un petit coup de volant à droite et les deux carrosseries se percutèrent. Lui ne ressentit presque aucun choc, mais la gosse fut projetée tête la première sur le côté, comme un tout petit pantin, en plein dans le fossé, tandis que sa bécane dérapait contre le goudron sur une trentaine de mètres.

Lamy s'arrêta sur la route.

Il sortit de son véhicule, se dirigea vers la fille. Celle-ci se redressait péniblement dans le fossé, en tenant son bras blessé.

— Ça va ? lui demanda-t-il en approchant.

La gosse pleurait.

— J'ai mal…, geignit-elle en soutenant son bras comme elle pouvait, avec un air paniqué.

Elle devait avoir seize ans. Et il eut un ravissement en découvrant sa jolie figure sous son casque ouvert. Toujours en avançant, il sortit un objet de sa poche et, arrivé face à elle, le plaqua sur sa gorge et pressa le bouton. La décharge électrique bleue illumina la nuit. La gamine s'effondra sans un mot sous l'effet du Taser, alors il se rua sur elle, au sol, et lui assena deux violents coups de poings en plein visage, juste assez pour l'assommer mais pas trop afin de ne pas défigurer sa belle gueule.

— *KNOCK OUT, poufiasse !* cria-t-il, jouasse.

Il la porta jusqu'à l'arrière de sa camionnette, ouvrit la portière et la glissa à l'intérieur.

Ne pas perdre un instant, se dépêcher pour ne pas être surpris. Pour l'instant c'était un sans-faute.

Il retourna jusqu'au fossé pour vérifier que rien ne manquait ; découvrit un portefeuille violet, qu'il ramassa. Puis fila jusqu'au scooter couché, dont les feux éclairaient encore l'asphalte ; il récolta minutieusement les bouts de verre brisé, les glissa dans sa poche ; coupa le moteur, redressa la bécane et la fit rouler jusqu'à la camionnette. Malgré la difficulté, il parvint à hisser le scooter à l'intérieur, à côté du corps de sa propriétaire. Puis il monta à son tour en fermant les portières. Bâillonna la gosse et lui ligota les mains à l'aide d'une cordelette. Il la fouilla ; trouva son téléphone portable et l'écrasa aussitôt sous sa semelle. Puis il prit le temps d'examiner le visage de la fille, angélique et évanouie ; poussa un soupir de satisfaction. Suivi d'un deuxième en étudiant son corps, toujours habillé. Elle était fine, maigre comme il aimait.

Dans son portefeuille, il trouva une pièce d'identité : Paloma Rougé, seize ans. Au premier coup d'œil, il avait vu juste. *Il était bon.*

Il reprit la départementale et, alors qu'il avait coupé la musique depuis le début de sa traque en ville, remit en route l'autoradio. La programmation spéciale des plus grands hits des années 80 se poursuivait et, ce qu'il interpréta comme un élément de preuve de l'approbation des cieux : son tube préféré se jouait en ce moment même. « Les Sunlights des tropiques », de Gilbert Montagné.

Marcel Lamy, euphorique, dansait pratiquement au volant ; davantage pour le joli petit colis qu'il se trimballait dans son coffre que pour la chanson, bien sûr. Il s'agitait, chantait, tapait joyeusement sur le volant en donnant des coups de coude sur sa vitre.

Soudain, il perçut comme un écho, d'autres coups qui n'étaient pas les siens. Se rembrunissant, il baissa le volume, avant d'entendre de nouveaux chocs qui provenaient de l'arrière. *C'était cette petite pute.*

— Arrête ! gueula-t-il. ARRÊTE !

Mais le bruit continuait.

Ses coups, associés au Taser, les assommaient plus longtemps, d'habitude. Celle-là était bien réveillée et faisait maintenant trembler l'habitacle, cognant sans doute de toutes ses forces avec ses pieds.

Lamy s'assura qu'il était seul sur la voie et se gara sur le bas-côté, éteignant le moteur et ses feux pour se faire repérer le moins possible. Puis il passa à l'arrière, furieux, le Taser dans la main ; en le voyant surgir, la gamine brailla derrière son bâillon, l'air horrifié, elle avait de nouveau pleuré et son visage était maculé de larmes et de morve. Elle anticipa ce qu'il allait faire et, les mains attachées dans le dos, tenta de se protéger avec ses pieds chaussés de baskets, mais il l'empoigna sans mal et l'électrocuta plusieurs fois. Après quelques convulsions elle cessa de s'agiter ; puis il lui balança une nouvelle série de coups, plus violents que les précédents, en plein dans la mâchoire et sur la tempe, et elle retomba vite KO.

Il la tourna sur le ventre, décidé cette fois à lui ligoter les chevilles et à les relier à ses mains. L'opération lui prit un peu plus d'une minute et il était sur le point d'avoir fini lorsque résonnèrent, à l'avant, plusieurs tocs sur la vitre.

Son sang se glaça.

— Et qu'est-ce que vous transportez dans vos cartons ?

— Oh… des outils ! répondit Lamy à Delalandre. J'adore bricoler, expliqua-t-il en levant l'une de ses mains calleuses, je me trimballe avec des caisses de matériel, le problème, c'est que j'ai mal fixé l'une d'elles et ça faisait du bruit derrière.

L'art du mensonge était inné chez Marcel ; il avait toujours su mentir avec aplomb et faire avaler des tas de bobards à ses interlocuteurs, aussi vigilants soient-ils. Il usait de son air bonhomme, l'accentuant jusqu'à la nigauderie, et tous ces cons-là croyaient avoir le dessus alors que c'était lui qui les roulait.

— Vous allez loin ?

— Oh non ! Je rentre à Péronnas, répondit-il en désignant ses papiers entre les mains de Delalandre. Je suis passé chez mon frère après le travail, et là faut que je rentre. J'ai bossé tard et demain je remets ça, je fais les 3 × 8…

— Où et dans quoi vous travaillez ?

— À l'usine Augagneur, manutention.

— Ah…, fit Delalandre, subitement moins fermé. Le meilleur ami de mon fils a fait un stage là-bas.

— Comment qu'il s'appelle ? demanda aussitôt Lamy avec intérêt.

— Gaëtan Lebrun.

— Ah oui, Gaëtan, je m'en souviens bien ! Un bon gars, travailleur. Il a déménagé, je crois ?

— Il a changé de région, acquiesça Delalandre en souriant pour la première fois. – Puis, revenant à des choses sérieuses – : Monsieur, il faut pas recommencer, hein ? Ce que vous avez fait, vous garer ainsi sur le bas-côté, et surtout en coupant vos feux… Vous vous croyez protégé, mais c'est pas le cas, les autres conducteurs ne vous voient pas et tous ne roulent pas droit, malheureusement… Si vous avez besoin de vous arrêter, faites-le sur une aire de repos.

— Vous avez entièrement raison, dit Lamy, hochant la tête en signe de soumission. Je comptais m'arrêter juste une minute et j'ai tout éteint sans réfléchir. On ne m'y reprendra plus, vous avez ma parole !

Delalandre dévoila alors ses dents, en un rictus empreint de condescendance, avant de lui rendre ses papiers.

— Vous pouvez y aller.

★

En un quart d'heure, Lamy rejoignit Péronnas, à côté de Bourg-en-Bresse. Son lotissement s'étendait sur une immense surface et évoquait un labyrinthe, avec ses allées en tous sens.

Après avoir dépassé moult ronds-points et rues, il arriva devant chez lui. À l'aide d'un premier boîtier télécommandé il ouvrit son portail puis, avec un second, la lourde porte du garage. Il rangea la camionnette à l'intérieur, puis referma derrière lui.

Il passa une porte menant au reste de la maison plongée dans le noir et avança sans éclairer. Ils devaient tous dormir depuis longtemps.

Marcel avait soif. La gosse attendrait un peu, le temps qu'il se désaltère. Dès qu'il ouvrit la porte du frigo, la lumière blanche illumina sa silhouette ventrue. Il saisit une bouteille de lait, la porta à sa bouche.

— Où c'est que t'as encore traîné ?

La voix, juste derrière lui, le fit sursauter et il renversa du lait sur lui en maugréant. La *vieille*, en robe de chambre, le fixait de ses yeux grands ouverts.

— Qu'est-ce que tu fais debout ? gueula-t-il.

— Je dormais pas. Et toi, où t'es allé ?

— C'est pas tes affaires ! Les gosses, i' sont couchés ?

— Bien sûr.

— Eh ben fais pareil ! Dégage ! Regarde ce que tu m'as fait faire ! s'énerva Lamy en désignant la tache sur sa chemise.

Il rangea la bouteille dans le frigo et fit demi-tour en direction du corridor. Sa femme, qui le suivait, l'avertit dans son dos :

— Tu vas encore être crevé demain matin.

— Qu'est-ce que ça peut te foutre ?

Arrivé devant la porte donnant sur le garage, il se tourna vers elle, collée à lui telle une ombre, synchronisée à ses déplacements. Fabienne Lamy avait deux ans de plus que son mari ; bien plus mince que lui, elle faisait toutefois la même taille et c'est en approchant son visage du sien qu'elle lui demanda, d'un air mauvais :

— T'es encore allé te trouver une petite pute pour te remonter, hein ? Elle est là ?

— FERME-LA, NOM DE DIEU ! FOUS-MOI LE CAMP ! fulmina-t-il en dressant la main, prêt à la battre. Et que je te voie pas traîner ici !

Fabienne avait déjà filé, tel un chat ayant griffé un humain et qui s'enfuirait aussitôt pour éviter les coups.

La cache, qu'il avait construite au sous-sol, était insonorisée.

Il ferma la trappe au-dessus de sa tête, descendit l'échelle.

Entendit immédiatement les gémissements de cette pouffiasse, derrière son bâillon. Elle avait repris conscience.

Il appuya sur l'interrupteur et deux petites lampes de plafond s'éclairèrent au fond de la pièce, au-dessus de la gamine. Elle était debout, dévêtue, les bras et les jambes écartés et fermement ligotés à des prises murales. Un bandeau recouvrait ses yeux et elle tournait la tête par à-coups.

Marcel se déshabilla entièrement. Avança vers elle jusqu'à venir l'effleurer. Lui ôta le bandeau et recula, afin qu'elle le voie bien.

Elle hurla, de plus en plus fort. De toutes ses forces. Puis elle sanglota, comme le bébé qu'elle n'était plus.

Les heures qui allaient suivre s'annonçaient délicieuses, songea Marcel.

5

ASSISE DANS SON BOX, Emma écoutait attentivement le préambule du président avant l'entrée des témoins. La veille, elle n'était presque pas intervenue. Bercés par les séries télé d'outre-Atlantique, beaucoup de gens ignorent à quel point le système judiciaire français diffère de l'américain. Si, aux États-Unis, les avocats des deux parties sont les principaux acteurs des audiences – lesquelles avancent au rythme de leurs interrogatoires et contre-interrogatoires –, ici le président est celui qui mène les débats. Particularité qui n'efface aucunement le rôle fondamental de l'avocat pénal, lequel veille au grain, interpelle la cour et interroge un témoin dès qu'il l'estime nécessaire.

Aujourd'hui, Emma comptait gripper la machine accusatrice, et y réfléchissait en s'efforçant de ne pas se ronger les ongles, tic contre lequel elle luttait depuis l'adolescence. Le bout de ses doigts mordillés, souvent jusqu'au sang, était son principal complexe ; maître Louisa Rauch, la ténor du barreau, l'avait souvent réprimandée à ce sujet : « Ne faites jamais ça, ni dans la vie courante ni aux assises. Vous exhibez aux personnes présentes dans la salle votre anxiété et le manque de confiance en vous. »

Emma plaqua fermement ses paumes sur le pupitre, accentua sa cambrure afin de bien se redresser et écouta la conclusion du président :

— Pour définir le créneau horaire de l'assassin, nous disposons de deux éléments, annonça ce dernier d'une voix puissante, tout en lisant ses notes : en premier, l'heure de la disparition de Justine Morin. Grâce à tous les témoins actifs de l'époque, celle-ci fut établie entre 16 h 30 et 16 h 40. En second, l'heure du décès de l'enfant, estimée entre 20 heures et 21 heures par le médecin légiste, ce même samedi 12 juin.

Après avoir marqué un temps, le président ôta ses lunettes et tourna la tête en direction de Gabin.

— L'accusé, à l'époque, a été dans l'incapacité de fournir un alibi pour ce laps de temps. S'il a nié être descendu au village ce jour-là, plusieurs témoins affirment cependant l'y avoir vu.

— Monsieur Dervilles, le soir du lendemain du meurtre, qu'avez-vous déclaré aux gendarmes ?

L'homme à la barre, cinquante-trois ans, moustachu, s'exprimait d'une voix déterminée, sèche comme sa terre d'origine.

— J'ai raconté aux gendarmes que j'avais vu Lepage dans les rues de Presles, très peu de temps avant la disparition de Justine.

— Quelle heure était-il ? poursuivit le président.

— 16 h 30, précisément.

— Aujourd'hui, êtes-vous toujours formel ? S'agissait-il bien de Gabin Lepage, présent dans le box des accusés, à l'heure que vous affirmez ?

Le président désigna Gabin et M. Dervilles le toisa sans ciller, avant de répondre :

— C'était bien lui.

— Sa présence au village avait-elle quelque chose d'inhabituel pour que vous l'ayez relevée ?

— Lepage était un sauvage. Il descendait assez peu, et quand il venait, je le remarquais. Tout le monde le remarquait, quoi qu'il puisse en dire.

Le président parut en avoir fini et regarda l'avocat général, lequel se contenta de synthétiser :

— Rien à ajouter, ce témoignage tend à prouver que, contrairement à ses dénégations, l'accusé se trouvait sur le lieu de l'enlèvement de Justine Morin à l'heure dite.

— Monsieur Lepage, reprit le juge Henriot, souhaitez-vous revenir sur votre déclaration ?

— Absolument pas, monsieur le président, répondit Gabin. J'ai travaillé chez moi toute la journée du 12 juin. Tous les témoignages qui diront le contraire sont faux !

Le juge observa Emma, laquelle se leva aussitôt et s'adressa au témoin :

— Monsieur Dervilles, est-il vrai que vous fréquentiez et fréquentez toujours M. et Mme Morin, les parents de Justine ?

— Je les connais bien, oui. C'est une lapalissade, nous nous connaissons tous, dans le village.

— J'entends bien, répliqua Emma sans se démonter, néanmoins, concernant votre relation, pourrait-on parler d'amitié ?

Assis à quelques mètres derrière M. Dervilles, Didier Morin restait muet, les mâchoires serrées. Son ex-femme, près de lui, frottait ses phalanges sur son front tout en fermant les yeux, comme si elle souffrait d'une migraine.

— Absolument.

— Je me suis laissé dire, continua Emma, qu'il n'était pas une fête, pas une célébration familiale à laquelle vous ne vous invitiez mutuellement ? Qu'il vous arrivait de partir à la chasse, à la pêche avec Didier Morin. Une amitié solide de plusieurs décennies, n'est-ce pas ?

Dervilles, l'air impassible, acquiesça d'un hochement de tête. Emma mima l'hésitation.

— Pourrait-on aller jusqu'à dire... qu'il est votre meilleur ami ?

— Je n'aime pas ces qualificatifs enfantins, répondit l'Ardéchois avec un accent plus prononcé que jamais, je ne classe pas mes fréquentations par ordre de préférence ; néanmoins, c'est un ami très cher, en effet.

— Je n'ai pas d'autre question, dit Emma.

Mme Coelho, la buraliste de Presles-la-Vallée, désormais à la retraite, succéda à M. Dervilles à la barre. Elle fusillait Lepage du regard et répondait aux questions du président d'un ton péremptoire, avec un volume sonore inversement proportionnel à sa petite taille.

— Il était 16 h 30 ! piailla-t-elle. Je l'ai vu au village, j'en suis sûre !

— Que faisait Gabin Lepage lorsque vous l'avez vu ?

— Il se promenait seul, je n'en sais pas plus..., répondit la sexagénaire. Il me semble qu'il s'est arrêté pour observer les enfants.

Quand le président eut terminé ses questions, Emma s'adressa à son tour à elle :

— Madame Coelho, vous êtes catégorique sur l'heure où vous prétendez avoir aperçu l'accusé... À quoi étiez-vous occupée à ce moment-là ?

— J'étais dans mon commerce, comme je l'ai déjà dit.

— J'entends bien, mais que faisiez-vous exactement ?

— Je travaillais, répondit-elle comme une évidence.

— Précisez : vous étiez au comptoir ? Vous approvisionniez les stocks ? Vous faisiez de la compta ?

— Je servais les clients, au comptoir et à la caisse.

— Pourtant, vous avez eu le temps d'apercevoir mon client passer dans la rue, et la présence d'esprit de relever l'heure exacte ?

— Je l'ai vu marcher devant chez moi. C'était à ce moment-là, oui.

— À 16 h 30 ? Pas 16 h 20, ni 16 h 35 ou 40 ? Les recherches actives pour trouver Justine n'ont commencé que vers 17 h 15 et vous êtes toutefois capable d'estimer à la minute le moment où vous avez vu Gabin Lepage ? À une heure qui arrange bien l'enquête…

— Je l'ai vu à 16 h 30. C'est ce que j'ai dit aux gendarmes à l'époque et c'est ce que je maintiens, n'en démordit pas la retraitée, avec un regard dur.

Emma avança de quelques pas dans sa direction et se fit plus confidentielle, presque charmeuse :

— Madame Coelho, soyez sincère… Comme beaucoup de gens du village, vous ne portiez pas mon client dans votre cœur ?

— C'était un marginal. Un braconnier, un voleur… Et puis il avait séduit cette toute jeune fille, ajouta-t-elle avec une mine de dégoût.

— Et puis ce n'était pas quelqu'un du pays, et peut-être était-ce là son plus grand tort, poursuivit Emma. Avec celui d'être un solitaire, quelqu'un qui sortait du troupeau… Tout ça ne le rendait pas très populaire…

— Cela n'a rien à voir avec mon témoignage ! se défendit la buraliste.

— … Moins populaire, en tout cas, que les parents de Justine Morin qui, eux, sont vos amis, n'est-ce pas ?

— Absolument, mais ce n'est pas pour ça que je suis ici ! C'est pour empêcher qu'un assassin d'enfant sorte de prison !

La retraitée avait prononcé cette phrase à l'intention du jury, d'une voix éraillée et puissante, qui retentit dans toute la salle.

Aussitôt Emma lui glissa, d'un ton plus mesuré :

— Même au prix d'un faux témoignage ?

Une vive agitation se manifesta dans une partie du public, des protestations s'élevèrent, suivies de murmures. L'avocat de la partie civile se leva.

— La défense porte atteinte à la dignité du témoin !

— Me Marciano, restez correcte, lui enjoignit le président tout en levant la main afin de réclamer le retour au calme.

Mme Coelho tournait la tête par à-coups, d'un côté puis de l'autre, en observant les différents intervenants d'un air perplexe. Puis elle reprit, les yeux fixés sur Gabin Lepage, avec sa voix désagréable et le visage empreint de hargne :

— Mon seul regret, c'est qu'on ait aboli la peine de mort ! Dans quel pays vit-on ? demanda-t-elle au public. Trois procès pour un meurtrier, COMBIEN CELA NOUS COÛTE ?

Les murmures évoluèrent en clameur, accompagnés d'applaudissements épars.

— S'il vous plaît ! Ça suffit, ça suffit ! ordonna le président en faisant retentir sa sonnette électrique. La séance est ajournée jusqu'à cet après-midi, à 16 heures !

Agacé par tout ce brouhaha, le magistrat se leva de sa chaise, imité par ses assesseurs. Emma, elle, se tourna vers Gabin avant qu'il soit escorté hors de son box.

★

En milieu d'après-midi, le calme était revenu dans la salle bondée. Un homme d'une cinquantaine d'années, assez massif, se tenait à la barre et répondait aux questions du président :

— En quelle année vous êtes-vous installé à Presles-la-Vallée, monsieur Martineau ?

— En 1998.

— Fréquentiez-vous l'accusé ?

— Je le connaissais de vue. On se saluait, sans avoir jamais vraiment discuté ensemble.

— Et les parents de Justine Morin ?

— Oui, je les connais bien. Et je les appréciais.

— Espèce de salopard ! l'invectiva soudain une voix derrière lui.

Martineau se tourna en entendant l'insulte et vit Didier Morin qui fulminait :

— Me regarde pas ! Ne me regarde pas, espèce de chien !

— Arrêtez tout de suite ! cria le président. Monsieur Morin, cessez immédiatement de vous adresser au témoin ou je vous fais expulser de la salle !

Didier Morin se mordit la lèvre et se tut. Emma attendait avec impatience que le président entre dans le *dur*.

— Monsieur Martineau, reprit ce dernier en s'efforçant de recouvrer son calme, vous avez, vous aussi, été entendu par les gendarmes après le meurtre. Racontez-nous ce qui s'est passé.

— Ils avaient lancé des appels à témoins. L'enquête était déjà focalisée sur Gabin Lepage. J'ai témoigné et je leur ai dit la vérité : à l'époque, la route pour rentrer chez moi passait à proximité de la maison de Lepage. Le 12 juin, je suis rentré vers 16 h 45 et il m'a semblé l'apercevoir chez lui.

— Gabin Lepage ? insista le président.

— Oui.

— Il vous a « semblé » l'apercevoir, c'est évasif. Nous jugeons un homme, monsieur Martineau. Vous l'avez vu ou vous croyez l'avoir vu ?

— J'en suis presque certain. À l'époque, dans mon esprit, c'était lui que j'avais vu. Vous savez, à ce moment-là, je n'avais pas encore entendu parler de la disparition de Justine Morin, donc je n'avais aucune raison d'être plus attentif que ça en arrivant chez moi...

— Que faisait-il quand vous l'avez aperçu ?

— Il travaillait dans sa cour. Du bricolage ou du jardinage, précisa-t-il en haussant les épaules, je l'ai vu deux secondes tout au plus...

— Vous dites qu'il était 16 h 45 ?

— Environ, oui. À quelques minutes près, je ne peux pas préciser davantage.

— S'il s'agissait bien de Gabin Lepage, lui aurait-il été possible, d'après vous, de kidnapper l'enfant à 16 h 30, dans le centre de Presles, et de regagner son domicile un quart d'heure après ?

— Ça me paraît très compliqué, d'autant qu'il était en plein travail.

Emma, debout derrière son pupitre, questionnait à présent le témoin :

— Monsieur Martineau, pouvez-vous nous rapporter la réponse exacte des gendarmes quand vous leur avez fait part de votre témoignage ?

— Ils m'ont dit que c'était impossible. Parce que d'autres témoins avaient vu Lepage dans le village à la même heure, donc je me trompais.

— « Impossible », c'est le mot qu'ils ont utilisé ?

— Je m'en souviens parfaitement.

— Vous n'avez pas insisté pour vous faire entendre ?

— Un peu, mais... Ils étaient catégoriques, alors j'ai commencé à douter, moi aussi. Ils m'ont dit que tout ce que j'allais faire si je persistais, c'était protéger un assassin.

Encore une fois, Emma montra son étonnement :

— « Assassin », c'est là aussi le terme qu'ils ont employé, devant vous, pour désigner Gabin Lepage ?

Après avoir opiné, M. Martineau reprit :

— Ils ont ajouté qu'ils avaient suffisamment de preuves contre lui pour lui faire prendre perpétuité. Puis ils m'ont dit de rester chez moi et d'oublier ça.

— Par la suite, quelqu'un vous a-t-il recontacté ?

— Non, le procès a eu lieu et personne ne m'a plus parlé de ça jusqu'à il y a un an.

Emma hocha doucement la tête en observant chacun des jurés l'un après l'autre, d'un air entendu et soucieux.

— Monsieur Martineau, dit-elle en se tournant de nouveau vers lui. Aujourd'hui, quinze ans après les faits, pouvez-vous nous dire si vous pensez au fond de vous-même que c'était bien Gabin Lepage que vous avez aperçu le samedi 12 juin, à 16 h 45, en train de jardiner chez lui ?

— Pas plus qu'à l'époque mais, sur le coup, c'est lui que j'ai reconnu et il était chez lui.

— Comment expliquez-vous que d'autres personnes l'aient aperçu presque au même moment dans le centre-ville ?

— Je ne l'explique pas.

— Pensez-vous qu'on les ait poussés à mentir sur leur témoignage ?

— Je n'en sais rien, et je n'accuserai pas sans preuve.

— Et pensez-vous que, comme vous, d'autres personnes aient été victimes de pressions pour se taire ?

Après une courte hésitation, l'homme robuste haussa les épaules et prononça, d'une voix plus faible :

— S'ils l'ont fait avec moi…

6

BIEN QU'IL PARÛT EXTÉNUÉ, M. Audoin, en leur ouvrant la porte, adressa aux deux hommes un sourire franc. Lorsque Nathan voulut lui serrer la main, le quinquagénaire lui demanda pardon de tendre en retour sa main gauche, expliquant qu'il souffrait d'œdèmes aux doigts de la main droite – ainsi que d'un autre dans le genou. Effectivement, après que leur hôte les eut invités à entrer et alors qu'il les précédait dans le couloir, Nathan s'aperçut qu'il claudiquait.

— Est-ce que vous avez déjeuné ? s'enquit Audoin. Je peux vous servir quelque chose.

— On a déjà mangé, merci beaucoup, lui répondit Tassi.

— Je vais préparer des cafés, alors.

— Je peux m'en occuper, proposa Nathan, afin de lui éviter cet effort.

— Je vais m'en charger, merci... Allez vous asseoir sur le canapé.

— Ça ne me dérange pas, je trouverai ce qu'il faut, insista-t-il.

— Allons-y ensemble, alors. Vous m'aiderez à transporter les tasses.

Ils partirent tous deux en direction de la cuisine, tandis que Tassi gagnait le salon, les laissant délibérément seuls.

— De quoi souffrez-vous ? osa questionner Nathan, pendant que la cafetière vrombissait.

— J'ai une polyarthrite rhumatoïde. C'est une maladie chronique, j'avais guéri mais d'après mon médecin j'ai arrêté le traitement trop tôt, et c'est revenu. C'est handicapant mais c'est comme tout, il y a pire, relativisa-t-il. Je ne peux plus trop bricoler ni gambader comme je voudrais, en revanche j'ai la chance de faire un travail de bureau et de pouvoir continuer.

— Vous vivez seul ? demanda Nathan après avoir observé la pièce autour de lui.

— M. Tassi ne vous a pas dit ?

Nathan hocha négativement la tête.

— Ma femme est décédée il y a trois ans.

Voyant Nathan pâlir, M. Audoin s'empressa d'ajouter, plus léger, afin de détendre l'atmosphère :

— Vous pensez que ça fait beaucoup, hein ? « Mauvaise santé, veuf, sa fille disparaît... » C'est vrai que j'ai pas tiré le gros lot, ces derniers temps, je les accumule, on peut dire qu'on ne me ménage pas !

Il se mit à rire et Nathan ne put se retenir de l'imiter, désarmé par cette autodérision si généreuse ; si polie, car elle visait uniquement à dédramatiser et le mettre à l'aise. Il fut épaté par l'humour de cet homme face à des vicissitudes qui en auraient achevé plus d'un. Nathan ne le connaissait que depuis quelques minutes et l'appréciait déjà.

M. Audoin paraissait également ravi de faire sa connaissance et, après avoir déposé les tasses sur un plateau, lui adressa un nouveau sourire, teinté d'émotion.

— Dominique Tassi m'a parlé de vous et c'est vraiment gentil de votre part de venir jusqu'ici pour m'écouter. C'est quelqu'un de bien, vous savez, dit-il à propos de Tassi, sur le ton de la confidence. Quelqu'un de formidable, même. Le seul, à part moi, qui se préoccupe de ce qui a pu arriver à ma Lara…

M. Audoin, assis dans un fauteuil, avala une lampée de café brûlant, puis reposa sa tasse sur la petite table qui le séparait de ses deux invités. Tassi le regardait en silence, et Audoin sentit que le moment était venu de narrer son histoire :

— Quand ma femme est morte, il y a deux ans, j'ai pensé vendre cette maison car ça allait devenir trop grand pour moi, ici, tout seul. Ma fille habitait encore là mais il était prévu qu'elle s'en aille à la rentrée suivante, pour faire ses études à la fac.

» Elle a décidé de rester avec moi. C'était pas mon choix, c'était le sien, j'insiste bien là-dessus. Elle a renoncé au petit studio qu'on lui avait trouvé, juste pour ne pas me laisser seul. Malgré la distance avec l'université, malgré une soif de vie qu'elle a toujours eue… Si je vous raconte tout ça, c'est pour vous expliquer qui est Lara.

» Ma fille est une très belle personne… Peut-être presque tous les pères disent-ils la même chose, mais je ne vois pas comment je pourrais la décrire autrement. Elle a fait quelques bêtises, quelques caprices, comme chaque enfant, mais pas tant que ça. Elle n'a jamais eu les symptômes de la fameuse crise d'adolescence et c'est quelqu'un qui, avant de penser à elle, pense très souvent aux autres. Trop souvent, sans doute…

M. Audoin parlait avec la tête un peu baissée, sans vraiment les regarder, comme plongé dans ses songes.

Nathan se retenait d'arborer, par mimétisme involontaire, l'air chagriné de leur interlocuteur.

— La dernière fois que je l'ai vue, c'était un matin il y a sept mois, avant qu'elle se rende à la gare. Le soir, quand elle n'est pas rentrée de la fac, j'ai tenté de la joindre sur son portable, sans résultat. Je me suis efforcé de ne pas m'inquiéter. Ce n'était pas normal qu'elle ne me prévienne pas, mais elle ne me racontait pas tout, je le savais, et il était possible qu'elle veuille un peu d'intimité... Le lendemain, toujours sans nouvelle, j'ai compris que quelque chose de grave s'était passé.

— Elle ne possédait pas de voiture ? demanda Nathan.

— Elle prenait des cours de conduite et comptait passer le permis bientôt. En attendant, elle se déplace en train...

— Quelles sont les dernières personnes à l'avoir vue ? Vous avez des informations ? questionna-t-il en se tournant tour à tour vers M. Audoin et vers Tassi.

— Oui, des professeurs et des amis à elle, répondit Audoin. Je sais de source sûre qu'elle a suivi ses cours ce jour-là... Pour ce qui est de la fin de journée, c'est plus flou...

— Vous avez eu accès à ses relevés bancaires ?

— Aucun prélèvement depuis sept mois, intervint Tassi. Tout s'arrête au jour de sa disparition.

— C'est fou que les gendarmes ne vous prennent pas au sérieux, réagit Nathan, déconcerté.

— « Votre fille est majeure, monsieur ! » ils m'ont dit. « Elle est saine d'esprit, adulte, elle fait ce qu'elle veut ! » Leur théorie, c'est que sa mère est morte, qu'elle a enduré des choses très difficiles et que s'occuper de moi, un homme malade, c'est lourd ! Elle aurait pris le large sans oser me l'avouer, mais ils pensent qu'elle va revenir un jour... Ils noient le poisson, en fait. Ils me font passer pour un emmerdeur, alors que c'est dans les 24 heures qu'il aurait fallu agir !

Il s'interrompit en secouant la tête, d'un air navré. Sa colère fit place à l'émotion :

— Si demain on m'annonce que ma Lara est morte, j'en baverai, mais au moins j'aurai une réponse. Ce que je vis actuellement est insupportable.

Tassi proposa ensuite que Nathan visite la chambre de la jeune femme disparue et M. Audoin y consentit volontiers.

Ils se rendirent ensemble à l'étage et poussèrent la porte de cette pièce, qui sentait le renfermé. Le lit était défait ; rien n'avait été bougé depuis le matin où Lara était partie, leur affirma son père. Le reste de la chambre était bien rangé. La décoration, dans les tons roses, évoquait celle d'une adolescente. Des cartes avec des animaux et des cœurs, accrochées aux murs, trahissaient une personnalité pas encore ancrée dans l'âge adulte.

Nathan s'approcha de photos encadrées qui ornaient une commode. Lara y souriait, tantôt aux côtés de sa mère ou de son père, tantôt avec des amis.

Nathan demanda timidement la permission d'ouvrir en grand la porte d'une penderie entrebâillée et M. Audoin la lui accorda.

— Vous savez si elle a pris des affaires de rechange ? demanda-t-il après avoir brièvement examiné l'intérieur, sans rien avoir osé toucher.

— À ma connaissance, aucune. Et sa valise et ses sacs de voyage n'ont pas bougé d'ici.

Nathan hocha la tête puis se dirigea vers le bureau, sur lequel des livres étaient entassés. Il passa en revue les bibelots et souvenirs sur la table, davantage plongé dans la sensation que dans la réflexion. Puis ses yeux accrochèrent une nouvelle photo de Lara, en noir et blanc, collée sur le mur. De trois quarts, elle observait l'objectif, sans sourire cette fois.

Pendant quelques instants, Nathan fut comme hypnotisé par son regard sur ce cliché, trouva qu'il dégageait quelque chose de candide et de profond à la fois.

★

— Tu devrais essayer le poulet de Bresse à la crème et aux morilles, une spécialité du coin, délicieuse. On mange très bien dans la région, les bonnes tables ne manquent pas et je veux te bichonner le temps que tu passeras avec moi. J'ai prévu de t'emmener demain dans un restaurant étoilé. En attendant, on m'a dit que c'était très bien ici…

Tassi, en terminant sa phrase, désigna l'établissement où ils se trouvaient, situé dans la périphérie de Bourg-en-Bresse, tout près du motel qu'il avait choisi pour cette nuit. L'endroit semblait agréable, en effet, même si Nathan avait la tête ailleurs.

Après s'être replongé dans son menu, le retraité s'aperçut que Nathan se désintéressait du sien et se frottait le visage nerveusement. Ils n'avaient que peu discuté depuis leur dernière visite et Nathan gardait un air troublé.

— Quelque chose ne va pas ? lui demanda-t-il.

— Je repense aux familles chez qui tu m'as emmené, notamment M. Audoin… Je m'attendais à ce que ce soit fort, mais peut-être pas à ce point. C'est compliqué de passer à autre chose…

— C'est dur, oui, je sais, commenta calmement Tassi. Mais je suis content que ça te fasse cet effet-là. Tu comprends mieux pourquoi je m'obstine… Tu me crois, maintenant ?

Nathan hocha lentement la tête.

— Quand on voit sa situation… À quel point il est seul… Comment on peut penser que sa fille serait partie du jour au lendemain, sans plus lui donner de nouvelles ?

— Le tueur est assez finaud pour faire disparaître les nouveaux corps… Sans cadavre, il est commode pour des enquêteurs de mauvaise volonté de faire l'autruche.

— Delalandre est un minable.

— Il finira par ouvrir les yeux car le tueur ne s'arrêtera pas. Mais c'est justement pour cette raison que le temps presse…

— Les corps sont la clé, n'est-ce pas ? demanda Nathan, songeur.

— Je ne mise pas du tout là-dessus, mais tout le monde saurait ce qu'il se passe.

— Qu'est-ce qu'il a pu en faire ?

— Parmi toutes les affaires criminelles que t'as étudiées, peut-être que le mode opératoire d'un des tueurs, aux États-Unis ou ailleurs, pourrait nous donner des pistes ?

Nathan réfléchit quelques instants.

— Généralement ils les enterrent ou les immergent. Brûler un corps est très difficile.

— Presque impossible, en effet. J'ai eu des cas dans ma carrière, des homicides isolés. Il reste toujours quelque chose… Et la fumée est visible à des kilomètres.

— La région est remplie d'étangs…

— J'y ai pensé mais je n'y crois pas trop…, grimaça Tassi. Ils ne sont pas très profonds et sont vidés régulièrement. Ce serait vraiment un mauvais calcul de la part du tueur, même si on ne peut l'exclure.

— Il a pu utiliser un autre point d'eau.

— En effet. Mais, là, sans témoin, je ne sais pas où chercher. Il a essayé d'enterrer Laetitia Martinez et Justine Morin, peut-être a-t-il continué avec les autres ? Est-ce que tu as des exemples de tueurs ayant trouvé un endroit idéal pour inhumer un corps ?

— En fait, dans certaines zones reculées où vivent des animaux sauvages, l'idéal est sans doute de *ne pas* enterrer le corps et de laisser la nature faire son travail. Même les os disparaissent, en tout cas une partie. Dans la région où nous sommes, reprit-il en haussant les épaules, les grands carnivores sont plutôt rares, n'est-ce pas ?

— Il y a des sangliers, mais bon… sept corps, ça fait beaucoup.

— De toute façon, je ne vois pas ton tueur agir ainsi. Je n'en ai absolument aucune preuve mais, comme je te l'expliquais quand tu m'as emmené dans le bois, beaucoup de psychopathes aiment garder un accès au corps le plus longtemps possible pour retourner près d'eux.

» Ce qui m'amène à une réflexion, tout à coup : il est possible que le tueur ait surestimé le caractère reculé du lieu où il a enterré Laetitia Martinez. Il se pourrait bien qu'elle soit, en effet, la première tuée de la série – ou de cette nouvelle série –, et soit l'assassin débutait et n'a pas creusé assez profond, soit il souhaitait cette profondeur mais ne s'attendait pas à ce qu'il y ait tant de passage à cet endroit… Peut-être parce que, tout simplement, il ne connaissait pas bien le coin.

— C'est une théorie intéressante, réagit Tassi, songeur.

— … Ce qui expliquerait pourquoi on a un trou de tant d'années entre les deux meurtres…

— Continue.

— Quatorze ans…, commenta Nathan en écartant les mains, perplexe. Il y a beaucoup d'affaires avec des pauses dans le temps, mais quatorze ans, c'est énorme.

— Tu ne le vois pas refouler ses pulsions ?

— Pas aussi longtemps, dit-il en secouant la tête. Un homme déjà passé à l'acte ne se réfrène pas comme ça, on n'arrête pas de tuer comme on arrête de fumer. C'est l'aboutissement de nombreuses années de fantasmes emmagasinés, ils ont rêvé leurs actes, jusqu'à ce que la pression devienne trop forte...

— Et donc ?

— Donc je ne vois que deux vraies possibilités. Premièrement, un enfermement... Il a pu être mis hors d'état de nuire pendant tout ce temps : établissement psychiatrique, prison...

— ... J'ai exploré cette piste, j'y ai pensé tout de suite. Mes investigations n'ont rien donné, pourtant je pense avoir fait le nécessaire.

— La deuxième possibilité, c'est qu'il ait bougé, déménagé...

— J'ai cherché en Ardèche, sans résultat. Pour le reste, je me suis concentré sur l'Ain et les environs. J'ai examiné quelques disparitions louches sur le reste du territoire, mais... je n'ai pas pu y passer du temps.

— Ça peut être n'importe où, pas juste en France. La distance peut rendre le recoupement des informations extrêmement difficile.

— Revenons aux cadavres, Nathan. S'il a choisi un endroit plus discret pour enterrer au moins sept corps, tu as des pistes avec des affaires que tu as étudiées ? Quelque chose qui pourrait m'aider ?

— Un endroit plus reculé encore... C'est difficile de creuser et de passer inaperçu, tu sais ça mieux que moi... La terre reste brassée un long moment. Il arrive que les tueurs enterrent chez eux, dans leur jardin, mais bon...

— Il lui faudrait un terrain vaste.

— Oui, il y a des affaires où les voisins s'étaient étonnés de voir des trous, parfois même faits avec un tractopelle… Les types qui creusent sans raison se font souvent repérer, c'est pas discret… Quant aux tueurs en série propriétaires d'un grand domaine, très à l'abri des regards, ils sont rares… Il y a bien l'exemple de Michel Fourniret, qui enterrait ses victimes sur les terres de son château, mais c'est une exception et j'aurais tendance à écarter cette piste. Tu m'avais montré un plan avec le paramètre espace/temps des disparitions, tu l'as apporté ?

— Bien sûr, je l'ai sur moi, dit Tassi en s'empressant de sortir le document froissé d'une poche de sa veste.

Après avoir décalé les menus, dont ils se désintéressaient à présent, Nathan aida Tassi à bien aplanir la carte devant eux. Il déplaça pensivement son doigt entre les différentes zones cerclées, sous lesquelles des dates étaient écrites. Plus familier de la région que la fois précédente où il avait consulté le plan, il parvint de lui-même à identifier les lieux qu'ils avaient visités dans la journée.

— Ici, c'est la maison de M. Audoin, je reconnais le quartier, dit-il. Ce que nous ignorons, en revanche, c'est l'endroit où l'enlèvement de sa fille a eu l…

Soudain un choc. La main de Tassi tapa sur la table en un bruit sourd, suivi du tintement de la vaisselle ; ses phalanges, crispées, froissèrent la nappe et Nathan tourna la tête vers lui sans comprendre. Tassi tanguait sur sa chaise, livide et pris de tremblements, hoquetant et peinant à respirer.

— Dominique ? Qu'est-ce qui se passe ?

Nathan se redressa pour le soutenir et appela le serveur, qui les rejoignit vite.

— Il n'arrive plus à respirer ! Il lui faut un médecin !

Tassi saisit le poignet de Nathan et parvint à articuler :

— Pas de médecin…

— Mais qu'est-ce qui se passe ? Ça va pas du tout, là, Dominique !

— Je sais ce que j'ai… Un médecin ne m'apprendra rien…, réussit-il à prononcer en reprenant son souffle, les yeux mi-clos. Ramène-moi à l'hôtel.

7

NATHAN PASSA LES DEUX TIERS de la nuit sur Internet, sans résultat. Alignant les mots-clés, frappant les touches. Aucune des pages vers lesquelles les moteurs de recherche l'orientèrent ne lui évoqua d'analogies avec les affaires Laetitia Martinez et Justine Morin.

Il se focalisa rapidement sur les faits divers de deux journaux locaux : *Le Progrès* pour le département de l'Ain, *Le Dauphiné libéré* pour l'Ardèche.

Tout n'était pas en ligne. Seule une infime partie, même, semblait s'y trouver. Il prêtait une attention particulière au *Dauphiné* car il s'agissait de l'Ardèche, et le présumé tueur en série devait y avoir opéré en premier. Si l'intermède entre les deux meurtres l'intéressait beaucoup, découvrir un crime antérieur à celui de Justine Morin et passé inaperçu – des prémices – eût été tout autant inestimable. Cependant, cette époque correspondait aux débuts d'Internet en France, et seuls quelques articles avaient été diffusés sur la toile.

La bibliothèque municipale d'Aubenas conservant chaque exemplaire du *Dauphiné* depuis des décennies, Nathan envisagea sérieusement de partir seul jusqu'en Ardèche. Toutefois, il avait une autre carte à jouer au préalable...

Au matin, il quitta sa chambre et, ayant conservé la clé électronique de celle de Tassi afin de pouvoir le veiller, il entrouvrit sa porte. Le retraité était toujours plongé dans un profond sommeil et ne paraissait plus souffrir.

Nathan referma doucement puis rejoignit le rez-de-chaussée.

« Tu dois me promettre, si quelque chose m'arrivait, si je m'en sortais pas... Maintenant que tu me crois, que tu vois comme moi ce qui se passe... Jure-moi que si je meurs, tu chercheras ce salaud... Tu feras bouger les choses... »

Il revoyait Tassi, la veille. Ses yeux jaunes, éreintés et implorants, son air vulnérable. Il faisait vingt ans de plus que son âge à cet instant, pendant que Nathan s'efforçait de soutenir son corps massif et de l'allonger sur son matelas.

— Il te faut un médecin, bon sang ! avait insisté Nathan, fâché par le refus de Tassi d'en appeler un.

— Pas besoin... Je sais ce que j'ai..., avait répété Tassi, focalisé sur sa douleur, le visage contracté.

— Qu'est-ce que t'as ? Réponds-moi ou j'appelle le SAMU !

— J'ai un cancer.

Nathan était resté coi. Incertain quant à la véracité de cette révélation et quant à l'attitude à adopter. Puis Tassi avait expliqué, d'une voix faible :

— Pendant des années, j'ai bu l'équivalent d'un litre et demi de whisky par jour. J'étais un alcoolique, un ivrogne. Il y a trois ans environ, j'ai eu des problèmes de santé et j'ai arrêté l'alcool. J'allais mieux, j'ai pensé m'en être tiré. Puis, il y a quelque temps, le mal est revenu. J'ai fait des analyses. Il n'y aura pas de retour en arrière.

— Tu comptais me le dire quand ? demanda Nathan, las de découvrir chaque jour une mauvaise nouvelle dissimulée derrière une autre.

— J'espérais ne pas avoir à t'en parler. Je sais ce que tu penses : « Encore quelque chose qu'il m'a caché. » Mais, cette fois, je te jure que c'est la dernière.

— Tu m'as déjà dit ça.

Tassi ne répondit rien et Nathan s'en voulut de le blâmer à ce moment.

— Depuis quand tu le sais ?

— J'ai eu mes résultats il y a trois semaines.

— Qu'est-ce que tu fais à courir partout comme ça, à faire des allers et retours entre la province et Paris, si tu es malade ? C'est n'importe quoi, il faut te soigner…

— Je me soigne autant que possible pour tenir, mais je ne prends pas de traitement lourd. C'est un combat que je ne gagnerai pas, je le sais. Tout ce qui compte pour moi, c'est de trouver ce type, c'est la dernière chose qu'il me reste à faire… Je ne suis pas encore mort, Nathan, la plupart du temps je reste valide, tu as bien vu…

Nathan avait continué de tenter de le raisonner, en vain. Tassi n'écoutait plus, en proie à une fatigue extrême. Le seul moment où il l'avait écouté avait été celui où Nathan avait évoqué son fils et son petit-fils :

— Tu m'as parlé d'eux, ils comptent beaucoup pour toi. Il faut te bagarrer, penser à eux.

— Je me suis déjà battu une fois, juste pour eux. Là, c'est foutu. Ils vivront bien sans moi ; j'ai fait du mal à mon fils, tu sais…

Nathan, qui ne savait que répondre, avait senti son compagnon submergé par les regrets.

— J'ai tué sa sœur..., avait-il murmuré. Je m'en fous de mourir, je ne veux que deux choses : trouver ce tueur, et que ma famille ne souffre plus jamais par ma faute...

Les phrases de Tassi étaient devenues de moins en moins compréhensibles, jusqu'à ce qu'il s'endorme, harassé.

Nathan salua la jeune femme en poste à l'accueil du motel. Il hésita puis choisit de passer son coup de fil avant de prendre son petit-déjeuner, afin de gagner du temps.

Il faisait un temps superbe. Un bourdonnement continu émanait de la voie rapide située non loin. Nathan pressa la touche de son portable et le porta à son oreille. Ébloui par la lumière rasante, il plissait les yeux en observant l'immense zone commerciale faisant face à leur parking.

Laurent Toureau décrocha presque aussitôt.

— Je te dérange pas ? Est-ce que t'es de service aujourd'hui ?

— Bien sûr, qu'est-ce que tu crois ? répondit le flic sur le ton de l'humour. Mais ça va, on peut parler. Je suis content de t'entendre, qu'est-ce qui t'amène ?

— J'aurais besoin que tu me rendes... un immense service.

— Ah ? Énoncé comme ça, ça fait un peu peur ; mais je vois pas trop ce que je pourrais te refuser, alors dis-moi tout...

— C'est à propos du SALVAC. Tu crois que tu pourrais faire une recherche pour moi ?

— Ouh, le SALVAC ! s'étonna son ami. Je me souviens pas qu'on en ait déjà parlé ensemble, mais je suppose que t'es parfaitement documenté ?

Nathan l'était, en effet. L'acronyme SALVAC désignait un logiciel, très précieux pour les enquêteurs, qui permettait le rapprochement entre différentes affaires criminelles, parfois dans des territoires très éloignés.

— Pourquoi t'en as besoin ?

— C'est là que c'est délicat..., hésita Nathan. Je vais pas pouvoir te donner tous les détails...

— Tu te doutes bien que l'accès au SALVAC, c'est pas comme pianoter sur Google. L'action n'est pas anodine. Je peux y avoir accès et... je suis prêt à le faire pour toi – en off, bien sûr –, je te fais confiance. Mais... sans me donner tous les détails, tu peux m'indiquer le contexte ?

— Un gendarme à la retraite me demande mon avis sur une enquête qu'il mène et qui pourrait en recouper une autre, sur laquelle il a travaillé...

— T'es chez les Cruchot ?

— Les qui ?

— *Les Cruchot*. C'est comme ça qu'on surnomme les gendarmes, nous, par rapport aux films avec de Funès.

— Ah ! sourit Nathan. Je suis tout seul avec lui, en fait.

— Et ton gars, pourquoi il fait pas sa recherche lui-même ?

— Il est retraité. Et son ancienne hiérarchie ne l'écoute pas, personne ne veut l'aider. Mais moi, je me porte garant pour lui, et j'ai besoin de toi sur ce coup.

— Il faut qu'il ferme sa gueule par contre, insista le policier. Il ira rien dire après ?

— Non, t'as ma parole.

— Bon, le SALVAC fonctionne par mots-clés. Et on peut délimiter une zone plus ou moins grande. Sur tous ces éléments, il faut pas que tu te plantes, surtout pour les mots-clés car tout repose dessus : avec des mots-clés trop précis, tu peux exclure les bonnes affaires… A contrario, avec des mots-clés trop vagues, tu te retrouves avec trois pages format A4.

— Je sais, j'y ai réfléchi. C'est tout à fait possible que ça ne donne rien mais je veux faire l'essai, même si c'est négatif, ça me permettra d'éliminer des pistes.

— Tu parles comme un vrai flic, ça y est. On va bientôt t'avoir avec nous, c'est top ! rigola Toureau. J'ai un papier et un stylo, je t'écoute.

— Je voudrais cibler la région Rhône-Alpes, du moins tel qu'elle était avant, mais tu peux ajouter l'Auvergne. Le SALVAC a bien été créé en 2003 ?

— Oui. La base de données a été enrichie depuis mais, plus en amont, il peut manquer des affaires.

— Je prends toute la temporalité et en mots-clés j'aimerais : *viol* – ou *crimes sexuels*, je te laisse voir ce qui convient ; *brûlures* ; *électricité* ; *seins* ; *mamelons ; vulve*. Si c'est possible pour toi, peut-être que tu pourrais refaire les recherches en excluant un ou deux mots, pour être sûr qu'on ne passe pas à côté de quelque chose ?

— Ne t'inquiète pas pour ça, marmonna Toureau après un temps. Dis donc, ça m'a l'air d'être sombre ce que tu cherches…

Nathan se contenta d'acquiescer.

— Laisse-moi environ une heure, d'accord ? Ça devrait suffire, je vais voir avec celui qui s'occupe de ça. Je te rappelle.

Après un petit-déjeuner copieux, Nathan remonta dans sa chambre pour patienter, avec un exemplaire du *Progrès* pris à la réception. Il était plongé dans la lecture d'un article insolite – une affaire de vaches empoisonnées, provoquant des conflits de voisinage et des soupçons de vandalisme – lorsque Toureau le rappela :

— Bon, j'ai des trucs, avança le policier d'un ton dynamique.

— Je t'écoute...

— Alors la première affaire, j'en ai entendu parler l'année dernière. C'est Laetitia Martinez, cette fille retrouvée enterrée à Bourg-en-Bresse. Les blessures correspondent à tes mots-clés. Tu le sais ? C'est sur ça que tu enquêtes ?

— En partie, acquiesça laconiquement Nathan.

— J'en saurai pas plus, apparemment..., réagit Toureau sans s'offusquer. Ensuite, reprit-il, on remonte beaucoup plus loin... Plus de quinze ans en arrière.

Nathan se gratta le visage en l'écoutant, son intérêt soudainement aiguisé, pressentant une découverte fondamentale pour la suite.

— Il s'agit de deux dossiers. En tant que flic, je suis incapable de te dire, juste comme ça, s'ils sont liés à l'affaire Martinez. En revanche, ils présentent d'importantes analogies l'un avec l'autre. Ils n'ont pas eu lieu dans l'Ain mais en Ardèche, tous les deux dans le même secteur. Ce sont deux femmes, qui n'ont pas été tuées mais qui ont porté plainte pour des viols en réunion, avec actes de torture. Ça m'a l'air sordide...., commenta-t-il avant un silence. J'ai très peu d'informations sur le logiciel, le premier dossier date de 2004, un an après la création du SALVAC. Le deuxième de 2005. Aucune des deux plaintes n'a abouti et, apparemment, il a été envisagé à l'époque que les plaignantes soient des affabulatrices. Tes mots-clés ont presque tous matché...

Pendu aux lèvres de son interlocuteur, Nathan noircissait son calepin des informations qu'il lui délivrait.

— Le SALVAC permet de relier entre elles des affaires qu'on n'aurait pas pensé à associer. Mais si tu veux plus de détails, il va falloir te débrouiller...

— À ce propos...

— Tu veux leurs noms ?

— Oui, et...

— ... leurs adresses ?

— Tu les as ?

— Je me doutais que tu me les demanderais, du coup j'ai regardé. La mauvaise nouvelle, c'est que la première des deux femmes est décédée. La bonne, c'est que la seconde habite toujours en Ardèche, à Aubenas. Elle est domiciliée au 18, rue des Huissiers. Elle s'appelle Raphaëlle Lafarge et elle doit avoir maintenant trente-huit ans. Tu veux son numéro, tant que j'y suis ?

Nathan se pressa d'écrire, le cerveau en ébullition.

— Comment je peux te remercier ? demanda-t-il.

— En ne disant à personne comment t'as eu accès à ces infos. Ni à elle, ni à ton copain Cruchot. Pour le reste, ça me fait plaisir de te renvoyer l'ascenseur.

— N'aie aucune inquiétude. Merci infiniment.

— Nathan ? l'interpella Toureau avant qu'ils ne raccrochent.

— Oui ?

— Mon pif de flic me dit que tu déterres – sans jeu de mots – quelque chose d'intéressant. Je te force pas la main, mais si les gendarmes ne vous écoutent pas, je t'encourage à revenir vers moi et à me fournir plus de détails. Je pourrai pas intervenir directement en Rhône-Alpes, mais je peux te mettre en relation.

— Laisse-moi quelques jours, le temps que j'y voie un peu plus clair. Et si besoin, je n'y manquerai pas.

★

Préférant ne pas réveiller Tassi, Nathan enfonça de nouveau la carte de sa chambre dans l'appareil de lecture, et ouvrit sa porte sans frapper. Aussitôt, une sonnerie stridente retentit ; il n'en comprit pas l'origine et la prit pour une alarme d'incendie, quand il vit la silhouette de Tassi se faufiler hors de son lit, manipuler quelque chose sous la poignée et l'éteindre.

— Qu'est-ce qui se passe ? demanda vivement Nathan.

En guise de réponse, Tassi décrocha un petit appareil et le lui montra : il s'agissait d'un boîtier circulaire, équipé d'une lanière permettant de le suspendre.

— C'est une alarme par vibration, expliqua-t-il, toujours l'air fatigué. Je l'emporte partout avec moi. Quand je dors, je l'accroche par sécurité. Je me suis réveillé tout à l'heure, t'étais plus là et j'ai préféré l'installer.

Tassi remit l'alarme en place, sans la rallumer, puis se rassit lourdement sur son lit. Son apparence vulnérable contrastait avec la force qu'il dégageait habituellement.

— Comment tu te sens ?

— Mieux. Crevé, mais rien à voir avec hier, j'ai juste besoin de me reposer encore quelques heures et je serai sur pied.

— J'ai du nouveau, l'informa Nathan avec enthousiasme.

Il lui raconta tout : ses recherches sur le Net qui n'avaient rien donné, son raisonnement et son coup de fil à un contact, dont il préférait taire le nom. En détaillant ses investigations, il montra à l'ex-gendarme ses notes, sur lesquelles apparaissaient les mots-clés soumis au SALVAC et les noms des deux femmes victimes de tortures et de viols.

Tassi examina le document et fronça les sourcils, paraissant réfléchir. Quand Nathan eut fini de raconter, le retraité resta silencieux, les yeux fixés sur les noms des deux victimes. Enfin il réagit, l'air hagard :

— Je connais ces dossiers... J'ai travaillé dessus...

— Vraiment ? s'étonna Nathan.

— Ça s'est passé avant Justine Morin..., se souvint-il. C'était... une histoire glauque, qu'on n'a jamais élucidée.

— Les dossiers parlent de viols en réunion, qu'est-ce qu'on leur avait fait exactement ? Tu te rappelles ?

Exténué, Tassi chercha dans sa mémoire.

— Elles disaient avoir été enlevées... Et violées, oui, en subissant des sévices du genre... sado-masochiste... Elles étaient incapables de désigner un suspect.

— On leur a infligé des brûlures... Aux seins et sur les organes génitaux, apparemment ?

— C'est possible... C'est très vieux, tu sais... Je me souviens qu'on doutait de la véracité de leurs histoires, c'était farfelu. Très difficile à croire..., dit-il en secouant la tête, l'air songeur.

— Il peut y avoir un lien avec Justine Morin. Tu n'y as pas pensé ?

— Non. Contrairement à Justine et à Laetitia, elles étaient vivantes...

— Oui mais les concordances sont troublantes... C'était le même secteur que Justine, deux ans avant ! Et il y a les brûlures, certaines faites avec un appareil électrique...

— Tu as raison, acquiesça Tassi, le regard trouble, perturbé par tout ça. Il peut y avoir un lien... Tu dois comprendre quelque chose sur moi, Nathan, lui dit-il en le regardant soudain fixement : tel que tu me connais, je n'ai plus rien à voir avec l'homme que j'étais à l'époque. J'étais alcoolique, un ivrogne de la pire espèce, à qui seul le whisky permettait de tenir chaque jour. Après la mort de ma fille et la séparation d'avec ma femme, je me suis désintéressé de tout, y compris de mon travail, et je suis certainement passé à côté de beaucoup de choses…

— Et tes collègues ?

— Je ne me rappelle plus. Pour eux comme pour moi, Gabin était l'assassin de Justine. Et de toute façon, il ne correspondait pas au profil que ces deux filles décrivaient…

Nathan s'accroupit devant lui, en prenant un air déterminé :

— Il faut absolument creuser cette piste. Grâce à mon contact, j'ai obtenu le nom et l'adresse actuelle d'une des victimes. La première est décédée, mais il faut qu'on aille rencontrer l'autre…

— Qu'on aille la rencontrer ?

— Oui, Raphaëlle Lafarge, elle habite toujours en Ardèche, à Aubenas. C'est pas loin, il faut tenter. Est-ce que tu te sens en état de voyager aujourd'hui ?

— Non, je ne peux pas, et c'est mieux de toute façon que tu y ailles seul, lui affirma le gendarme.

— Pourquoi ?

— Car si j'y vais avec toi, je pense que tu n'obtiendras rien d'elle…

Devant l'incompréhension de Nathan, Tassi expliqua :

— Ces deux femmes avaient beaucoup souffert, Nathan. Pas seulement physiquement. On n'a pas mis en doute les sévices, juste le fait qu'elles ne connaissaient pas leur agresseur, par manque d'éléments et de foi en leurs récits… Avec le recul, on a sans doute eu tort, admit-il. Elles nous ont tenus pour responsables du fait que leurs dossiers n'aboutissaient pas, elles sont devenues agressives… Raphaëlle Lafarge m'a bien connu, comme elle a connu mes anciens collègues. Elle continue sûrement de m'en vouloir, je pense que tu seras mieux accueilli si tu y vas sans moi.

— Tu es sûr ? hésita Nathan. Je peux attendre que tu ailles mieux…

Tassi, épuisé, se contenta de poser affectueusement sa main sur celle de Nathan.

— Vas-y seul… Mais prépare-toi tout de même à un refus.

8

L'HORIZON COMMENÇAIT À S'EMPOURPRER lorsque Nathan regagna la périphérie de Lyon. Suivant docilement les indications de son GPS, il conduisait sur la rocade, en maudissant les embouteillages quasi inextricables de ce début de soirée.

Il jeta un regard au compteur de sa voiture de location : quatre cent douze kilomètres. Un tiers de sa journée avait été passé sur la route, un autre tiers à écouter Raphaëlle Lafarge. Durant tout son trajet de retour d'Ardèche, la voix de Raphaëlle et son débit si particulier ne l'avaient pas quitté... Lui qui aimait tant rouler avec de la musique n'avait à aucun moment envisagé d'allumer le poste de radio.

Il la revoyait chez elle, dos à ses rideaux à peine entrouverts, ne laissant filtrer qu'un filet de la lumière brûlante du Sud. Indubitablement elle avait dû être jolie, plus jeune ; et sans doute le serait-elle encore si toute mise en valeur de sa féminité ne lui était devenue indifférente, voire insupportable.

Une autre voix féminine, celle du GPS, extirpa soudain Nathan de ses songes en le sommant de tourner à droite et de quitter la rocade. Enfin, il pénétra dans Lyon. Le palais de justice n'était situé qu'à 4 kilomètres.

Dès la fin de son rendez-vous avec Raphaëlle Lafarge, il avait débriefé Tassi par téléphone. Comme à son habitude, ce dernier l'avait écouté attentivement, sans presque l'interrompre. Puis il l'avait félicité, lui aussi convaincu qu'il devait exister un lien entre ces affaires, mais ne sachant comment le prouver. Nathan avait suggéré d'informer rapidement Emma et Tassi lui avait proposé :

— Lyon est sur ta route, pourquoi tu ne t'arrêterais pas pour la voir ? Dîne avec elle. Je ne suis toujours pas très bien, je ne serai pas de bonne compagnie ce soir, je vais dormir, je pense.

Nathan s'était contenté d'approuver, masquant son enthousiasme à l'idée de revoir l'avocate. Tassi lui avait donné l'adresse de son hôtel, au cas où elle ne serait plus au tribunal.

Il gagna un parking, s'y gara et trouva le palais de justice. Emma, sur l'escalier, répondait aux questions des journalistes. Il avança pendant qu'une chroniqueuse judiciaire la relançait, et tout à coup elle le vit. Emma s'interrompit, surprise. Avant de lui sourire. Nathan fit de même, un peu intimidé de la revoir, surtout à l'improviste. Puis elle réfuta la remarque de son interlocutrice, de nouveau concentrée, comme si rien ne pouvait la détourner de son combat.

★

Ils s'embrassèrent chaleureusement et rejoignirent l'hôtel d'Emma à pied. Il la pria de l'excuser d'arriver sans prévenir et elle lui assura être ravie de le voir ce soir, lui demandant seulement de lui accorder quelques minutes, le temps qu'elle dépose ses affaires et change de tenue. Nathan en profita pour réserver lui aussi une chambre et redescendit au bar où, en vérité, il l'attendit trois bons quarts d'heure...

Quand elle réapparut enfin, elle portait un jean et un chemisier fluide, était coiffée et maquillée avec soin. Il la trouva resplendissante.

Elle vint s'asseoir à ses côtés et lui expliqua, enthousiaste :

— Si vous saviez ce qu'on peut s'ennuyer, le soir, pendant ces longs procès en province. J'ai pas de famille, ici, pas d'amis... Alors, je mange un bout et je travaille avant de dormir, mais c'est pas bon non plus de ne faire que ça. Ma chambre commençait à me sortir par les yeux, ça fait vraiment plaisir de voir un visage amical, lui dit-elle en souriant.

— Moi aussi, je suis très content d'avoir pu m'arrêter à Lyon. On pourra manger ici, ou trouver un restau sympa dans le coin ? En revanche, ce serait mieux qu'on parle tout de suite de ce que j'ai découvert aujourd'hui. Je vous préviens, c'est pas joyeux...

— Bien sûr, répondit-elle, soudain plus sérieuse. Je t'écoute – on peut se tutoyer, non ? –, raconte-moi ce que t'as appris de nouveau.

— Tu connais le SALVAC ? Dominique n'y a plus accès, mais quelqu'un d'autre a pu m'aider. Quand il a tapé certains mots-clés, relatifs aux tortures de Laetitia Martinez et à celles qu'avait observées Dominique sur Justine, deux affaires ont matché. Encore plus anciennes, en Ardèche.

Nathan raconta à Emma ce qui l'avait amené à prendre la route ce matin.

— T'as pu la rencontrer ? s'étonna-t-elle. T'es allé directement là-bas, sans la prévenir ?

— J'ai un contact facile avec les gens sur ce genre de choses… J'arrive à les mettre en confiance, à les faire parler d'eux-mêmes, de ce qu'ils ont subi ou ce qu'ils ont fait… Ça fait partie de mon métier, souvent les gens se livrent…

— Je suis pas étonnée, commenta-t-elle en l'observant.

— J'ai pensé que me présenter directement, quitte à l'attendre si elle n'était pas là, serait moins effrayant qu'un coup de fil.

— Et elle était chez elle ?

— Elle ne travaille pas. Elle a répondu à l'interphone et a bien voulu m'ouvrir. Elle était méfiante et… il y aurait beaucoup de choses à dire sur ce que j'ai ressenti à son contact. Son regard tourmenté, les traits de son visage presque tout le temps crispés… Elle était habillée en noir, avec des vêtements amples et, même si on ne s'est vu qu'une fois, je serais pas étonné qu'elle s'habille comme ça le plus souvent. L'appartement lui-même est très sombre. C'est une femme brisée, résuma-t-il après un silence. J'ai fait mon possible pour la rassurer et bien expliquer l'objet de ma venue. Elle m'a écouté… elle a compris, je crois. Tout ça remonte à très loin mais elle vit encore avec. Y repenser, tous les jours, la fait atrocement souffrir. Le pire pour elle, c'est que ses bourreaux n'ont pas été arrêtés. Elle est désireuse d'en parler, au fond.

Nathan s'interrompit un instant et Emma, quoique avide d'en savoir plus, ne le pressa pas.

— Elle voue une haine totale aux gendarmes, elle a une rancœur tenace. Mais moi, elle a bien voulu me raconter.

— Comment t'as fait ? T'as pris des notes ?

Nathan sortit son smartphone de sa poche.

— Elle était d'accord, tout est enregistré sur dictaphone.

Emma sourit à Nathan.

— Tu veux l'écouter maintenant ?

— Bien sûr.

Nathan fouilla de nouveau sa poche, en sortit des écouteurs et les brancha. Puis il tendit l'un des deux à Emma et glissa l'autre dans son oreille.

— Pas la peine que tout le monde entende ça, dit-il avant de presser la touche de lecture.

9

— *L'ENREGISTREMENT COMMENCE, c'est quand vous voulez…*

— Ça s'est passé l'été 2004, au mois d'août. J'avais dix-neuf ans, je venais de valider ma première année de prépa, je voulais passer le concours d'entrée à l'école vétérinaire. Après avoir fait un petit boulot pendant tout le mois de juillet, je suis retournée chez ma mère et chez mon beau-père pour prendre de vraies vacances. Ils avaient une maison agréable dans un village, où j'allais retrouver mes copains d'enfance et me vider la tête. J'étais célibataire. Pendant toute l'année je m'étais focalisée sur mes études, c'était le plus important pour moi à cette époque.

» Une fois arrivée là-bas, je suis beaucoup sortie… comme une fille de mon âge, j'étais insouciante… J'avais une amie très fêtarde et, même si j'étais plus réservée, on passait vraiment de bons moments ensemble, je me laissais entraîner. J'ai eu quelques aventures ; beaucoup de touristes venaient et viennent toujours en Ardèche, l'été. Des Allemands, des Anglais, eux aussi entre copains… J'étais bien plus jolie que maintenant, je plaisais.

— Vous consommiez de la drogue ?

Un silence.

— C'est ce que les gendarmes ont essayé de faire croire... Non... Pas de drogues dures en tout cas, on fumait des joints, c'est vrai, mais moi je touchais à rien de plus ! Même l'alcool, j'en abusais pas, je gère très mal les excès...

— ... Je ne vous juge pas. Je cherche seulement à avoir une vue d'ensemble.

Un nouveau silence.

— Racontez-moi ce qui s'est passé. Ce dont vous vous souvenez du premier jour...

— C'était le soir du 7 août, un vendredi. Dans une discothèque qui n'existe plus aujourd'hui, elle s'appelait Le Triton. Il y avait plusieurs salles, des couloirs en pierre, des alcôves... Passée une certaine heure, l'ensemble devenait très sombre, baigné d'une lumière bleu marine. Je vous raconte ça pour expliquer qu'il était facile de s'y perdre ; en tout cas, de perdre momentanément de vue les gens qui vous accompagnaient.

» Cette nuit-là, comme les précédentes, je me suis vidé la tête, j'ai relâché la pression et j'ai dansé, beaucoup, avec des hommes que je ne connaissais pas. J'ai bu quelques verres, certains offerts par eux. Et puis... à un moment, j'ai commencé à me sentir mal, sans comprendre pourquoi. Mes souvenirs, à ce moment-là et contrairement aux heures qui ont suivi, sont restés assez nets : j'ai eu des étourdissements, mes jambes me lâchaient un peu, tout tournait autour de moi. Les silhouettes continuaient de danser, des visages venaient juste devant moi, me souriaient et me parlaient, alors que mon malaise grandissait. Tout ce que je voulais, c'était m'extraire de cette foule, mais mon corps ne répondait plus. Je me souviens que je me suis appuyée à un mur en pierre, très froid, ça m'a soulagée. Je suis incapable d'estimer combien de temps je suis restée appuyée contre lui.

» Puis mon amie m'a retrouvée, elle m'a saisie par les épaules et guidée jusqu'à une banquette, où j'ai pu m'asseoir. Elle

s'adressait à moi, me secouait un peu. Riait parfois. Elle comprenait pas ce qui m'arrivait, elle croyait simplement que j'étais ivre, et ça l'amusait. Des copains à elle l'ont rejointe... Je revois l'un d'eux, penché sur moi, me dire lui aussi des choses incompréhensibles, en gloussant, avant qu'elle le repousse pour qu'il me laisse tranquille. Elle a commencé à s'inquiéter tout de même et est restée assise à mes côtés un moment. Puis ses amis l'ont incitée à les suivre, elle s'est levée ; elle m'a parlé, s'est éloignée et... ensuite je n'ai plus aucun souvenir... jusqu'au parking.

» Je revois le sol du parking qui défilait, très vite. Il était jauni, éclairé par la lumière des spots et c'était comme si je glissais par-dessus ; je marchais vite, sans sentir mes jambes et avec l'envie de vomir à cause du tournis. Un homme m'entraînait, me guidait, c'est lui qui me faisait avancer. Il était fort. Je ne voyais pas sa tête, seulement le sol goudronné. Il m'a fait monter dans sa camionnette et continuait de m'encourager, sa voix résonnait au loin. Il me parlait de mon sac, il criait : « Ton sac ? Il est où ton sac ? » Il m'a fouillée, a trouvé le ticket et il est parti en me laissant seule.

» Ensuite, plus rien, jusqu'à ce que je voie la route, de nuit, à travers le pare-brise. Le moteur ronflait, j'étais désorientée, j'essayais de reprendre conscience, sans y parvenir. J'avais aucune idée d'où je me trouvais ni avec qui. Mes yeux se fermaient tout seuls, j'avais vraiment du mal à les garder ouverts et je n'ai que quelques flashs : les bois, sur le côté ; la route ; l'intérieur de la camionnette. À un moment j'ai tourné la tête vers lui pendant qu'il conduisait ; ça n'a duré qu'un bref instant car il s'en est rendu compte et s'est mis à crier : « ME REGARDE PAS ! DORS ! », en me frappant en même temps. Ma tête a tapé contre la vitre de la camionnette, j'avais peur et je lui ai obéi.

— Vous avez vu son visage ?

— Tout était flou, je distinguais pas vraiment ses traits. Il avait un visage rond, et j'ai vu des cheveux un peu bouclés. Les

gendarmes m'ont demandé de le décrire mais mes souvenirs étaient trop vagues. Il n'était pas grand...

— *Quel âge avait-il à peu près ?*

— *La trentaine passée... Il était un peu plus vieux que moi. Je sais pas si c'était une illusion ou si c'était vrai : ses cheveux avaient l'air poivre et sel, assez blancs... Le reste est difficile à dire, j'étais dans les vapes. C'est la fois où je l'ai aperçu le plus nettement, ça ne s'est plus reproduit ensuite... Est-ce qu'on peut s'arrêter deux minutes, s'il vous plaît ?*

La voix de Raphaëlle est devenue ferme et plaintive à la fois. Nathan lui répond de prendre son temps. Un crissement de chaise et des pas dans la pièce, qui s'éloignent... avant de revenir.

Aucune parole pendant un assez long moment ; la chaise crisse de nouveau et Raphaëlle continue son récit :

— *Quand j'ai repris connaissance – je suis incapable de dire au bout de combien de temps –, j'étais à la verticale. J'avais très mal, partout. Aux bras, au cou, aux jambes... Je ne voyais rien... ce salaud m'avait collé de l'adhésif...*

» J'avais des crampes, j'ai appelé... j'ai hurlé mais personne ne venait. Je n'entendais aucun bruit, je savais pas où j'étais ni ce que je faisais là... Je sentais que j'étais contre un mur, les bras écartés en croix. J'étais à l'affût du moindre bruit. Pendant des heures... Et tout à coup j'ai entendu quelque chose. J'ai dressé la tête, cherché à savoir d'où ça venait, on aurait dit une porte. J'ai appelé à l'aide en demandant qui était là. En suppliant de me donner à boire... Et puis j'ai entendu les pas, d'abord lointains puis tout près.

» J'ai senti le goulot en plastique d'une bouteille contre mes lèvres. J'ai bu ce que je pouvais avant qu'il la retire. Je l'entendais respirer, fort, puis il a arraché l'adhésif d'un coup sec sur mes yeux... La lumière m'a aveuglée. J'ai distingué la forme,

petit à petit, devant moi. La silhouette, nue. Tout ce qu'il portait était un genre de cagoule noire sur la tête…

» Il ricanait, et plus je criais en le voyant comme ça, plus il riait… Il jubilait de ma réaction, ce gros salopard dégueulasse ! Il bombait le torse et tournait sur lui-même, fier de lui, en exhibant sa silhouette bedonnante. Ma terreur l'amusait beaucoup. J'ai pu voir l'endroit où je me trouvais : un genre de hangar. Je lui ai demandé ce qu'il voulait, qui il était et lui il ne m'écoutait pas et s'est mis à faire une espèce de danse… Il dansait nu comme un Indien, agitait son corps répugnant. Ensuite il a arrêté, et m'a remis l'adhésif sur les yeux. Je l'ai entendu respirer différemment, je crois qu'il avait enlevé sa cagoule. Il me disait… des choses inintéressantes, s'amusait à m'effrayer. Et puis il a commencé à passer ses mains partout sur mon corps, partout où il en avait envie, en serrant, sans que je puisse me dégager… et il a fait glisser la lame d'un couteau aussi, sur ma peau, du côté non tranchant…

» J'ai hurlé, hurlé de toutes mes forces avec des sons les plus aigus possibles, pour alerter des gens qui auraient pu être dans les environs, et lui il gueulait : « Ferme ta gueule ! Ferme ta gueule, grosse truie, ou je te saigne. Je vais te cisailler ! Pute… »

Raphaëlle pleure. Ses sanglots évoquent ceux d'une enfant. L'assurance dans sa voix a entièrement disparu.

Nathan la rassure du mieux qu'il peut. Après un long silence, il lui demande si elle souhaite poursuivre ou reprendre plus tard. Elle répond avec détermination que si elle a commencé, c'est pour aller au bout, et que plus vite ils passeront à la suite, plus vite ils en auront fini.

— *Il m'a violée… Le premier jour, une seule fois… Je crois. Je n'avais pas de notion du temps. Il continuait de me droguer, sauf avant les séances où il aimait que je sois… « réceptive ». Parfois c'était uniquement des viols, parfois des tortures. Souvent les deux ensemble. Parfois, il était seul. Parfois, c'était tout un groupe…*

— Un groupe ?

— Oui.

— Votre déposition évoque plusieurs hommes mais… combien étaient-ils ?

— Je ne sais pas. C'est arrivé une fois. Plusieurs hommes sont venus et ils étaient nombreux. C'était… un genre de soirée, d'orgie, vous voyez ? L'homme qui m'a enlevée m'a laissé le bandeau et je les entendais, c'est tout. Je les sentais, ils me touchaient. On me déplaçait, on m'a attachée dans des tas de positions. C'était affreux, insoutenable… Je ne sais même pas quels mots employer, c'était bien au-delà de ça. Quand il m'a libérée, mon instinct de survie a repris le dessus, mais pendant ces viols et ces tortures, je voulais juste qu'ils m'achèvent, que tout cesse…

— Vous n'avez aucune idée de leur nombre ? insiste Nathan.

— Une dizaine à peu près.

— Mon Dieu…

— Il y en a qui restaient muets, d'autres étaient bavards. Ils avaient des attitudes, des comportements différents.

— Ceux qui parlaient, que disaient-ils ?

— Des commentaires salaces. Des trucs médiocres, au fond. Ils me murmuraient des choses faussement douces à l'oreille. Ou m'insultaient au contraire. Ils riaient, certains s'encourageaient entre eux. Ils profitaient de moi chacun à son tour… Se succédaient dans la pièce. J'entendais des hommes sortir, la porte qui claquait. Même si je ne les voyais pas, je sentais quand c'était quelqu'un d'autre.

— Ils se connaissaient ?

— Je ne peux pas vous l'assurer mais ma conviction c'est que certains oui, et d'autres non. Tout ça n'est que mon

interprétation. Je sentais leurs têtes contre moi, ils portaient une cagoule alors que j'avais moi-même un bandeau. Pourquoi ? À mon avis, c'était pour rester anonymes.

— Quel pouvait être leur lien avec l'homme qui vous a enlevée ?

— Pour moi, ce lien est assez évident...

La voix de Raphaëlle tremble en disant cela. Nathan l'encourage :

— Dites-moi... Des complices, mais... comment se connaissaient-ils ?

— Là encore, je n'ai pas de preuve, mais... pour moi, plus que ses complices, ces hommes étaient ses clients. Lui, c'était un chasseur. Ou un rabatteur, *plutôt. Il n'était qu'un maillon. Il m'a repérée, kidnappée, son rôle était d'apporter de la « chair fraîche » à tous les autres.*

Après un temps, Nathan reprend :

— Pourquoi vous avoir enlevée, vous ? Je veux dire, pourquoi courir ce risque ? Il y a des professionnelles, des prostituées. Même dans le SM.

— Pourquoi moi, c'est la question qui me hante... Mais pourquoi pas quelqu'un de consentant ? Indubitablement parce que ce n'était pas de coucher avec des femmes qui les intéressait, c'était de violer. Ils aimaient que ce soit contre mon gré. Ils jouissaient du viol, et de la torture.

— Quelles tortures avez-vous subies ? Outre la séquestration et le viol, bien sûr.

— Des brûlures, avec des cigarettes mais pas seulement. Des coupures... Ils m'ont battue, fouettée. Étranglée... Vous voulez voir des marques ?

— Ça dépend de vous. Je regarderai ce que vous êtes prête à me montrer, mais vous n'êtes pas obligée.

S'ensuit un silence, puis de légers bruits de frottements.

— Ces marques sur les bras, j'ai les mêmes aux cuisses. Et à d'autres endroits.

— Vous avez montré ça aux gendarmes ?

— Des photos ont été prises, ils les ont eues.

— J'ai vu…

Nathan s'interrompt sous le coup de l'émotion.

— … J'ai trouvé votre dossier grâce à des blessures spécifiques. Faites aux mamelons et… au sexe, je crois ? Je ne vous demande pas de me les montrer, bien sûr, mais pouvez-vous m'en parler ?

— Il m'a fait ça le dernier jour, quand j'étais à nouveau attachée en croix. Avec un Taser. Il était seul.

— L'homme qui vous a enlevée ?

— Le rabatteur… Il y a ce que le groupe d'hommes m'imposait mais il y a ce que lui m'a fait quand il était seul… Et même si c'est difficilement envisageable, c'était pire. Son degré de folie était au-delà de celui des autres, c'était un psychopathe. Je n'utilise pas ce mot au hasard. Il aimait couper, mais surtout m'électrocuter.

Un nouveau silence. Puis elle reprend :

— Pourtant, pour une raison qui m'échappe encore aujourd'hui, il tenait à me garder en vie. Il m'hydratait, me nourrissait. Après la dernière séance, seule avec lui – celle qui a été la pire, celle où il m'a brûlée… au niveau des parties intimes… –, il m'a emmenée dans une autre pièce avec les mains attachées et les yeux toujours bandés, et il m'a fait mettre à quatre pattes sur le sol très froid. Là, il m'a lavée avec un jet d'eau. Il m'a même savonnée, il a utilisé des produits. Et m'a lavée, encore et encore…

— Il enlevait les traces…

— C'est ça. Ensuite il m'a rhabillée. Il m'a remis tous mes vêtements, intacts. Puis il m'a fait sortir et m'a jetée à l'arrière de sa camionnette, toujours attachée et toujours les yeux

bandés... Et après un trajet qui m'a paru interminable, il s'est arrêté et m'a fait descendre. Il m'a ordonné de marcher et de m'allonger par terre, sur le ventre. Je sentais la terre, j'entendais la nature tout autour. Il a tranché mes liens, en laissant quand même le bandeau, et m'a dit d'attendre qu'il s'en aille avant de bouger, sinon il reviendrait et me « zigouillerait », ce sont ses mots. Il est remonté dans son van, il a démarré ; je l'ai entendu manœuvrer et s'éloigner, partir...

» Je suis d'abord restée au sol, comme il me l'avait dit car j'étais terrifiée à l'idée qu'il revienne. Mon instinct de survie était plus affûté que jamais. Et quand je n'ai vraiment plus entendu aucun bruit, j'ai arraché mon bandeau ; je ne voyais rien, le jour m'éblouissait à un degré quasi insupportable et j'ai rampé... Je me suis levée et, petit à petit, j'ai pu voir où j'étais : perdue au milieu d'un chemin forestier. J'ai couru malgré la douleur qui me piquait comme des milliers d'aiguilles et je suis parvenue à rejoindre une route, une vraie, avec du goudron, et j'ai marché. Une voiture a fini par s'arrêter et... j'étais libre !

» J'ai appris qu'il ne s'était écoulé que trois jours... Moi, j'ai eu l'impression d'y être restée des semaines... Ma mère et mon beau-père avaient signalé ma disparition à la gendarmerie. Mais, en si peu de temps, personne ne m'avait activement recherchée...

— *Qu'est-ce qu'il s'est passé ensuite, quand vous avez déposé plainte ?*

— *Ensuite ? Une enquête misérablement bâclée... C'est tout ce qu'il y a à en dire.*

— *Pourquoi « bâclée » ?*

Raphaëlle s'emporte :

— *Parce qu'ils n'ont rien fait ! Vous venez me voir, seize ans après, qu'est-ce qu'il y a eu ? Ils ne nous ont jamais prises en considération. Dès le début, quand j'ai donné les détails de mon histoire. Ils n'y croyaient pas, ils trouvaient ça invraisemblable et j'avais l'impression, moi, d'être la suspecte.*

— *Vous êtes allée à l'hôpital ?* demande Nathan en faisant sentir son étonnement.

— *Bien sûr. J'y ai passé des jours.*

— *Donc ils ont relevé les tortures ? Personne ne pouvait nier ce qui vous était arrivé…*

— *Ce n'était pas mes tortures qui étaient mises en doute, c'était leur cause. C'était l'histoire que je racontais. Ils ont cherché à savoir si je me droguais, si je me prostituais… J'ai fini par apprendre – pas par eux – que la même chose était arrivée à une autre jeune femme, Nelly Rassez. Comme elle se prostituait, ils nous ont mises dans le même sac. Ils prétendaient que Nelly avait fait une séance avec plusieurs hommes qui avait mal tourné, et ils avançaient que j'avais peut-être fait pareil.*

» *Ils ont interrogé certains de mes proches et puis, voyant que mon profil était très différent, ils ont commencé une véritable enquête, cette fois, mais bien trop longtemps après et sans nous tenir au courant. Ma mère allait les voir et je les relançais, moi aussi, mais ça ne servait à rien, ils nous renvoyaient chez nous avec condescendance : "On travaille, on vous appellera dès qu'il y aura du nouveau." Tu parles ! Des mois se sont écoulés et comme rien ne se passait, on a menacé de prévenir la presse et ils nous ont avertis à leur tour qu'ils nous écarteraient totalement du dossier si on faisait ça. Qu'est-ce que ça changeait, au fond ? Ils ne nous disaient déjà presque rien. Un article est paru dans* Le Dauphiné, *sans réelles répercussions… Le journaliste, lui-même, avait l'air sceptique dès le début.*

— *Vous avez rencontré Nelly Rassez ?*

— *Oui, deux fois. On s'est raconté nos histoires, c'était les mêmes à quelques détails près… C'était une fille vraiment belle, vous savez, mais… le dialogue était compliqué. Je pense qu'elle avait déjà de gros problèmes avant que ça lui arrive… Elle était devenue… très parano. Et contrairement à moi, elle a très vite compris que l'enquête n'aboutirait à rien, elle ne se faisait pas d'illusions, même si elle en souffrait, ça se voyait… Elle se camait énormément. Elle en est morte, quelques années plus tard.*

» Pour moi, son décès, c'est une conséquence directe de ce qui nous est arrivé. Même si elle en avait déjà bavé avant et qu'elle ne se plaignait pas, ça l'a rongée encore plus de l'intérieur, sa vie n'était plus qu'une fuite en avant. Ils nous ont détruites… Moi, seize ans après, je vis toujours dans la peur. Depuis que ma mère est morte, je reste presque tout le temps chez moi… Je n'ai plus jamais eu de relation avec un homme, et je ne le désire pas. Je les crains, je vous *crains… J'ai lâché mes études, j'ai fait, un temps, quelques boulots alimentaires, mais j'arrivais jamais à les garder longtemps. J'étais souvent en arrêt, j'ai enchaîné les dépressions.*

» Ces hommes nous ont laissées en vie et pourtant ils nous ont tuées…

★

Nathan et Emma, assis l'un près de l'autre, n'avaient pas bougé ni dit un mot pendant le récit de Raphaëlle. À la fin, Emma reposa son oreillette et resta muette, très troublée. Elle félicita cependant Nathan, tant pour ses investigations que pour la manière très délicate avec laquelle il avait recueilli les confidences de Raphaëlle Lafarge.

— Elle t'a montré ses blessures aux bras… Tu peux m'en parler ?

— Elle a de vilaines cicatrices, pour certaines assez étendues. Des marques de fouet, de lanières… Des brûlures, de cigarettes, entre autres ; des coupures…

— Ne prends pas mal cette question, mais est-ce qu'il est envisageable pour toi qu'elle se les soit faites elle-même ? Je ne prétends pas que ce soit le cas, dit-elle en levant la main, je sais juste que c'est un comportement qui existe…

— Pour moi c'est impossible. Je ne le crois pas une seconde. Cette femme m'a dit la vérité, je le sais.

— Je voulais juste m'en assurer. De ce qui transparaît dans sa voix et dans les détails qu'elle donne, je suis d'accord avec toi.

— Et donc ? demanda-t-il. Qu'est-ce que tu penses de tout ça ?

— J'en pense… que tu touches à quelque chose d'énorme. Il y a probablement un lien et ça va vous aider, Dominique et toi, dans vos recherches. Mais moi, nuança-t-elle, je ne me vois pas me servir de ce témoignage aux assises. D'autant que les brûlures de Justine Morin ne figurent pas dans son dossier. Et Dominique étant passé de notre côté, sa parole sera remise en doute. Je dois continuer de m'appuyer sur les lacunes du dossier.

Nathan partageait son avis.

— Et je pense…, hésita-t-elle encore.

— Oui ?

— … Qu'on devrait s'autoriser, pour un soir, à sortir la tête de tout ça. Tu ne crois pas ?

10

ILS CHOISIRENT UN RESTAURANT situé à deux cents mètres à peine de leur hôtel. Dès qu'ils furent assis, Nathan fut surpris de constater à quel point l'avocate attirait les regards. Le procès étant médiatisé, nombre de gens semblaient la reconnaître.

Le temps de cette soirée passée ensemble, ils décidèrent de mettre le dossier de côté et de faire plus ample connaissance. L'alcool et les bons plats aidant, Nathan sentit Emma plus détendue et l'interrogea sur l'origine de sa vocation :

— Qu'est-ce qui t'a donné le goût de devenir avocate ?

Après avoir bu une gorgée de vin et profité de cet instant pour réfléchir, elle répondit :

— C'est mon père. Incontestablement. Il était avocat, tu le sais peut-être ?

— Non...

— Antoine Marciano. Il était très, très doué.

— Ah oui..., pardon, réagit Nathan. Je vois bien qui c'est mais j'avais pas fait le lien avec toi. Il a participé à des procès retentissants, je crois ? Il est à la retraite ?

— Il est décédé, l'année dernière.

— Ah, je suis désolé…

— C'est pas grave, répondit-elle, sincère, bien que se rembrunissant un peu. Ça a été assez fulgurant. Les JT ont évoqué sa mort, sans revenir en détail sur les causes assez incroyables qu'il a défendues. Contrairement à Louisa Rauch, avec laquelle il était ami, mon père était très discret en dehors des procès. Même en sortant des audiences, il n'aimait pas particulièrement haranguer les journalistes, il préférait travailler au corps les témoins et les différents intervenants à l'abri des caméras.

— Il avait envie que tu deviennes avocate ?

— Il ne m'a pas poussée, mais je pense qu'au fond de lui, il l'espérait un peu. Il a eu trois filles et je suis de loin la plus jeune. Mes sœurs ont choisi des voies radicalement différentes. On a beaucoup parlé de déontologie, lui et moi, et de droit, pendant que je faisais mes études. Pour mes stages, il a en revanche préféré que je rejoigne un autre cabinet et m'a orientée vers Louisa.

— C'est assez beau, que t'aies suivi ses traces à ce point…

Emma esquissa un sourire teinté de mélancolie. Avant de reprendre, songeuse :

— Tu sais, pour revenir à ta première question, j'ai un souvenir précis de quand j'ai voulu devenir avocate. J'étais petite, j'avais… huit ans, je crois. Mon père défendait un homme, Baptiste Kervella, accusé d'avoir assassiné un couple pendant leurs vacances, une nuit où ils dormaient sous une tente. Des témoins affirmaient l'avoir vu rôder et il avait une « bonne tête de coupable », aux dires de tous. Les policiers n'avaient pas d'autre suspect et le juge d'instruction l'a mis en examen. Mon père a étudié le dossier. Et, estimant qu'il était vide, il a accepté de s'en occuper et s'est beaucoup impliqué, pour éviter une erreur judiciaire. Il y a eu une reconstitution sur le lieu du crime et, malgré la présence des forces de l'ordre, un proche des deux victimes a réussi à s'approcher avec une arme et à faire feu sur Baptiste Kervella, le tuant sur le coup.

» Mon père a été ravagé par cette injustice. Un drame pour les deux camps. J'ai toujours des images de lui en tête, toutes ces années après ; je le revois chez nous, dans son bureau, prostré, profondément triste. Et l'horreur est que, six mois plus tard, un deuxième homme a été arrêté après avoir tué deux jeunes femmes, dans les mêmes conditions. Il a avoué. Et l'ADN, qui en était à ses balbutiements, a permis d'établir un lien définitif entre ces meurtres. Cette affaire m'a profondément marquée. Voir mon père dans cet état, l'entendre évoquer la foule, avide de vengeance, quel que soit le coupable désigné… Le dossier de Justine Morin – devenu également celui de Gabin Lepage – m'a rappelé ça. Je sais que la même chose a marqué Dominique, même s'il en est, malgré lui, l'un des responsables : cette foule qui, comme disait Victor Hugo, souvent trahit le peuple. La voir déchaînée est un souvenir terrible pour lui, on en a parlé ensemble, et c'est l'une des choses qui nous a rapprochés.

— Je n'ai pas connu ton père mais je suis sûr qu'il serait très fier de voir à quel point tu te bagarres pour défendre Gabin.

— Sans aucun doute…, commenta Emma avec un sourire curieusement amer. Longtemps, ça a été un moteur, tu sais. Mais aujourd'hui, je ne suis plus sûre que le voir fier de moi ait une quelconque importance.

Alors que Nathan, perplexe, entrouvrait la bouche, Emma continua :

— Je ne vais pas t'accabler de mes souvenirs, mais j'en ai un autre, plus récent. Mon père était tombé malade alors que je travaillais sur un autre procès. Pendant des mois, j'y ai consacré presque tout mon temps et mon père aimait m'interroger à ce sujet, il se passionnait de loin pour ce dossier, lui aussi, et le vivait à travers moi. La veille de l'ouverture des débats, j'ai reçu un coup de fil de ma mère m'avertissant que son état de santé avait subitement empiré et qu'il était hospitalisé à Marseille. Deux choix s'offraient à moi : commencer le procès, en priant pour que mon père tienne jusqu'à la fin, ou le rejoindre avant qu'il soit trop tard, en me faisant remplacer. Mon cœur me dictait la deuxième solution, mais mon père m'a téléphoné... Il m'a parlé... de confrère à consœur et m'a expliqué qu'abandonner mon client aurait été une faute grave. Il m'a dit que je devais exercer ma fonction. Et qu'il était fier de moi. Et je ne l'ai jamais revu car il est mort, trois jours plus tard, avec ma mère et mes sœurs à son chevet.

Emma marqua une pause, soudain émue.

— Je sais que sur le plan professionnel, il avait raison, pourtant je lui en ai voulu énormément. Et peut-être que c'est ce qui fait que je ne serai jamais une aussi grande avocate que lui : parce que... malgré tout, je pense qu'il avait tort. Mon métier n'était pas le plus important et je lui en ai voulu de ne pas m'avoir laissée, comme mes sœurs, profiter d'un dernier moment avec lui. Je les ai enviées... Je les ai haïes... même si depuis j'ai fait la paix avec tout ça. Car, au fond, c'est idiot.

Emma termina sa phrase sans regarder Nathan et saisit son verre, d'un geste moins assuré.

— Je comprends, lui dit Nathan après un temps de réflexion.

— Je devrais pas te parler de ça.

— Au contraire... Merci de te confier.

— Non, je ne devrais pas, insista-t-elle. Je me suis documentée depuis notre dernière rencontre. Je sais ce qui est arrivé à tes parents... J'en suis profondément désolée, lui assura-t-elle en plongeant son regard dans le sien. Et m'apitoyer devant toi est déplacé. Nos malheurs n'ont rien en commun.

— Peut-être que si. Peut-être parce que, tous les deux, par notre travail, on cherche à se rapprocher d'êtres qu'on a aimés.

★

Il mourait d'envie de l'embrasser, sans oser sauter le pas.

Ils avançaient côte à côte dans les rues de Lyon et elle parlait presque incessamment, souriante, émoustillée par l'alcool. Pendant tout le reste du repas, ils avaient laissé la nostalgie de côté, préférant blaguer, jusqu'à faire un peu les imbéciles. Décompresser. Ils avaient même partagé quelques fous rires, salvateurs, étant donné les sujets lourds qui occupaient quotidiennement leurs pensées.

Arrivés à l'hôtel, ils se postèrent devant l'ascenseur. La chambre de Nathan était au quatrième et celle d'Emma au troisième. Nathan fixait le voyant indiquant les étages et vivait cela comme un terrible compte à rebours. Emma ne disait plus rien, ne le regardait pas mais restait face à lui. Et il comprit qu'elle lui laissait la responsabilité de la suite. D'agir ou non.

Il approcha son visage du sien. Les petits spots embrasaient ses cheveux blonds d'une lumière légèrement orangée. Ils échangèrent un baiser fougueux et tendre à la fois.

Il ne se lassait pas de ses lèvres, parfaitement dessinées, un peu charnues. Ils entrèrent dans sa chambre, comme collés l'un à l'autre, manquant de trébucher sur un sac laissé par terre. Nathan trouva l'un des interrupteurs et, avec une aisance qui l'étonna lui-même, guida Emma jusqu'au lit et la fit basculer sur le matelas sans heurt.

Ses mains explorèrent son corps, d'abord sur le chemisier puis rapidement dessous. Il se détacha d'elle, plongea son regard dans le sien, observant le reflet gris de ses yeux. Caressa son visage, de la naissance de ses cheveux jusqu'au bas de sa joue.

Tout à coup, sans comprendre ce qui se passait, il sentit quelque chose bondir sur son dos. Quatre petits points de pression avec une masse, au-dessus, tanguant au rythme de ses mouvements. Il poussa un cri de surprise assez aigu et ridicule, et l'animal sauta sur le lit.

— C'est mon chat ! s'exclama Emma en éclatant de rire devant la petite bête qui, défiant Nathan du regard, marchait fièrement sur le drap. Je l'emmène toujours avec moi.

Nathan choisit de rendre son mépris à l'animal en l'ignorant et en reprenant l'étreinte avec sa maîtresse.

11

PENDANT LES DERNIÈRES VINGT-QUATRE HEURES, ses forces l'avaient abandonné. Il avait presque cru y passer, même. Le film de sa vie, lors de ses différents réveils, avait défilé dans sa tête. Rien d'inhabituel pour lui, qui vivait continuellement dans les souvenirs et dans les regrets. Cette fois, néanmoins, ce n'était pas sa fille qui avait monopolisé ses songes. Il avait surtout pensé à son fils.

Il savait qu'il allait mourir, à relativement brève échéance. Combien de fois lui parlerait-il encore ? Le reverrait-il ?

Passer du temps avec Nathan lui faisait beaucoup penser à Guillaume. Il s'en voulait de n'avoir pas été assez présent. De l'avoir privé d'un foyer uni. D'avoir, en ôtant la vie de Lisa, ébréché du même coup la sienne.

Ils se voyaient de moins en moins et, lorsqu'ils discutaient, leurs échanges étaient lestés par la pudeur. Quand Tassi quitterait cette terre, le bilan de sa vie, où qu'en soit son enquête, serait de toute façon déplorable. Il voulait parler à son fils tant qu'il avait encore ses facultés. Alors, dans la soirée, il lui téléphona dès qu'il se sentit mieux.

Il prit des nouvelles de son petit-fils et de Jade. Tout allait bien chez eux. Ils ne faisaient rien de spécial. Les parents bouquinaient, après avoir mis l'enfant au lit. Adam avait quatre ans à présent et savait presque écrire. Guillaume évoqua brièvement son travail à Luxembourg, puis s'enquit de la santé de son père. Il trouvait qu'il avait une drôle de voix et s'étonna qu'il l'appelât à cette heure tardive, car cela ne lui ressemblait pas. Tassi n'avait aucune intention d'évoquer sa maladie ; pour ça, il n'était pas prêt.

— Je me sens fatigué ces temps-ci, se contenta-t-il de répondre. Mais rien de grave.

— T'es à la maison ? T'es rentré ou pas ?

— Non, pas encore, je suis dans l'Ain.

Son fils était au courant qu'il menait une enquête officieuse. Il savait également qu'il évitait de rester chez lui depuis quelque mois, sans en connaître la raison exacte. Il tenta de l'interroger une nouvelle fois à ce sujet, mais son père botta en touche.

— C'est un peu trop tôt pour en parler, je t'appelle pas pour ça de toute façon. Je voulais prendre de vos nouvelles et puis… je voulais te dire…

— Quoi ? demanda Guillaume alors qu'il s'interrompait.

Les mots devinrent pénibles à trouver pour Tassi, verbaliser ses sentiments n'avait jamais été son fort. Gamin, il n'avait pas été élevé comme ça. Son père se livrait peu, et lui-même avait reproduit cette communication pudique avec son fils. Néanmoins, les heures précédentes, quand il se sentait si mal, il s'était promis d'être un peu plus intelligent et de dépasser sa réserve. De ne pas risquer de claquer avant de lui avoir dit la seule chose essentielle :

— … te dire que je t'aime… tu le sais ? Tu le sais, n'est-ce pas ?

À son tour, Tassi attendit que le silence se rompe à l'autre bout du fil. Guillaume acquiesça et murmura que lui aussi... Tassi crut l'entendre marcher et devina qu'il s'écartait un peu pour s'isoler. Il avait autre chose à dire et y parvint, aussi difficile que ce fût :

— Je pense souvent à ta sœur..., articula-t-il. Pas un jour ne passe sans que je ne m'en veuille. Et... je l'ai jamais fait, mais... je veux te demander pardon à toi aussi.

— Pourquoi tu dis ça ? demanda son fils, étonné.

— Je t'ai privé d'elle. Tu as grandi sans sœur, à cause de moi.

— Je t'en ai jamais voulu, c'est pas de ta faute.

— Bien sûr que si, c'est de ma faute...

— C'est des choses qui arrivent, dit son fils avec conviction, après un temps. Je t'en veux pas. Faut pas que tu croies ça.

Un nouveau silence. Ces mots, qui visaient à le réconforter – et qui y parvinrent, bien sûr –, le tenaillèrent également.

— T'es gentil, mon petit gars, se contenta-t-il de répondre. T'es gentil.

Ils échangèrent encore quelques phrases, avant de raccrocher. Plongé dans ses pensées, Tassi fit les cent pas dans la chambre puis, pris de tournis, retourna s'allonger. Il mangea un peu de la compote, des gâteaux et du pain que lui avait achetés Nathan, au cas où il n'aurait pas la force de descendre se restaurer. Alluma la télévision, sans prêter attention au programme, et resta immobile ainsi pendant un peu plus d'une heure.

Se sentant quelque peu rasséréné, il eut envie de se laver, gagna la salle d'eau et ouvrit le robinet de la baignoire. Il ôta le peu de vêtements qu'il portait et, une fois nu, observa son reflet dans le miroir, ses yeux jaunis, comme s'il se sondait lui-même.

Depuis l'enfance, le son vif de l'eau qui coulait l'avait toujours apaisé. Il aimait sentir le niveau monter sur sa peau et il se glissa dans son bain, sans attendre.

★

Assis au volant de sa voiture, contact éteint, la Guêpe observait les fenêtres de la chambre du motel. Il était garé sur le parking de la grande surface, situé à une centaine de mètres.

Dans l'après-midi, il s'était renseigné sur la configuration des chambres ; et il redoubla d'attention lorsque la fenêtre dépolie, qu'il savait être celle de la salle d'eau, s'éclaira. L'occasion qu'il attendait se présentait sans doute enfin. Aucun scénario n'était parfait, depuis que Tassi ne mettait plus les pieds chez lui et qu'il se savait en danger ; néanmoins, le surprendre dans son bain ou sous sa douche, ou même en train d'effectuer une brève toilette, pourrait faciliter les choses. La Guêpe attendit quelques secondes pour s'assurer que la lumière restait allumée, sortit son Glock de la boîte à gants, le glissa dans sa veste et quitta le véhicule.

Les consignes de Martin étaient claires : agir ce soir était essentiel. Fini de tergiverser.

Après la première tentative ratée, les choses avaient été laissées en stand-by. La Guêpe ignorait les détails. Il savait seulement que Tassi s'était confié à l'avocate sur ce qu'il avait découvert et que l'atteindre à ce moment avait été jugé non seulement compliqué mais trop risqué.

La discrétion était requise, et ils avaient continué à le surveiller de loin. Très difficilement, maintenant que la cible était sur ses gardes. Tassi restait en mouvement, sans utiliser de GPS, recherchait les mouchards sur sa voiture et n'allumait presque jamais son téléphone. Les quelques fois où la Guêpe l'avait localisé, avant qu'il disparaisse de nouveau, n'avaient pas été jugées opportunes. La Guêpe ne discutait pas, se bornant à suivre les consignes. Mais il sentait la tension monter du côté de ses commanditaires, alors que la date du témoignage de Tassi aux assises approchait.

En revenant ici avec Nathan Rey, Tassi avait enfin manqué de prudence, allant jusqu'à rester dans le même hôtel pendant plusieurs nuits d'affilée. La Guêpe avait observé leur manège aujourd'hui, sans vraiment comprendre ce qui se tramait dans cette chambre. Étonnamment, Tassi n'en avait pas bougé.

Arrivé en haut des marches, la Guêpe emprunta la coursive, sans croiser personne. La fenêtre opaque était toujours éclairée. En posant sa joue contre le mur, il perçut les vrombissements de la tuyauterie.

La Guêpe saisit son Glock ; de l'autre main, il manipula sa *carte maître*, qu'il avait configurée plus tôt sur son logiciel à partir de la clé électronique d'une autre chambre du motel, louée uniquement dans ce but.

Il l'enfonça dans l'appareil de lecture, lequel émit une lumière verte accompagnée du petit bruit de déverrouillage. La Guêpe abaissa la poignée et poussa la porte mais, au moment où elle s'entrouvrit, l'alarme par vibration se mit à hurler. Bien plus vite que Nathan, la Guêpe comprit de quoi il s'agissait. Il se faufila derrière le battant, trouva le bouton et l'arrêta. Aussitôt, il entendit l'eau cesser de couler dans la salle de bains. La porte de celle-ci était fermée.

La Guêpe réfléchit, vite. Et choisit d'en finir.

Tassi coupa l'eau et tendit l'oreille, sans plus percevoir aucun bruit. La porte de la salle de bains n'était pas verrouillée, alors il bondit hors de la baignoire et abaissa vivement le loquet.

Puis, debout, trempé, il se décala pour éviter un tir éventuel.

— Qui est là ? demanda-t-il, d'une voix puissante.

Un long silence s'ensuivit, rompu par le bruit très discret de la fermeture de la porte d'entrée et le son feutré de quelques pas.

La Guêpe, décidé cette fois à ne pas partir avant d'avoir éliminé sa cible, inspecta la chambre avant de tenter quoi que ce soit. Son arme constamment dirigée vers la salle de bains, il fit le tour du lit et découvrit avec satisfaction le smartphone du gendarme. Il ne pourrait prévenir personne.

La Guêpe fouilla ses deux sacs, ouvrit une armoire et une commode, glissa la main entre des vêtements pliés et ne trouva aucune arme. D'après les informations communiquées par Martin, le Glock de Tassi avait été saisi par les gendarmes. Il ne pouvait exclure qu'il s'en soit procuré une autre et qu'il l'ait avec lui en ce moment même. Néanmoins, c'était peu probable.

Tassi l'entendait bouger, tel un prédateur attendant son moment. Il observa le loquet fragile, conscient qu'il ne tiendrait pas longtemps face à une série de coups de pied. Il se sentait maintenant capable de lutter au corps-à-corps, mais il était nu, sans rien avec lui, pas même une arme blanche.

Il y eut un nouveau son discret de l'autre côté de la porte… Un coulissement aux accents métalliques qui était familier à Tassi : celui d'un silencieux qu'on vissait sur un canon.

Tassi parcourut des yeux la salle de bains, à la recherche d'un objet pouvant lui venir en aide. Il n'y avait rien, ici, hormis des accessoires de toilette. Il attrapa sa trousse et en renversa le contenu dans le lavabo. Ses ciseaux à ongles brillèrent sur la céramique blanche, avec leurs lames tranchantes bien que minuscules.

C'était mieux que rien.

Il regarda encore autour de lui ; une colonne de rangement était vissée au mur et il essaya de l'en arracher, sans résultat. Le meuble sous le lavabo possédait deux larges tiroirs, dont il venait d'inspecter le contenu. Il les tira le plus possible et estima qu'ouverts en grand, ils bloqueraient en partie la porte si son assaillant tentait de l'enfoncer... Momentanément, du moins.

Soudain le bois craqua très fort, tout près du loquet. Premier coup manqué, suivi aussitôt d'un deuxième, en plein dans la poignée, cette fois. Le métal jaillit dans la pièce et tapa contre un carreau en faïence.

Tassi eut à peine le temps de se plaquer contre le mur qu'un nouveau tir s'abattit sur le verrou, suivi d'un violent coup de pied qui propulsa la porte contre les tiroirs, sans l'ouvrir entièrement. Puis il y eut un second coup de pied, échouant également.

Comprenant qu'un meuble faisait barrage, la Guêpe glissa son poignet dans l'embrasure, le replia et visa à l'aveugle. Tassi s'agenouilla juste avant le *pchitt* du premier tir, puis il donna deux coups d'épaule dans la porte, percutant très fort l'avant-bras du tueur. La Guêpe retira sa main en poussant un grognement de rage ; prit du recul et cribla la porte de balles. Le bois éclata à divers endroits et Tassi se coucha sur le carrelage afin d'éviter les tirs.

Une fois son chargeur vidé, la Guêpe le remplaça par un deuxième et continua de canarder, dans le mur cette fois. Il tendit l'oreille, entendit du mouvement. Changea derechef de chargeur et axa cette fois tous ses tirs sur le milieu du battant, afin de créer un large orifice.

Allongé sur le sol, Tassi, indemne, aperçut le poing ganté du tueur qui se frayait un passage en cognant sur quelques bouts de bois restants. Il comprit ce qui allait suivre et, lorsque le canon glissa à travers le trou, il bondit sur ses pieds, saisit l'arme brûlante et planta de toutes ses forces les ciseaux dans le dos de la main du nervi. Celui-ci hurla et, refusant de lâcher le pistolet, retira sa main dans un déchirement de chairs.

— ENCULÉ ! FILS DE PUTE ! s'époumona-t-il en regardant sa plaie grande ouverte et sanguinolente.

S'écartant à nouveau de la porte, Tassi espéra que son adversaire allait renoncer. L'eau ruisselait partout devant lui : une partie des balles avait perforé la baignoire, engendrant moult orifices par lesquels le liquide s'échappait. Des affaires de toilette, des serviettes et un gobelet jonchaient le sol ; Tassi attrapa celui-ci et le plaça sous l'un des écoulements.

La Guêpe, en gémissant de douleur, recommença à tirer sur la cloison, mais les balles ne traversaient pas. Alors il se décala et visa la porte plus en biais, tentant d'atteindre sa cible collée contre le mur. Il n'osait plus glisser sa main dans le trou.

— C'est raté ! Une deuxième fois..., le provoqua Tassi.

Jaugeant les différentes possibilités pour en finir au plus vite, la Guêpe mit quelques instants à répondre :

— Je partirai pas sans toi, cette fois.

Il approcha encore plus près, tira de nouveau en biais et Tassi entendit la balle siffler juste devant lui.

— Dis-moi les noms de ceux qui t'envoient, demanda-t-il en masquant sa trouille.

La Guêpe se pencha pour tenter de le voir par l'orifice. Puis il finit par lui répondre :

— C'est vrai que je pourrais… vu que dans une minute tu seras mort… Mais tu vas crever sans savoir.

— J'aimerais te dire quelque chose avant. Si tu promets de ne pas tirer…

— Je te laisse dix secondes…, rétorqua l'homme de main, après un temps d'hésitation.

— Tu m'entends ou pas ?

La voix se faisait plus confidentielle, un peu étouffée. La Guêpe, intéressé mais méfiant, se pencha davantage et approcha son visage du trou, à une distance raisonnable.

— Je t'écoute.

Soudain, il reçut une giclée d'eau, balancée par Tassi à l'aide du gobelet.

— Imbécile ! fulmina la Guêpe, avant de tirer une nouvelle rafale, imprécise, visant essentiellement à déchaîner sa fureur.

Lorsque la dernière cartouche fut expulsée du canon, la Guêpe continua de presser la détente dans le vide à trois ou quatre reprises. Il changea une dernière fois de chargeur ; puis examina ses vêtements partiellement mouillés et souffla de mépris. Par terre, de l'eau coulait jusqu'à lui et trempait ses semelles. Avec rage, la Guêpe balança un coup de pied dans la porte, encore bloquée par les tiroirs.

— Eh, tu m'entends ? lui demanda Tassi.

— QUOI ? cria-t-il.

Tassi se tenait en équilibre, accroché d'une main à la colonne de rangement vissée au mur. De l'autre, il agrippait un sèche-cheveux branché à la prise murale.

— C'est toi, l'imbécile, lui dit-il.

Et dans un même élan, il pressa le bouton du sèche-cheveux et le laissa tomber ; le regarda chuter, comme au ralenti, conscient qu'il jouait peut-être sa dernière carte.

Derrière la porte, la Guêpe entendit le ronronnement du petit moteur. La fraction de seconde qu'il mit à comprendre ce qui allait se passer ne lui laissa pas le temps de bondir en arrière. Et lorsque l'appareil s'abattit sur le sol couvert d'eau, la décharge électrique le parcourut avec une violence inouïe.

Son corps vibra, jusqu'à ce que les lumières s'éteignent.

La chambre était déjà plongée dans l'obscurité quand il bascula en arrière et s'effondra. Aussitôt après le court-circuit, Tassi débrancha le câble du sèche-cheveux et descendit du meuble. Il perçut du bruit de l'autre côté et préféra ne pas retirer trop vite les tiroirs.

D'abord incapable de se relever, la Guêpe rampa sur le sol et s'éloigna vers la sortie en geignant.

Tassi entendit la porte de la chambre s'ouvrir et débloqua celle de la salle de bains. Une lumière bleuâtre provenant de l'extérieur éclairait légèrement le sol de la pièce. Tassi distingua une forme, par terre près du lit : le pistolet de son adversaire, projeté dans sa chute. Il le ramassa. Le temps qu'il sorte de la chambre et gagne la coursive, la Guêpe était déjà descendu et s'apprêtait à traverser la route au pas de course, en claudiquant un peu. Tassi choisit de ne pas le poursuivre, ni de tenter de l'atteindre à cette distance avec l'arme.

Bientôt, sur le parking d'en face, les feux d'une voiture s'allumèrent ; elle fonça dans la nuit, sans que Tassi puisse lire sa plaque d'aussi loin. Il reprit son souffle, surexcité par l'adrénaline. Et mit quelques instants à se rendre compte que des clients du motel, eux aussi sortis de leurs chambres à cause de la panne de courant, l'observaient avec incrédulité ; nu comme un ver, un pistolet à la main.

12

— VOUS NE POUVEZ PAS LE VOIR, il est actuellement entendu par des collègues.

— Je veux m'entretenir avec lui ! protesta Nathan. Il n'est pas en garde à vue, n'est-ce pas ? Donc laissez-moi lui parler quelques minutes…

— Je vous répète que c'est impossible, répliqua le planton derrière son comptoir, avec une mine lasse.

— Alors demandez au capitaine Delalandre de venir.

— Je ne peux pas non plus.

— Pourquoi ?

— Parce qu'il est occupé.

Presque au même instant, Nathan aperçut une silhouette débouchant d'un couloir. Delalandre en personne, en train de siroter un gobelet de café. En le voyant lui aussi, l'officier tourna les talons mais Nathan fila à ses trousses.

— Capitaine ! Est-ce que vous avez fini d'interroger Dominique Tassi ?

— Non, répondit sèchement le gendarme en faisant volte-face. Rentrez chez vous, maintenant.

— Il m'a téléphoné et demandé de venir.

— C'est pas mon problème et vous n'avez rien à faire ici. Qu'il appelle un avocat, s'il a besoin d'un conseil. Mais il n'en a pas émis le souhait…

— Vous le traitez comme un coupable, alors que c'est lui, la victime !

— Écoutez, Rey, dit Delalandre en faisant un pas vers lui, j'ai une chambre d'hôtel ravagée, couverte d'impacts de balles. J'ai jamais vu un truc pareil et j'ai seulement Tassi sous la main, avec sa version abracadabrante. Alors je le garde.

— Arrêtez de mettre en doute ce qu'il vous dit. Un homme a voulu le tuer, vous devriez relever ses empreintes ADN et chercher s'il est répertorié…

— Parce que vous croyez vraiment qu'on vous a attendu pour ça ?

— Alors, laissez Dominique tranquille. Il n'est pas en bonne santé…

— Il se porte très bien actuellement, rétorqua Delalandre, sceptique.

— Vous êtes au courant que dans vingt-quatre heures, il est convoqué en tant que témoin au tribunal de Lyon, non ? Son témoignage est capital et, comme par hasard, on cherche à le descendre… Vous ne voyez donc pas ce qui se passe ?

— Ça suffit, maintenant, décréta Delalandre, je n'en ai rien à foutre de vos histoires. Vous étiez là l'autre jour, ni Tassi ni vous ne m'avez écouté. Alors, fini, les traitements de faveur !

— Faites attention à ne pas vous réveiller avec la gueule de bois, capitaine ! l'avertit Nathan en le voyant s'éloigner.

— Faites attention, vous, de ne pas vous retrouver dans une geôle très bientôt !

Nathan avait dormi quatre heures tout au plus, entre la fin de sa soirée avec Emma et le coup de fil qu'il avait reçu au petit matin. Le smartphone avait eu beau se trouver sur la table de chevet, la sonnerie lui avait paru lointaine et n'était parvenue à le tirer de son sommeil que de justesse.

En décrochant, les yeux plissés de fatigue, Nathan avait eu deux surprises : recevoir un appel de Tassi à 5 h 11 du matin, et constater qu'Emma avait déjà quitté le lit et se tenait assise au bureau de la chambre d'hôtel. Studieuse, l'avocate était habillée, lunettes sur le nez, et bûchait ses dossiers à la lumière d'une petite lampe. Intriguée par cet appel téléphonique, elle s'était tournée sur sa chaise.

— Dominique ? Allô ?

— Nathan, je te réveille ? Je suis désolé de t'appeler si tôt.

— C'est rien, qu'est-ce qu'il y a, tu es malade ?

Tassi, disposant de peu de temps, lui avait résumé ce qui s'était passé. L'intrusion dans sa chambre, la fusillade, la fuite de son assaillant. Les gendarmes avaient été appelés et l'avaient conduit à la brigade, où il était entendu. Ils ne comptaient pas le relâcher avant d'y voir plus clair. D'une voix calme, avec concision et précision dans le choix de ses mots, il avait énoncé des faits plus surprenants les uns que les autres, avant de demander :

— Est-ce que tu peux me rejoindre ? Je dois témoigner demain, il faut que je prenne la route avant ce soir.

— Bien sûr ! Je pars tout de suite.

— Nathan ? avait ajouté Tassi avant qu'ils raccrochent. Sois extrêmement prudent…

Nathan avait acquiescé, puis reposé son smartphone. Emma restait tournée vers lui, attendant des explications.

Et Nathan se retrouvait là, coincé dans cette salle d'attente, à l'intérieur de laquelle il faisait les cent pas depuis des heures.

Il avait auparavant effectué un tour dehors. La gendarmerie étant assez éloignée de la ville, le réseau ne passait pas dans la brigade et le planton lui avait conseillé de rejoindre le parking où, effectivement, il captait un peu mieux. Là, Nathan avait téléphoné à Laurent Toureau. Afin de le remercier, mais aussi car il venait d'avoir une nouvelle idée en pensant à Raphaëlle Lafarge. Les deux hommes avaient discuté un moment puis Toureau, toujours sans connaître les tenants et les aboutissants de l'affaire qui préoccupait Nathan, avait accepté de lui rendre ce nouveau service.

Nathan était ensuite parti manger, avant de revenir, sous les regards réprobateurs des gendarmes qu'il croisait. Préférant ne plus faire de vagues, il s'était rassis et avait continué de patienter en évitant de les importuner trop souvent avec des questions.

Il bouquinait tandis que l'après-midi s'écoulait lentement. Les gens, venus déposer une main courante, une plainte ou répondre à une convocation, défilaient devant lui. Comme Internet ne passait pas, il fit une partie de jeu vidéo sur son smartphone ; en eut vite assez et rêvassa. Il luttait contre son manque de sommeil, avachi sur les sièges en plastique inconfortables.

Puis, malgré lui, il s'assoupit.

À son réveil, la salle d'attente était baignée d'une lumière chaude, rasante, celle de certaines fins de journée. Les rires d'un groupe d'hommes résonnaient un peu plus loin. Il s'apprêtait à saisir son téléphone pour voir combien de temps il avait dormi quand deux gendarmes rejoignirent le planton.

Nathan entendait parfaitement ce qu'ils disaient et, pensant qu'ils allaient peut-être évoquer Tassi, il referma les yeux. Après avoir échangé une nouvelle plaisanterie, l'un des gendarmes questionna son collègue :

— Alors t'étais chez Rossignon pendant tout ce temps ?

— Il m'a tenu la grappe, il est furax. Y avait son frère et sa femme, le voisin, et même le véto est passé.

— Eh ben... J'ai bien fait de pas venir, je crois. Y a du nouveau ?

— Non... Ils comprennent pas. Personne comprend, même pas le véto. Il a refait faire des analyses sur les carcasses, y a pas de produits toxiques. Et pourtant le vieux en démord pas, et son voisin non plus, ils sont persuadés que c'est l'usine. Ou alors les pesticides de la ferme agro. Mais pourquoi ça tuerait une demi-douzaine de vaches, comme ça ?

— Et les analyses d'eau, elles ont rien donné ?

— Non. Et à l'usine, ils jurent qu'ils font jamais ce genre de trucs.

— Oui, bon..., commenta le collègue, sceptique. Y a eu des témoignages il y a longtemps, hein... L'eau qui changeait de couleur, tout ça. C'est déjà arrivé, une demi-journée, sans raison. Bon, ça date un peu, c'est peut-être fini, c'est vrai, et puis y a les analyses... Mais reste à savoir s'ils les ont faites au bon moment.

— Le véto dit que pour lui, c'est pas ça. Et que c'est pas une maladie non plus. C'est rien qu'il connaisse.

— Ben pourtant, y a bien quelque chose ! Deux élevages touchés, tout près l'un de l'autre...

— Justement, c'est les seuls. Ceux un peu plus au nord n'ont rien, pourtant ils sont plus près de l'usine, et leurs bêtes aussi boivent l'eau de la rivière.

Ils se turent un court moment.

— On peut pas exclure l'usine, ni une maladie – malgré ce que dit le véto –, ni un acte malveillant. Mais ça rappelle aussi beaucoup ce qu'il y a eu récemment en Bretagne. Là-bas, c'est des centaines de vaches qui sont mortes. Ils savent toujours pas ce qu'il y a eu mais ils penchent pour des ondes électromagnétiques, l'électricité dans le sol…

— Ils ont mis ça sur le compte du parc éolien, mais on n'a rien de tel à proximité. Et là encore, si ça venait des ondes dans le sol, pourquoi Rossignon et Garcha seraient les deux seuls touchés ?

— Sacré merdier…

— Ça c'est sûr. Et moi, j'ai dû dire à Rossignon de se calmer, quand même… Parce qu'il est là à menacer tout le monde, du directeur de l'usine au chef d'exploitation de la ferme… Il est à cran et il faudrait pas qu'il fasse une connerie…

— Il voit ses vaches mourir les unes après les autres, sans savoir pourquoi… Faut le comprendre…

— … Je sais bien…

La conversation dévia sur des sujets plus futiles. Les deux sous-officiers finirent par s'éloigner dans un couloir en rigolant, laissant le planton seul.

Nathan se redressa et fit quelques pas afin de se dégourdir un peu les jambes, mais surtout pour réfléchir. Puis il sortit à nouveau de la brigade, son smartphone à la main et, dès qu'il capta Internet, il ouvrit son navigateur.

★

Après avoir passé près d'une heure sur son moteur de recherches et sur Google Maps à chercher la bonne ferme, l'amont et l'aval de la rivière, les routes et les terres autour, il regagna la salle s'attente. Il faisait nuit à présent et, heureusement, Tassi apparut enfin dans le couloir, escorté par Delalandre qui arborait son habituel masque exaspéré.

Les deux hommes s'arrêtèrent près de la porte de sortie et se firent face.

— Allez, fichez le camp, le somma Delalandre. Je vous recontacterai vite.

Nathan ramassa aussitôt sa veste et fila vers Tassi qui l'attendait. Delalandre avait déjà fait demi-tour. Tassi, sans dire un mot, poussa la porte et sortit d'un pas décidé, suivi par un Nathan plus fébrile. L'homme alité et éreinté qu'il avait quitté l'avant-veille semblait n'être qu'un lointain souvenir.

— J'ai cru qu'ils n'allaient jamais te laisser sortir ! dit Nathan en trottant juste derrière lui.

— Sans Emma, j'y serais encore ! Merci, toi aussi, d'être venu jusque-là. Où est ta voiture ?

— Là-bas ! dit Nathan en désignant la Peugeot 3008, garée non loin. Mais Dominique, donne-moi plus de détails… Qu'est-ce qui s'est passé, bon sang ?

— Je t'expliquerai. On a de la route à faire.

13

— J'AVAIS UNE CHIENNE À L'ÉPOQUE... elle s'appelait Tessa. C'était une femelle berger allemand, âgée de quatre ans. Elle était adorable, je l'emmenais partout, pendant mon travail ou mes promenades. Je l'aimais énormément et elle me le rendait au centuple...

Gabin Lepage s'interrompit et s'ensuivit un silence de cathédrale. Personne, dans la salle bondée, ne prononça un mot. Debout dans son box, son visage près du micro, Gabin paraissait extrêmement peiné en évoquant le souvenir de sa chienne, et il s'indigna :

— Ils me l'ont prise et ils ne m'ont jamais laissé la revoir. Moi, je savais... je savais ce qui m'arrivait, mais elle... elle a forcément cru que je l'avais abandonnée ! Et ça, jamais je leur pardonnerai ! dit-il avec colère. Ma mère l'a prise chez elle pendant quelques semaines mais elle vivait dans un appartement et elle a dû trouver quelqu'un d'autre pour s'en occuper. Tessa est morte à moins de dix ans, c'est trop jeune pour un berger allemand ; ça prouve qu'elle a souffert, mentalement et phy...

— Monsieur Lepage, l'interrompit le président, la cour, dans son indulgence, entend votre chagrin, néanmoins il m'apparaît malséant, au vu de la gravité des faits qui vous sont reprochés, d'évoquer plus longuement le sort de votre chienne. Nous sommes réunis ici pour une affaire d'homicide et de torture sur un enfant, aussi je vous prierais d'arrêter là cette digression…

— Si je vous parlais de ma chienne, monsieur le président, c'est parce que c'est à cause d'elle que j'ai pris part à la battue. Tessa avait un flair exceptionnel et je me suis dit qu'elle serait un atout. Quand j'ai vu des gens partir et qu'ils m'ont raconté ce qui se passait, je suis descendu à mon tour vers le village et je me suis joint au groupe. J'y suis allé pour les aider ! Et même si ça n'a rien donné, j'ai cherché comme les autres, toute la nuit.

» À l'aube on y était encore, et certains d'entre nous ont commencé à se disperser à cause de la fatigue. J'ai décidé de rentrer chez moi pour me reposer également, avec l'idée d'y retourner plus tard. Alors j'ai pris le chemin du retour, un peu comme je pouvais car la battue m'avait beaucoup éloigné de chez moi. Et c'est là, pendant que je marchais dans la nature, que j'ai entendu un coup de feu.

— Le coup de feu que vous avez mentionné lors de votre arrestation, commenta le président avec un air songeur. Vous maintenez l'avoir entendu ?

— Absolument. Il a résonné, pas loin… Je me suis arrêté et j'ai évalué d'où venait la détonation. Ma chienne et moi, on a marché rapidement, presque en courant, et c'est elle qui l'a trouvée… La petite fille, couchée par terre. Je l'ai ramassée…

— Pourquoi ne pas avoir attendu les secours ?

— J'ai voulu l'aider. On était seuls, perdus au milieu de nulle part, et tout est allé très vite…

— Et après ?

— Après, le gendarme est arrivé. L'adjudant Tassi.

★

Tassi se tenait debout, droit, devant le président, ses assesseurs et les jurés. Après avoir prêté serment, il reposa sa main sur la barre des témoins.

En retrait dans la salle, Nathan observait sa haute stature, de dos. Puis, en se déportant un peu, il parvint à apercevoir Emma, qui, bonne surprise, regardait également dans sa direction et lui adressa un sourire complice.

— Monsieur Tassi, commença le président, vous avez été le premier enquêteur sur la scène de crime. Racontez-nous.

— Mes collègues Jean Baranès, Sébastien Jouannet, Niels Peraria et moi-même avions participé à la battue, qui s'était prolongée toute la nuit. Au petit matin, l'adjudant-chef Baranès m'a demandé de rentrer à la brigade pour me reposer un peu et, surtout, pour accueillir les renforts qui devaient arriver. J'ai pris le chemin du retour en voiture… J'ai été contraint de m'arrêter sur le bord de la route car j'ai reçu un coup de fil. C'était mon fils. Après avoir raccroché, j'ai fait quelques pas pour observer les environs, du point de vue où j'étais. Et c'est là, en contrebas, que j'ai aperçu un homme avec ce que j'ai cru reconnaître comme étant un petit corps inerte, un corps d'enfant.

— L'homme en question était-il Gabin Lepage ? demanda le président en désignant l'accusé.

— Il était trop loin pour que je l'identifie, mais la suite montra que c'était lui.

Le président opina, puis encouragea le retraité à poursuivre.

— J'ai repris la route, emprunté une descente pour m'approcher le plus possible de la zone que j'avais aperçue. Là, j'ai laissé ma voiture et j'ai arpenté la végétation, tant bien que mal. Lorsque je suis enfin arrivé au bon endroit, j'ai découvert Gabin Lepage, dans cet environnement désert, avec le corps de Justine Morin dans ses bras...

Le visage de Didier Morin, qui écoutait non loin derrière lui, était parcouru de tics nerveux.

— ... La fillette était déjà morte, termina le gendarme.

— Quel était le comportement de l'accusé ?

— Il était agité, paniqué.

— A-t-il dit quelque chose ?

— Il s'est justifié en disant qu'il avait trouvé Justine. Ses explications étaient confuses.

— Vous l'avez cru ?

— Non. J'ai pensé qu'il était le coupable et qu'il mentait.

— Pourquoi ?

— Sa version ne me paraissait pas crédible, voire loufoque.

— Et aujourd'hui, continua le président après un temps, votre conviction est-elle la même ?

— Non, déclara Tassi, péremptoire. Je pense que nous avons tous cherché à confondre l'accusé trop rapidement.

Des murmures se firent entendre dans la salle. Nathan, passionné par ce qui se jouait, scruta les visages des gens assis autour de lui.

— Sur quel point doutez-vous ? demanda le magistrat.

— Plusieurs éléments. Le coup de feu, par exemple. J'ai résolument rejeté la version de Lepage à l'époque, car je me trouvais dans les environs quand il dit l'avoir entendu. Et ça reste vrai, je n'ai rien entendu, pourtant je n'étais pas loin. Néanmoins, j'étais dans la voiture, avec la radio allumée ; si coup de feu il y a eu, je peux ne pas l'avoir perçu.

Les messes basses s'amplifièrent et gênèrent Nathan pour écouter la suite.

— Après réflexion, je crains aussi d'avoir mal jugé sa panique. Sur le moment, je l'ai interprétée comme l'affolement d'être pris la main dans le sac... alors que sa peur pouvait être normale : comment expliquer à un gendarme qu'il se trouvait là ? Le fait qu'il m'ait demandé du secours en me voyant plaide d'ailleurs plutôt en sa faveur.

— Vous voulez donc dire, monsieur Tassi, qu'aujourd'hui vous ne croyez plus en la culpabilité de l'accusé ?

— Je suis saisi par le doute... Un doute très affirmé.

La vague de murmures reprit, tandis que le président s'enfonçait dans son siège. Bien qu'elle s'attendît aux déclarations de l'ancien gendarme, Sylvie Morin parut accablée. Didier, quant à lui, se contenait tant qu'il pouvait, même si son agitation interne transparaissait dans des mouvements incontrôlés.

Emma les observa tous deux, puis reporta son attention sur leur avocat, auquel le président donna la parole.

— Monsieur Tassi, intervint Me Manin d'un ton presque courroucé, vous vous dites saisi par le doute ?

— Tout à fait.

— Dois-je vous rappeler que vous avez pourtant amplement contribué à l'inculpation de l'accusé ? Non seulement vous l'avez arrêté mais votre rapport, qui figure dans ce dossier, est accablant. Sans parler de la garde à vue, lors de laquelle VOUS avez pris la main et VOUS avez obtenu ses aveux ! Si cet homme, dit-il en désignant Gabin Lepage, a passé les quinze dernières années de sa vie en prison, c'est à cause ou grâce à votre travail de l'époque ! Or après tout ce temps vous faites machine arrière ?

Sans se départir de son calme, Tassi rétorqua :

— Nous avons agi avec trop de précipitation. Le climat de l'époque ne se prêtait pas à une enquête prudente et pondérée.

— Le climat, la météo ? Vous aviez peut-être trop chaud, ça vous empêchait d'avoir tous vos esprits ?

— Non, Me, je parle de l'atmosphère générale, d'une pression populaire et politique. On avait tué une enfant du village, dont les parents étaient très appréciés. Il fallait un coupable, vite. Tout accablait Gabin Lepage, nous n'avons pas cherché plus loin.

— Pourtant, monsieur, je trouve votre travail de l'époque particulièrement fouillé et perspicace. Plus que la fable que vous nous racontez aujourd'hui, commenta Me Manin en montrant ostensiblement son trouble à la cour.

Au moment exact où l'avocat de la partie civile se rasseyait, Emma se leva.

— Monsieur Tassi...

Celui-ci tourna la tête vers elle et Emma plongea ses yeux bleus dans les siens. Pour en avoir longuement discuté ensemble quelques semaines plus tôt, tous deux connaissaient l'importance de ce moment, celui de lâcher la bombe, sans certitude aucune quant à la portée de sa déflagration. Rien à voir avec les diverses failles ou témoins écartés à l'époque que Tassi lui avait indiqués afin d'enrichir son dossier pour le passage en cassation. Il s'apprêtait à vider son sac, en semant le trouble, et d'une certaine façon s'en réjouissait.

— Pouvez-vous faire part à la cour de vos récentes découvertes ? Des raisons véritables qui ont fait naître un doute dans votre esprit ?

— Il y a environ un an et demi, le 23 février, le corps d'une adolescente, Laetitia Martinez, a été découvert à Bourg-en-Bresse, dans l'Ain. Avant de l'étrangler, son bourreau l'a violée et torturée. Il l'a ensuite enterrée dans une forêt.

— En quoi cette affaire pourrait-elle concerner Justine Morin ?

— Tout, dans ce crime, rappelle celui de Justine Morin.

— Pourquoi ?

— Le corps de Laetitia Martinez présentait des traces de sévices bien particuliers : des brûlures sur la poitrine et sur les organes génitaux, vraisemblablement faites avec un appareil à impulsion électrique, du type Taser, très puissant. Les marques de brûlures sont les mêmes que j'ai observées sur le corps de Justine Morin, quand je l'ai découvert.

Le brouhaha reprit, beaucoup plus fort.

— S'il vous plaît ! Du calme, s'il vous plaît ! protesta le président, tout autant agacé par les propos de l'ancien gendarme que par la réaction du public.

— Monsieur le président, qu'est-ce que c'est que ces histoires ? s'indigna Me Manin.

— Monsieur Tassi, continuez, je vous en prie ! l'engagea Emma en élevant la voix.

— Lorsque j'ai eu connaissance de ce crime récent, je suis allé à mon ancienne brigade pour consulter de nouveau le dossier de Justine Morin et le confronter à mes souvenirs. Mais là, j'ai été effaré en constatant que le rapport d'autopsie ne retranscrivait absolument pas les blessures que je garde en mémoire et que je viens d'évoquer. Une partie des photos, qui auraient dû montrer la totalité du corps ou se focaliser sur les organes génitaux, est manquante. Nulle part il n'est fait mention des traces de brûlures que j'ai observées.

— Quelles conclusions en tirez-vous ? continua Emma.

— Deux choses : que le rapport d'autopsie de Justine Morin a été soit bâclé, soit saccagé ; et qu'un rapprochement doit impérativement être fait entre les dossiers Morin et Martinez.

L'avocat général, outré, se redressa derrière son pupitre et exhorta le président à reprendre la main. Celui-ci, ayant le plus grand mal à entendre les revendications des uns et des autres, fit retentir sa sonnette électrique et réclama le silence.

— Monsieur Tassi, est-ce que vous vous rendez compte de la gravité de vos accusations ? lui demanda-t-il, presque en criant.

— Oui, monsieur le président.

— Avez-vous des preuves ?

— Non, si ce n'est ma parole d'adjudant-chef. J'ai l'intime conviction que la même personne a assassiné Justine Morin et Laetitia Martinez, et qu'il s'agit d'un tueur en série. En conséquence, j'ai averti mon ancienne hiérarchie à différentes reprises, sans résultat.

La clameur s'amplifia encore et le président s'écria :

— Ça suffit ! La séance est ajournée ! Raccompagnez l'accusé ! ordonna-t-il aux policiers. Me Marciano et les autres parties, rejoignez-moi immédiatement dans mon bureau !

14

TASSI ET NATHAN attendaient dans la salle des pas perdus, près du bureau dans lequel le président recevait Emma et les représentants des autres parties.

L'avocate en ressortit en premier, visiblement déterminée, et passa près des deux hommes en les invitant à la suivre.

— C'est bon, leur dit-elle, il est en pétard et il était à deux doigts de reporter le procès jusqu'à ce qu'il y ait du nouveau sur l'affaire Martinez, mais je l'ai convaincu de ne pas le faire…

— J'y suis peut-être allé trop fort ? demanda Tassi en avançant à ses côtés.

— Non, vous avez été très bien. Votre témoignage a marqué les gens présents, lui y compris. Le message qu'on fait passer dans l'opinion est que l'enquête a été mal faite, et on sème le doute sur le rapport d'autopsie. Si je compte insister sur les carences de l'instruction, j'ai dû cependant garantir au juge que je ne parlerais plus du dossier Martinez. Je n'en ai plus besoin de toute façon, c'est sur les failles du dossier que je vais m'appuyer.

Ils rejoignirent un croisement menant à l'artère centrale du palais de justice, et s'arrêtèrent en apercevant un attroupement de journalistes autour du clan Morin.

Nathan, juste derrière Emma, s'adressa soudain à elle :

— Emma, est-ce qu'on peut discuter tous les deux ?

— C'est vraiment pas le moment, Nathan.

Elle venait de lui répondre d'un ton ferme, ne laissant aucune place à l'objection, ce qui le laissa interdit. Sans même le regarder, Emma se dirigea vers l'allée centrale, où elle fut aussitôt alpaguée par les chroniqueurs judiciaires.

— Me Marciano, un commentaire ! Avez-vous des déclarations à faire ? Me Marciano !

Nathan, un peu sonné, fut obligé de suivre Tassi lorsque des journalistes aperçurent ce dernier et braquèrent leurs caméras sur lui en essayant de l'interviewer. Les deux hommes parvinrent à se frayer un passage jusqu'aux marches du tribunal, à les descendre rapidement, puis à disparaître dans un tournant.

— Me Marciano, pensez-vous gagner ce procès ? lui demanda un chroniqueur.

— Les témoins se succèdent à la barre pour pointer du doigt les failles d'une enquête bâclée ! La justice n'aime pas reconnaître ses torts, mais elle doit prendre ses responsabilités ! scanda Emma. Nous continuerons, et nous démontrerons que la sentence prononcée contre Gabin Lepage constitue l'une des pires erreurs judiciaires que la France ait connues !

Tassi arpentait le trottoir en direction de leur voiture garée. Perspicace, il s'aperçut du trouble de Nathan, qui restait en retrait, sans dire un mot. Il se permit un commentaire :

— Elle est crevée, tu sais. Dévouée corps et âme à son procès, elle donne tout… Il faut pas t'en offusquer, dans quelques jours elle sera beaucoup plus détendue.

Ils rejoignirent le véhicule et, sans se départir de son air soucieux, Nathan déverrouilla les portières. Une fois assis, il s'immobilisa.

— Il faut que je te parle de quelque chose.

— Je t'écoute, dit Tassi.

— Peut-être que je sais où sont les corps.

Le retraité tourna la tête vers lui, interloqué.

— Je suis sûr de rien, mais plus j'y pense, plus j'ai le sentiment que c'est possible. Que c'est probable… Je dois t'emmener à un endroit, sans attendre.

★

La berge était en pente douce. Ils s'étaient garés sur un chemin situé non loin de la rivière, en suivant les indications du GPS.

De l'autre côté du cours d'eau s'étendaient des pâturages, d'où les vaches étaient désormais absentes. Nathan, qui piétinait le sol un peu humide, désigna les environs d'un geste ample à un Tassi sceptique.

— Tu penses qu'ils seraient ici ? demanda ce dernier.

— Ici ou plus haut ! C'est possible ! C'est un coup de poker, je le reconnais, mais ça expliquerait beaucoup de choses, notamment pourquoi on n'a retrouvé aucun corps après celui de Laetitia Martinez. Enterrer un cadavre sans qu'on le retrouve est compliqué, on en a déjà parlé… Je penche depuis le début pour une immersion. J'ai d'abord pensé aux étangs, mais si j'étais le tueur, je préférerais un lac ou un cours d'eau, qui ne sont jamais drainés. Et là, avec ce que j'ai entendu, on a une piste très sérieuse : ça expliquerait pourquoi ces vaches sont tombées malades.

— Elles ont pu attraper n'importe quoi.

— Ils ont émis... dix hypothèses devant moi et n'en valident aucune ! Ils ont parlé des problèmes en Bretagne, causés par les éoliennes et l'électricité dans le sol ; la pollution des eaux ou des OGM, les maladies, le vandalisme... Rien ne colle et ils n'ont pas pensé à ça.

Tassi marchait sur la rive, dos à Nathan, en observant la rivière d'Ain.

— Ça voudrait dire que les corps sont lestés tout au fond ?

— Bien sûr. Écoute, j'ai consulté une carte fluviale et toutes les données que j'ai pu trouver sur Internet : la profondeur dans cette zone est assez importante, en plus, on est en aval du bras de la rivière et l'eau ici s'écoule moins vite. Il y a en amont trois spots particulièrement profonds, qui m'ont l'air intéressants. Ils ne sont pas loin du pont sur lequel on est passés en voiture, et de ce que j'ai vu par ma vitre, l'eau est très opaque, on ne distingue pas du tout le fond.

Tassi demeura pensif, son regard tourné vers l'amont de la rivière.

— Donc, selon ta théorie, ce serait la putréfaction des cadavres enfouis... les toxines... qui auraient rendu les animaux malades ? Et ils n'auraient rien vu sur les analyses ?

— En biologie, on ne trouve que ce que l'on cherche, rétorqua Nathan. Laisse-moi te raconter un fait divers, sur lequel je m'étais documenté et qui a eu lieu à la fin des années 70, dans le centre de la France. Les protagonistes étaient les membres d'une famille recomposée : la mère, qui avait un petit garçon, s'était remise en couple avec un homme. Ils habitaient à la campagne, dans une maison qui avait un puits, dont plus personne ne se servait. Un jour, le petit garçon a disparu. Les gens ont d'abord pensé à une fugue, puis à un accident. Le puits a bien sûr été sondé très vite, mais l'enfant n'était pas à l'intérieur. Les enquêteurs, ensuite, ont pensé à un enlèvement et les investigations ont continué, sans avancée réelle.

» Quelques mois plus tard, à la suite d'une coupure d'eau momentanée, la mère a été contrainte d'utiliser celle du puits. Suite à ça, elle est tombée très malade et a été examinée. Contre l'avis du beau-père, le puits a de nouveau été sondé pour rechercher la présence éventuelle du corps d'un animal ou… pire. Et là, bien sûr, c'est celui de l'enfant qu'on a découvert. Quelques jours plus tard, le beau-père avouait le crime en garde à vue. Et expliquait qu'il avait tout d'abord caché le cadavre de l'enfant puis, une fois que le puits avait été sondé et cette piste écartée, l'avait plongé à l'intérieur.

Tassi, qui avait écouté cette histoire avec intérêt, hocha la tête quand Nathan eût fini.

— Ta théorie se tient.

— Les corps sont la clé. Il faut convaincre Delalandre de lancer des recherches aquatiques.

— Il ne fera rien, répliqua Tassi. Au mieux, il ne m'écoutera pas, au pire, il me collera en dégrisement pendant vingt-quatre heures… S'il ne me tire pas dessus avec mon propre Glock, ironisa-t-il.

— Qu'est-ce que tu proposes, alors ? Il faut bien faire quelque chose… Tu veux prévenir la presse ? Ou qu'on se tourne vers la police ?

— Même si des policiers nous écoutaient, ils n'agiraient pas sans une commission rogatoire du juge d'instruction. Et jamais il ne donnera son accord, il travaille avec les gendarmes. Quant à la presse, c'est incertain et ça prendra de toute façon du temps, peut-être des semaines. Pourquoi attendre autant ? Tu as raison : trouver les corps est essentiel ; il faut qu'on le fasse nous-mêmes.

Tassi acheva sa phrase avec un sourire, visiblement enthousiaste à l'idée d'agir enfin.

— Nous-mêmes ? répéta Nathan, dubitatif. Tu sais plonger, toi ? Parce que moi, c'est pas le cas.

— Moi non plus, c'est la mauvaise nouvelle. La bonne, c'est que parmi les rares copains qu'il me reste, il y a un ancien enquêteur subaquatique. Il est retraité, comme moi, et ça n'a jamais été quelqu'un de conformiste ou de féru de la subordination aveugle... ce qui a parfois freiné son avancement, soit dit en passant. Il aime pêcher, et ça nous arrivait de nous recroiser.

— Et il ferait ça par amitié pour toi ?

— Amitié... C'est un grand mot, nuança Tassi. En partie, sans doute. Et je pense que quelques gros billets achèveraient de lui donner envie de nous aider.

— Gros comment ?

— Rien d'irraisonnable. Je m'occupe de tout, Nathan.

— T'as assez de ressources ?

— L'argent n'est pas un problème, je te l'ai dit. À part la vie de mes proches, rien n'est plus important pour moi que ce qu'on fait là.

15

— Adjudant-chef Jouannet, vous avez participé à la garde à vue de Gabin Lepage. Si l'on se réfère au procès-verbal d'audition, vous faisiez partie des trois gendarmes les plus impliqués dans son interrogatoire, avec l'adjudant-chef Tassi, que nous avons entendu hier, et le major Baranès, qui est décédé depuis.

» Votre ancien collègue, Dominique Tassi, a exprimé ses doutes sur votre travail à tous : il parle d'une enquête à charge et prétend que l'accusé aurait servi de bouc émissaire. J'aimerais vous entendre sur ce point. Comment expliquez-vous son revirement ?

— Je ne l'explique pas, répondit le témoin d'une voix ferme. C'est pour moi incompréhensible.

La matinée s'ouvrait avec le témoignage de Sébastien Jouannet, venu spécialement de Bourges, sa plus récente affectation. Hormis un début de calvitie l'ayant contraint à couper ses cheveux encore plus ras, le gendarme n'avait que peu changé.

— Dominique Tassi a-t-il cherché à reprendre contact avec vous pour vous faire part de ses doutes ?

— Non, je ne l'ai pas revu depuis des années. J'en ai juste eu vent par d'anciens collègues, et en interne.

— Adjudant-chef, reprit solennellement le président, croyez-vous Gabin Lepage coupable du meurtre de Justine Morin ?

— Bien sûr. Je le pensais il y a quinze ans et je le pense encore.

— Pourquoi ?

— Il a réitéré ses aveux devant moi et je sais qu'il disait la vérité. Il peut raconter ce qu'il veut à présent, ajouta-t-il avec une pointe de mépris, moi, j'étais là. J'ai vu son regard.

— À l'époque, vous n'avez pas douté ?

— Tout l'accusait. Même sa prétendue solidarité avec les autres, sa participation à la battue… ça ne correspondait pas à son caractère. Rien ne tenait non plus dans ses explications, tout était confus. Il justifiait sa présence près du corps par un coup de feu qu'il aurait entendu. On n'a retrouvé aucune trace, ni douille ni impact. La petite avait été assassinée par strangulation, pas par balle, rien ne collait.

— Dominique Tassi a gravement remis en cause le rapport d'autopsie de l'affaire Morin, qu'il juge incomplet. Il parle de blessures caractéristiques, de brûlures provoquées par de l'électricité au niveau des mamelons et des parties génitales. En avez-vous personnellement le souvenir ?

— Aucunement.

— Vous ne vous souvenez pas de les avoir vues ?

— Non.

— Ni que vos collègues y aient fait allusion, après la découverte du corps ou pendant la garde à vue ?

— Non, répondit-il fermement.

— Vous pensez que Dominique Tassi pourrait avoir menti ?

— « Menti », je ne sais pas. Je ne doute pas forcément de sa sincérité… Mais je doute de la véracité de ses souvenirs.

— Comment ça ?

Sébastien afficha une certaine réticence, avant de reprendre tout de même :

— Dire publiquement du mal de collègues ou d'anciens collègues est contraire à notre déontologie… Néanmoins, je me vois contraint de vous informer que l'adjudant-chef Tassi, mon supérieur à l'époque, était quelqu'un de fragile psychologiquement. Sa fille était décédée quelques années avant, et cette perte l'a ravagé. À cela se sont greffés de graves problèmes d'alcool…

— Il s'agit là d'un jugement de valeur tout à fait déplacé, monsieur le président ! intervint Emma. À aucun moment dans sa carrière Dominique Tassi n'a été jugé inapte pour des problèmes de ce type.

— Au vu de l'importance du témoignage de Dominique Tassi, entendre l'avis de gendarmes ayant travaillé à ses côtés à l'époque m'intéresse grandement, Me Marciano…

— J'aimerais assurer qu'il ne s'agit que de ma part de vérité, insista Sébastien, mais si vous interrogez des gens du coin ou des gendarmes en exercice là-bas à cette époque, je doute qu'ils contredisent mon témoignage. Son alcoolisme était notoire. Et sans les appuis de Jean Baranès et de Paul Larrivoire, je ne crois pas qu'il serait resté si longtemps en fonction. Il a d'ailleurs fini par prendre une retraite anticipée, pratiquement du jour au lendemain. Je n'étais déjà plus en poste dans cette brigade mais, de ce qu'on m'a raconté, personne n'avait compris pourquoi.

Emma s'approcha de Sébastien. Elle s'immobilisa, le fixant de ses grands yeux.

— Adjudant-chef Jouannet, répondez sans détour : Qui a été le premier enquêteur à découvrir la scène de crime ?

— Dominique Tassi.

— Qui a arrêté Gabin Lepage, avant de donner l'alerte ?

— Dominique Tassi.

— Qui, parmi les gendarmes de votre brigade – et c'est vérifiable dans le procès-verbal d'audition – a obtenu les aveux de Gabin Lepage ?

— Dominique Tassi également.

— De vous tous, il a été le plus impliqué dans la garde à vue, n'est-ce pas ?

— En effet, répondit-il en s'efforçant de rester impassible.

— Incontestablement ?

— Incontestablement.

— Et pourtant, vous n'accordez aucun crédit à ses doutes ? Pourquoi ? demanda-t-elle alors qu'il restait silencieux.

— Pour les raisons que j'ai déjà évoquées. Et à quoi ça rime, de tout remettre en question toutes ces années après ?

— Vous n'aimez pas ça, hein ?

— Quoi ?

— Qu'on mette en doute le travail des gendarmes... C'est l'armée, après tout... La Grande Muette...

— Je n'ai rien contre le fait qu'on persévère dans une enquête. Qu'on la sabote sur la place publique, c'est autre chose. Il n'a pas fait ce qu'il fallait. Il aurait dû en référer en interne et ne pas braver les consignes...

Avançant de deux pas vers lui, Emma changea subitement de sujet :

— Adjudant-chef Jouannet, avez-vous examiné le corps de Justine Morin avec attention ?

— Quand je suis arrivé sur la scène de crime, bien sûr que je l'ai vu.

— Elle était nue ?

— Elle avait... une chemise blanche, celle de Lepage, sur elle.

— Avez-vous enlevé la chemise pour l'étudier ? Vous témoignez sous serment, je vous le rappelle.

— Je ne sais plus... Je ne crois pas l'avoir fait, hésita-t-il en déglutissant.

— Après cet unique moment où vous l'avez aperçue, l'avez-vous examinée de nouveau ?

— Non. Le corps est parti pour l'autopsie.

— Et après ?

— Après... nous avons obtenu les aveux et nous avons passé le relais.

— À qui ?

— Au juge d'instruction.

★

Le juge Adrien Piat se tenait à la barre et venait de répondre à une série de questions du président, suivies de quelques autres, dans l'ensemble bienveillantes, de l'avocat général.

Son tour venu, Emma choisit de faire à nouveau quelques pas en direction du témoin, dans une posture un peu théâtrale. Le sourire carnassier qu'elle arborait contrastait avec la mine maussade du magistrat.

— Monsieur le juge, j'aimerais vous poser une question... la même que j'ai posée ce matin à l'adjudant-chef Jouannet : avez-vous vu, de vos propres yeux, le corps de Justine Morin ?

— Non. Je me suis référé au rapport d'autopsie.

— Si ce rapport était faussé, vous n'aviez donc aucun moyen de le savoir ?

— Je n'avais et je n'ai toujours aucune raison de remettre en cause le travail du médecin légiste…

— … Et ce dernier étant aujourd'hui décédé, c'est très pratique, il ne peut plus répondre de ses actes ! lança Emma, ironique.

— Monsieur le président ! s'indigna l'avocat général en se levant.

— Me Marciano…, la sermonna le président en hochant la tête d'un air las.

— Qu'est-ce que ça change, qu'il soit vivant ou non ? réagit vivement le témoin. Mettre en doute son rapport serait ridicule.

— « Ridicule », répéta Emma avec une moue ostentatoire.

Elle se tourna vers les jurés et les regarda, l'un après l'autre, dos au juge d'instruction mais en continuant de s'adresser à lui.

— Vous savez ce qui est ridicule ? C'est la situation dans laquelle nous nous trouvons aujourd'hui : dans une incapacité totale de savoir qui, du médecin légiste ou de Dominique Tassi, a dit vrai. Et vous savez pourquoi ? lui demanda-t-elle avant de lui faire face à nouveau. Parce que vous avez donné l'autorisation – de mon point de vue *ahurissante* – d'incinérer le corps de l'enfant…

— C'était la volonté des Morin, se défendit le juge, je ne voyais aucune raison de m'y opposer.

— Vous ne voyiez aucune raison ? s'étonna Emma.

— Qu'est-ce que ça aurait changé ?

— Que ce soit une demande de la famille, pour une raison ou pour une autre, est tout à fait compréhensible, mais vous êtes censé être au-dessus de ça ! Vous êtes le garant de l'instruction. En agissant ainsi, vous nous privez de la possibilité d'exhumer le corps pour une nouvelle autopsie ! Vous nous privez potentiellement de la vérité...

— Quinze ans après, vous n'auriez trouvé aucune brûlure, argumenta le juge, qui s'était sérieusement rembruni.

— Peut-être ! Ou peut-être les brûlures avaient-elles atteint les os, qu'en savez-vous ? Peut-être aurions-nous trouvé autre chose ?

Le juge, légèrement haletant, ne quittait pas du regard l'avocate, laquelle continuait de l'encercler, autant par ses arguments que par ses allées et venues devant la barre des témoins.

— Et l'ADN ? Aucune empreinte génétique n'a été trouvée à l'époque, mais la science a fait d'incroyables progrès depuis ! Qui nous dit qu'une trace ADN, figurant potentiellement sous l'un des ongles de la victime, ou ailleurs, ne serait pas à présent décelable et exploitable ? prononça Emma. Est-ce que vous vous rendez compte de l'extraordinaire négligence dont vous avez fait preuve ? De l'absence totale de vision à long terme ?

— J'ai pris ce qui me semblait à l'époque être la meilleure décision pour eux, justifia-t-il en évoquant les Morin, accablés non loin derrière, et les regards emplis de haine.

— Cette famille, que vous dites avoir voulu aider, c'est elle avant tout que vous privez aujourd'hui de la vérité absolue. Tout comme cet homme, dans le box des accusés. Tout comme cette cour dans son ensemble. Mais plus que cette décision en elle-même, ô combien regrettable, reprit Emma après un silence, ce qui m'intrigue, c'est la célérité avec laquelle elle a été prise. Sept jours... Une semaine après la découverte du corps assassiné de Justine Morin, vous donnez votre accord pour son incinération. Alors que les investigations n'en étaient qu'à leur début. Un suspect avait avoué, mais l'instruction commençait. Pour moi, ça ne peut signifier que deux choses : soit vous aviez une foi inébranlable en la culpabilité de Gabin Lepage et dans votre esprit l'enquête était déjà terminée… au bout de sept jours ! Soit cela démontre un laxisme général, une instruction menée par-dessus la jambe. Vous étiez le capitaine d'un bateau trop gros pour vous, vous ne croyez pas ? Un navire qui prend l'eau depuis quinze ans et qui… s'apprête à couler.

Emma s'était approchée tout près du témoin, qui la regardait durement en restant muet.

— Je n'ose imaginer de troisième raison, monsieur le juge, je n'ose le faire… Alors, dites-nous, laquelle des deux est la bonne ?

16

LE RETRAITÉ DE LA FLUVIALE arriva dans l'Ain en fin d'après-midi, au volant d'un Land Rover qui tractait une remorque chargée d'un Zodiac. Il avait proposé à son fils de l'accompagner, un grand bonhomme avec une bouille ronde, roux comme lui, qui lui aurait ressemblé comme deux gouttes d'eau si trente ans ne les avaient pas séparés. Dès leurs premiers échanges, Nathan trouva les deux gaillards éminemment sympathiques. Ils paraissaient se ficher d'agir en dehors des règles et se montraient très enthousiastes, au contraire, à la perspective d'un peu d'action.

Si un accord financier avait en effet été conclu entre Tassi et son ancien collègue, jamais Nathan ne les entendit l'évoquer devant lui, et il doutait que ce fut la principale motivation du plongeur. Ce dernier insista seulement sur un point :

— Qu'on soit tous bien d'accord : on vous aide… mais si jamais on trouvait quelque chose, on n'a jamais mis les pieds ici, mon fils et moi. Vous ferez ce que vous avez à faire, on vous laissera les bouteilles et les combinaisons, mais nous on déguerpit, pas la peine qu'on soit mêlés à ça. Tu me les rendras plus tard, d'ici quelques jours.

— Et le Zodiac ? l'interrogea Tassi.

— Le Zodiac, je l'ai amené au cas où mais je pense même pas m'en servir. On risque de se faire remarquer, j'ai pas envie d'allumer le moteur. Il n'y a pas trop de courant et mon fils sera là pour m'assurer avec le fil d'Ariane. Je plongerai, il restera sur la berge.

— Vous pratiquez la plongée, vous aussi ? demanda Nathan au fils, plus pour faire la conversation que par réel intérêt.

— Je l'ai initié tout gamin, répondit son père à sa place. Mais plus dans les criques de Guadeloupe que dans l'Ain...

— Vous n'êtes pas gendarme ?

— Je bosse dans les assurances, répondit la face de lune, avec un sourire espiègle.

Ils étudièrent différentes cartes que Nathan s'était procurées et se mirent d'accord sur quatre zones assez profondes à explorer. Le plongeur félicita Nathan pour l'exhaustivité des informations qu'il leur fournissait, puis donna ses consignes :

— On va agir de nuit, comme prévu. Pour moi, ça ne changera rien, et on risque moins de se faire emmerder par des agriculteurs ou des promeneurs. On n'approche aucun véhicule pour le moment, Nathan et toi vous vous garerez plus loin et vous resterez dans la voiture, dit-il à Tassi. On n'aura pas besoin de vous pour la plongée, mon fils pourra vous appeler sur portable s'il y a le moindre problème ou si je trouve quelque chose. On en aura pour trois bonnes heures, à mon avis. Rien ne sert de se précipiter.

★

Son profondimètre indiquait 2 mètres 86. Il progressait lentement, en marchant, sa ceinture lestée lui permettant de rester au fond de l'eau. Ses palmes piétinaient le sol sableux et couvert d'algues. Devant lui, le faisceau de sa torche éclairait les ténèbres au gré de ses déplacements.

Le nuage d'alluvions troublait la visibilité. Il aimait ce spectacle, cette solitude ; l'adrénaline de la recherche et celle du risque, même limité.

Bientôt, la profondeur diminua et il se rapprocha du bord afin de sortir de l'eau. Aussitôt son fils, posté *en sécu surface*, le saisit par l'épaule et l'aida à se hisser.

— J'ai fait toute la zone, on passe à la suivante, l'informa-t-il après avoir ôté le détendeur de sa bouche.

Tassi et Nathan patientaient à l'avant du pick-up. Ils n'avaient pas mis de musique et il n'y avait pratiquement aucun bruit, hormis ceux de la nature environnante.

Les bras croisés, Nathan rêvassait ; Tassi, plongé lui aussi dans ses pensées, tirait sur sa clope. Le jeune homme rompit le silence :

— Et si on se trompait du tout au tout ?

Après un regard en coin, Tassi répondit, d'un ton presque détaché :

— C'est pas grave, Nathan, il vaut mieux tenter quelque chose que rester sans rien faire… Ton fait divers m'a convaincu que le raisonnement est bon, je suis partant pour essayer tout ce que t…

— … Je parle pas de ça, l'interrompit-il, je pense à Gabin. Si on faisait fausse route ? S'il était vraiment lié au meurtre de Justine, en fait… Ça t'arrive de douter ?

— Non, répondit-il simplement.

— Non ? Tu ne doutes jamais ?

— Non.

— Pourquoi ? Si t'admets que t'étais pas infaillible à l'époque, tu ne l'es pas non plus aujourd'hui.

— Gabin est innocent, c'est tout. Pour moi, ça ne fait pas de doute.

Depuis la rive où il patientait, le fils distinguait le rayon de lumière, sous l'eau, émis par la torche de son père. L'avancée paraissait se dérouler sans heurt.

De son côté, il n'avait reçu la visite d'aucun promeneur ou voisin depuis le début des opérations. En cas d'urgence, il disposait de pétards de rappel, seul moyen de communication avec le plongeur : la détonation permettait d'avertir d'un incident en surface, afin qu'il remonte.

Le fils observa les alentours, en humant l'air frais, puis il leva la tête et apprécia la vue du ciel couvert d'étoiles. Il regrettait un peu d'être assigné à la surveillance visuelle, poste légèrement ingrat, et aurait préféré prendre la place de son père. Mais il comprenait que ce dernier, plus expérimenté, s'attribue ce rôle.

Tassi approcha l'extrémité de l'allume-cigare de celle d'une deuxième clope. Inspira, souffla par sa vitre ouverte et continua de regarder au loin, sans prononcer un mot.

— T'es pas du genre très bavard, pas vrai ? lui fit remarquer Nathan, sur le ton de l'humour.

— Ils me surnommaient *Tassi le taciturne*, quand je travaillais à la brigade, répondit-il après avoir toussé un peu à cause de la fumée.

— Bizarrement, je suis pas surpris, dit Nathan en souriant.

— Et toi, tu l'es ? Bavard ?

— Pas vraiment, en fait. Dans le cadre de mon boulot, je pose beaucoup de questions et j'écoute les réponses, en relançant quand il faut. En dehors de ça, je reste souvent seul. J'ai pas besoin de discuter tout le temps avec des gens, j'aime bien être tranquille. Mais à mon avis, t'es pire que moi…

— C'est possible. Ma femme me reprochait de ne pas assez parler. Tout comme ma mère le reprochait à mon père. C'était un taiseux et je tiens ça de lui.

Aucune lumière ne les éclairait. Nathan ne distinguait que les contours du profil de Tassi, en clair-obscur, lorsqu'il approchait la cigarette de sa bouche. Après avoir tiré une dernière bouffée, le retraité l'écrasa dans le cendrier. Un ange passa de nouveau.

— Remarque, j'aime bien le silence, reprit Nathan en remuant un peu. C'est juste qu'on risque de trouver le temps long, à rester ici sans bouger. Heureusement que les portables existent, dit-il en secouant son appareil et en allumant ostensiblement son écran, mais c'est chiant parce qu'ici aussi, j'ai presque aucun rés…

— … Et si tu me parlais de ton travail, tiens ? le coupa Tassi.

— Qu'est-ce que tu veux savoir ?

— Combien de tueurs en série t'as interviewés, déjà ?

— Seize…

— Quand même…, apprécia Tassi en dodelinant de la tête. Parmi toutes ces rencontres, laquelle t'a le plus marqué ?

Nathan parut réfléchir, un instant. Puis il répondit, l'air encore songeur :

— Il y en a une… Elle était particulière, forcément… Hans Dekker, l'homme qui a tué mes parents.

— Tu l'as rencontré ? s'étonna Tassi en tournant soudain la tête vers lui.

— Oui, il y a quelques années, aux Pays-Bas…

— Je l'ignorais... J'ai lu ce qui est arrivé à ta famille et je sais que Dekker a été arrêté, mais je savais pas que t'étais allé le voir dans le cadre de ton travail...

— J'ai pas communiqué là-dessus. C'était différent, c'était pas pour retranscrire notre entretien, c'était juste pour moi, pour l'avoir face à face. Pour parler avec lui, et comprendre. J'avais déjà rencontré un grand nombre de tueurs, j'avais de l'expérience. Je voulais la mettre à profit pour lui tirer les vers du nez, pour voir ce qui l'animait. Je crois qu'en réalité... je n'ai jamais rien cherché d'autre... Tout, dès le départ, n'était fait que dans ce but. Me retrouver face à lui, c'était un aboutissement. L'ultime thérapie, après toutes ces années, et après toutes ces rencontres.

— Il savait qui tu étais ?

— Pas quand il a accepté.

Tassi souffla entre ses lèvres serrées, épaté par l'entreprise de son ami.

— Rey est un pseudonyme. Je n'avais plus été confronté à Dekker depuis mes onze ans et il n'a pas fait le rapprochement. Il n'y avait que peu de personnes dans la confidence. Si je n'ai jamais rendu publics nos échanges, j'en ai néanmoins fait part à des enquêteurs qui s'intéressent toujours à lui.

— Il a facilement accepté l'entretien ?

— Il a dit oui très vite. Tu sais, ces types s'emmerdent beaucoup en détention, tout est bon pour casser la monotonie. Et puis le narcissisme n'est pas un trait de caractère très rare chez eux... Ils aiment se raconter, passionner l'auditoire ; même si c'est en racontant des horreurs.

» À l'époque où je suis allé le voir, il purgeait sa peine à Amsterdam. Il avait déjà été jugé pour les meurtres qu'il avait avoués, et avait pris perpèt'. Dekker est ce qu'on appelle un *routard du crime* : un voyageur qui a parcouru beaucoup de pays d'Europe au gré de ses envies et du hasard. Il ne préméditait rien et agissait sous le coup de ses pulsions, semant les morts derrière lui. Ses déplacements incessants et ses modes opératoires désordonnés l'ont servi au final, en lui permettant d'échapper aux enquêteurs pendant longtemps.

» J'ai fait le voyage jusqu'en Hollande après avoir obtenu les autorisations, dont la sienne. Je me suis présenté à lui et j'ai déballé mon matériel. On nous avait octroyé une petite salle, à peine plus grande qu'un parloir. Un surveillant restait non loin de la porte, mais j'étais seul avec lui à l'intérieur. Dekker est entré, je lui ai serré la main, comme je le fais toujours, et je l'ai remercié d'avoir accepté l'entretien.

— Qu'est-ce que tu as ressenti ? l'interrogea Tassi, fasciné par ce qu'il entendait.

— Bizarrement, pas de haine. Un sentiment de... *curiosité* pour cet homme qui me hantait depuis si longtemps. Contrairement à ce que j'avais anticipé, je n'étais même pas pétrifié, ni rien ; du moins au début. Il avait beaucoup vieilli, la détention abîme... J'ai cherché dans son regard s'il me reconnaissait et je n'ai rien vu. Moi, j'ai masqué et j'ai agi avec lui comme avec n'importe quel autre détenu. Il est important d'établir une relation de confiance pour que la personne se livre. Pour ça, je ne compte pas mes heures, je démarre doucement, avec des platitudes, on sympathise, j'ai même des petites attentions pour eux. Quand je sens qu'on peut y aller, je les interroge sur leur enfance. Celle de Dekker n'avait pas été facile, c'est le moins qu'on puisse dire. Une famille sans doute trop nombreuse, un père alcoolique et violent, une mère sadique aux penchants incestueux... Un tableau chargé, qui n'excuse pas ce qu'il a fait mais qui permet de comprendre certaines choses. Il m'a raconté les circonstances de son premier meurtre, à l'âge de dix-huit ans. Puis comment, par la suite, incapable de s'insérer dans la société, il est devenu marginal et a pris la route.

» On faisait des pauses, on buvait des cafés. Il aimait blaguer ; son humour ne me faisait pas rire mais je jouais le jeu. Une première journée est passée, je suis revenu le lendemain. Je l'ai interrogé sur ses victimes, ensuite sur une partie de sa série de crimes sexuels. Je voulais savoir comment il les choisissait. Il ne rechignait pas à en parler, à donner beaucoup de détails, même sur les mises à mort. La liste était longue et on y a passé plusieurs jours, en prenant notre temps. Il fumait beaucoup, on mangeait parfois ensemble, je sentais qu'il commençait à m'apprécier et à prendre du plaisir à se livrer à moi. Il avait déjà été condamné pour ces crimes et ne risquait rien de plus, sauf s'il m'avouait un nouveau meurtre. Ensemble, on a passé en revue tout son itinéraire, et j'ai gardé la France pour la fin. Il a été reconnu coupable de trois assassinats ici : une jeune femme à Mulhouse et mes parents.

» T'imagines le bazar dans ma tête quand le moment est venu de parler de ce couple, à Reims, qu'il avait croisé dans la rue avant de se précipiter chez eux et de les tuer. Dès que j'ai abordé le sujet, la machine s'est remise en route et il a détaillé ses actes sur un ton clinique, presque détendu, affalé sur sa chaise. Ses mains puissantes s'élevaient au fur et à mesure de son récit, devant moi, elles m'hypnotisaient, presque plus que son regard. Il souriait souvent en se remémorant la scène. J'écoutais et je le relançais, en masquant du mieux possible, comme si tout ça n'était qu'un simple fait divers. Ce qui m'a le plus marqué, c'est le nombre incroyable de détails dont il se rappelait. Il semblait n'avoir rien oublié, alors que des décennies avaient passé. Il vivait avec ce souvenir, tout autant que moi. J'ai appris des choses, notamment que son but premier en nous suivant n'était pas de tuer mais de nous cambrioler. C'est bien souvent la cupidité qui motivait Dekker quand il n'avait plus un sou, mais, dans l'action, ses pulsions sexuelles resurgissaient et le menaient jusqu'au meurtre.

» Il n'a fait que très peu allusion au petit garçon témoin de la scène…

Tassi, le visage dans l'ombre, gardait les yeux rivés sur Nathan et l'écoutait sans prononcer un mot.

— On a terminé l'entretien et je l'ai remercié. Il m'a répété avoir pris du plaisir à discuter avec moi, il me trouvait sympa et espérait qu'on se reverrait.

» Il me restait une dernière chose à accomplir… Le moment que j'avais attendu toute ma vie. On parlait en anglais depuis le début, une langue qu'on maîtrisait l'un comme l'autre. Je lui ai dit que j'avais une chose à lui révéler : je lui ai appris mon véritable nom ; le même que celui de ce couple qu'il avait assassiné à Reims, le même que celui de mes parents.

» J'ai vu le visage de Dekker se figer devant moi… avant de devenir presque apeuré. Il est resté muet et a continué de me fixer, de scruter mon regard intensément, et j'ai repris, en anglais : “C'était moi, le petit garçon dans l'appartement. Mon travail, maintenant, est d'interviewer des gens comme vous. Mais me retrouver là, aujourd'hui, c'est différent, j'ai attendu ce moment toute ma vie… De croiser à nouveau votre regard… de vous forcer à plonger les yeux dans ceux de l'une de vos victimes.”

» Dekker a continué à me dévisager, mais son expression changeait : la peur s'est petit à petit évanouie et a laissé la place à un très grand intérêt. Il a mis du temps avant de dire quelque chose, avant de me demander, de sa voix très grave, presque gutturale : “Tu es le petit garçon ?”

» Il a prononcé ces mots, en anglais, avec son accent très fort. Son aplomb retrouvé m'a mis plus mal à l'aise que je ne le souhaitais, j'ai acquiescé et il m'a expliqué, avec une esquisse de sourire et une pointe de regret dans la voix, que je lui étais sorti de la tête, dans l'appartement. Puis il a ajouté : "Tu sais, petit gars... Si j'avais eu seulement une minute de plus..."

» Et là, au moment de finir sa phrase, il a entouré son cou avec ses deux mains, en les plaçant l'une après l'autre, et s'est mis à serrer et à tirer la langue, avec des yeux exorbités... Son visage tout près du mien, dans une posture à la fois loufoque et terrifiante. Moi, j'étais glacé, mais je me suis forcé à lui répondre, avec le plus de sang-froid possible : "Je n'ai plus peur de vous."

» Et là, il s'est mis à rire. À éclater de rire.

Dans l'ombre, Tassi observait Nathan qui achevait son récit, désormais les yeux dans le vague.

— Tu lui as dit la vérité ? finit par demander l'ancien gendarme.

— Non. Je lui ai menti.

★

Alors qu'il progressait au cœur d'un nouveau nuage d'alluvions, un long brochet surgit juste devant lui et faillit percuter son masque.

Saleté de bestiole ! songea-t-il après avoir sursauté.

On n'y voyait pas à plus de deux mètres. La vase recouvrait presque tout dans cette dernière zone à explorer. Il n'avait rien trouvé dans les trois précédentes.

Même si ses efforts ne venaient à déboucher sur rien, il ne regretterait pas d'avoir fait le chemin depuis l'Ardèche. Son métier de plongeur lui manquait énormément, chaque jour ; il avait adoré cette spécialité, choisie pourtant au début pratiquement par hasard. Après un premier stage de plongée qui ne lui avait pas déplu, il avait tenté l'aventure et s'était pris au jeu. Avait d'abord intégré l'unité nautique à Antibes, puis celle de Guadeloupe, où il était resté quatre ans. Là-bas, il s'était pleinement épanoui…

Ensuite il était passé de la nautique à la fluviale – non par choix personnel, mais à cause du jeu des mutations au sein de la gendarmerie. Les premières fois où il s'était enfoncé dans l'eau glaciale des rivières, s'il avait ressenti de la nostalgie pour la chaleur des DOM-TOM et leurs panoramas aquatiques, le plaisir de plonger, néanmoins, avait toujours été présent. Ses collègues et lui avaient tous attrapé le virus, c'étaient des passionnés. Et comme toute drogue, celle-ci générait un manque.

Il ne fut d'abord pas certain de ce qu'il apercevait…

Son faisceau lumineux accrocha une forme imposante, aux contours mouvants. Elle était sombre et différente de tout ce qu'il avait observé jusqu'ici dans cette rivière. Son inspection des zones ciblées l'avait amené à tomber nez à nez avec toutes sortes d'objets, allant du lave-linge au pneu, en passant par un arrosoir rouillé et plusieurs sortes de chaussures – les découvertes habituelles des plongeurs fluviaux. Mais rien de ce genre-là. Et plus il approchait de cette forme allongée, plus ses doutes se dissipaient.

Il s'agissait d'une silhouette. Recouverte d'une bâche noire, fermée maladroitement et lestée avec des chaînes afin de couler à pic.

Quand il arriva à son niveau, il en fit le tour et aperçut des cheveux, ondulant au gré du courant.

Le plongeur s'inclina, plaça ses doigts sous le plastique noir pour le soulever un peu et, soudain, le visage d'une adolescente lui apparut. Très peu abîmé : il ne devait être là que depuis quelques jours. Moult petits poissons zigzaguaient près de sa peau verdie et, dérangés, quittèrent leur repaire sous la bâche.

Malgré sa longue carrière de gendarme, il sentit l'émotion monter. Le type responsable de ça était un sacré fumier ; une ordure sans pareil…

Toujours debout au fond de l'eau, il pivota et inspecta les alentours avec le faisceau de sa torche. Aussitôt, il aperçut les autres formes.

Deux.

Non, quatre…

Mon Dieu….

Sept…

Dans ce brouillard aquatique, il distingua sept autres corps, tous empaquetés et disposés plus près les uns des autres. Le plongeur sentit de nouveau son cœur battre très fort sous sa combinaison. Trop fort, peut-être, songea-t-il en s'inquiétant de sa propre émotion.

Il s'approcha néanmoins d'une silhouette emballée dans une bâche couverte de vase – bien plus que la précédente. La toile était défaite à de multiples endroits. Il se pencha au-dessus du corps et découvrit, face à lui, une figure presque entièrement putréfiée. Hideuse. Quelques lambeaux de chair restaient, filandreux, et les orbites creuses semblaient lire son horreur et s'en réjouir.

Il étouffa un son, agita son rayon de lumière dans les ténèbres autour de lui. Puis il attrapa son appareil photo d'une main tremblante et prit plusieurs clichés, certains rapprochés et d'autres en plan large.

Dès qu'il eut enfin terminé, il agrippa le fil d'Ariane, pressé de quitter cet endroit.

Le silence était revenu dans l'habitacle et Nathan, qui patientait depuis trois heures, était tout prêt de s'endormir.

Soudain, le fils du plongeur surgit derrière sa vitre et toqua, le faisant sursauter. Nathan ouvrit vite sa portière.

— Il y a un problème ? Ton père va bien ? lui demanda-t-il en le voyant agité.

— Il est sorti de l'eau, ça va !

— Qu'est-ce qui se passe, alors ?

Tassi, penché vers eux, attendait une réponse. Le jeune homme chercha ses mots.

— Il y a un vrai cimetière, là-dessous !

17

— ET BIEN SÛR, vous avez plongé tout seuls, en pleine nuit, dans cette rivière ? Vous voulez faire gober ça à qui ? fulmina Delalandre devant Tassi, qui se tenait appuyé contre son pick-up garé sur la berge.

Des gendarmes inspectaient le cours d'eau sans réussir à distinguer quelque forme que ce fût dans les profondeurs. Si l'appel téléphonique de Tassi à la brigade s'était dans un premier temps révélé insuffisant à les faire se mobiliser, l'envoi des photos des cadavres, prises sous l'eau, les avait fait réagir. Moins d'une demi-heure après, une voiture de gendarmerie était arrivée sur la rive. Il était minuit passé.

— Et qu'est-ce qui nous prouve que ces photos sont vraies ? poursuivit Delalandre d'un air excédé en faisant les cent pas.

— Vous trouvez qu'elles ont l'air fausses ? demanda calmement Tassi.

— Qu'est-ce que j'en sais ? Même si elles sont authentiques, elles ont pu être prises n'importe où et n'importe quand.

— Capitaine, je vous certifie que tout est vrai. Des corps sont immergés ici, intervint Nathan en pointant du doigt un endroit de la rivière.

— Qu'est-ce que j'en ai à faire de ce que vous me certifiez, vous ? tonna Delalandre. Toujours dans les pattes, hein ? Toujours fourré avec lui ! C'est à se demander quel est votre intérêt ? Sûrement financier, un bon bouquin à sortir...

Nathan l'écoutait en serrant les mâchoires et sentait le sang lui monter.

— ... Je vous ai donné l'ordre de laisser les gens compétents travailler, et je vous retrouve à faire la pêche aux cadavres ! Et bien sûr, vous allez me confirmer sa version : il a plongé seul ! Lui, là, en pleine nuit ! cria-t-il en désignant Tassi avec dédain, puis la combinaison encore humide qui reposait sur l'herbe. Elle est à votre taille, au moins ? J'ai bien envie de vous faire foutre à poil, là, devant tout le monde, et de vous la faire essayer !

— Vous trouvez que c'est le sujet ? s'emporta Nathan, sous le regard surpris de Tassi. J'en ai plein le cul d'être poli avec vous, vous dites n'importe quoi, vous faites n'importe quoi, vous êtes un je-m'en-foutiste, Delalandre !

— Je ne vous permets pas !

— J'en ai rien à carrer de ce que vous me permettez ! Vous devriez avoir honte de la façon dont vous le traitez, vous êtes lamentable ! Dominique est en train de résoudre une enquête dont toute la presse va parler et dont vous n'avez rien à faire ! Vous comptiez les laisser pourrir combien de temps, ces corps, sous l'eau, hein ? Alors maintenant, vous voulez que je vous dise ce qui va se passer ? Emma Marciano, avocate, a les mêmes photos que vous en sa possession. Si vous n'envoyez pas tout de suite, cette nuit – pas demain, pas après-demain, cette nuit ! – la brigade fluviale pour faire remonter les corps, dès demain les photos seront adressées aux journalistes. Et ils seront mis au courant non seulement de votre incompétence mais aussi du fait que, même mis devant l'évidence, vous refusez d'envoyer les plongeurs ! Avec le plus grand mépris pour les victimes et leurs familles !

— … Je vais les envoyer, les plongeurs ! tempêta Delalandre, hors de lui mais prenant tout de même la menace au sérieux. Et dans les deux cas, vous serez perdants : s'il n'y a rien, je vous traînerai devant un juge ! Et s'il y a bien des cadavres là-dessous, vous serez sur-le-champ considérés comme les deux principaux suspects !

★

Marcel Lamy souriait derrière son volant, les yeux rivés sur la route. Malgré une longue nuit de travail durant laquelle il n'avait pas ménagé ses efforts – dans le désir constant de se faire bien voir, afin de conserver son poste le plus longtemps possible –, il se sentait d'humeur allègre. Tout allait bien pour lui ces derniers temps : il avait trouvé un job dans lequel il était à l'aise et qui lui procurait une paye convenable ; sa maison, à présent terminée, était aménagée selon ses besoins ; Fabienne lui cassait de moins en moins les couilles et lui laissait assez d'espace pour s'adonner à son *loisir* ; loisir dans lequel, enfin, il excellait : jamais de toute sa *carrière*, il ne s'était senti si doué.

Depuis Laetitia, déterrée par un fumier de chasseur, aucun pépin n'avait entravé ses agissements. De plus, désormais, il était libre : débarrassé de la tutelle de ces planqués, pétés de trouille, et pouvait agir seul, sans leur rendre de comptes. Convaincu d'avoir la baraka, il ne doutait pas qu'à ce rythme beaucoup d'autres petites salopes allaient finir au fond de la flotte, une fois qu'il s'en serait occupé…

Marcel Lamy n'avait jamais été le genre d'hommes capables de se livrer à une réelle introspection ; néanmoins s'il l'avait été, sans nul doute aurait-il conclu que jamais de son existence il n'avait connu de période aussi épanouissante.

Emprunter la nationale jusqu'à chez lui eût raccourci son trajet d'au moins dix minutes. Cependant, avant de retrouver son lit, il tenait à faire un détour par le pont Alexandre-Dumas, pour s'arrêter et les voir. Les sentir. Les imaginer, toutes réunies sur le tapis d'algues. Se représenter leurs chaînes, leurs chairs, grignotées par la poiscaille ; leurs proches en larmes, dépossédés, plongés dans l'incompréhension et dans la peur…

Lui seul *savait*.

Son emploi du temps ne lui permettant pas de chasser, il se contenterait ce matin d'aller près d'elles en se cachant dans un fourré non loin du pont. Excité comme il l'était par cet endroit, son plaisir, solitaire, allait monter très vite…

Marcel bandait déjà en y songeant, le pied sur l'accélérateur. Toute la nuit, il n'avait pensé qu'au sexe ! Surtout pendant la pause, quand il s'était retrouvé avec Franck et Ludovic, ses deux bons potes de l'usine, pour boire le *jus* ensemble. Blandine, qui bossait à l'emballage, les avait rejoints et tous les trois avaient entrepris de la chauffer un peu, comme très souvent ; les premiers temps elle se rebiffait, mal à l'aise, mais sans aller toutefois en référer au contremaître ; alors ils avaient continué, faisant sans cesse des allusions au cul et laissant glisser quelques mains…

Blandine était grasse, Marcel n'aimait pas trop ; et mariée, mais ça il s'en fichait ! Quoi qu'il en soit, elle était ce qu'il y avait de plus potable à l'usine et il aimait lui dire des cochonneries avec ses deux copains et la regarder rougir. Désormais elle la bouclait, et elle jouait même le jeu : cette nuit, après qu'elle eut remercié Franck pour le café qu'il lui tendait, il lui avait demandé : « Merci qui ? » Et Blandine de répondre, pile poil ce qu'il fallait : « Merci *Jacquie et Michel* ! »

Les trois mecs s'étaient bidonnés, et cette gourdasse aussi ! Marcel avait directement chopé la gaule en imaginant tous les films porno qu'elle avait dû voir, et tout ce qu'elle devait faire avec son mec. Il la *sodomisait*, à coup sûr !

Elle avait filé juste après, les laissant ricaner seuls. Franck envisageait de se la faire ; il se les tapait toutes, de toute façon, et sans les forcer, lui ! Pas besoin de ça, avec sa belle gueule. Même la femme du Ludovic, il l'avait baisée ! Avant de raconter tous les détails à Marcel, avide de confidences. Marcel avait gardé le secret, n'avait rien cafté à Ludo, mais ne pouvait s'empêcher de s'écrier dans sa tête « COCU ! COCU ! » en rigolant dès qu'il le croisait !

C'était deux bons copains, Franck et Ludovic ! Qui se doutaient pas une seule seconde des activités de Marcel pendant son temps libre. Si Ludo était plus coincé, Franck avait du potentiel ; par certains côtés, il lui rappelait un peu le *Jo*, feu son ami d'Ardèche. Qui, longtemps avant d'avoir cassé sa pipe, lui avait d'une certaine façon mis le pied à l'étrier.

Les premières lueurs de l'aube se dessinaient à l'horizon et Marcel croisait tout un tas de voitures, dont les conducteurs s'apprêtaient à entamer leur journée de travail, tandis que lui terminait la sienne. Il emprunta une route étroite, serpentant dans la campagne. Et avant même d'apercevoir le pont, il repéra les scintillements bleus.

Aussitôt Marcel comprit. Ses craintes, qui commençaient à le laisser en paix tant il se sentait intouchable, se matérialisèrent d'un coup et une sueur froide lui parcourut l'échine.

Décélérant peu à peu, il découvrit plusieurs véhicules de gendarmerie postés de chaque côté du pont et sur les berges. Marcel hésita à faire demi-tour, mais il était déjà trop près et il craignit d'attirer l'attention. Une file de voitures progressait au pas sur le pont ; la curiosité poussait chaque conducteur à tourner la tête pour observer ce qui se déroulait en contrebas, provoquant un ralentissement semblable à ceux des accidents de la route.

Lorsque Lamy s'arrêta, son pare-chocs avant presque collé au pare-chocs arrière de la berline qui le précédait, il put enfin voir la scène – horrifique à ses yeux : des plongeurs dispersés dans l'eau et des gendarmes allant et venant sur la berge, d'un côté et de l'autre de bâches tendues à la verticale et servant de brise-vue.

Dire que Marcel Lamy ressentit l'envie de pleurer à cet instant pourrait passer pour une image, pour une exagération. Pourtant c'était l'exacte vérité : cet homme frustre, dénué d'empathie, eut subitement et malgré lui les yeux embués de larmes.

On était en train de les lui prendre…

Elles étaient à lui ! Elles n'appartenaient plus à leurs familles !

Et on les lui arrachait…

Trois coups assez forts sur sa portière le firent brusquement revenir à lui ; Marcel tourna la tête et vit un gendarme, placé sur le pont pour fluidifier la circulation, et dont il s'était désintéressé jusqu'ici tant ce spectacle le chamboulait.

— Il faut avancer, monsieur ! Allez, circulez, circulez !

Marcel dissimula son émotion comme il le put, puis il accéléra un peu avant de ralentir encore, afin de mettre à profit les quelques secondes qui lui restaient pour regarder attentivement la rive. Soudain, parmi les forces de l'ordre réunies en nombre, il reconnut un homme…

Le gendarme… Tassi.

La haine infinie qui naquit en lui se matérialisa en une boule au niveau de sa gorge.

Au côté de Dominique Tassi, Marcel eut juste le temps de distinguer un autre homme, plus jeune et plus petit, lui aussi en civil.

Puis les feuillages des arbres, de plus en plus denses, entravèrent son champ de vision alors qu'il finissait de traverser le pont. Il se tourna de nouveau face à la route, à présent bien plus dégagée. Et préférant ne pas risquer de se faire remarquer, il appuya sur l'accélérateur et ficha le camp d'ici.

18

EMMA N'AVAIT DORMI QUE QUELQUES HEURES, Nathan l'ayant mise au courant pendant la nuit de la découverte des corps, puis, au matin, du déploiement des plongeurs.

Pendant qu'elle s'habillait pour sa nouvelle journée d'audience, elle alluma la radio ainsi que la télé, et zappa sur plusieurs chaînes. Aucune rédaction ne reprenait l'info pour le moment. Ça n'allait pas tarder...

Qu'est-ce que ça changerait pour elle ? Beaucoup de choses à long terme, peu dans l'immédiat. À ce stade des investigations, rien ne permettait d'établir un lien entre ces crimes et celui de Justine Morin. Le procès de Gabin Lepage devait aller à son dénouement ; son innocence – ou, en tout cas, l'absence de preuve indéniable de sa culpabilité – devait être démontrée.

À la barre se tenait un homme d'une soixantaine d'années. Interrogé par le président, Serge Bastel racontait son histoire et Emma était pendue à ses lèvres, tant ce témoignage revêtait d'importance. Bastel, qui n'avait été convoqué ni lors du premier procès de Gabin ni lors de l'appel, n'avait pas plus été auditionné par le juge Piat pendant son instruction. Et si son témoignage, oublié, s'apprêtait à ressurgir quinze ans après, c'était grâce à Tassi, qui l'avait fait connaître à Emma alors qu'ils achevaient ensemble le dossier pour la cour de révision. Assurément, cette déposition avait contribué à insinuer le doute dans l'esprit des magistrats qui statuaient, comme elle s'apprêtait à le faire au sein de la cour d'assises de Lyon.

— C'était le 13 juin, le matin où ils ont retrouvé la petite... Moi, à ce moment-là, j'ignorais encore tout de l'affaire... Il était à peu près 7 heures et quart, je m'étais levé tôt pour partir à la pêche, dans un coin que j'aimais bien et où je croisais peu de gens en général... Ça me plaît de me balader, alors je me suis garé plus haut et je suis descendu par des chemins assez escarpés.

» Comme je vous l'ai dit, j'étais pas au courant pour la battue, je l'ai su que pendant l'après-midi. J'habitais à Néard, un village qui se trouve à quinze kilomètres de Presles-la-Vallée. Je m'étais couché tôt et l'info n'était pas encore arrivée jusqu'à chez nous.

» Donc je suis descendu avec mon matériel, dans des coins déserts d'habitude à cette heure. Je suis arrivé sur un sentier, et c'est là que j'ai vu une camionnette... Blanche, garée sur le chemin, à un endroit caché de la route. Un homme s'était arrêté là et changeait un pneu crevé. Je l'ai vu au loin... accroupi. Comme je rechigne pas à donner un coup de main, je me suis approché, mais dès qu'il m'a vu, il s'est relevé et... J'ai regretté... Je l'ai pas senti, cet homme, ça a été immédiat.

— Pourquoi ça ? l'interrogea le président.

— C'est difficile à expliquer… il dégageait un truc pas net. Dans son allure, dans sa façon de se redresser quand il m'a vu, et juste après de plus bouger. En plus, j'ai vu que sa chemise était en partie déchirée, et qu'il y avait du sang dessus.

— Du sang ? Beaucoup de sang ?

— C'est difficile à dire, pas énormément mais assez pour que je le remarque.

— Vous étiez à quelle distance ?

— Je me suis arrêté à une vingtaine de mètres, je dirais. Je le dérangeais, ça se voyait, il était pas content de me voir débarquer… J'étais méfiant, rien ne m'inspirait, ni sa camionnette ni lui, j'ai préféré ne plus m'avancer et lui demander de loin s'il avait besoin d'aide. Il a répondu – ou plutôt gueulé – « Non ! », en faisant un geste agacé avec son bras. Et il a vite fait le tour du véhicule.

— Et qu'est-ce que vous avez fait ?

— Rien, je suis parti.

— Vous qui avez passé toute votre vie dans cette région, aviez-vous déjà vu cet homme ?

— Non, il n'était ni de mon village ni de Presles, ça je peux vous l'affirmer. Mais bon… l'Ardèche, c'est grand…

— Savez-vous si sa plaque était immatriculée en Ardèche ?

— Elle était en 07, oui, je l'ai remarqué.

— Vous avez relevé les autres numéros ?

— Non, dit-il en secouant la tête. Et croyez bien que je le regrette amèrement, même quinze ans après…

— Décrivez-nous cet homme, s'il vous plaît.

— Il n'était… pas très grand, un peu comme moi, entre 1 mètre 70 et 1 mètre 75, je dirais. Trapu, assez puissant, je pense.

— Quel âge avait-il, environ ?

— Je ne saurais pas vous dire… Il portait une casquette, je n'ai pas bien vu son visage. J'étais à une certaine distance et je n'ai jamais eu une excellente vue…

— Donc vous ne pourriez pas mieux le décrire ?

— Pas vraiment, et encore moins toutes ces années après…

L'avocat général demanda la parole et le président la lui accorda :

— Vous reconnaissez avoir une mauvaise vue, pourtant vous affirmez que cet individu avait du sang sur lui ?

— Sa chemise était blanche et le sang était bien visible.

— Comment êtes-vous certain que c'était du sang ? Sans vous être approché, comment déterminer qu'il ne s'agissait pas d'autre chose, de ketchup, par exemple ?

— Je ne suis pas seulement pêcheur, je suis aussi chasseur, rétorqua Bastel avec aplomb. Je sais faire la différence entre du ketchup et une trace de sang… Et comme je l'ai dit, sa chemise était déchirée, lacérée…

Emma, pressée de revenir à l'essentiel, intervint :

— Monsieur Bastel, savez-vous combien de kilomètres séparent ce sentier de l'endroit où le corps de Justine Morin a été découvert ?

— Pas précisément…

— D'après mes recherches, la distance est de huit kilomètres. Cela vous paraît-il juste ?

— J'aurais dit à peu près ça…

— Donc, récapitulons ! reprit-elle avec des gestes amples. À environ huit kilomètres du lieu où l'enfant allait être enterrée et à l'heure approximative où son corps fut découvert, vous apercevez un homme, qui attire votre attention car il est perdu au milieu de nulle part avec sa camionnette ; un homme que vous trouvez étrange et qui vous fiche la trouille. Un homme sur ses gardes, portant une chemise déchirée avec des traces de sang !

Bastel opina et Emma s'immobilisa, observant le président et les jurés avec un regard intense. Avant de poursuivre :

— Quand avez-vous fait le rapprochement avec Justine Morin ?

— Dans l'après-midi, en apprenant sa mort.

— Qu'avez-vous fait à ce moment-là ?

— Je suis allé à la gendarmerie, pour leur raconter ce que j'avais vu.

— Vous leur avez tout raconté ? Comme vous venez de le faire ici ?

— Absolument.

— Et que s'est-il passé ?

— Rien…

Emma fit quelques pas, feignant d'être ébahie par ces révélations, qu'elle connaissait déjà.

— Vous dites que les gendarmes n'ont rien fait de cette information capitale ?

— Pas à ma connaissance. Ils m'ont remercié et m'ont dit qu'ils me recontacteraient.

— L'ont-ils fait ?

— Non.

— Vous n'avez pas insisté ?

Bastel haussa les épaules.

— J'avais fait mon devoir… Un jour, alors que je discutais avec l'un des gendarmes, Jean Baranès, j'y ai refait allusion mais il m'a répondu que l'enquête était close et que c'était Lepage le coupable, car il avait avoué. Des gens du coin savaient ce que j'avais vu, mais ils n'aimaient pas que j'en parle. Par rapport à la famille de la petite…, expliqua-t-il en baissant le ton.

Didier Morin l'écoutait, livide. Tellement accablé par ce qu'il entendait et par l'accumulation de ces journées d'audience que sa nervosité semblait paradoxalement s'être évanouie, laissant place à la prostration.

— Les deux procès ont eu lieu... Lepage a été condamné. Et personne ne m'a reparlé de cette histoire, jusqu'à l'année dernière.

★

Une fois n'est pas coutume, Emma évita ce jour-là tout contact avec les journalistes, préférant obtenir davantage d'informations avant de prendre la parole en public. Lorsque l'audience s'acheva, à 18 heures, elle s'éclipsa jusqu'à une brasserie où elle avait ses habitudes. Elle appela au préalable son assistante pour faire le point sur les autres affaires en cours ; téléphona à Nathan, qui ne décrocha pas ; puis parvint à joindre Tassi.

Emma lui demanda s'ils avaient besoin de son aide et le retraité la rassura : l'attitude des gendarmes à leur égard s'était considérablement adoucie. Toute la brigade était sous le choc depuis la découverte des huit corps. Ceux-ci étaient en cours d'autopsie – programmée de toute urgence –, et des tests comparatifs d'ADN avec certaines des jeunes femmes portées disparues étaient en cours. On aurait les résultats le lendemain.

Installée à une table en retrait, ses écouteurs sur les oreilles, Emma bûcha ses dossiers pendant deux heures, puis dîna. Ensuite, ne rêvant que d'une douche, elle regagna son hôtel. Arrivée au troisième étage, elle avança dans le long corridor ; accola son badge au détecteur de sa chambre, poussa la porte et entra.

Avant même qu'elle ait pressé l'interrupteur, son chat accourut jusqu'à ses pieds et se frotta contre ses mollets, dos arrondi, avec des miaulements empreints de reproches.

Emma s'accroupit pour le caresser, mais l'animal bondit et se faufila hors de la chambre.

— Non, reste là ! râla-t-elle, avant de se relever.

Elle sortit dans le couloir et l'aperçut qui trottait jusqu'à un tournant. Emma l'appela encore, sans succès, et emprunta le même chemin que lui, bifurqua au croisement ; là, elle s'arrêta net, très surprise : devant elle se tenait Didier Morin, penché sur l'animal. Le père de Justine se redressa, le chat dans ses bras, et parut étonné lui aussi.

— Qu'est-ce que vous faites ici ?

— Je suis passé voir mon avocat, répondit-il, troublé. Je savais pas que vous étiez là, vous aussi.

Emma hésita un instant, avant de hocher la tête.

— Donnez-moi mon chat, s'il vous plaît.

— C'est le vôtre ?

Didier resta immobile, sa main puissante calée sous la gorge de l'animal, lequel, appuyé contre son blouson en cuir, n'opposait pas de résistance. Emma étudia le regard de Didier Morin et n'aima pas ce qu'elle y lut. Il était comme absent… et en même temps déterminé à quelque chose.

— Ma fille aussi adorait les chats…, prononça-t-il en regardant la petite tête. Vous le saviez ?

— Nous ne devrions pas nous croiser hors des audiences. Rendez-le-moi, dit Emma plus sèchement.

— Bien sûr, répondit-il comme s'il revenait à lui. Tenez.

Didier Morin n'avança pas, mais lui tendit l'animal. Emma fit un pas vers lui et prit le chat dans ses bras.

Elle s'apprêtait à faire volte-face quand, soudain, Morin lui saisit le poignet en une prise très solide. Emma relâcha son chat, qui sauta par terre et fila dans l'autre direction, puis elle s'exclama :

— Qu'est-ce que vous faites ? Je vais crier !

Elle tirait sur son bras mais Didier, plus fort qu'elle, la poussa contre le mur.

— Vous êtes fou ! Lâchez-moi !

— Ça ne va pas, Maître ? Écoute-moi ! Écoute-moi ! exigea-t-il alors qu'elle essayait de se dégager.

Emma, apeurée, choisit d'arrêter de bouger et de le laisser parler.

— Qu'est-ce qu'il y a, je vous fais peur ? demanda-t-il.

— Arrêtez ça, monsieur Morin, vous allez le regretter...

— Et ma fille..., poursuivit-il avec un mélange de douceur et de dureté... Ma petite fille, tu t'es déjà demandé si elle avait eu peur ? Quand il l'a enlevée, quand elle a vu ses yeux...

Il la fixait, son visage tout près du sien ; et accentua sa prise sur son poignet.

— Tu t'es demandé si elle avait eu mal ? Tu crois que tu peux comparer ta douleur avec la sienne ? Quand il a sorti sa grosse bite, et qu'il l'a fait saigner... Quand il l'a frappée pour qu'elle se taise... Quand il a mis ses mains autour de son cou pour la tuer...

— Vous n'avez pas le droit de me faire ça..., murmura-t-elle, émue. Je suis avocate, je fais mon métier...

— Ouais, t'en as rien à foutre de tout ça, après tu passeras à autre chose.

Didier la toisa d'un air dégoûté. Puis il approcha davantage encore, intense.

— Tu peux leur faire croire ce que tu veux, aux jurés. Au fond de toi, tu le sais, que tu défends un tueur de petite fille... Et s'il est libéré, tu devras vivre avec ça jusqu'à la fin de ta vie.

Il parut chercher à lire en elle, puis la relâcha brusquement. Emma se décala du mur, se retourna et repartit vite jusqu'à sa chambre. Elle attrapa son chat qui patientait devant sa porte, s'enferma vivement, lâcha l'animal et se recroquevilla sur son lit, avant de sangloter comme une enfant.

19

La veille, Nathan était tombé. Littéralement tombé. Sitôt après avoir rejoint sa chambre d'hôtel, il s'était écroulé sur son lit et avait juste eu le temps de se débarrasser de ses chaussures et de son jean avant de sombrer dans un sommeil de plomb. Après ces deux journées intenses et une nuit blanche, il était cuit.

À son réveil, un coup d'œil sur son portable lui apprit qu'il avait dormi près de quinze heures. Et malgré cela, il ressentait un genre de gueule de bois, nullement causée par l'alcool. Les notifications sur son smartphone, laissé en vibreur, lui apprirent qu'il avait manqué quatre appels : un d'Emma, deux de Laurent Toureau et un autre de Tassi.

Le premier message vocal était celui d'Emma et datait de la veille au soir. Entendre sa voix eut le mérite de le tirer immédiatement de sa torpeur et il se leva sans raison, allant et venant dans la chambre en l'écoutant. Emma appelait pour prendre de ses nouvelles et le ton qu'elle employait lui fit plaisir, car il était beaucoup plus amène que lors de leur dernier échange au tribunal, lorsqu'elle l'avait envoyé promener. Il se promit de la rappeler pendant l'interruption de séance, entre midi et deux.

Le deuxième message, de Toureau, était plus surprenant :

« Salut Nathan, c'est Laurent. Écoute... rappelle-moi quand tu peux... Bon, déjà, j'ai vu les infos et c'est un truc de fou ! Ils ont parlé de toi, il faut absolument que tu me racontes et que tu me dises s'il y a un lien avec la recherche du SALVAC. Bon, et justement, j'ai du nouveau par rapport à l'autre demande que tu m'as faite : il y a peut-être quelque chose, un dossier pourrait correspondre, enfin, un dossier c'est vite dit... Je te raconterai ça en direct, je suis joignable toute la soirée. Bises ! »

Dans le dernier message, datant du matin très tôt, Tassi l'informait qu'il s'apprêtait à se rendre à l'IML – l'institut médico-légal –, où se trouvaient des enquêteurs et certaines familles des victimes présumées.

Nathan rappela Toureau. Le policier chercha à connaître les détails de ce qui se passait dans l'Ain, et Nathan lui expliqua le plus de choses possible, en précisant qu'il ne pouvait pas tout dévoiler à ce stade :

— ... c'est compliqué parce qu'on manque d'infos, ils sont en train de faire les autopsies et des comparaisons d'ADN. C'est un tueur en série et je pense que c'est celui qui a tué Laetitia Martinez. On cherche aussi à savoir si ça a un lien avec Justine Morin ou avec les affaires que tu avais trouvées grâce au SALVAC. Mais pour l'instant rien ne les relie. J'espère qu'on en saura plus très vite.

— C'est la gendarmerie qui reste sur le coup, de toute façon ?

— Pour l'instant, oui. Ils n'ont pas pris les choses au sérieux jusqu'ici, mais ils sont bien obligés, maintenant.

— D'accord. Bon, et tu veux quand même l'info que tu m'as demandée ?

— Oui, carrément.

— T'es sûr ? Faut pas non plus que tu fasses les choses dans ton coin, Nathan. Si t'as une piste à laquelle ils n'ont pas pensé, il faut leur dire.

— C'est pas évident… Il faut déjà que je voie de quoi il s'agit, ensuite si ça a un lien, je communiquerai l'info, bien sûr. T'as trouvé quoi ?

— J'ai appelé un flic du commissariat de Bourg-en-Bresse. On se connaissait pas mais on a un ami en commun parmi mes collègues. Il s'appelle Gabriel Drouadène. D'une part il est très sympa, d'autre part il se trouve qu'il connaît très bien ton travail, il m'a dit qu'il a lu tous tes livres ; c'est limite un fan, tu vois ? Donc le gars sera ravi de te parler. Moi, je lui ai dit à quel point t'étais sérieux.

— Tu sais ce qu'il a trouvé ?

— Tu m'avais donné une description : un homme aux cheveux blancs et bouclés, la quarantaine passée, pas très grand, bedonnant. Ils ont eu un signalement dans ce genre-là, pour une agression. Apparemment, c'est pas un truc énorme et le signalement est flou, mais on sait jamais, ça pourrait correspondre à ce que tu m'as demandé. Alors je vais te donner son numéro et tu pourras voir ça directement avec lui. Il te dira ce qu'il voudra bien te dire… mais je pense qu'il va te répondre franchement car il est en confiance avec nous deux. T'as de quoi noter ?

20

LE COMMISSARIAT DE BOURG-EN-BRESSE était situé dans le centre-ville, et Gabriel Drouadène lui donna rendez-vous dans un café non loin. Nathan arriva à l'heure prévue et, vingt minutes après, il vit débarquer un grand gaillard d'une trentaine d'années, barbu, l'air sympathique. L'homme le rejoignit à sa table et ils échangèrent une poignée de main.

— Je préfère qu'on se voie ici plutôt que dans les bureaux, expliqua le policier en s'asseyant. Vu que c'est une demande pas très officielle… Je pense pas que les collègues m'emmerderaient, étant donné que c'est pour vous et que c'est un dossier qui n'a abouti à rien de toute façon, mais autant faire ça au calme.

Nathan lui dit partager son avis et le remercia encore de lui accorder ce rendez-vous.

— Laurent Toureau ne m'a presque rien expliqué, vous pouvez m'en dire plus ? demanda Drouadène.

— Je me renseigne sur quelques affaires et notamment sur l'une d'elles, qui a eu lieu en Ardèche, il y une quinzaine d'années. Une histoire de viol où la victime décrit un homme avec un physique ressemblant aux critères qu'il vous a communiqués. Je suis pas du tout sûr que ça ait un lien, j'aimerais juste mener ma petite enquête à mon échelle.

— C'est pour un de vos livres ?

— Non...

— Aux infos, un des journalistes a parlé de vous, au sujet des corps dans la rivière, dit le flic en le jaugeant.

— J'étais là-bas, c'est vrai, confirma Nathan.

— Ça a un lien ?

— Je pense pas, préféra-t-il mentir. C'est vraiment trop tôt pour le dire, je sais même pas ce que vous avez trouvé. J'espère que vous ne le prendrez pas mal : à ce stade je ne peux pas raconter grand-chose. Soit parce que je n'en ai pas le droit, soit parce que de mon côté j'ai trop peu d'éléments...

Nathan grimaça, espérant que son interlocuteur lui pardonnerait ses secrets. Drouadène l'observa quelques instants, avec un genre de *poker face*. Avant de se détendre :

— C'est pas grave, je le prends pas mal ; si je peux vous aider, y a pas de problème. Vous me direz après. Parce que si ça concerne notre affaire à nous, insista-t-il néanmoins, il faut nous en parler directement, d'accord ? Pas aux gendarmes, ou pas seulement à eux.

— Votre info, demanda Nathan, il n'y a que vous qui l'ayez, pas les gendarmes ?

— Normalement, c'est seulement chez nous. C'est une plainte qui avait été déposée avant d'être retirée. Ça s'est passé dans le centre de Bourg-en-Bresse. Oh... y avait pas grand-chose, c'était plus un signalement qu'une vraie plainte. C'est une femme qui s'est fait accoster par un homme et elle racontait qu'il l'avait plus ou moins attaquée. Le signalement de l'agresseur peut correspondre au vôtre : un type avec des cheveux blancs bouclés, pas très grand, un peu gros… Bon, des gars comme ça, on en trouve dans toutes les villes, fit-il remarquer, dubitatif.

— Et elle s'en est sortie ? L'homme l'a frappée ?

— Pas frappée, mais il l'a attrapée et il cherchait à l'attirer quelque part. Donc un mec pas net, ou bourré… Heureusement pour elle, un autre homme est passé par là et l'a fait fuir. C'était la nuit, rue de la République.

— Quand ça ?

— Il y a un an environ.

— Et l'agresseur s'est sauvé ?

— Oui, il a filé.

— Vous savez qui c'est ?

— Non, on n'avait presque rien, même pas sa plaque. Ensuite on a eu une info, on aurait pu chercher, mais il se trouve que la jeune femme avait retiré sa plainte et qu'en plus elle avait changé de pays. Apparemment, elle a refait sa vie au Canada et elle voulait plus en entendre parler. Alors, sans plainte, on n'allait pas mettre des moyens pour le retrouver si c'était pour avoir rien à lui reprocher au final.

— Donc vous ne savez pas qui est ce type… Mais est-ce que vous avez les coordonnées de cette jeune femme pour que je l'appelle ?

— Non. Elle est sûrement joignable mais, là, c'est à vous de chercher.

Nathan se rembrunit. Drouadène s'en aperçut et esquissa un sourire bienveillant.

— Par contre, j'ai autre chose, et c'est peut-être mieux pour vous. Je vous ai dit qu'on avait eu une info ; ce qui s'est passé, c'est que l'homme qui avait fait fuir le gars en question, dans Bourg, il est revenu nous voir. Et il nous a raconté l'avoir croisé à nouveau, à Péronnas, pas loin d'ici. Comme ça, par hasard, et il est venu nous le signaler, par acquit de conscience. On l'a écouté, mais sans prendre de déposition parce que, comme je vous l'ai dit, la plainte avait été retirée.

— Mais du coup, vous connaissez le nom de l'agresseur ?

— Non. Il l'a juste aperçu et on n'a pas mené d'enquête. On manque pas de boulot, vous savez, faut que ça ait un sens. Mais si vraiment vous voulez en savoir plus, rien ne vous empêche d'aller parler à ce monsieur. Il n'avait pas l'air ravi, lui, que la plainte ait été retirée…

— Vous voulez bien me donner ses coordonnées ? demanda Nathan.

— Bien sûr, répondit le flic. À une seule condition…

— Laquelle ?

— Que vous me fassiez une jolie dédicace. J'adore vos bouquins.

En disant cela, le policier sortit un livre au format poche de l'intérieur de sa veste. Et gratifia Nathan d'un sourire enjoué.

21

ENFIN LE TRAVAIL CESSA, et à 14 h 15 il put foutre le camp de cette fichue usine et avancer sur le parking, sous le soleil brûlant. Marcel plissait les yeux, à cause de la lumière si vive mais aussi de l'état d'épuisement dans lequel il se trouvait. Bien qu'il n'ait pas dormi de la nuit, chamboulé par la mise hors de l'eau de *ses filles*, il avait dû retourner bosser tôt ce matin, avec un horaire décalé.

— Hé, Marcel, où tu files comme ça ?

Ludovic le suivait, presque au pas de course. Impatient de déguerpir, Marcel était sorti parmi les premiers, sans dire au revoir à personne.

— Franck arrive, tu nous attends ? On va boire un coup en terrasse, il fait beau !

— Non, pas aujourd'hui, les gars ! On remet ça ! Je vais rentrer faire une sieste, je suis crevé !

— Ben tu déconnes ! s'exclama le copain en écartant les bras et en ralentissant, dépassé par des collègues. Allez, attends-nous ! Franck a des trucs à nous raconter, on va descendre quelques verres !

LÂCHE-MOI, SALE MERDE ! Enfoiré de cocu ! Sombre fils de pute, CONNARD ! songea Marcel en serrant les dents, avant de rétorquer, avec son habituel sourire un peu penaud :

— Non non non… Pas aujourd'hui ! Dans deux jours on remet ça, je te promets ! Je me rentre, hein ! Salut les gars !

Il fonça jusqu'à la camionnette garée au bout du parking, devant la rue. S'installa derrière le volant, alluma le moteur et poussa la clim à fond ; se refusant, malgré la chaleur, à baisser les vitres, afin de s'isoler le plus possible.

L'air frais n'arrivait pas, Marcel était en nage. Agité, presque délirant. Pendant les dernières heures passées derrière sa machine, il avait dissimulé sa fureur. Maintenant, il fallait que ça sorte. Il n'avait aucune envie d'aller dormir, ni de boire ou de bouffer ; il ne pensait qu'aux filles. Et justement, devant lui, il en aperçut une qui marchait, insouciante, avec une petite jupe, un débardeur et des chaussures à talons. Sur le trottoir d'en face, il en remarqua une autre, lunettes de soleil et téléphone sur l'oreille. Puis encore une, plus loin, et il lui sembla que partout elles déambulaient, et qu'elles le provoquaient.

Il ne supportait pas qu'on l'ait dépossédé, une fois de plus. Oh, il ne risquait rien, ce n'était pas le problème, personne ne remonterait jusqu'à lui. Il avait pris ses précautions. Mais il se sentait vide. Un manque, plus éprouvant encore que d'habitude, entre deux chasses. Il lui en fallait une nouvelle, pour compenser au plus vite.

Pour se la mettre au bout de la queue.

Pas question de rentrer chez lui tout de suite. Il roula, sans direction prédéfinie, une demi-heure peut-être, ou bien une heure. Malgré la clim qui tournait à présent à fond, il ouvrit sa fenêtre pour sentir l'air sur sa figure et s'éveiller au maximum. Pour se sentir parmi les gens. Pas de musique, cette fois, seulement le son des bagnoles, celui des voix et des klaxons, pour l'accompagner dans sa chasse.

Quelle chasse ?

Il ne savait même pas ce qu'il cherchait. On était en plein jour. Pas de flics à l'horizon mais des tas de gens, partout, des hommes seuls, des couples de retraités sortis faire leurs courses. Des femmes, aussi... Il en voyait de tous les côtés ! Elles lui faisaient envie, les jeunes comme les moins jeunes, mais en attraper une et la balancer dans le fond de sa camionnette aurait été de la folie !

Il emprunta de grands axes, où la circulation était difficile. Enchaîna les ronds-points, revenant souvent sur ses pas. Son front ruisselait de sueur malgré l'air conditionné et, alors qu'il tournait la tête vers les conducteurs patientant comme lui aux feux rouges, il sentit, à leurs regards, qu'il devait avoir l'air hargneux.

Il se résolut à entrer dans une zone commerciale, roula au pas sur différents parkings d'enseignes de vêtements, de banques, de magasins de bouffe ou de jouets...

Trop de monde, trop peu d'occasions. Il était fou d'agir ainsi, il savait que tout cela n'avait pas de sens, sans réussir toutefois à se réprimer.

Soudain, dans l'une des allées, il l'aperçut. Vision enchanteresse : une petite fille, elle devait avoir huit ans.

Marcel ralentit et l'observa qui jouait. Examina de loin sa jolie robe et ses longs cheveux lisses... Elle s'amusait toute seule avec un genre d'élastique ; aucun parent ; aucun adulte dans le coin.

La fillette était belle, illuminée par les rayons du soleil dorant sa chevelure, et Marcel eut envie de tenter le coup, tout en ayant conscience que c'était une idée exécrable car le risque était beaucoup trop grand. Mais il ne pouvait s'en empêcher, il ne le voulut pas…

Arrêté au milieu de la rangée, il jeta un regard en hauteur, à la recherche de caméras de surveillance, et n'en vit aucune ; peut-être n'y en avait-il pas, mais comment être sûr ? On en fabriquait de minuscules à notre époque.

Elle continuait de jouer à une dizaine de mètres de lui, insouciante ; depuis si longtemps, il n'en avait pas eu de son âge… Il suffisait de l'attraper, de la jeter dans la fourgonnette, de s'enfuir, personne, peut-être, ne retrouverait sa trace. Mais plus Marcel scrutait les alentours et plus il comprenait que c'était une folie ; bien trop d'incertitude et trop de paramètres qu'il n'était pas à même de maîtriser, car il n'avait plus toute sa tête, il le savait, et il avait envie de pleurer, cognait son volant et désirait la gosse mais ne pouvait se résoudre à tout gâcher sur une connerie.

La chance lui avait souri jusqu'ici, mais là, c'était trop.

Marcel fit de nouveau vrombir son moteur et fonça en manquant d'écraser la fillette, résigné à partir, à prendre cette putain de rocade et à aller se cloîtrer chez lui.

★

Après avoir garé la camionnette dans sa cour, Marcel fit demi-tour à pied en direction du portail. Il s'arrêta quelques instants et observa sa rue, déserte et silencieuse à cette heure-ci. Sans trop savoir ce qu'il redoutait, épiant le voisinage. Rassuré, il remonta d'un pas décidé jusqu'à sa maison.

Dans le salon, Marcel découvrit ses deux gosses, *la fille* et *le fils*, l'une penchée sur sa tablette et l'autre avachi devant la télé, et il se mit à gueuler, sans autre motif que sa mauvaise humeur :

— Qu'est-ce que vous foutez, NOM DE DIEU ?

Et en même temps il se saisit d'un magazine laissé sur une table, l'enroula et le lança avec adresse en plein dans la figure de sa fille, laquelle gémit et reposa l'écran tactile.

— Vous avez rien de mieux à faire ? TIREZ-VOUS D'ICI !

Les enfants de dix et onze ans filèrent jusqu'à la sortie sans demander leur reste et Marcel entendit avec soulagement la porte claquer derrière eux. Il aimait insuffler la terreur au sein de son foyer ; que les membres de sa famille ne sachent jamais à l'avance s'il serait calme ou violent, afin qu'ils vivent dans une constante appréhension.

La bière qu'il avala presque cul sec lui procura un bien fou. Désaltéré, toujours un peu étourdi, il progressa dans le corridor jusqu'au garage. Une fois à l'intérieur, il déplaça les cartons servant à dissimuler la trappe.

Au sous-sol, une boîte trônait sur une étagère ; il en souleva le couvercle et son trésor, composé de bijoux et de sous-vêtements féminins, s'offrit à sa vue. Les doigts épais de Marcel parcoururent lentement les tissus, brassèrent avec une relative sensualité les différents objets.

Il opta pour un string orange, orné de dentelle. Laissa glisser son pantalon sur ses chevilles et, son sexe sorti, s'amusa un long moment avec ce morceau de souvenir.

22

La voix féminine du GPS, aux accents légèrement métalliques, retentissait dans l'habitacle. Nathan se laissait docilement guider et découvrait de nouveaux quartiers de la périphérie de Bourg-en-Bresse.

Un panneau indiqua qu'il approchait des Myosotis. Le lotissement, à Péronnas, que lui avait indiqué Ponceau :

— Essayez la rue des Cyprès. Et les petites impasses autour, si vous ne trouvez rien… Il se pourrait bien qu'il habite là, c'est là que je l'ai vu deux fois, partir et revenir, au volant d'une camionnette sans logo. Les Myosotis, c'est pas un endroit où on passe pour aller ailleurs, c'est un ensemble de rues pavillonnaires, assez fermé sur lui-même. Je sais pas trop quoi vous dire pour vous aider davantage… C'est une rue assez longue… pas la peine de chercher au début, moi j'étais vers le numéro 70 quand je l'ai aperçu ; à votre place je commencerais là. Je pourrais vous accompagner, si vous voulez, mais pas aujourd'hui parce que j'ai trop de boulot.

— Non, ce n'est pas nécessaire, lui avait assuré Nathan. Je poserai des questions aux voisins et je verrai si je trouve quelque chose.

Ponceau était chef d'entreprise dans l'ébénisterie. Après que Nathan lui eut téléphoné, il l'avait invité à le rejoindre dans ses locaux. Il avait une quarantaine d'années, un regard franc, couleur océan, et une poigne ferme à vous broyer les doigts. Très occupé, l'artisan avait raconté son histoire sans tergiverser :

— C'était rue de la République, dans le centre de Bourg, vers minuit. Je revenais de chez une amie et je retournais à ma voiture quand, au croisement d'une petite rue, j'ai aperçu une jeune fille qui se débattait et qui criait. Elle était debout et un homme la tenait et cherchait à l'attirer quelque part. Ils étaient à une centaine de mètres de moi, environ, alors je me suis mis à courir vers eux et le type l'a relâchée avant de se sauver sans demander son reste. La fille était choquée, je me suis arrêté un instant pour lui demander si ça allait. Elle répondait pas trop, alors j'ai coursé le gars mais il avait disparu. Il y a plein de croisements, là-bas... Je suis retourné la voir, elle était toujours là. Elle était jeune, l'âge de mon fils à peu près, dix-huit ans. Je lui ai demandé si elle connaissait son agresseur, elle m'a dit que non et qu'il l'avait attrapée par surprise. Elle savait pas ce qu'il lui voulait. Moi, j'avais bien une idée..., commenta-t-il en secouant la tête.

» Je lui ai proposé de l'emmener porter plainte au commissariat, mais elle voulait pas. J'ai insisté, je lui ai dit que c'était grave et qu'il pouvait s'en prendre à d'autres, alors elle a fini par accepter... C'était une fille... du genre paumée, vous voyez ? précisa-t-il sans méchanceté. Gentille, mais ça se voyait qu'elle avait des problèmes. Elle a déposé plainte, mais j'ai su ensuite qu'elle l'avait retirée, quand moi j'y suis retourné après avoir revu le type.

— Dans quelles circonstances vous l'avez revu ?

— Je travaillais sur un chantier, tout près de la rue des Cyprès. Un jour, j'ai aperçu quelqu'un qui lui ressemblait au volant d'une camionnette. Et une deuxième fois, pas longtemps après, alors qu'il revenait. Je l'ai pas bien vu, il a vite disparu. C'était furtif, mais pour moi c'était à peu près sûr que c'était lui. On peut toujours se tromper, mais bon... j'ai préféré aller voir les flics pour leur signaler.

— Vous ne l'avez qu'entraperçu, vous n'êtes pas sûr ?

— C'est difficile d'être certain à cent pour cent, mais pour moi, à ce moment-là, ça faisait pas de doute. Mais bon, j'allais pas mener l'enquête moi-même ou lui casser la gueule, hein, faut pas pousser. J'ai fait mon devoir, je l'ai signalé, ils se débrouillent... Le truc, c'est que la plainte avait été retirée... Et c'est vrai qu'au final, il avait rien fait de grave, je l'avais dérangé avant. Il allait pas faire de la taule pour ça... Surtout que la fille voulait plus en entendre parler, donc bon.

— Vous pouvez me le décrire ?

— Plutôt gras... mais costaud, je pense. Pas très grand, avec une tête ronde et des cheveux frisés, assez blancs ; c'est surtout à ça que je l'ai reconnu. Il est pas vieux, pourtant, cinquante balais tout au plus.

Nathan se taisait et griffonnait sur son calepin.

— Je vous remercie beaucoup, monsieur, finit-il par dire en relevant la tête.

— Ça vous aide ?

— Oui, j'irai faire un tour, pour voir. Ça ne donnera peut-être rien, peut-être que vous vous êtes trompé ou que moi je me trompe, mais on sait jamais.

Au sortir d'une avenue, Nathan engagea sa voiture sur un rond-point, prit la troisième sortie et déboucha sur l'entrée des Myosotis. Le lotissement paraissait immense. Différentes rues s'entrecroisaient et serpentaient, témoignant de la volonté de son ou de ses architectes de casser toute linéarité et de former un vaste dédale.

« *Vous êtes arrivé* », annonça la voix légèrement angoissante du GPS, lorsqu'il dépassa le numéro 70, qu'avait mentionné Ponceau. Nathan ralentit, puis éteignit le guidage, qui lui demandait de faire demi-tour. Il avança moins vite encore, ne sachant trop où chercher. Soudain, au numéro 88, il aperçut une camionnette blanche, dans la cour d'une maison qui ne payait pas de mine.

Nathan freina jusqu'à s'arrêter sur la chaussée, en laissant son moteur tourner. Puis il étudia l'endroit. En se penchant derrière son volant, il constata que la camionnette n'avait pas de logo.

La rue était très calme, presque déserte, hormis un enfant d'une dizaine d'années, occupé à dribbler avec un ballon sur le trottoir, devant le numéro 88, justement.

Remarquant une place libre du côté impair, Nathan dépassa le garçon, fit demi-tour dans la rue et revint se ranger dans l'autre sens. L'enfant se désintéressait de sa présence et continuait de jouer sagement. Nathan coupa le moteur et resta immobile. Le silence régnait dans l'habitacle. Sa voiture était stationnée en plein soleil et la lumière l'éblouissait tandis qu'il regardait avec attention la camionnette blanche, garée sous un arbre. Le jardin n'était que peu entretenu mais se fondait dans le décor des autres habitations du lotissement.

Nathan était comme hypnotisé, persuadé au fond de lui qu'il tenait quelque chose. Puis il décida de descendre, pour aller voir de plus près la boîte aux lettres.

Dès qu'il ouvrit la portière, les sons environnants l'assaillirent de nouveau : le ronronnement discret de la circulation, au loin, le chant de quelques oiseaux, le *tchic tchic* d'un arrosage automatique, dans un jardin juste derrière. Il traversa la rue ; ici aussi, il faisait rudement chaud, autant que dans sa voiture fermée.

Aucune étiquette, aucun nom ne figurait sur la boîte.

Debout devant le portail, Nathan en profita pour mieux examiner la maison.

La plupart des rideaux étaient tirés.

Puis il regarda le garçon, et se dirigea vers lui.

★

Marcel Lamy, torse nu, remonta au rez-de-chaussée et gagna la cuisine. Il ouvrit la porte du frigo et attrapa une deuxième bière, bien fraîche, qu'il décapsula. Tout en buvant quelques gorgées, il avança jusqu'à la fenêtre et tout à coup l'aperçut : son gosse, en train de parler à un type qu'il ne connaissait pas.

Si.

Si, à mieux y regarder, il le connaissait… *Rey*. Dont BFM avait parlé la veille, et que lui-même avait vu sur la berge. Marcel en eut le souffle coupé et abaissa lentement le bras, afin de poser sa bouteille sur le plan de travail. Immobile, tendu à l'extrême, il observa son fils qui continuait de discuter avec le trentenaire, tout sourire. Sans entendre ce qu'ils pouvaient se raconter.

Rey finit par hocher la tête et parut remercier le garçon ; celui-ci, son ballon dans les mains, ouvrit le portail et remonta dans leur allée, insouciant, sous le regard de Marcel, tandis que Rey se dirigeait vers une voiture garée et montait à l'intérieur.

Marcel fila aussitôt jusqu'à l'entrée et chopa le gamin au moment où il passait la porte.

— À qui tu parlais, nom de Dieu ?

— Hein ? Rien, un monsieur qui me posait des questions...

— Quelles questions ? tonna le père, menaçant. Il t'a demandé quoi ?

— Ton nom, car y en a pas sur la boîte.

— Tu lui as dit ?

Sentant le risque peser sur lui, le gosse hésita, avant d'acquiescer.

— Pourquoi il voulait savoir ça ?

— Il m'a demandé si la maison était à vendre, j'ai dit que je savais pas...

— Il t'a demandé autre chose ?

— Si t'étais le monsieur aux cheveux blancs et bouclés qu'il avait vu passer...

Marcel blêmit.

— Il a dit ça ?

— Oui.

— Quoi d'autre ? Il a dit autre chose ? le pressa-t-il.

— Non, c'est tout...

Marcel serrait les mâchoires, tâchant de réfléchir au plus vite.

— Elle est où, ta sœur ?

— Au parc, avec une copine.

Il attrapa soudain le gosse par le col de son T-shirt.

— Va la rejoindre, casse-toi d'ici ! Tire-toi, abruti, pauvre merde, va !

Déjà, après sa rencontre avec Ponceau, Nathan avait cherché à joindre Tassi, sans y parvenir. Dès qu'il remonta dans sa voiture, il réessaya et tomba une fois de plus sur son répondeur.

« Dominique, c'est Nathan, rappelle-moi dès que t'auras ce message, c'est très important : j'ai une piste, je la sens vraiment chaude. Je sais peut-être qui est le tueur… C'est trop long à résumer par message, mais grâce à mon contact dans la police, je suis remonté à une ancienne affaire qui pourrait le concerner… »

Tandis qu'il parlait, Nathan ne prêta pas attention au garçon redescendant l'allée de la maison en courant, franchissant le portail et s'éloignant dans la rue.

« … Ce qui est sûr, c'est que cet homme habite au 88, rue des Cyprès, à Péronnas, et qu'il s'appelle Marcel Lamy, c'est en tout cas ce que son fils vient de me dire. Je vais partir, n'en parle pas sans moi à Delalandre, je préfère qu'on se retrouve avant. Je vais passer à la brigade voir si tu y… »

TOC TOC !

Un poing, soudain, tapant deux fois sur la vitre.

Nathan sursauta et découvrit le buste d'un homme, là, à côté de lui. L'individu se pencha, et sa tête légèrement joufflue et souriante apparut. Nathan le reconnut sans la moindre hésitation, et son sang se glaça.

Laissant sciemment l'enregistrement du message se poursuivre, il posa le téléphone sur le siège passager, alluma le moteur et ouvrit sa fenêtre.

— Bonjour, monsieur ! dit Lamy, aimable. Est-ce que je peux vous aider ?

— Non merci, tout va bien, répondit Nathan, adoptant lui aussi un visage amène.

— C'est à mon fils que vous avez parlé. Vous cherchez quelque chose, peut-être ?

Le type arborait un air bonhomme, un peu pataud, qui ne dupa nullement Nathan et qui le terrifia, au contraire, par l'aisance à feindre qu'il démontrait.

— J'ai fait une erreur, répondit Nathan. Je travaille dans un organisme de recensement, je me suis trompé de maison. Je m'en vais, merci beaucoup.

En disant cela, Nathan enclencha la première et pressa la pédale de l'accélérateur.

— Pourtant..., commença l'autre, sans pouvoir finir car Nathan roulait déjà dans la rue, assez vite.

Quand il passa un premier virage et que l'homme et sa maison eurent disparu dans son rétroviseur, Nathan ralentit, saisit son smartphone et regarda l'écran : la communication avait été coupée. Il rappellerait Tassi une fois sorti du lotissement et, s'il ne le joignait pas, il tâcherait de vite le trouver.

Nathan restait glacé par l'aplomb de cet homme. Il avait lu quelque chose dans son regard, dans sa manière de les examiner, lui et l'intérieur de sa voiture. Quelque chose d'incommodant, lui évoquant certains des hommes avec lesquels il s'était entretenu dans le cadre de son travail.

Nathan se détendit petit à petit en s'éloignant dans le quartier, somme toute assez mignon avec ses jardins fleuris. Il n'avait pas reprogrammé son GPS et essayait de se rappeler par où il était arrivé. Il bifurqua une fois, deux fois, s'aperçut qu'il s'était trompé et fut légèrement agacé par cet espace labyrinthique.

Un rond-point lui permit de reprendre la bonne direction, puis, vers la sortie, il ralentit à l'approche d'un stop et s'arrêta.

Tout à coup, sa portière passager s'ouvrit et Lamy s'introduisit dans le véhicule, en s'asseyant à côté de lui. Nathan, effaré, mit un instant avant de réagir :

— Qu'est-ce que vous faites ?

Lamy était essoufflé, il avait visiblement couru depuis le départ de Nathan, empruntant des raccourcis entre les maisons, que devaient connaître les habitants du quartier.

— C'est toi qui me les as prises…, dit-il.

Nathan resta sidéré. Leurs visages étaient face à face et leurs regards plongés l'un dans l'autre. Soudain, Lamy dégaina un objet de sa poche et le pressa contre le flanc de Nathan, libérant la décharge électrique. Nathan, pris de convulsions, eut juste le temps de voir la main armée du Taser se déplacer sur sa gorge, avant de s'évanouir.

Lamy roula sans se hâter jusqu'à chez lui. Ouvrit son portail, puis le volet du garage, et y engouffra le véhicule avant de refermer.

Lorsque Nathan, tiré par les pieds, s'écroula lourdement sur le sol en béton et reprit conscience, il vit Lamy penché sur lui, dans la pièce plongée dans une semi-obscurité.

— La police sait que t'es là ?

— Non, dit Nathan en secouant la tête.

— ET LES GENDARMES ? Me prends pas pour un con ! hurla-t-il.

— Non ! Personne ! eut juste le temps de répondre Nathan avant que Lamy abatte son poing sur sa mâchoire et sur sa tempe, le mettant KO.

★

La pièce chavirait autour de Nathan quand il reprit conscience. Il était en sueur, en proie à des vertiges, et tout son corps le faisait souffrir. En se tortillant, il s'aperçut qu'il était attaché, en croix, à des prises murales. Les liens, très serrés, engourdissaient ses membres.

Lamy avait pris soin de lui ôter sa chemise.

En fouillant du regard le fond de la pièce, non éclairée, Nathan vit Lamy, assis sur un tabouret, en train de manipuler le téléphone portable qu'il lui avait dérobé.

Le mot « glauque » prenait tout son sens pour qualifier cet endroit, jusqu'à la couleur verdâtre des étagères, remplies d'un nombre considérable d'objets et d'outils de toutes sortes, à l'utilité desquels Nathan préféra ne pas réfléchir. Il y avait également un établi, au centre de cette pièce aux murs resserrés et au plafond bas, lesquels provoquaient une sensation d'étouffement. Un tuyau d'arrosage traînait sur le sol, non loin d'une grille d'évacuation des eaux. Malgré son aspect sordide, cette cachette avait été bâtie avec un indéniable soin, songea Nathan. Les travaux – certainement effectués par lui seul – avaient dû nécessiter plusieurs années. Seule manquait une climatisation ; deux ventilateurs, non branchés, étaient placés dans des coins. Lamy ne semblait pas souffrir de la chaleur. Son regard croisa celui de Nathan et il se redressa. Il laissa tomber le téléphone sur le sol et l'écrasa.

Ensuite Lamy, saisissant son tabouret, marcha jusqu'au mur où était accroché Nathan, puis se rassit lourdement. Nathan le vit chercher dans son dos et dégainer de sa ceinture un large couteau, un Bowie. Il tendit le bras, posa la lame tranchante sur l'abdomen du captif et, lentement, fit une incision – peu profonde mais sanguinolente – sur une vingtaine de centimètres ; Nathan hurla de douleur et d'effroi et Lamy le questionna sans attendre :

— Comment tu m'as trouvé ?

Nathan, le visage tordu par l'horreur, fixait le sang qui s'échappait de sa plaie.

— Je vais te découper comme un rosbif si tu mets du temps à répondre, et c'est rien à côté de ce que je te ferai si tu me mens…

— Vous avez essayé d'enlever une jeune fille dans Bourg-en-Bresse il y a un an, vers la rue de la République, répondit aussitôt Nathan, grelottant malgré la chaleur. Vous avez raté votre coup… J'ai consulté tous les dossiers de ce genre, et je suis venu pour voir qui vous étiez, sans certitude.

Lamy plissa les yeux, réellement inquiet :

— La police sait qui je suis, alors ?

— Non, ils ne savent pas, lui assura Nathan, ils ont juste eu votre description il y a longtemps…

— COMMENT TU M'AS TROUVÉ, ALORS ? beugla Lamy en se levant.

— Un homme a aidé cette jeune femme et vous a couru après… Il y a quelque temps, il vous a vu dans ce lotissement, il ne connaissait même pas votre nom ni votre adresse, il se doutait juste que vous habitiez par ici…

— Comment il s'appelle ?

— Bertagna… Jean Bertagna, mentit Nathan pour le protéger.

Lamy rejoignit son établi, sortit un calepin et un crayon, puis nota. Ensuite il exigea son adresse et Nathan mentit de nouveau. Satisfait, Lamy retourna devant lui, avant de reprendre :

— Il attend de tes nouvelles ?

— Non. Il n'est même pas sûr que je suive cette piste. Il m'a juste renseigné.

— Qui d'autre sait que tu viens, parmi les flics et les gendarmes ?

— Personne, je vous l'ai dit…

Tout à coup, Lamy approcha la lame du Bowie et incisa lentement l'autre côté du ventre de Nathan, qui hurla.

— Tu mens ! T'as appelé Tassi, je l'ai vu sur ton portable…

Deux stratégies opposées s'offraient à Nathan : faire croire qu'il était esseulé ou, au contraire, que la cavalerie allait bientôt débouler. Dans les deux cas, songea-t-il, son ravisseur finirait par l'achever. Seul le temps qu'il allait prendre pour procéder à sa mise à mort était indéterminé et, malgré la terreur que lui inspirait la torture, Nathan choisit de jouer la montre :

— J'ai essayé de l'appeler mais je suis tombé sur sa messagerie ! Je repartais pour le rejoindre et pour lui raconter ! Il sait rien ! S'il avait su ce que j'allais faire, il ne m'aurait pas laissé venir seul, vous vous doutez bien… Je suis même pas armé. Je suis venu de ma propre initiative. C'était une connerie, d'ailleurs…, confessa Nathan en feignant presque de pleurer.

Lamy opina et ricana.

— Une sacrée connerie, oui ! – Puis il réfléchit, un temps, sans se départir de son air paisible, avant de hausser les épaules. – Je vais peut-être quand même devoir déménager… Et alors ? ajouta-t-il comme pour lui-même. Qu'est-ce que ça changera ?

— Vous habitez ici depuis quand ?

Lamy le jaugea un instant. Puis fit remarquer, en esquissant un nouveau sourire :

— T'aimerais bien le savoir, hein ? On me retrouvera pas, tu sais ? J'ai des appuis. Des gens sont prêts à m'aider, t'imagines même pas.

— Racontez-moi. Ça m'intéresse…

Les deux hommes, tout près l'un de l'autre, se dévisagèrent.

— T'aimes les tueurs en série, pas vrai ? À la télé, ils disaient que t'en as interviewé des tas ?

— Beaucoup, oui, acquiesça Nathan, en faisant mine d'être inspiré par sa remarque. D'ailleurs, j'aimerais que vous me racontiez vos meurtres... Ce que vous ressentez en tuant, et aussi la première fois où vous l'avez fait...

Lamy l'examina en fronçant les sourcils et en grimaçant un peu. Puis il ricana de nouveau.

— Je m'en doute, que t'aimerais savoir ça. Ça te plaît, hein, de poser des questions ? Des comme moi, en France, t'en as jamais rencontré. Je suis le pire, ici, annonça-t-il fièrement en bombant le torse.

— Sans doute, commenta Nathan. Qu'est-ce qui vous fait dire ça ?

— Ferme ta gueule, répliqua sèchement Lamy. Tu crois que j'ai du temps à perdre à tout te raconter ? Tu penses que tu vas l'écrire dans un bouquin ? Mais tu vas crever, connard, alors laisse tomber.

— Je pense juste que vous avez des tas de choses à dire..., glissa Nathan d'une voix plus faible.

Lamy acquiesça de la tête à plusieurs reprises, les traits tendus. Puis il dressa son Bowie devant son visage.

— J'ai toujours aimé les lames. Ça m'a toujours excité de voir le sang couler... Mais ce que j'aime le plus, tu sais ce que c'est ? L'électricité. Et les cris, les cris... Entendre leurs hurlements. Voir leur gueule terrifiée...

— J'ai rencontré un serial killer en Californie, tenta Nathan alors que la sueur coulait sur sa figure, James Talbot, vous connaissez ? Il avait la même passion que vous pour l'électricité et m'a confié que quand il électrocutait une femme, c'était comme s'il lui donnait des or...

— Je m'en fous de tes histoires ! hurla Lamy en collant son visage pratiquement contre le sien. PERSONNE N'EST COMME MOI, je t'ai dit !

Nathan haletait, hésitant sur l'attitude à adopter. Puis Lamy chuchota, sur le ton de la confidence :

— Tu voudrais que je te raconte, hein ? Comment ma mère me cognait tous les jours. Comment mon père s'est barré ?

Nathan, apeuré et un peu perdu, se contenta de hocher la tête.

Son ravisseur le fixa un instant, avec l'œil qui frisait. Soudain, il éclata de rire.

— T'es vraiment trop con ! Ah ah ! J'en étais sûr, ajouta-t-il en reculant un peu et en continuant de rigoler. Je t'ai jamais lu, mais tu dois écrire de la merde ! Espèce d'imposteur, va !

» La vérité, tu veux la savoir ? C'est que j'ai toujours adoré troncher et trucider des petites salopes. Et c'est dommage que t'en sois pas une, j'aurais joint l'utile à l'agréable. Mais t'inquiète pas, je vais quand même prendre mon temps avec toi. Tu vas le sentir passer, ce moment en tête-à-tête…

— Vous savez ce que ça m'a appris, ces longues discussions avec des gens comme vous ? le provoqua Nathan avec un regain d'assurance. Parce qu'ils sont comme vous, que vous le vouliez ou non, vous n'êtes pas si original que ça… Vous voulez le savoir ? À ne plus avoir peur. Je sais ce que vous aimez, je lis parfaitement en vous. Vous prenez votre pied en terrifiant ces gamines, ça vous fait vous sentir le maître… Pour une fois dans votre vie ! Mais sur moi ça ne marche pas… Je n'ai plus peur…, affirma-t-il.

Lamy resta impassible un court moment. Puis il fit demi-tour jusqu'à son établi, posa son Bowie et revint vers Nathan armé de deux longues fourches de cuisine. Nathan eut juste le temps de voir de quoi il s'agissait avant que Lamy lui plante la première dans le flanc gauche, puis la deuxième dans le droit.

Nathan hurla de toutes ses forces, au point de peiner à respirer, avec les tiges métalliques enfoncées dans sa chair. Et Lamy continuait de les remuer, en poussant des « AAAAH ! » de fureur.

— JE SUIS UN GUERRIER, MOI ! Je connais le corps humain, les points sensibles ! Tes reins vont bien, t'inquiète pas ! Si je veux, ça peut durer des jours !

Il secoua encore les fourches et tous deux continuèrent de crier, l'un de douleur et l'autre de folie.

23

TOUTES LES FAMILLES ÉTAIENT PRÉSENTES. Toutes ces mères et ces pères qu'il avait pris le temps d'écouter pendant des mois, qu'il avait rencontrés, encore et encore, convaincu que la disparition de leur fille n'était pas le fruit d'une démarche volontaire.

La plupart de ces gens se connaissaient. Au fil de ses investigations, Tassi avait consenti à mettre en relation certains d'entre eux, afin qu'ils comparent leurs histoires et puissent aller voir les gendarmes ensemble, pour faire pression et réclamer d'être entendus. Sans résultat. Si un autre sentiment que le chagrin ou la peur les unissait, surtout en ce jour où ils attendaient les résultats des comparaisons d'ADN, c'était bien leur colère contre Delalandre.

Pour la première fois depuis que Tassi connaissait ce dernier, il avait presque ressenti de la peine pour lui, en début d'après-midi, lorsque M. Audoin était arrivé à la brigade. Tassi était penché sur un distributeur de boissons quand le père de Lara était entré, avançant avec difficulté comme à son habitude, le visage rongé par l'appréhension et prématurément vieilli. Il s'était approché de Tassi et l'avait longuement remercié, quand soudain Delalandre avait emprunté le même couloir. Ne pouvant se dérober, l'officier les avait à son tour rejoints pour saluer M. Audoin et celui-ci avait refusé de serrer la main qu'il lui tendait, avant de lui déclarer :

— L'homme qui a fait ça est un monstre ; mais vous aussi, vous avez votre part de responsabilité. Si vous aviez fait votre travail quand je suis venu vous voir, peut-être que nous aurions pu la sauver. Elle, ou les suivantes... Aujourd'hui, si c'est bien ma fille, il est trop tard.

Tassi avait vu Delalandre blêmir et tanguer légèrement, avant de se contenter d'opiner. Puis M. Audoin s'était éloigné en direction du père d'une autre jeune fille disparue, patientant plus loin.

★

L'attitude des gendarmes de Bourg-en-Bresse à l'égard de Tassi avait radicalement changé, tous ayant pris conscience qu'il était dans le vrai depuis le début. Soucieux de se tenir au courant des avancées des autopsies, il avait insisté pour suivre certains d'entre eux jusqu'à l'IML de Lyon, ce à quoi ils ne s'étaient pas opposés. L'attente dans ce genre d'endroits était fastidieuse et se déroulait dans un cadre professionnel, aussi Tassi avait-il jugé inutile d'emmener Nathan avec lui.

L'IML était situé au sous-sol du CHU, dans lequel les portables ne captaient pas. Une ambiance de bunker ; l'un des derniers endroits publics où fumer était autorisé, pour faire passer certaines odeurs insupportables.

La plupart des corps étaient trop abîmés pour être reconnus. Le seul qui présentait un visage presque intact fut rapidement identifié comme étant celui de Paloma Rougé, adolescente de seize ans, disparue quelques jours plus tôt en rentrant en scooter de chez une amie.

Pour les autres cadavres, les médecins prélevèrent de la moelle dans le fémur, afin d'obtenir une empreinte génétique. Des tests supplémentaires étaient parallèlement en cours, à partir des brosses à dents des jeunes filles disparues. Devant la gravité du dossier, le parquet avait ordonné aux laboratoires d'effectuer ces analyses et ces comparaisons avec la plus grande célérité.

Ils rentrèrent en début d'après-midi à la gendarmerie, où les représentants des diverses familles les rejoignirent. Comme à l'IML – mais pour des raisons différentes –, Tassi n'avait aucun réseau à la brigade.

Les résultats tombèrent en fin de journée et confirmèrent que tous les corps retrouvés étaient ceux des jeunes filles déclarées fugueuses et repérées par Tassi. Accusant le coup, Delalandre pria Tassi de le suivre un peu à l'écart et lui apprit la nouvelle :

— Les résultats sont positifs.

— Pour toutes ? Vous êtes sûr ?

— À cent pour cent, déclara Delalandre en lui tendant la copie d'un e-mail, reçu en supplément de l'appel téléphonique.

» Écoutez…, reprit-il. Les familles vous apprécient… plus que moi. Peut-être serait-il préférable que vous leur annonciez ? Je ne me défile pas, précisa-t-il aussitôt, faisons ce que vous pensez être le mieux.

En observant ses traits marqués, Tassi comprit en effet qu'il ne s'agissait pas d'une dérobade. Delalandre semblait prendre enfin la mesure de ses erreurs et, désarmé, se livrait à lui pour la première fois. Un autre homme que Tassi en aurait joué, peut-être, mais il se contenta d'accepter.

Si l'on mettait de côté la souffrance, la tristesse, presque palpables sur leurs visages et dans leurs postures, il y avait une certaine beauté à voir ces gens ainsi réunis dans cette pièce. Attendant la vérité ensemble, plutôt qu'isolément.

On imagine la difficulté d'avoir à les rejoindre en étant porteur de cette nouvelle. D'avoir à l'énoncer, simplement. Plus qu'un autre, de par son expérience professionnelle mais surtout de par son vécu, Tassi ressentait leur douleur. Il fit son annonce avec concision et respect. Sans un mot de trop. Puis il resta un moment près d'eux pour les soutenir.

Resté en retrait, le capitaine Delalandre assistait à la scène. Et quand Tassi commença à s'éloigner, il lui fit signe de gagner son bureau.

Une fois qu'ils furent seuls dans la pièce, il le pria de s'asseoir et lui proposa un verre de scotch, que Tassi refusa. Delalandre s'en servit un double ; contempla le liquide un instant, l'air songeur, puis l'avala presque cul sec, avant de s'asseoir à son tour, éreinté et s'avachissant presque.

— J'ai sans doute été dur avec vous, Tassi, reconnut-il, avant de nuancer : J'émets toujours des réserves sur votre façon d'agir... Vous avez nagé à contre-courant de la hiérarchie...

— C'est vrai, le coupa Tassi. J'ai eu tort ?

— Je continue de le penser, mais... peut-être était-ce nécessaire.

Il y eut un silence, puis Delalandre reprit :

— Je voulais vous dire ça, mais aussi que... ils vont mettre le paquet maintenant, vous avez réussi. Et il est temps pour vous de passer le relais.

Les deux hommes s'observèrent, sans acrimonie, puis Tassi se contenta d'opiner. Ensuite il se leva et demanda :

— Ce sera tout ?

— Non, répondit Delalandre.

Il ouvrit un tiroir, dans lequel il plongea la main, avant d'en ressortir le Glock de Tassi et de le lui tendre.

— Je peux vous la rendre, maintenant. Ne faites plus de conneries avec.

★

Épuisé par ces heures d'attente interminables et ces nuits sans sommeil, Tassi progressa sur le parking de la brigade, jusqu'à son pick-up.

Enfin seul, dans le silence de son habitacle, il manipula son téléphone et constata, avec soulagement, qu'il récupérait une barre de réseau à cet endroit. Aussitôt, plusieurs notifications apparurent, dont celles de deux appels manqués de Nathan, émis après que Tassi eut rejoint la brigade. Un message vocal lui fut également délivré.

Il durait deux minutes. Nathan, d'abord, lui racontait ses investigations de la journée, lesquelles l'avaient conduit jusqu'à la maison d'un suspect. Ensuite, sa voix s'interrompait et Tassi entendit celle d'un autre homme, puis leur échange… Nathan mentait sur l'objet de sa venue devant chez lui, puis démarrait et roulait. Suivait un long silence, ou plutôt le ronronnement du moteur. Avant que le message s'arrête.

Tassi composa aussitôt le numéro de Nathan et tomba sur son répondeur, sans qu'il y ait de sonnerie. Deuxième essai, même résultat.

Il réfléchit un instant, inquiet. Alluma le moteur, enclencha la première et démarra en trombe.

24

— Tu veux voir ce que ça fait ? T'es curieux ? questionna Lamy, le sourire aux lèvres, en approchant les deux électrodes du Taser de l'un des mamelons de Nathan.

Ce dernier, exténué par les tortures déjà subies, s'agitait autant qu'il le pouvait mais restait bloqué par ses liens. Il supplia Lamy, en vain, quand ce dernier libéra l'arc électrique bleu, dans un crissement atroce. Nathan fut aussitôt parcouru de spasmes et se tordit de douleur en serrant les dents, les yeux révulsés. Puis Lamy relâcha le bouton.

— C'est sensible, hein ? dit-il en hochant la tête. Le truc, c'est qu'il faut le laisser plus longtemps, si on veut que ça crame...

Et il recommença soudain, en insistant sur le téton qui, du rouge, passa peu à peu au noir. Il s'arrêta de nouveau, craignant que le cœur ne lâche, tandis que la tête de Nathan s'affaissait lourdement.

— Tu crois que tu vas tenir combien de temps ? Une heure ou deux ? Toute la nuit ? Si tu crèves pas d'hémorragie, dit-il en observant les fourches encore plantées dans son corps, c'est comme ça que tu vas y passer !

Après un court silence, Lamy positionna les deux « dards » autour du second mamelon, et l'arc électrique réapparut, semblant traverser le téton. Pendant ses convulsions, bien qu'il ouvrît cette fois grand la bouche, Nathan n'émit pas un son. Lamy s'acharna jusqu'à ce que le mamelon noircisse, puis stoppa.

Ensuite il examina le résultat, visiblement satisfait. Se redressa et, s'apercevant que Nathan gardait la tête baissée et les yeux fermés, lui balança une violente gifle.

— T'endors pas, on s'amuse ! C'est que le début. Tu sais ce qu'on va faire ? On va passer aux couilles, maintenant...

Il le regarda en se marrant et était sur le point de lui baisser son pantalon quand une lumière rouge clignota dans la pièce, provenant d'une grosse ampoule vissée vers l'entrée. Elle s'alluma deux fois, avant de s'éteindre : le signal habituel, mis au point avec *la vieille*, l'avertissant que le repas était prêt.

Marcel avait installé à l'étage un interrupteur, raccordé à cette ampoule. Les autres membres de la famille ayant interdiction de pénétrer dans sa cache, il avait instauré un système de codes afin qu'ils communiquent avec lui. Chaque nombre de clignotements correspondait à une alerte différente, allant de la simple invitation à venir manger à un danger plus grand, telle une visite impromptue.

Marcel avait beau s'amuser, il crevait de faim et décida de reporter ses expériences électriques.

— On va attendre un peu, d'accord ? C'est con, il nous reste plein de choses à faire... Par exemple, j'ai bien envie de voir ce que ça donne si je balance une décharge directement dans l'une des fourches, t'en penses quoi ? Et puis, on t'aspergera d'un peu de flotte, hein ? On va bien se marrer, tu verras.

La lumière du jour avait beaucoup décliné lorsque Tassi passa en voiture, lentement, devant le 88, rue des Cyprès. Sans s'arrêter de rouler, il étudia la propriété et, surtout, la camionnette blanche dans la cour.

Soucieux de ne pas se faire repérer, il continua jusqu'à une place située un peu plus loin, impossible à voir depuis la maison.

Une fois garé, il referma sa portière sans la claquer, puis rejoignit le numéro 88 ; enjamba une haie et pénétra dans le jardin. Il n'aperçut personne posté aux fenêtres et fila furtivement jusqu'au garage. Une porte latérale, qui y menait, était fermée à clé. Le volet était également baissé mais Tassi, du haut de son mètre 90, se hissa jusqu'à l'un des hublots pour jeter un coup d'œil à l'intérieur. La vitre était opaque et il avait du mal à discerner l'agencement de la pièce ; néanmoins, comme il le craignait, Tassi reconnut la voiture louée par Nathan.

Il rebroussa chemin et trotta jusqu'à son pick-up, en s'assurant que personne ne le surveillait. Il transportait constamment à l'arrière de son véhicule tout un tas de matériel et d'outils pouvant servir, et il se saisit d'un pied-de-biche.

Revenu devant la maison, il s'attaqua à l'entrée du garage en calant fermement la pointe métallique entre le bois et la porte ; heureusement pour lui, cette dernière était de qualité médiocre et une seule pression forte eut raison de la serrure.

Il avait fait du bruit, forcément. Conservant le pied-de-biche dans sa main gauche, il dégaina le Glock de la droite, se tenant prêt à une éventuelle irruption.

La voiture de Nathan était bien là, au centre du garage plongé dans la pénombre. Tassi ne chercha pas à éclairer et avança jusqu'aux carreaux pour étudier l'habitacle, qui était vide. Puis il observa le sol autour de lui et remarqua des traces de sang, qu'il venait de piétiner. Tassi suivit une traînée, menant jusqu'à deux épais cartons ; il posa le pied-de-biche par terre, les tira à lui et dégagea, surpris, une entrée menant à un sous-sol.

Tassi ouvrit la trappe, saisit son portable et s'en servit de torche. Puis il descendit l'escalier.

Son faisceau de lumière balaya les étagères et l'établi de cette pièce cauchemardesque, puis se figea sur le mur d'en face, éclairant la figure de Nathan, inanimé. Tassi se précipita à lui et examina ses blessures.

— Nathan ! Nathan, c'est moi ! l'appela-t-il d'une voix feutrée.

Il lui releva la tête, la secoua légèrement et, enfin, Nathan reprit connaissance. En découvrant Tassi, il essaya d'articuler :

— Pitié… Enlève ça…

Tassi comprit qu'il parlait des longs pics plantés dans ses flancs.

— Non, il faut pas. T'as perdu beaucoup de sang, apparemment, tu risquerais de mourir si je les enlève… Il faut les laisser jusqu'à ce que le SAMU te prenne en main…

Nathan continuait de gémir, assailli par la douleur, et Tassi, avant de le délivrer de ses liens, jeta un coup d'œil en arrière pour vérifier que personne n'arrivait. Si le tueur les surprenait maintenant, il n'aurait qu'à fermer la trappe afin de les prendre au piège…

— Je vais te libérer et te ramener en haut. Ça risque de te faire mal mais ne t'inquiète pas, je vais te tirer d'affaire…

À la lumière de sa torche, Tassi fouilla l'établi de Lamy et trouva vite un couteau. Il trancha les cordelettes l'une après l'autre et, lorsque la dernière céda, Nathan manqua de s'écrouler mais Tassi le rattrapa, en évitant autant que possible de heurter les fourches plantées en lui.

— Aide-moi un peu, s'il te plaît…, lui demanda-t-il, peinant à le porter entièrement.

Soutenu par Tassi, Nathan parvint à avancer jusqu'à l'escalier et à grimper marche après marche.

Quand ils arrivèrent dans le garage, Nathan était à bout de forces et Tassi l'aida à s'allonger sur le sol, en faisant toujours attention aux pics.

— On doit partir, lui dit Nathan. Il est très dangereux…

Tassi composa un numéro sur son téléphone, attendit qu'un interlocuteur décroche.

— Adjudant-chef Dominique Tassi à l'appareil, vous savez qui je suis ? Le capitaine Delalandre est encore là ? Faites-lui passer ce message de toute urgence : je sais où est le tueur, il habite au 88, rue des Cyprès, à Péronnas. Vous m'avez bien entendu ? C'est d'une extrême importance, notez l'adresse : 88, rue des Cyprès, je m'y trouve en ce moment, il faut envoyer des hommes à vous et le SAMU. Nathan Rey est avec moi et il est en urgence vitale. Faites vite !

Tassi raccrocha et s'agenouilla devant Nathan.

— Ils vont arriver, ne t'inquiète pas. Tu ne risques plus rien. Je vais te laisser ici. Mais je vais revenir après…

— Non ! protesta soudain Nathan, d'une voix faible. Reste avec moi, n'y va pas…

— Je vais revenir…, lui assura Tassi. Reste calme…

En disant cela, Tassi passa sa main dans les cheveux de Nathan, d'un geste affectueux et paternel. Il plongea alors ses yeux dans les siens et lui adressa un sourire, mystérieux.

— Tu l'as trouvé…, se réjouit-il en hochant la tête. C'est formidable, Nathan.

Nathan fut comme hypnotisé par son regard étrange qui, à cet instant, lui évoqua une sorte de folie.

— N'y va pas, insista-t-il. Attends les secours…

— Non… Il est à moi, dit Tassi avec cette même lueur dans les yeux. Tu comprends ?

Nathan secoua la tête et lui répéta de ne pas le laisser. Tassi attrapa le pied-de-biche et le lui glissa dans une main.

— Au cas où… Mais tu ne crains rien, ne t'inquiète pas… Je reviens vite, tais-toi, ne fais plus de bruit !

Et malgré les protestations de Nathan, Tassi fila jusqu'à la porte menant à l'intérieur de la maison, l'ouvrit, puis referma derrière lui.

Arme au poing, Tassi avançait dans un long couloir sombre menant à une cuisine et à un salon, lorsqu'il entendit des rires et des voix étouffées ; il comprit qu'il s'agissait du son d'une télé allumée.

Il arriva sur le seuil du salon et découvrit une partie de la grande pièce éclairée, avec le téléviseur diffusant un show. Tout à coup, une fillette portant une carafe vide surgit devant lui et s'arrêta net. Effarée de trouver cet intrus chez elle, un pistolet à la main, elle mit un instant à réagir, puis fit demi-tour et donna l'alerte :

— Maman, y a quelqu'un dans la maison !

Tassi pénétra dans la pièce ; dans le coin, autour d'une table ronde, Lamy et son fils étaient assis ; la mère de famille se tenait debout, prête à servir un plat ; tous restèrent pantois en le regardant.

Tassi pointa son arme sur Lamy, gros bonhomme avachi avec une serviette blanche accrochée à sa chemise, qui l'observait d'un œil perçant. Soudain, il s'adressa à sa femme d'une voix forte :

— FABIENNE !

Et celle-ci, tel un chien qui attaquerait sur l'ordre de son maître, se rua sur Tassi en criant et en l'insultant :

— CONNARD ! FOUS LE CAMP, SALAUD !

Tassi, déconcerté par l'assaut de cette furie, hésita à faire feu et fut contraint de reculer dans le couloir. Au même moment, Marcel bondit de sa chaise et fonça jusqu'à un buffet, duquel il sortit un canon scié, courtaud comme lui, ainsi qu'une poignée de cartouches.

Fabienne Lamy s'acharnait sur Tassi en le griffant, et il tentait de la repousser quand Marcel tira un premier coup de feu. Tassi attrapa la harpie, et plongea avec elle sur le sol de la cuisine. Lamy, s'approchant un peu mais pas trop, tira une seconde fois.

Quand Fabienne Lamy reprit ses esprits, elle recommença à assaillir Tassi, qui, cette fois, lui balança un coup de crosse en pleine tempe ; elle s'écroula, comme morte, joue contre le carrelage.

Lamy tenta une percée et surgit sur le seuil de la cuisine en tirant un nouveau coup de feu, qui manqua sa cible, aussitôt imité par Tassi, qui la rata également.

Plus aucun bruit dans la maison, hormis le son du show qui continuait.

Soudain Tassi entendit Lamy courir et s'éloigner dans le couloir. Il se redressa, sortit de la pièce et l'aperçut qui disparaissait dans le garage, avant qu'il n'ait pu le viser.

Toujours allongé sur le sol bétonné, Nathan vit le tueur débouler ; mais ce dernier, heureusement, se désintéressa de lui et s'échappa par la porte forcée par Tassi. Celui-ci arriva à son tour et fonça vers la sortie pour rattraper le fuyard.

Il faisait maintenant presque nuit. Lamy courait sur sa pelouse, s'approcha d'une haie pas très haute et l'escalada afin de couper par le jardin d'un voisin. Tassi la franchit à son tour.

Le bougre était agile malgré sa corpulence, songeait Tassi, et il semblait avoir préalablement réfléchi aux itinéraires les plus courts en cas de fuite. Plusieurs fois, Tassi l'eut brièvement dans sa ligne de mire mais, gagnant peu à peu du terrain, il préféra ne pas perdre de précieux instants pour s'arrêter et le viser. Il ne lâchait rien, et savait qu'il l'aurait. La foulée de Tassi était sûre ; sa maladie, temporairement, le laissait en paix – ou peut-être son mental faisait-il tout. Depuis trop longtemps il traquait cet homme, et il était hors de question qu'il le laisse s'évanouir dans la nature. D'une certaine façon, il sentait que ce moment était la conclusion de tout, pour lui.

Lamy passa une petite clôture, puis une palissade, son fusil toujours à la main. À bout de souffle, il rejoignit un sentier couvert de sable, longeant deux propriétés, avant de déboucher sur un deuxième chemin menant à une forêt.

Tassi, ayant encore gagné du terrain, vit Lamy disparaître dans les bois. L'obscurité y était encore plus profonde mais chacun de leurs pas résonnait en piétinant les branchages ou les fourrés. Lamy, suffocant, se dissimula derrière un arbre ; puis il se pencha, fit de son mieux pour viser Tassi, à découvert, tira mais le rata encore. Il rechargea son arme avec ses dernières cartouches, puis repartit au pas de course.

Il y eut un nouvel échange de coups de feu, l'écorce fusa sur les arbres. Tassi peinait lui aussi mais tenait bon. Avec son Glock, il avait l'avantage, le canon scié de Lamy étant imprécis à cette distance.

Le fuyard, caché derrière un tronc, s'élança derechef et tira un premier coup, pour rien, vite suivi d'un deuxième qui ne partit pas, son arme étant déchargée.

À découvert et sans munitions, Lamy hésitait à s'enfuir quand un cri de Tassi le retint dans son élan.

— ARRÊTE-TOI ! C'est fini !

Lamy, exsangue, s'immobilisa tandis que Tassi approchait, arme au poing.

— Tourne-toi vers moi !

Lamy obtempéra, tête basse. Ses épaules montaient et descendaient au rythme de sa respiration difficile. Arrivé à quelques mètres de lui, Tassi s'arrêta, en le tenant en joue. Il l'observa un moment, ainsi vulnérable, avant de déclarer :

— Tu vas crever, saloperie.

— Non, fais pas ça ! protesta vivement Lamy.

— Dis-moi où je peux les trouver.

— Qui ?

— Ceux qui t'emploient. Dis-moi leurs noms.

— Je sais pas. Je te le jure, répondit Lamy, avec un air réellement perplexe.

Tassi le dévisagea, avant de hocher la tête. Soudain, il pressa la détente du Glock et le coup de feu, fendant la nuit noire, atteignit Lamy en plein thorax.

Aussitôt il s'écroula en arrière et tomba assis sur le sol, effaré. Sa bouche, ouverte, devenait incapable d'inhaler l'air suffisant et sa gorge chuintait.

D'un pas lent, Tassi approcha de lui, puis s'accroupit à son niveau. Il plongea alors un regard calme et noir dans celui, horrifié, du psychopathe.

— Ça, c'est pour Justine Morin, lui dit-il. Et pour les autres.

Un instant après, Lamy bascula sur le dos, mort, les yeux grands ouverts.

25

Des plaidoiries, généralement, il ne subsiste presque rien. Elles ne peuvent être enregistrées et ne survivront, pour la plupart, que dans la mémoire de ceux les ayant entendues. Qu'elles soient brillantes ou médiocres, elles s'envolent, elles sont le moment présent. Néanmoins, leur importance est considérable. Et certains défenseurs, portés par leur conviction ou par l'inspiration, connaissent un moment de grâce, se transcendent, lors de cet exercice souvent à l'origine de leur vocation.

Les grands avocats le deviennent pour plaider. Cette phrase, que répétait Louisa Rauch, tout comme son père, Emma ne pouvait à son tour que la faire sienne.

Emma avait déjà plaidé, mais dans des procès moins médiatisés. Louisa, maîtresse dans cet art, avait quelquefois répondu à ses questions sur sa propre méthode, et lui avait surtout déconseillé d'écrire sa plaidoirie à l'avance :

— J'ai vu des avocats expérimentés se décomposer devant leur auditoire en perdant le fil d'un texte trop écrit. Et là, pour eux, c'était fichu. Quand tu connaîtras ton dossier sur le bout des doigts, note seulement quelques phrases, ci et là, sur une feuille A4. Un chemin, quelques étapes à suivre ; le reste viendra tout seul.

Toutes ces années où elle avait travaillé sur le dossier de Gabin Lepage, où elle avait épluché chaque procès-verbal, traquant une faille, où elle avait rendu visite au condamné en détention et l'avait écouté, Emma avait réfléchi à sa plaidoirie ; elle en avait rêvé, même, impatiente de prendre la parole devant un jury et de combattre ce qu'elle estimait être, au plus profond d'elle-même, une terrible erreur judiciaire. Et aujourd'hui, alors que la parole s'apprêtait à lui être enfin donnée, Emma avait juste envie de vomir... Envie de s'enfuir, tant le poids sur ses épaules était lourd. Si elle avait marqué beaucoup de points lors des audiences, tout allait vraiment se jouer maintenant ; c'était à elle d'enfoncer le clou, de convaincre, de forcer le magistrat et les jurés à l'écouter et à partager son point de vue.

Elle ne vomirait pas ni ne s'enfuirait ; elle irait jusqu'au bout.

La mise hors d'état de nuire de Marcel Lamy, quelques jours plus tôt, accompagnée de la découverte de sa *cave des horreurs*, ne changerait rien à l'issue de ce procès aux assises de Lyon. Une boîte contenant des souvenirs morbides avait été découverte dans sa cache, mais aucun des bijoux ou sous-vêtements – tous de taille adulte – n'appartenait à Justine Morin. Fabienne Lamy, la veuve du psychopathe, avait passé vingt-quatre heures en garde à vue et nié avoir connaissance d'une quelconque implication de son mari dans le meurtre de la fillette en 2005. Elle-même n'avait fait la rencontre de Lamy qu'en 2006. Et si, mise devant le fait accompli, elle s'était vue contrainte de reconnaître qu'il s'agissait d'un tueur en série – ce qu'elle savait –, elle nia farouchement qu'il eut jamais évoqué devant elle Justine Morin. Elle serait de nouveau interrogée par le juge d'instruction durant les mois à venir, cependant la décision avait été prise, d'un commun accord entre les avocats des deux parties et les magistrats, d'aller au terme du procès, déjà presque achevé.

L'avocat général se focalisa sur les aveux de Gabin, sur sa présence sur le lieu du crime et sur les témoignages en sa défaveur.

L'avocat de la partie civile, quant à lui, chercha davantage – avec raison, sans doute, il était dans son rôle – à insuffler de l'émotion dans l'auditoire. En se levant de son siège, il souleva une grande photo encadrée de Justine Morin et la porta au centre de la salle. Le portrait était celui d'une enfant à la beauté désarmante, souriante, et changeait de celui qui était le plus fréquemment diffusé dans les JT et dans les magazines depuis toutes ces années.

— Son nom ne signifie rien, prononça-t-il, aussi il nous faut regarder attentivement son visage pour bien nous rappeler qui elle était ; ce qu'elle était : une enfant pleine de vie, confiante dans l'avenir et dans les gens ; joyeuse, constamment désireuse de faire plaisir à ses amis ou à ses parents, qu'elle aimait par-dessus tout… La monstruosité de ce qu'elle a vécu est indicible et nous nous devons de regarder Justine en face, continua-t-il en pivotant lentement sur lui-même afin que chacun puisse voir le cliché. Nul ne peut imaginer son calvaire, avant sa « libération » par la mort ; et nul ne devrait, dans notre société, avoir à l'imaginer.

Emma écoutait respectueusement son confrère discourir, consciente que cette mise en scène ne laissait personne indifférent, pas même elle. Me Manin disserta près d'une heure et, longtemps après avoir déposé la photo contre un pupitre, il s'en empara de nouveau pour conclure :

— Non, Gabin Lepage n'est pas une victime, contrairement à ce qu'essaye de faire croire sa défense. De victime, ici, il n'y en a qu'une, affirma-t-il en désignant le portrait. Gabin Lepage est son bourreau, et il est de votre devoir de le punir comme tel.

Après quelques applaudissements qui durèrent le temps que l'avocat rejoigne son siège, le président exigea le silence. Puis il accorda la parole à Emma, qui jeta un dernier regard à ses notes, se leva et gagna à son tour le centre de la salle.

Sa plaidoirie dura deux heures et fut le soir même qualifiée de « brillante » et d'« habitée » par certains commentateurs présents. Si le trac l'étreignit pendant les premières secondes, une fois lancée elle se libéra et déroula son argumentation comme elle l'avait souhaité :

— « La loi de proximité », savez-vous de quoi il s'agit ? demanda-t-elle aux magistrats, aux jurés, ainsi qu'au public. Non ? Tant d'erreurs judiciaires, pourtant, sont commises par sa faute... La loi de proximité... Imaginez, accéléra-t-elle soudain : vous découvrez un cadavre près de chez vous ; vous appelez la gendarmerie ou la police, comme tout honnête citoyen, ainsi que nous l'avons tous appris depuis notre plus jeune âge... Eh bien quelque chose va se produire, de façon naturelle : immédiatement, votre *proximité* du lieu du crime fera de vous le premier suspect. Vous ne pourrez pas y couper ! Vous avez trouvé le corps, pourquoi ne seriez-vous pas l'assassin ? Les enquêteurs vont se poser cette question et chercher à y voir plus clair. Maintenant, imaginez... Imaginez que vous n'ayez pas d'alibi... Là, les choses se compliquent et vous vous trouvez dans une situation... délicate ! Surtout si les enquêteurs n'ont que vous à se mettre sous la dent… Vous entrez dans cette « loi de proximité », et avec elle, c'est formidable, ironisa Emma, la présomption d'innocence n'existe pas : c'est à vous de prouver que vous êtes innocent !

» À partir du moment où Gabin Lepage sera découvert près du corps de Justine, il sera considéré comme le seul et unique suspect. Jamais les gendarmes n'iront chercher plus loin. Mise à part cette proximité du lieu du crime, le dossier de l'accusation ne contient aucun élément solide.

Emma enchaîna en parlant des aveux qui, bien qu'ils fussent autrefois surnommés « la reine des preuves », avaient depuis démontré leur faillibilité :

— Saviez-vous que dans l'affaire de Montigny-les-Metz, avant que Patrick Dils soit arrêté – puis innocenté, des années après –, deux autres suspects avaient avoué ? En tout, peu de temps après ce double homicide, les policiers chargés de l'enquête avaient donc obtenu les aveux de TROIS personnes différentes, aveux dont on sait aujourd'hui qu'ils étaient tous sans fondement. Et il ne s'agit pas d'un cas isolé : il n'est pas difficile, pour des enquêteurs déterminés, d'obtenir les aveux d'une personne influençable. La privation de sommeil ou la pression psychologique sont des outils connus. Gabin Lepage voulait seulement sortir de ce cauchemar. Il a commis une erreur, qu'il a payée très cher. La présence d'un avocat à ses côtés pendant toute la durée de sa garde à vue aurait pu éviter ce drame ; mais nous étions en 2005, la loi du 14 avril 2011 n'était pas encore passée…

Emma rappela les doutes de Tassi, les témoignages éludés, les carences d'une enquête… Puis, avec véhémence, elle argua que personne ne pourrait rendre à Gabin ses quinze années perdues ; mais que ce que l'on pouvait lui restituer, c'était son honneur, et sa liberté.

Le président demanda à l'accusé s'il souhaitait ajouter quelque chose. Avec ses mots à lui, Gabin Lepage se contenta de réaffirmer qu'il était innocent.

Puis la cour et les membres du jury se retirèrent, pour aller délibérer.

★

L'attente, dans la salle des pas perdus, dura un peu plus de quatre heures. Ensuite la sonnerie retentit et tous retournèrent dans la salle.

Les avocats savent. Très vite, avant même que le président prenne la parole pour annoncer le verdict, ils savent s'ils ont gagné ou perdu.

« Observe les yeux de quelques membres du jury, dès qu'ils rentrent dans la salle, lui avait enseigné Louisa Rauch. S'ils soutiennent ton regard – et plus encore s'ils te sourient –, c'est que tu as gagné. En revanche, s'ils l'évitent, alors c'est fichu. »

Ce soir-là, plusieurs jurés croisèrent le regard d'Emma et certains lui adressèrent même un sourire. Alors elle sut. Et son cœur battit soudain très fort, mais, dans le doute, elle préféra ne rien dire à Gabin.

À la quatrième question du président, alors que la clameur montait, Gabin comprit à son tour. Emma lui tenait la main et il se pencha vers elle, lui demanda confirmation, ce qu'elle fit, tout sourire… Ils s'étreignirent et il laissa éclater sa joie et son soulagement.

On peut imaginer l'agitation, le vacarme qui résultèrent du verdict de ce procès médiatique. À son énoncé, beaucoup de gens présents dans la salle bondée tournèrent leurs regards vers Gabin Lepage, et de nombreuses voix s'élevèrent pour manifester leur contentement ou leur indignation. Néanmoins, très vite, un cri déchira le tumulte, et la plupart des voix se turent. Un hurlement, terrible, une imploration de douleur semblant émerger des tréfonds d'une âme déchirée.

Didier Morin, toujours assis, était effondré, les poings serrés. Plié en deux, il rugit une seconde fois, d'une colère qui paraissait dirigée autant contre lui que contre les autres. À ses côtés, Sylvie Morin pleurait et étouffait des cris aigus. Ils ne se touchaient pas.

Le silence tomba. Et la joie s'effaça sur le visage d'Emma.

Elle sut, en les voyant ainsi, que quoi qu'il advienne, quels que soient les avis d'experts ou les éventuels nouveaux éléments du dossier, Gabin resterait à jamais, pour eux, le meurtrier de leur fille.

Il faisait nuit. Gabin était debout contre un mur, sous protection des policiers, éclairé par des dizaines de flashs et de lampes. Haute silhouette décalée, ne se départant pas d'un rictus, que certains commentateurs qualifieraient d'« air soulagé », et d'autres de « sourire revanchard ».

Ces images, les premières de Gabin après son acquittement, seraient diffusées en boucle sur nombre de chaînes de télévision françaises et également à l'étranger.

— Gabin, que ressentez-vous ? l'interrogèrent en chœur divers journalistes.

— Je suis très heureux ! Très très heureux… Je suis fou de joie, affirma-t-il en regardant autour de lui, ébloui par ces lumières.

— Vous vous attendiez à ce délibéré ?

— Bien sûr ! Je suis innocent. Je l'ai toujours dit !

— Et maintenant, qu'allez-vous faire ?

— Je vais vivre, tout simplement. Enfin ! On m'a volé ma jeunesse. On m'a pris mes plus belles années, ma vie... Maintenant, je veux profiter de ma liberté...

Les questions se poursuivirent, puis Emma interrompit la séance en expliquant que Gabin allait devoir partir, ce qui ne découragea pas les chroniqueurs, qui continuèrent de les suivre tant qu'ils le purent. Aidés par les policiers, Emma et Gabin se frayèrent un passage dans la foule et rejoignirent une voiture avec chauffeur, qui démarra en direction d'un hôtel, dont le nom était gardé secret.

Sur la route, Emma consulta ses SMS. Ceux de Nathan, notamment, lui firent extrêmement plaisir. Elle lui répondit qu'elle les appellerait, Tassi et lui, dès son arrivée.

Si elle filtra la plupart des appels entrants, elle décrocha néanmoins lorsque le nom de Louisa Rauch s'afficha. Leur discussion fut assez concise et son aînée, comme souvent, monopolisa la parole, ce qui ne dérangeait pas du tout Emma. La pénaliste avait vu les images sur BFM et tenait à la féliciter sans attendre. Elle lui parla en amie et en consœur et, avec des mots savamment choisis, lui fit comprendre à quel point son père serait fier d'elle s'il la voyait aujourd'hui. Emma l'écouta avec émotion et respect. Elles se promirent de se voir bientôt, dès le retour d'Emma à Paris.

26

GABIN ET ELLE se trompèrent deux fois de direction dans les couloirs de l'hôpital Fleyriat, en cherchant le service de chirurgie dans lequel Nathan restait sous surveillance.

Ils avaient roulé ensemble de Lyon à Bourg-en-Bresse. Lorsque Emma, qui conduisait, avait quitté l'autoroute pour emprunter une nationale, Gabin avait tout à coup désigné un petit chemin bordé d'arbres et donnant sur un point d'eau, et lui avait demandé s'ils pouvaient s'arrêter un moment.

C'était la campagne ; au loin, des champs et des forêts se dessinaient. Emma avait coupé le moteur, Gabin était descendu et avait rejoint le bord de l'étang, assez vaste, sur lequel on distinguait un héron et des poules d'eau. Il s'était arrêté et, silencieux, avait contemplé la nature et humé l'air profondément. À l'euphorie de la veille succédait l'émotion. Le vertige. En arrivant à ses côtés, Emma s'était aperçue qu'il respirait soudain difficilement et qu'il peinait à se tenir droit. Ses yeux étaient rougis. Alors elle avait passé une main dans son dos pour le réconforter.

Lorsqu'il avait tourné la tête vers elle, Gabin lui avait semblé étrangement plus vulnérable que pendant toute la durée des audiences, et elle avait tendu les bras pour lui proposer une étreinte, qu'il avait acceptée.

Et ils étaient restés ainsi un assez long moment, sans un mot, à la fois soulagés et tristes.

Ils frappèrent à la porte et Tassi leur ouvrit. Tous se firent la bise, puis Emma fit quelques pas dans la chambre et aperçut Nathan, toujours alité. En face de son lit, une télé accrochée au mur diffusait une émission, son coupé.

Emma approcha lentement jusqu'à lui, avec un sourire malicieux. Elle s'accroupit tout près, sans l'embrasser, en posant sa main sur la sienne.

— Alors, il paraît que tu vas survivre ?

— Il paraît, dit-il. Je voulais pas rater le verdict.

Intentionnellement, elle arbora un air sérieux :

— Tu voulais juste te faire assez amocher pour que je me déplace jusqu'ici… Et que je vienne à ton chevet…

Puis elle souleva doucement le drap sur son corps, et fit mine d'observer ses divers bandages avec attention.

— Il t'a pas raté…

— J'ai encore très mal, acquiesça-t-il.

Elle reposa le drap et caressa sa main du bout de ses doigts. Avant de la porter à sa bouche et de l'embrasser, plusieurs fois, en le regardant dans les yeux. Puis elle monta jusqu'à son visage et posa ses lèvres sur les siennes, en un baiser qu'il lui rendit et qui devint vite fougueux.

À l'écart, Gabin et Tassi assistèrent malgré eux à la scène et, surpris, choisirent de se détourner. Gabin, qui n'osait pas se lancer depuis leur arrivée, s'adressa enfin à Tassi, d'une voix hésitante :

— Adjudant, je n'ai pas eu l'occasion de…

Tassi l'arrêta :

— Tu as enduré le pire et j'en suis responsable. Tu n'as rien à dire, il n'y a pas besoin. J'espère seulement que tu me pardonneras, un jour…

Les mots devenaient difficiles à prononcer, pour l'un comme pour l'autre. Néanmoins Gabin répondit, ému :

— Je vous ai déjà pardonné…

Ils s'observèrent un instant puis, également troublé, Tassi lui tendit la main. Gabin la serra et ils restèrent ainsi, jusqu'à ce que Tassi l'attire contre lui et le prenne dans ses bras. Une étreinte plus virile que celle qu'il avait partagée avec Emma un peu plus tôt, mais elle aussi riche en émotion.

Allongée sur le lit, contre Nathan, dont elle caressait les cheveux, Emma observait les deux hommes et ne put s'empêcher de sourire, heureuse de ce moment.

TROISIÈME PARTIE

1

— VOUS ÊTES CERTAIN que c'est par ici ? demanda le chauffeur de taxi, qui commençait à douter des indications de Nathan.

Ce dernier, assis à l'arrière, vérifia une nouvelle fois le SMS de Tassi, ainsi que le plan sur son téléphone. Ils étaient partis de la gare d'Aubenas et, après avoir quitté une nationale, s'étaient mis en quête du chemin où se situait la propriété. Ce dernier n'était pas répertorié sur le GPS et les numéros des rares maisons du coin n'étaient pas apparents, ce qui compliquait encore la recherche.

— Je pense que c'est par là ! lui assura Nathan. Continuez, ça s'appelle La Renardière, il m'a dit qu'il y a un panneau à l'entrée.

Une minute plus tard, en effet, ils aperçurent l'écriteau mentionnant La Renardière. L'endroit était pratiquement au cœur de la nature et il n'y avait pas de portail, uniquement une longue barrière en bois et des haies entourant le vaste terrain.

Nathan paya le taxi et celui-ci repartit d'où ils venaient. Puis, après avoir mis sa valise sur roulettes, il arpenta une longue allée légèrement sinueuse, montant jusqu'à la maison.

Il sonna à la porte et, quelques instants plus tard, Tassi lui ouvrit.

Nathan fut saisi en le retrouvant : bien que son ami lui sourît, il avait le teint hâve et paraissait très affaibli ; il comprit que ses problèmes de santé l'avaient rattrapé.

— Comment tu te sens ? Pas super, on dirait ?

— J'ai pas été en forme ces derniers jours, reconnut Tassi avec une moue, mais je me suis reposé. C'est normal, tu le sais. Ne parlons pas de ça, c'est toi le malade ici, dit-il en le désignant amicalement.

— J'ai presque plus mal, répondit Nathan. Je ferais mieux de te laisser, t'aurais dû me dire, je veux pas te fatiguer plus...

— Non, ça me fait plaisir de te voir et ça va, ne t'inquiète pas... Je suis content que tu sois venu et qu'on puisse passer du temps ensemble avant ton retour sur Paris. Tu peux même dormir là, si tu veux.

— J'ai un train ce soir, c'est gentil mais non. Il faut vraiment que je rentre, j'ai rendez-vous avec mon éditeur.

— Alors profitons du temps qu'on a ! Viens !

Nathan déposa sa valise près de la porte, puis Tassi l'invita à le suivre pour lui faire visiter le rez-de-chaussée. Si sa solitude transparaissait dans l'austérité de la décoration, la maison en elle-même était d'une beauté remarquable. Elle avait été construite au début du XXe siècle par des bourgeois ardéchois, férus de chasse, qui y passaient leurs week-ends. Toutes les pièces étaient spacieuses et particulièrement le salon, très lumineux grâce à ses baies vitrées.

— Il y a trois chambres à l'étage, une salle de bains et un bureau. Si t'as envie, on monte.

— Non, ne te dérange pas. C'est magnifique, félicitations. Mais c'est grand, pour toi tout seul, fit remarquer Nathan.

— C'est vrai, répondit-il avec un air songeur. C'est une maison que ma femme connaissait depuis qu'elle était toute petite et qu'elle avait toujours trouvée superbe… Elle m'en avait parlé, sans me demander de l'acheter ; comme de ces choses dont on rêve et qu'on évoque, comme ça… J'aurais sans doute dû essayer de l'acheter plus tôt, mais j'avais peur de m'endetter et je l'ai acquise sur le tard, quand notre relation était déjà fichue. Comme une piètre tentative de la reconquérir, tu vois ? Et ça n'a pas suffi.

Tassi acheva sa phrase avec un léger sourire, pour glisser un peu de légèreté dans ce récit, dont Nathan sentait qu'il restait douloureux.

— Je m'en suis d'abord servi de résidence secondaire, car j'habitais à la caserne… Puis, à ma retraite, je m'y suis installé définitivement. Mon fils l'aime beaucoup et il est content d'y passer du temps avec sa famille, quand ils reviennent en France. Moi aussi, j'ai appris à apprécier cet endroit. Ici, je suis proche de la nature.

Nathan balaya du regard les murs en pierres, le bel escalier blanc et le terrain par la baie vitrée. Il comprenait absolument qu'on puisse s'attacher à ce lieu qui – comme son propriétaire – avait quelque chose d'à la fois auguste et intimidant. Nathan eut plaisir à écouter son ami se livrer, chose si rare ; puis Tassi s'adressa à lui en souriant :

— Je t'ai pas encore proposé à boire, et c'est pas que je sois mal élevé… Mais j'ai ma petite idée : on n'a pas fêté notre victoire et ça va pas, il faut qu'on le fasse… Alors suis-moi, j'ai une autre pièce à te montrer.

Tassi se dirigea vers une porte assez étroite menant au sous-sol. Nathan descendit derrière lui et découvrit une belle cave, très fournie et bien rangée.

— Il aurait fallu que je les vende, mais je pense que je laisserai ce soin à mon fils…, fit Tassi en marchant près des bouteilles et en les caressant du bout de ses doigts.

— C'est pas trop dur de résister à tout ça ? demanda Nathan.

— Tu sais… Je résiste pas toujours, c'est une partie du problème… À quoi bon, maintenant ? Mais rien à voir avec ma consommation d'avant. Pendant des années, j'ai acheté des quantités impressionnantes. Heureusement, certains ont eu le temps de vieillir, dit-il en soulevant un nuits-saint-georges, de 2007.

Puis, après l'avoir reposé, il se dirigea vers une petite table, dans un coin de la pièce, sur laquelle étaient posés une autre bouteille et deux verres.

— Mais celle-là… Celle-là, dit-il en la désignant, c'est sans doute ce que j'ai de meilleur. Qu'est-ce que t'en dis ?

Il lui montra l'étiquette. Un chambolle-musigny de 2005.

— Je me suis permis de l'aérer avant que t'arrives et de le goûter. On a parfois des mauvaises surprises mais… tout va bien, dit-il avec un air malicieux.

— On ne devrait pas, Dominique, ça va pas arranger ton état…

— Mon état ne s'arrangera pas. Buvons un coup.

★

Une nouvelle fois ils levèrent le bras et inclinèrent leur verre, pour noter les différentes couleurs du vin. Le firent tournoyer et le humèrent. Prirent une gorgée en aspirant, afin d'en goûter toutes les nuances. Puis les deux hommes hochèrent la tête en se regardant, complices, appréciant ce cru d'exception.

— C'est quelque chose, commenta Nathan avec reconnaissance.

Tassi reposa son verre et proposa à Nathan de le resservir :

— Je m'arrête là, mais continue, toi, ça me fait plaisir.

— Non, pas seul..., réagit Nathan.

— Je t'assure, profite sans t'inquiéter de moi, insista Tassi. J'en profite moi aussi en te regardant, et c'est symbolique, je ne voyais pas de meilleure occasion de le boire. Tu as fait un travail exceptionnel, Nathan, si je pouvais je te remercierais bien davantage.

— Juste un verre, alors, dit-il en avançant la main.

Tassi le resservit et Nathan but une nouvelle gorgée, encore un peu plus lentement, avant d'observer son hôte.

— Est-ce que tu te soignes, à présent ? lui demanda-t-il. T'as le temps, maintenant que tout est fini.

— La seule chose que je veux, c'est éviter de trop souffrir... Atteindre le seuil de douleur insupportable... Mais ne t'inquiète pas, je ne laisserai pas ce moment arriver.

— Je respecte ton choix, mais je pense que t'as tort de rester passif.

— Je vais m'en aller d'ici, très bientôt.

— Pour aller où ?

— Je ne sais pas encore, mais je ne veux pas rester en Ardèche. Je vais tout laisser derrière moi et... je verrai. J'aviserai sur la route. J'ai assez pour tenir.

— Tu vas vendre la maison ?

— Non, mon fils en héritera. Et il en fera ce que bon lui semblera, c'est plus mon problème.

— Donc c'est peut-être la dernière fois qu'on se voit ?

— Certainement, acquiesça Tassi.

Nathan inspira, peinant à masquer sa tristesse. Et resta pensif quelques instants, avant d'essayer de convaincre son ami :

— Tu sais, je pense que les enquêteurs auraient bien besoin de toi ici, encore un peu… Ton aide serait précieuse.

— À quel sujet ?

— Le lien entre Justine Morin et Marcel Lamy n'est pas établi. Rien ne prouve à l'heure actuelle que c'est lui le meurtrier. Ils savent qu'il a vécu en Ardèche à la même période, pas au même endroit mais dans un secteur pas si éloigné… Mais je ne sais pas s'ils iront au bout des investigations. Il faut des gens déterminés comme toi…

» C'est la même chose pour les tortures qu'ont subi Nelly Rassez et Raphaëlle Lafarge : elles parlent de leur ravisseur comme d'un rabatteur et, s'il s'agissait bien de Lamy, comme on le pense tous les deux, il faut trouver les hommes qui étaient derrière. Certainement les mêmes qui ont engagé le type envoyé pour te tuer…

— Tout ça n'est plus mon problème, répondit Tassi. Je devais trouver l'assassin de ces filles, et je suis allé au bout de mes forces et de mon mental. Je laisse le soin à d'autres de chercher les pièces manquantes. Et de toi à moi… je doute qu'ils y arrivent… Nombre de salopards restent dans l'impunité ; j'ai entraperçu des choses, pendant ma carrière, de cet ordre-là, qui n'ont pas été réprimées et qui ne le seront sans doute jamais. Et dont les gens n'ont pas idée.

Nathan l'écoutait avec un air soucieux et Tassi, pour détendre l'atmosphère, souleva la bouteille.

— Allez, je t'accompagne pour un dernier.

— Tu ne devrais pas.

Tassi fit une moue nonchalante et versa le vin dans les deux verres. Puis ils trinquèrent une nouvelle fois et burent, plus franchement que précédemment.

— Et toi alors ? demanda Tassi. Quels sont tes projets dans l'immédiat ?

— Je repars à Paris pour voir mon éditeur. On avait un projet qu'il aimerait que je laisse en stand-by, pour me consacrer à un livre qui s'intéressera au parcours criminel de Lamy…

— C'est compréhensible.

— Oui, mais un peu prématuré, je pense, car l'idée serait de le sortir vite et on n'en est qu'au tout début des découvertes… Alors, je vais réfléchir…

Tassi opina, puis se fit plus léger :

— Bon, et Emma, alors ? Ça a l'air de plutôt bien marcher entre vous ?

— Je sais pas… C'est très récent ! On verra si ça tient…

Nathan avait l'œil qui frisait et Tassi sourit en hochant la tête.

— Elle est formidable, je suis ravi pour vous. J'aurai au moins accompli ça : réunir deux vraies belles personnes…

— T'as fait bien plus…

— Oh, tu sais, on…

Soudain Tassi s'interrompit et s'affaissa en se retenant à la table.

— Dominique !

Nathan se précipita vers lui pour l'empêcher de tomber.

— Je me sens pas bien, balbutia Tassi. Aide-moi… aide-moi à m'allonger.

Paniqué, Nathan l'aida à s'étendre doucement sur le sol.

— Je vais chercher mon téléphone, j'appelle le SAMU ! lui dit-il sans hésiter.

— Non, reste-là, ça va passer…, lui demanda Tassi d'une voix mourante.

— Ah oui, et si ça ne passe pas ? On aura l'air malins !

— Ne panique pas… attends ! insista Tassi en levant le bras. Ne fais venir personne !

Tassi avait haussé le ton mais Nathan s'était déjà éloigné en marmonnant que ça suffisait, ces histoires, et il grimpa les marches de la cave quatre à quatre sans tenir compte de ses protestations.

Nathan rejoignit le corridor et tenta de se remémorer où Tassi avait rangé sa veste. Sa valise était toujours près de la porte d'entrée, et il ouvrit un placard juste à côté, puis un autre, et trouva la veste accrochée à un cintre ; il fouilla l'une des poches et s'empara de son smartphone.

— Nom de Dieu ! fulmina-t-il.

Aucune barre de réseau. *Foutue région !* songea-t-il en glissant l'appareil dans sa poche, avant de se mettre en quête d'un téléphone fixe. Il n'en aperçut aucun dans le salon et tenta sa chance à l'étage. Le chrono continuait de tourner dans sa tête et il pensa qu'à ce rythme-là il allait retrouver Tassi inanimé au sous-sol.

Arrivé sur la mezzanine, il ne vit toujours pas d'appareil ; il reprit sa course dans un couloir étroit donnant sur différentes pièces ; poussa plusieurs portes, sans résultat puis, dans une chambre – vraisemblablement celle de Tassi –, il aperçut le Glock sur une table de nuit et, en dessous, un téléphone portatif sur son socle.

Aussitôt il le décrocha et composa le 15, en revenant sur ses pas. Quand une voix d'homme lui répondit, il expliqua, en marchant, qu'il s'agissait d'une urgence : un homme malade d'un cancer du foie, faisant une crise. Nathan communiqua l'adresse de la maison, ainsi que le patronyme de Tassi. Il commençait à descendre l'escalier quand son interlocuteur lui demanda le numéro de téléphone, et Nathan s'énerva en expliquant qu'il ne le connaissait pas car il n'était pas chez lui, et qu'ils n'avaient qu'à le voir sur leur écran. Il raccrocha, arriva au rez-de-chaussée, totalement désorienté. Passant par la cuisine, il aperçut une porte qu'il pensa être celle de la cave. Il l'ouvrit, éclaira, descendit quelques marches.

— Dominique, vous ê…

Nathan s'immobilisa. Il s'agissait d'une buanderie, équipée de divers appareils électroménagers. Il comprit qu'il s'était trompé ; néanmoins il ne fit pas demi-tour et se figea. Il sentait une odeur… effroyable.

Nathan, en se documentant pour certains de ses livres, avait déjà assisté à des autopsies, et ces relents lui évoquèrent immédiatement des effluences de putréfaction. Une odeur mortifère et persistante, ne ressemblant à aucune autre. Elle était bien présente ici ; pas à un stade avancé, mais il était certain que dans ce sous-sol se trouvait une bête crevée… ou bien quelqu'un. En parcourant la pièce du regard, il vit une grande bâche noire, recouvrant une forme allongée.

Nathan descendit encore, atteignit le sol bétonné. L'ampoule, dans l'escalier, n'éclairait que partiellement l'endroit. Les émanations pestilentielles se firent de plus en plus présentes et Nathan, malgré son envie de s'enfuir, glissa le bout de son pied sous un coin de la bâche, et la dégagea un peu.

Il eut d'abord un mouvement de recul, effaré par ce qu'il découvrit. Puis, au contraire, se rapprocha pour mieux voir : le visage, de profil, d'un homme d'une trentaine d'années, avec des cheveux bruns coiffés en catogan et un nez aquilin… La couleur de sa peau s'était assombrie ; la mort remontait à plusieurs jours et, bien que les insectes ne soient pas encore là, ils n'allaient pas tarder à recouvrir le corps.

Plongé dans l'incompréhension la plus totale et réprimant sa nausée, Nathan fit demi-tour et grimpa les marches en courant. Il regagnait le rez-de-chaussée quand Tassi apparut devant lui.

— Qu'est-ce que tu fais là ?

Le retraité, livide, le jaugeait avec incrédulité. Nathan, choqué, mit un instant à lui répondre :

— J'ai appelé le SAMU ; ils vont venir. Je me suis trompé de porte.

Tassi restait immobile et silencieux, les épaules basses.

— Qui est cet homme ? demanda enfin Nathan.

— Quel homme ?

— Il y a un cadavre là-dedans.

Tassi hésita à répondre, mal à l'aise.

— Qu'est-ce qu'un cadavre fait chez toi, caché au sous-sol ?

— C'est l'homme qui m'a attaqué deux fois. Il est revenu… il ne reviendra plus, prononça Tassi avec une pointe d'ironie.

— Il est là depuis des jours ! Pourquoi t'as pas prévenu les gendarmes ?

— Je ne veux pas qu'ils soient prévenus. Je vais régler ça moi-même.

Nathan le dévisagea, médusé par ses paroles.

— Tu veux le faire disparaître ? Pourquoi ? Tu peux pas faire ça ! C'est de la légitime défense, raconte la vérité et t'auras pas d'ennuis !

— Pas cette fois, Nathan. Ça doit rester secret. Entre toi et moi, tu m'entends ? J'ai eu des jours compliqués mais je vais m'en occuper, et ça en restera là.

— Ça n'a pas de sens… Je te comprends pas, qu'est-ce que tu caches ?

— Promets-moi seulement de garder ça pour toi. Par amitié…, insista Tassi.

— Je peux pas. Même pour toi, je peux pas être complice de ça..., s'indigna Nathan. Tu te rends compte que c'est grave ? Je crois que ça va pas, Dominique, t'es pas dans ton état normal...

— C'était un homme de main, un tueur ! Tu comprends ? Personne ne le pleurera.

— Ça... d'une part tu n'en sais rien... d'autre part il faut absolument l'identifier... Tu sais qui c'est ?

— Non.

— Alors la police doit chercher son identité, c'est crucial ! Pour découvrir qui l'envoyait. Enfin, tu comprends ça, quand même ? Il est peut-être la pièce manquante, celle qui nous permettra de faire le lien entre Lamy et les autres... Il reste un tas de questions non résolues...

Nathan s'efforçait d'être persuasif et cherchait à lire en Tassi, mais celui-ci gardait un air fermé, dur. Jusqu'à ce que quelque chose passe dans son regard ; une expression différente.

Et soudain Nathan comprit...

— Tu le sais ? Tu sais qui l'a envoyé ?

— Non.

— Tu me caches quelque chose, je le vois. T'as peur...

— Peur ? De toi ? demanda Tassi avec un léger mépris. J'ai même plus peur de crever, Nathan...

— Moi, tu me fais peur, là, maintenant..., répondit-il en le dévisageant. J'ai raison d'avoir peur de toi ?

— Tu dois seulement m'écouter, Nathan. T'aurais pas dû ouvrir cette porte mais puisque tu l'as fait, il va falloir que tu fasses ce que je dis.

— Mais ce que tu me demandes n'a aucun sens...

— Rappelle déjà le SAMU, dis-leur de ne pas venir, lui enjoignit Tassi en désignant le téléphone dans sa main.

— Non, je veux que tu m'expliques.

Tassi l'observa un moment ; puis il avança, mais Nathan recula. Alors il s'arrêta et hocha la tête, las.

— Attends-moi ici, je reviens.

Tassi fit demi-tour en direction du salon. Après un temps d'hésitation, Nathan choisit de le suivre et, lorsque la pièce principale se dessina devant lui, il vit Tassi en train d'ouvrir la vitre de l'armoire à fusils. Nathan se rua alors sur lui et le percuta de plein fouet, le faisant tomber lourdement ; puis il se saisit d'un des fusils et le mit en joue.

— Espèce de connard ! cria Tassi, encore au sol. Pour qui tu te prends ?

— Tu crois pas que c'est à moi de m'énerver ? T'allais faire quoi avec ce fusil ?

— Rien ! Tu te méprends complètement.

— Ah oui ? J'ai pas cette impression, commenta-t-il, haletant. T'es devenu fou... Tu voulais me mettre dans la cave, moi aussi ?

— Jamais je ne te tirerais dessus, je veux seulement que tu m'écoutes, bon sang ! Depuis que t'as vu ce corps, tu paniques...

— Je ne demande que ça, t'écouter. Dis-moi ce que tu caches...

— Avant ça, laisse-moi rappeler le SAMU, ou fais-le toi-même, insista Tassi. Ils sont à une trentaine de minutes d'ici, plus encore s'ils se perdent, ce qui arrive souvent... Ils ont encore le temps de faire demi-tour...

— Non, on les laisse venir, trancha Nathan en épaulant plus fermement l'arme. Et si tu m'expliques pas ce que tu caches d'autre, je vais leur montrer le corps. Et c'est sûr qu'après, c'est tes anciens collègues qui vont débarquer.

— Pose ce fusil, le coup pourrait partir.

— C'est pas moi qui suis allé le chercher. L'heure tourne, Dominique, explique-moi ! Parle-moi !

— Tu la veux, la vérité, hein, Nathan ? Y a que ça qui t'intéresse, rétorqua-t-il, l'air presque hargneux, avant de se relever. Le problème, c'est que tu vas pas aimer ce que j'ai à te dire… je te connais, maintenant. Cette vérité, elle risque même de te chambouler.

— Je veux l'entendre, dit Nathan. Moi aussi je te connais, et je sais que t'as bon fond… Raconte-moi et je ferai tout ce que je peux pour t'aider.

— Si tu comprends mes raisons, ce sera déjà bien.

Puis Tassi tourna la tête et regarda un fauteuil, derrière lui.

— Je te propose pas de t'asseoir, dit-il. Mais si tu veux bien, moi, je vais prendre un siège.

2

*I*L Y A BEAUCOUP DE CHOSES *que tu sais déjà, et certaines que tu ignores. Mon passé est un fardeau. Du moins, celui qui a suivi l'accident que j'ai eu avec ma fille. Avant ça, j'avais tout ce qu'un homme raisonnable peut espérer avoir : un métier que j'aimais ; une femme adorable et belle ; des enfants... parfaits.*

Et puis, j'ai presque tout perdu : ma fille, mon trésor ; ma femme, ainsi que l'intérêt pour mon travail. Il ne me restait que mon fils, Guillaume, même si je le voyais beaucoup moins. Tout ça parce que j'avais fermé les yeux quelques instants. Tout ça par ma faute...

J'ai plongé dans l'alcoolisme le plus noir, Nathan, le plus poisseux. Pour être conscient le moins souvent possible et, sans doute, pour en crever. D'une certaine façon, ça a marché pour les deux. Ma femme m'a vu dégringoler et n'a pas supporté. D'autant que je lui ai très vite avoué que mes collègues m'avaient couvert et que j'avais bu avant l'accident. Notre couple a résisté quelque temps, et puis elle est partie avec Guillaume.

Je picolais de plus en plus, même pendant les heures de boulot. Je ne croyais plus en rien, je ne m'intéressais à rien... Certains jours, je devais avoir l'air d'un vrai zombie. J'ai longtemps pensé que c'était un miracle que j'aie été maintenu dans mes fonctions ; mais ce n'en était sans doute pas un… Les nuits, j'écumais les bars, si possible pas trop près de la caserne. Je m'endettais pour boire…

Et puis un soir, un type m'a approché. Un gars vraiment sympa, qui descendait les verres, lui aussi, assis au comptoir. Il a commencé à me parler, une phrase ou deux, sans forcer l'échange. Chaque soir il revenait, je le retrouvais au bar et il recommençait à m'adresser la parole ; discuter, ça a jamais été mon truc, surtout à cette période, mais il a été patient, il a su nouer le contact avec moi et, petit à petit, on s'est livré l'un à l'autre. Lui aussi disait avoir été quitté par sa femme et en souffrir amèrement. En plus de ça, il prétendait avoir perdu son frère peu de temps avant, et ça avait été la goutte d'eau, le truc en trop qui lui faisait noyer ses deux chagrins dans l'alcool ; et ça nous faisait beaucoup de points communs, en apparence. Même si je ne sais toujours pas à l'heure actuelle qui était véritablement cet homme, il est évident qu'il m'a raconté n'importe quoi pour me mettre en confiance, pour que je me livre à lui, et ça a marché. Je pourrais passer pour un naïf, Nathan, mais la vérité c'est que j'ai toujours été habile à cerner les gens, à déceler les manigances et les mensonges, et là je me suis laissé cueillir… Peut-être que l'alcool atrophiait mon instinct ; mais c'est surtout que ce type, dans son genre, était un expert en arnaque, car il s'agissait d'une arnaque : il m'a hameçonné pour que je me confie, et je l'ai fait. Je lui ai raconté mes problèmes – des choses qu'il connaissait déjà sans doute –, ça m'a soulagé un temps et ça a créé chez moi un sentiment d'amitié pour lui.

Il avait une dizaine d'années de moins que moi, un visage affable. Il était drôle, il savait me faire rire. Il portait des chemises et des polos assez flashy, et des bermudas ; un look simple mais avec une touche d'élégance. Il disait s'appeler Martin. On a discuté... des semaines, un mois peut-être, et j'étais vraiment heureux de le retrouver tous les soirs, ou presque. Il m'écoutait, et partait souvent dans des litanies contre les femmes, il était très remonté contre elles. De temps en temps il parlait de sexe, de prostituées, mais je pense qu'il a rapidement vu que ce n'était pas quelque chose qui m'intéressait. Ça n'a jamais été un moteur pour moi, et encore moins après mon accident.

Il connaissait tout de ma vie, même mes problèmes d'argent, qui engendraient d'ailleurs des conflits pour mon divorce. Et il a été habile, il y est allé par petites touches ; il m'a vite fait comprendre qu'il avait des amis un peu truands. Que... même s'il avait un métier respectable – sur lequel il m'a également raconté n'importe quoi –, il flirtait avec ce milieu.

Tu sais, Nathan, on se fait une idée des flics et des gendarmes comme de gens révoltés par la délinquance ; en vérité c'est plus complexe et j'ai connu nombre de collègues – de bons gendarmes ! – qui auraient pu mal tourner à l'adolescence, et même devenir voyous. La probité ne va pas toujours de soi, c'est une discipline.

Martin m'a demandé un petit service, rien de bien compromettant, et par amitié je lui ai rendu. Et plus tard un autre service, pour lequel, cette fois, il a insisté pour me payer. « C'est pas mon fric, prends-le ! » il disait. J'aurais dû refuser, évidemment, mais j'ai accepté. C'était rien de très grave, tu vois, des histoires de plaques d'immatriculation, de recel de bagnoles... d'informations non actées dans des procès-verbaux. Mais ça a été progressif et il a été bon, car je suis convaincu qu'il se fichait de tout ça, ce qui l'intéressait c'était ce qui allait suivre, et c'est sur ce qui allait suivre que j'ai vraiment déconné.

Martin m'a dit que des connaissances à lui voulaient étouffer une affaire, et qu'ils étaient prêts à payer cher pour ça. Il m'a raconté que ça concernait seulement une pute et qu'il y avait beaucoup d'argent à se faire. Que c'était pas un homicide, mais qu'être mis au courant des détails ça voulait déjà dire être impliqué, et que je risquais ma peau si j'en parlais ensuite. Il est revenu à la charge, en répétant que c'était juste une pute, que personne ne remonterait jusqu'à moi et que l'argent pourrait me permettre de refaire surface.

Et là, j'ai accepté, j'ai bien voulu qu'il m'en dise plus et j'ai fait ce qu'on me demandait. J'ai fermé les yeux. À l'entendre, c'était une partie fine qui avait mal tourné mais j'ai bien vu que c'était plus que ça. J'ai empoché l'argent, ils savaient que j'aurais le dossier – j'ai découvert comment, depuis – et ils m'ont eu : j'étais comme déconnecté... sans empathie pour elle, d'autant que c'était vrai, c'était une professionnelle, doublée d'une camée... Mais tu connais la suite. Il y en a eu une autre et j'ai encore accepté. « Prends l'argent », il me disait. « Ces filles aiment ça. Et ta belle maison, celle qui plaît tant à ta femme, tu vas enfin pouvoir la lui offrir. Elle verra combien tu l'aimes, elle va revenir, c'est sûr. »

Je m'enfonçais. Prendre la déposition de Raphaëlle Lafarge a été un crève-cœur et j'ai vu à quel point ces types étaient fous. L'histoire du rabatteur, tous ces hommes masqués et les tortures qui montaient encore d'un cran... J'ai mis en doute sa version auprès de mes collègues, j'ai étouffé le dossier dans l'œuf, autant pour respecter ma parole que pour me protéger. Mais cette fois, ça a clashé avec Martin ; j'ai vite voulu qu'on se revoie dans un endroit calme et je lui ai dit ce que je pensais : que c'était tous d'immondes salopards, que j'en avais fini avec ça et que si ça se reproduisait dans mon secteur, je les enfoncerais. Le ton est encore monté et là, Martin a enfin dévoilé son vrai visage : en un coup de genou il m'a mis à terre, avec une force que je ne soupçonnais pas chez lui. Et il m'a prévenu : il avait enregistré toutes nos discussions et j'étais mêlé à ça, que je le veuille ou non. Les types pour qui il travaillait ne rigolaient pas ; c'était des hommes dont, d'après lui, je n'imaginais pas l'importance. Jamais rien ne serait fait contre eux, et de mon côté je risquais ma peau si je parlais.

Encore au sol, je lui ai répété que pour moi c'était terminé ; il m'a mis un coup de pied dans la tête et il est parti. Et je ne l'ai plus jamais revu, ni dans un bar ni ailleurs.

Et puis il y a eu le 12 juin 2005.

Oui, Nathan... Oui.

J'ai mille fois raconté les événements de ce jour-là : la battue, le matin quand Baranès m'a demandé de rentrer à la caserne, et le trou que j'ai aperçu depuis le bord de la route, avec un homme et la forme d'un petit corps inerte. Mais il y a une chose que j'ai toujours tue... Il s'est passé autre chose, entre le moment où j'ai vu ça et celui où j'ai surpris Lepage...

Je me suis garé plus bas, ensuite j'ai bien arpenté la végétation, jusqu'à ce que je trouve le terrain dégagé. Mais... c'est pas sur Lepage que je suis tombé en premier... Un autre homme se tenait près du corps, prêt à l'enterrer. Un homme que je n'avais jamais vu à cette époque, déjà replet, les cheveux poivre et sel : Lamy.

Il m'a regardé, comme un animal pris dans les phares, tandis que je le braquais avec mon arme. J'ai fait mes sommations, il n'a pas bougé, d'abord paniqué ; puis son visage s'est un peu éclairé, de manière étrange, et il s'est adressé à moi :

« Eh, calme-toi. Je te reconnais. Moi aussi, je travaille avec Martin. Tu comprends ? »

J'ai pas compris tout de suite. Je me suis contenté de demander : « Quoi ? », et il a filé subitement entre les arbres. J'étais sonné par ce qu'il venait de dire, j'ai hésité mais j'ai tiré et je l'ai manqué, avant de partir à sa poursuite. Eh oui, Nathan, eh oui... le coup de feu dont parlait Gabin depuis le premier jour, c'est moi qui l'ai tiré. C'est par ma faute qu'il a localisé la scène de crime, mais je ne pouvais rien dire et jamais personne n'en a rien su...

J'ai pourchassé Lamy mais je t'assure qu'il était rapide ; sans doute d'autant plus qu'il était guidé par la peur, on aurait dit un putain de sanglier qui détalait. Il allait tellement vite que des lambeaux de sa chemise restaient accrochés à des épines. Je ne l'ai plus eu dans ma ligne de mire, il a gagné du terrain jusqu'à disparaître de ma vue.

J'ai rejoint la route, déserte ; puis j'ai de nouveau fait demi-tour, en cherchant l'endroit où était Justine, et là j'ai entendu les aboiements. Gabin était arrivé, témoin gênant, forcément suspecté, à présent. J'ai hésité à le descendre... mais je ne m'y suis pas résolu ; je n'étais pas un tueur et c'était trop risqué.

J'ai vu le corps maltraité, martyrisé, et c'était insupportable : il était hors de question que je laisse le responsable s'en sortir. J'ai menotté Gabin, je me suis éloigné de lui et j'ai composé le numéro de Martin : en ce temps-là, je pouvais le contacter. Je lui ai raconté, du mieux que j'ai pu, en étouffant ma voix, et il a compris très vite. Il m'a posé des questions pour analyser la situation, pour cerner le profil de Lepage et il m'a dit de l'accuser et de le charger. Il m'a juré que cette fois le rabatteur était allé trop loin, qu'il avait déraillé, que ce n'était pas une commande et qu'il avait agi pour lui seul – ce qui était vrai, je pense. Et qu'il s'en occuperait, qu'il allait le tuer mais il martelait que personne ne devait connaître l'existence de cet homme. Il me disait : « S'ils remontent à lui, ils risquent de remonter à mes associés ; et une fois remontés à eux, ils remonteront à toi, et comme t'es également mouillé, t'iras en taule. Quant à toi, si tu t'avises de raconter ce que tu sais à tes collègues ou à la police, je te garantis qu'on le saura tout de suite et qu'on te fera exécuter, même si t'es sous bonne garde. » Il m'a ordonné de faire le nécessaire, de me débrouiller pour que l'enquête s'arrête là : et je l'ai fait. J'ai appelé Baranès, en agissant comme si je n'avais rien vu avant de tomber sur Gabin. Je ne vais pas te mentir : avant même cet incident je détestais Lepage, c'était un drogué, un type qui nous provoquait tous et qui avait échappé de justesse à une affaire de mœurs ; l'envoyer en taule, un moment du moins, n'était que justice à mes yeux ; mais ça a tout de même été compliqué pour moi de me résoudre à le faire plonger pour ce crime abject. Je l'ai fait pour mon fils. Pour ne pas le priver d'un père, lui qui avait déjà perdu sa sœur, ni l'entacher de honte à cause d'un scandale pareil.

C'est pour lui, de nouveau, que j'ai stoppé l'alcool, douze ans plus tard. Ça m'a fait voir les choses autrement, les remords m'assaillaient parfois lorsque je pensais à Gabin qui croupissait en taule ; mais, au moins, le vrai meurtrier de Justine était censé être puni. Et quand Laetitia Martinez est morte… Quand ils ont parlé des sévices, je me suis rendu compte qu'on m'avait peut-être menti et j'ai enquêté… Baranès a appelé Larrivoire pour moi, et le soir même ils le tuaient et tentaient de m'abattre également. Là, j'ai compris deux choses : que j'étais dans le vrai au sujet du meurtre de Laetitia Martinez, et aussi que Larrivoire était mêlé à ça.

Oui Nathan, oui. C'est moi qui ai fait disparaître Larrivoire et, crois-moi, ce n'est pas une perte. Cette saloperie avait fait tuer Baranès, un homme bon. Mon ami. Je l'ai eu par surprise, un jour où il rentrait chez lui en voiture et je l'ai emmené dans un endroit discret. Avant d'en finir, je l'ai interrogé de façon… musclée, on va dire. Je suis convaincu qu'il ne savait presque rien, aucun nom. C'est un réseau très bien organisé, qui se protège et où tous ne communiquent que par pseudo. Personne ne saura que Larrivoire était mêlé à ça… mais personne non plus ne retrouvera son corps.

On m'avait menti, depuis le début. Je n'ai plus jamais pu contacter Martin, ni été contacté par lui, mais j'ai su qu'il n'avait pas respecté sa parole et qu'il avait laissé le rabatteur en vie, pour une raison que j'ignore. Je n'étais plus la même personne, j'avais l'esprit clair, j'étais un homme plus âgé et je n'avais plus peur de mourir. Il fallait que je venge Justine Morin, et surtout que je mette hors d'état de nuire ce tueur en série. Neutraliser le rabatteur, faire libérer Gabin… J'ai relancé l'enquête. Et j'ai rectifié mon crime, j'ai pointé du doigt toutes les lacunes et les mensonges du dossier, et fait acquitter Gabin à la moitié de sa peine… Ils ont essayé de me liquider plusieurs fois. Mais le fumier qu'ils m'ont envoyé gît actuellement dans ma cave, ils ont échoué…

3

NATHAN RESTA IMMOBILE après que Tassi eut fini de parler. Abasourdi… Bouche bée. Tassi, qui le fixait, esquissa alors un sourire :

— T'es complètement perdu, mon pauvre Nathan… Ta boussole tourne dans le vide. Le bien… le mal… J'ai fait le mal en fermant les yeux sur des horreurs, et le bien en neutralisant un psychopathe.

— Comment t'oses dire ça ? s'indigna Nathan sans cesser de le tenir en joue. Si t'avais parlé dès le début, rien ne serait arrivé. – Puis, n'en revenant pas, il lui demanda, ému : – Comment t'as pu faire ça ? T'as gâché la vie d'un homme ! Et à cause de toi, toutes ces filles sont mortes, Laetitia Martinez et les autres…

Nathan baissa un peu le canon du fusil et faillit chanceler, avant de se reprendre.

— T'étais un sauveur, les gens t'admiraient ! *Moi*, je t'admirais ! Vraiment ! Alors qu'en fait, t'es juste un sale type…

Tassi s'appuya aux accoudoirs et se leva. Puis il avança doucement.

— T'as voulu savoir, je t'avais dit que c'était pas beau. Mais prends le temps de réfléchir, essaye de te mettre à ma place et tu verras que j'avais pas le choix.

— Tu parles ! Tu dois payer pour ce que t'as fait…

— Je n'irai pas en prison, Nathan.

— On s'en fout de ce que tu veux… Tu vas devoir répondre de tes actes, c'est une évidence…

— Non. T'as deux possibilités, maintenant que tu sais tout : soit me comprendre et te taire, soit me tuer tout de suite. De toute façon je vais mourir bientôt, mais il est pas question que ce soit dans une geôle, victime d'un faux suicide…

— Il faut que tu révèles la liste des gens impliqués ! insista Nathan alors que Tassi approchait.

— Il n'y a pas de liste, Nathan, je ne connais aucun nom, je te l'ai dit.

— Raconte tout ça aux gendarmes ; eux, ils enquêteront…

— … Ils ne trouveront rien. On me liquidera sitôt que je serai arrêté, je ne serai pas protégé ; ils ne bluffaient pas sur ça, je le sais… S'ils sentent que je vais parler, ils mettront le paquet, cette fois.

— Tu sais forcément des choses… Il est hors de question que je me résigne à laisser tous ces types dans la nature…

— Parce que tu crois vraiment que ceux qui sont à la tête de ça seront inquiétés ? Nathan, t'as beau te documenter constamment sur des meurtres, tu n'as effleuré que la surface. Ce genre de sociétés secrètes a toujours existé et existera toujours.

— S'ils restent intouchables, c'est seulement parce que des personnes comme toi sont corruptibles et se taisent. Ce ne sont que des hommes, on les trouvera ! Ils seront condamnés, et même si t'as des circonstances atténuantes, toi aussi tu rendras des comptes.

— T'en es sûr ?

Tassi bondit alors sur lui et empoigna le fusil, mais Nathan ne le lâcha pas. Les deux hommes luttèrent. Puis Tassi pivota, fit trébucher Nathan et le poussa au sol. Étendu par terre, Nathan continuait de tenir l'arme quand Tassi le frappa deux fois sur le flanc, en plein sur sa blessure. Nathan hurla, Tassi attrapa le fusil et dirigea le canon en plein sur son visage.

— Pauvre con, va ! cria-t-il, alors que Nathan se tordait de douleur. Qu'est-ce que je suis censé faire maintenant, HEIN ? Dis-moi !

Nathan ne répondit rien et grimaçait, juste en dessous de lui. Tassi eut soudain l'air extrêmement triste.

— Pourquoi t'es entré dans cette cave ? Et pourquoi tu refuses de m'écouter ? Aide-moi... Aide-moi, promets-moi que tu ne diras rien...

— Tu ne me croirais pas, parvint à articuler Nathan. Je ne suis pas comme toi, tu le sais. C'est trop important. Gabin a le droit de savoir... comme les parents des victimes. Il faut que toi, tu leur dises...

— Je t'ai expliqué que c'est impossible...

— Si, c'est possible...

— Je refuse de me livrer et qu'on m'abatte. Et je refuse que la honte déteigne sur ma famille...

— Il fallait y penser avant. Tout sera su, un jour ou l'autre.

— Je n'ai pas peur pour moi, j'ai peur pour ceux qui restent. Et maintenant, qu'est-ce que je dois faire, hein ? Comment tu veux que je te laisse en vie ?

En disant cela, Tassi continuait de viser Nathan, alignant le canon sur son visage.

— Fais ce que tu veux, lui répondit-il, sans trembler. Tes fantômes te poursuivront…

Tassi cilla. Leurs regards, plongés l'un dans l'autre, s'affrontèrent un long moment. Tassi, déterminé, épaula plus fermement l'arme et inspira ; prêt à faire feu.

Et puis…

Les traits de son visage se détendirent. Il souffla, secoua un peu la tête et commenta :

— Sacré Nathan…

Tassi se redressa et, dans un geste fluide et militaire, fit tournoyer le fusil à 180°, la crosse à l'aplomb du visage de Nathan.

Il le frappa violemment, en plein sur le crâne.

★

Le noir.

Puis une lumière aveuglante, accompagnée de différentes couleurs ; les murs, le sol qui tanguaient, qui vrillaient, générant une envie de dégueuler, qui ne resta pas longtemps au stade d'envie. Nathan régurgita sur le carrelage, puis fit un effort pour se redresser un peu.

Petit à petit, le manège dans lequel il avait l'impression de se trouver s'immobilisa. La lumière était toujours aussi vive et il s'aperçut qu'elle provenait de la baie vitrée devant lui, entrouverte. Au loin, il distingua une silhouette floue s'éloignant sur la pelouse, près des arbres, puis disparaissant dans les bois.

Une sirène retentissait, de plus en plus proche, depuis l'autre côté de la maison. Le tournis de Nathan recommença et il s'effondra de nouveau. Ferma les yeux. Et ne les rouvrit que lorsque les hommes en blouses blanches le secoururent.

Épilogue

Ils s'étaient donné rendez-vous non loin du multiplexe MK2 Bibliothèque et dînèrent dans une pizzeria. Tous deux optèrent pour une quatre fromages, accompagnée d'une bière pour Nathan et d'un verre de rouge pour Emma. Ils étaient attablés à une terrasse, et un peu de vent soufflait parfois, trop chaud pour les rafraîchir.

— J'ai entendu parler de ce juge d'instruction, l'informa Emma. On me l'a décrit comme quelqu'un de dynamique et intègre. Je pense que le dossier est entre de bonnes mains, il ne se laissera pas entraver par des pressions.

Nathan plongea ses yeux dans les siens.

— Il faut qu'ils se focalisent sur ce *Martin*... S'ils arrivaient à l'identifier, ils pourraient remonter jusqu'aux autres...

— Ils veulent tous la même chose que toi, tu sais. Ils ont trouvé cette histoire abracadabrante au début, mais maintenant ils la prennent au sérieux, j'en suis sûre. Et compte sur moi pour remettre la pression... Gabin a plusieurs propositions intéressantes pour écrire sa biographie et il en parlera lui aussi, comme dans ton livre...

— Il reste tellement de zones d'ombre..., regretta Nathan.

— Sois patient. S'ils peuvent faire la lumière sur tout ça, ils la feront. Ça ne nous concerne plus directement, il faut les laisser travailler.

Nathan ne répondit pas et se contenta de trancher un bout de sa pizza.

— Tu penses souvent à lui ? demanda-t-elle.

— À qui ?

Le regard d'Emma en disait long. Nathan esquissa un sourire ; et son silence fut également éloquent.

— T'as une idée d'où il peut être, maintenant ?

— Quelque part... où respirer, dit-il. Où que ce soit, je ne pense pas qu'ils le retrouveront vivant.

— C'est peut-être mieux comme ça, tu crois pas ?

Nathan la fixa un moment, sans répondre.

★

Ils étaient assis en bout de rangée, dans une salle de cinéma remplie aux trois quarts. Les bandes-annonces étaient presque finies, ils ne se disaient rien. Nathan rêvassait, son regard plus attiré par les gens devant eux que par les images sur l'écran. Il observait un couple d'adolescents qui s'étreignait.

Soudain, Emma fit glisser le bout de ses doigts depuis son avant-bras jusqu'à sa main, comme à l'hôpital, et cette caresse le fit revenir à lui. Il tourna la tête vers elle, qui le regardait, ses beaux yeux bleu gris plantés dans les siens. Il la trouva superbe et à son tour, il se pencha sur elle pour l'embrasser.

Au même moment, un homme se fraya un passage dans la rangée derrière eux et bouscula très fort le fauteuil de

Nathan, mettant un terme au baiser. Nathan maugréa et se retourna vers le malotru qui s'éloignait ; grand et mince, vêtu d'une veste longue, l'individu lui évoqua immédiatement Thierry Maufus…

… Pourtant il ne ressentit aucune peur et réalisa, avec surprise, qu'en pénétrant dans cette salle de cinéma, à aucun moment il n'avait repensé au tueur de masse. Et Nathan songea alors que l'angoisse, cette compagne si fidèle, allait peut-être le laisser en paix pendant quelque temps.

Les multiples lumières de la salle s'éteignirent, celle du projecteur s'alluma ; et la magie débuta.

Remerciements

Fermer les yeux est une histoire que j'ai écrite en 2005, sous la forme d'un scénario qui s'appelait *Le Grand Méchant Loup*. J'avais à cette époque réalisé deux courts-métrages, et je comptais en faire mon premier long.

Très vite, deux producteurs en ont acquis les droits, sans toutefois parvenir à faire aboutir le projet. J'ai continué d'écrire, j'ai mis en scène un troisième court-métrage, démarché d'autres sociétés de production. Tandis que je travaillais sur de nouveaux scénarios, mes proches me reparlaient fréquemment du *Grand Méchant Loup* en me disant quc c'était une histoire forte et qu'il fallait insister. J'ai suivi leurs conseils et des années après, deux nouveaux producteurs, très expérimentés, ont investi dans le développement du film, avec l'objectif d'en faire un thriller ambitieux. À nouveau, le projet n'a pas abouti, pour de multiples raisons.

Peut-être est-ce mieux ainsi. La version que je vous présente aujourd'hui me correspond à cent pour cent.

Dans mon scénario, je situais la disparition de Justine Morin en 1990, quinze ans avant la deuxième partie de l'histoire, se déroulant en 2005. Alors que je reprends la plume pour faire de mon scénario un roman, quinze ans se sont écoulés et c'est en 2005 que je déplace, logiquement, le début du récit.

Je voudrais remercier ceux qui m'accompagnent et qui m'encouragent depuis cette époque. Marie, ma mère, mon père.

Je remercie ma fille, Agathe. Julien Desmaris, pour son amitié et pour tous ses avis concernant la gendarmerie.

Stéphane Bourgoin, dont les livres m'ont beaucoup intéressé.

Un grand merci aux critiques, aux blogueuses et aux blogueurs, qui ont soutenu mon premier roman, *L'Empathie*, contribuant à le faire connaître aux lecteurs. Merci à tous les libraires, en particulier Gérard Collard, Jean-Edgar Casel, Philippe Touron.

Merci à Cécile Boyer-Runge, Glenn Tavennec, Nathalie Théry, Sandrine Perrier-Replein, Camille Filhol, Isabelle Votier, Laetitia Beauvillain, Margaux Rol, Alix de Cazotte, Manon Dumas-Mores, ainsi qu'à toute l'équipe des éditions Robert Laffont.

Merci à Camille Racine, de Pocket.

PARUS DANS

LA BÊTE NOIRE

Tu tueras le Père
(Finaliste du prix Le Point du polar européen 2016)
Sandrone Dazieri

Les Fauves
Ingrid Desjours

Tout le monde te haïra
Alexis Aubenque

Cœur de lapin
Annette Wieners

Serre-moi fort
(Prix Griffe noire du meilleur polar français 2016)
Claire Favan

Maestra
L. S. Hilton

Baad
(Prix du Meilleur Polar des lecteurs de Points 2017)
Cédric Bannel

Les Adeptes
Ingar Johnsrud

L'Affaire Léon Sadorski
(Prix Libr'à Nous 2017, catégorie polar)
Romain Slocombe

Une forêt obscure
Fabio M. Mitchelli

La Prunelle de ses yeux
Ingrid Desjours

Chacun sa vérité
(Grand Prix de littérature policière 2017,
domaine étranger
Prix Nouvelles voix du polar 2018,
roman étranger)
Sara Lövestam

Aurore de sang
Alexis Aubenque

Brutale
Jacques-Olivier Bosco

Les Filles des autres
Amy Gentry

Dompteur d'anges
Claire Favan

Ragdoll
(Prix Griffe noire du polar de l'année 2017)
Daniel Cole

Kaboul Express
Cédric Bannel

Domina
L. S. Hilton

Tu tueras l'ange
Sandrone Dazieri

Les Survivants
Ingar Johnsrud

L'Étoile jaune de l'inspecteur Sadorski
Romain Slocombe

Le Zoo
(Prix Transfuge du meilleur polar étranger 2017)
Gin Phillips

Le Tueur au miroir
Fabio M. Mitchelli

Sous son toit
Nicole Neubauer

La Griffe du diable
Lara Dearman

Ça ne coûte rien de demander
Sara Lövestam

Toute la vérité
Karen Cleveland

Coupable
Jacques-Olivier Bosco

Là où rien ne meurt
Franck Calderon, Hervé de Moras

L'Appât
Ragdoll, tome 2
(Prix Bête noire des libraires 2018)
Daniel Cole

Rendez-vous avec le crime
Les Détectives du Yorkshire, tome 1
Julia Chapman

Ultima
L. S. Hilton

L'Échange
Rebecca Fleet

Rendez-vous avec le mal
Les Détectives du Yorkshire, tome 2
Julia Chapman

Sadorski et l'ange du péché
Romain Slocombe

Sur le toit de l'enfer
(Prix Bête noire des libraires 2019)
Ilaria Tuti

Inexorable
Claire Favan

L'Île au ciel noir
Lara Dearman

Rendez-vous avec le mystère
Les Détectives du Yorkshire, tome 3
Julia Chapman

L'Empathie
Antoine Renand

Blood Orange
Harriet Tyce

Libre comme l'air
Sara Lövestam

De si bonnes amies
Amy Gentry

Rendez-vous avec le poison
Les Détectives du Yorkshire, tome 4
Julia Chapman

Le Bûcher de Moorea
Patrice Guirao

Tu tueras le Roi
Sandrone Dazieri

Son Espionne royale mène l'enquête
Son Espionne royale, tome 1
Rhys Bowen

Son Espionne royale et le mystère bavarois
Son Espionne royale, tome 2
Rhys Bowen

Coups de vieux
Dominique Forma

Pour seul refuge
(Grand Prix des Enquêteurs 2019)
Vincent Ortis

Les Loups
Ragdoll, tome 3
Daniel Cole

La Nymphe endormie
Ilaria Tuti

Rendez-vous avec le danger
Les Détectives du Yorkshire, tome 5
Julia Chapman

Tel père, telle fille
Fabrice Rose

Son Espionne royale et la partie de chasse
Son Espionne royale, tome 3
Rhys Bowen

À PARAÎTRE DANS

LA BÊTE NOIRE

Là où se trouve le cœur
Sara Lövestam
(mars 2020)

Son Espionne royale et la fiancée de Transylvanie
Son Espionne royale, tome 4
Rhys Bowen
(avril 2020)

La Seconde Épouse
Rebecca Fleet
(avril 2020)

Sept mensonges
Elizabeth Key
(mai 2020)

Son Espionne royale et le collier de la reine
Son Espionne royale, tome 5
Rhys Bowen
(juin 2020)

L'Ombre de l'autre
Fabio M. Mitchelli
(juin 2020)

Cet ouvrage a été composé et mis en pages
par Étianne Composition
à Montrouge.

MIXTE
Papier issu de sources responsables
FSC® C003309
www.fsc.org

L'Éditeur de cet ouvrage s'engage
pour la préservation de l'environnement
et utilise du papier issu de forêts gérées de manière responsable.

CET OUVRAGE
A ÉTÉ ACHEVÉ D'MPRIMER
SUR ROTO-PAGE
PAR L'IMPRIMERIE FLOCH
À MAYENNE EN FÉVRIER 2020